Linda Lael Miller

Silbernes Mondlicht, das dich streichelt

Ins Deutsche übertragen
von Katharina Braun

BASTEI-LÜBBE-TASCHENBUCH
Band 18 127

Erste Auflage:
August 1994

© Copyright 1993
by Linda Lael Miller
Published by arrangement with
Author
All rights reserved
Deutsche Lizenzausgabe 1994
by Bastei-Verlag Gustav H. Lübbe
GmbH & Co., Bergisch Gladbach
Originaltitel: Forever and the night
Lektorat: Katharina Woicke/
Martina Sahler
Titelillustration: John Ennis/
Agentur Schlück
Umschlaggestaltung:
Quadro Grafik, Bensberg
Satz: KCS GmbH,
Buchholz/Hamburg
Druck und Verarbeitung:
Brodard & Taupin, La Flèche,
Frankreich
Printed in France

ISBN 3-404-18127-1

Der Preis dieses Bandes
versteht sich einschließlich der
gesetzlichen Mehrwertsteuer.

In diesem Jahr begann es schon an Halloween zu schneien. Große glitzernde Flocken taumelten von einem düsteren Himmel herab und legten sich wie exquisite weiße Spitze auf die rotgold belaubten Zweige der Ahornbäume, auf Zaunpfähle und Straßenlaternen, auf Dächer und Fensterbretter.

Aidan Tremayne erwachte bei Sonnenuntergang, wie jeden Tag in den vergangenen zwei Jahrhunderten. Ein sonderbares Hochgefühl ergriff ihn, als er sein geheimes Versteck im Wald verließ, und ein wehmütiges Lächeln spielte um seine Lippen, als er die schneebedeckte Landschaft sah. Er konnte die Aufregung der Stadtkinder spüren, sie war wie leises Lachen, das auf dem Wind mitritt.

Ein richtiger Halloweenabend, dachte er. Wie passend.

Er schüttelte die bittersüße Trauer ab, die ihn beherrschte, seit er die Augen geöffnet hatte, und ging auf das prächtige

Haus aus Natursteinquadern zu, das verborgen in der Stille seiner Umgebung lag. Vereinzelte Birken wuchsen zwischen den anderen Bäumen, grau-weiße Silhouetten gegen den jungfräulichen Schnee, und von der entfernten Seite des kleinen Teichs beobachtete ihn ein junges Reh mißtrauisch.

Aidan blieb stehen, um seine Augen an die zunehmende Dunkelheit zu gewöhnen, und all seine Instinkte erwachten zum Leben. Das Rehkitz erwiderte seinen Blick gebannt wie von Scheinwerfern auf einer dunklen, vergessenen Straße. Er hätte das Tier nur zu sich zu befehlen brauchen, und es wäre gekommen.

Er war hungrig, drei Tage waren seit seiner letzten Nahrungsaufnahme vergangen, aber er fand keinen Geschmack am Blut unschuldiger Wesen, ob sie nun zur menschlichen oder tierischen Gattung gehörten. Im übrigen stellte die Lebenskraft minderwertiger Kreaturen nur unzureichende Nahrung für ihn dar. Geh, befahl er dem Reh in jener stummen Sprache, die er über die Jahrhunderte hinweg bis zur Perfektion geübt hatte.

Das Kitz lauschte mit der für wilde Tiere so typischen Aufmerksamkeit, die weißen Ohren richteten sich auf, als dicke Schneeflocken langsam die Spuren des Bösen mit einem makellosen weißen Mantel zudeckten. Dann drehte sich das kleine Tier um und trottete in den Wald zurück.

Als Aidan zum Haus weiterging, gestattete er sich ein weiteres schwaches Lächeln, denn schließlich war heute Halloween, ein Tag, der für einen Vampir eine feierlichere Bedeutung hätte haben müssen. Hinter ihm, am Ende der langen kiesbestreuten Einfahrt, lag die Schnellstraße, das erste Anzeichen naher Zivilisation. Die kleine Stadt Bright River, die zum Staat Connecticut gehörte, erstreckte sich viereinhalb Meilen weiter nördlich. Sie war eine jener Kleinstädte, in denen sonntags die Kirchenglocken läuteten und jedes lokalpolitische Ereignis hitzige Diskussionen auslöste.

Aidan lächelte noch immer, als er die Stufen zum hinteren Teil des Hauses hinaufstieg und sich dort den Schnee von den Stiefeln stampfte, wie es jeder normale Sterbliche getan hätte. Aber er machte kein Licht, als er in die Küche ging. Sein Sehvermögen war am ausgeprägtesten bei Nacht, und seinem Gehör entging nicht das leiseste Geräusch.

Er blieb einen winzigen Moment auf der Schwelle stehen und konzentrierte sich. Sekunden später wußte er, daß er tatsächlich allein war in dem großen, düsteren Haus. Die Erkenntnis erleichterte ihn, denn er besaß mächtige Feinde, aber sie stimmte ihn auch traurig, weil sie ihm auf quälende Weise zu Bewußtsein brachte, daß er für alle Ewigkeit zur Einsamkeit verdammt war. Das war das Schlimmste daran, ein Ungeheuer zu sein wie er — diese grausame Einsamkeit, dieses endlose Wandern über die Erde wie ein zweiter Kain.

Mit Ausnahme des kurzen Augenblicks, wenn seine Opfer entsetzt begriffen, daß sie ihren letzten Herzschlag taten, hatte Aidan keinen Umgang mit Menschen, weil er nur Kontakt zu anderen Vampiren hielt. Doch die Gesellschaft seiner Gefährten verschaffte ihm keine Freude — mit Ausnahme von Maeve vielleicht, seiner Zwillingsschwester, die er vorbehaltlos liebte —, weil sie Ungeheuer waren wie er selbst. In der Regel waren Vampire höchst unsoziale Wesen, die weder ein Gewissen kannten noch Verlangen nach der Gesellschaft anderer.

Aidan seufzte, während er sich lautlos durch das Haus bewegte und mit der Hand über sein dunkles Haar strich. Die Sehnsucht, wie ein ganz gewöhnlicher Mensch zu leben und zu lieben, hatte ihn nie verlassen, obwohl ältere und weisere Vampire ihm einst versprochen hatten, daß es einmal anders werden würde. Doch ein letzter Rest von Menschlichkeit war ihm geblieben und bereitete ihm unermeßliche Qualen.

Aidan kannte keinen Frieden mehr seit jener Nacht, in der Lisette ihn für immer verändert hatte. Es war aber auch möglich, daß seine Unruhe schon vorher begonnen hatte ... als ihre abergläubische, sterbliche Mutter ihn und Maeve als kleine Kinder in ein Zigeunerlager mitgenommen hatte, um ihnen die Zukunft voraussagen zu lassen.

Das alte Zigeunerweib — selbst nach zweihundert Jahren erinnerte Aidan sich noch an den Schrecken, der ihm in die Glieder gefahren war, als er in ihr runzeliges, schlaues Gesicht geschaut hatte — hatte wortlos seine und Maeves Hand ergrif-

fen. Sie hatte die Handflächen nach oben gedreht und sie ange-
starrt, als sähe sie unter der Haut große Geheimnisse lauern.
Und dann, ganz plötzlich, war sie vor ihnen zurückgewichen,
als hätte sie sich verbrannt.

»Verflucht«, hatte sie geflüstert. »Verflucht in alle Ewigkeit!«

Die alte Frau hatte Aidan angeblickt, obwohl ihre Worte seiner tränenüberströmten Mutter galten. »Eine Frau wird zu ihm
kommen — sucht sie nicht, denn sie ist noch nicht geboren! —
die seine Rettung oder seine Verdammnis sein wird, je nachdem, wie sie sich entscheiden.«

Die Alte hatte den Zwillingen goldene Anhänger geschenkt,
die das Böse von ihnen fernhalten sollten, aber es war offensichtlich, daß sie wenig Vertrauen in die Talismane setzte.

Ein Klingeln an der Haustür riß Aidan aus seinen Gedanken.

Er blieb betroffen stehen. Kalte Übelkeit stieg in ihm auf.
Jemand war in seine Reichweite geraten, und er hatte das An-
nähern der Person nicht einmal gespürt!

Wieder klingelte es. Aidan fuhr sich mit dem Hemdsärmel
über die Stirn. Sie war trocken, doch der Schweiß, den er sich
eingebildet hatte, war so real wie der eines ganz normalen
Sterblichen.

»Vielleicht wohnt hier niemand mehr«, sagte eine Frauen-
stimme.

Irgendwie gelang es Aidan, seine Fassung zurückzugewinnen, und er trat ans Fenster, mit einer Bewegung, die ihn nicht
mehr Anstrengung kostete als ein Gedanke. Auf die gleiche
mühelose Weise hätte er sich auch aus seinem Versteck ins Haus
begeben können, doch meist zog er es vor, so zu tun, als seien
auch ihm menschliche Grenzen gesetzt, um immer wieder einmal zu spüren, wie es war, zu atmen und einen Herzschlag zu
haben.

Er versuchte gar nicht erst, sich hinter dem Spitzenvorhang
zu verbergen, denn die Frau und das Kind, die auf der Veranda
standen, konnten ihn nicht sehen — jedenfalls nicht bewußt.
Ihr Unterbewußtsein jedoch würde seine Anwesenheit wahrnehmen und ihnen einige recht unheimliche Träume bescheren.

Das Kind, ein Junge, der nicht älter als sechs oder sieben sein konnte, trug einen schwarzen Umhang und Vampirzähne aus Plastik. In einer Hand hielt er einen Kürbiskopf. Seine Begleiterin, die Blue Jeans trug, einen Pullover und einen abgetragenen Stoffmantel, wirkte elfenhaft zart mit dem kurzen, braunen Haar und den großen, dunklen Augen. Aidan hörte sie reden, ihre Stimme klang menschlich und süß wie Musik, und er nahm ihre Worte ganz bewußt in sich auf, um sie sich später zu wiederholen, wie man ein Tonband ablaufen ließ.

Vielleicht war es die andere Seite in ihm, das Ungeheuer, das seinen Körper zwang, Gestalt anzunehmen und die Tür zu öffnen.

»Trick oder Geschenk«, sagte der kleine Vampir und hob den grinsenden Kürbiskopf. In der anderen Hand hielt er eine Taschenlampe.

Die Frau und das Kind glühten in der winterlichen Dunkelheit wie Engel, unsagbar schön in ihrer Unschuld, aber Aidan spürte auch die lebensspendende Hitze, die durch ihre Adern floß. Das Bedürfnis nach Blut ließ ihn für einen Moment schwanken, und er lehnte sich gegen den Türrahmen.

Diesen Augenblick wählte die Frau, um ihn zu berühren, und im Bruchteil einer Sekunde flackerte ein Teil ihrer Vergangenheit wie ein Film durch seinen Geist. Er sah, daß sie Wollsocken zum Schlafen anzog, daß sie sich vor jemandem verbarg, den sie zugleich schätzte und fürchtete, und daß sie trotz ihrer engen Beziehung zu dem Kind so einsam war wie Aidan selbst.

Alles in allem war sie bezaubernd menschlich, eine Mischung aus guten und nicht so guten Charaktereigenschaften, jemand, der während seiner relativ kurzen Existenz schon sämtliche Arten der Trauer und der Freude kennengelernt hatte.

Im düstersten Winkel seiner verfluchten Seele verspürte Aidan einen Stich, ein Gefühl, das ihm noch nie begegnet war, weder im Leben noch im Tod. Es löste Qual und Freude zugleich aus, dieses Gefühl, und seine mögliche Bedeutung ließ ihn schwindlig werden.

Wieso waren ihm ausgerechnet in dieser Nacht die Worte der Zigeunerin eingefallen? Worte, die von einem kindlichen Verstand registriert und keine fünf Minuten darauf schon wieder vergessen gewesen waren?

Eine Frau wird zu ihm kommen... sie wird seine Rettung oder seine Verdammnis sein...

Nein, dachte er entschieden, denn trotz seines unermeßlichen Wissens über Welt und Schöpfung erschien die Theorie ihm zu phantastisch, um akzeptiert zu werden. Es gab niemanden, der ihn retten oder verdammen konnte; ein solches Wesen existierte vermutlich nicht einmal.

Und doch hatten sich die Prophezeiungen der alten Zigeunerin in mancher Hinsicht als richtig erwiesen. Er und Maeve waren aus dem normalen Leben Sterblicher verdammt worden.

»Fühlen Sie sich nicht wohl?« fragte die Frau und riß ihn aus seinen Überlegungen. »Sie sind ein bißchen blaß.«

Ihre Bemerkung war so zutreffend, daß Aidan fast gelacht hätte, aber er wagte nicht, sich gehenzulassen. Er war ausgehungert, und die Frau und das Kind vor ihm konnten nicht wissen, was für einem Ungeheuer sie gegenüberstanden, und das mutterseelenallein in diesem dunklen, wispernden Wald.

Ihr Blut würde wie süßer Nektar sein, von lebensspendender Energie durch seine Reinheit, und es würde ihn viele, viele Nächte am Leben erhalten...

Die leise Besorgnis, die in ihrer Stimme mitschwang, erschütterte Aidan, er konnte sich nicht entsinnen, wann eine Frau das letzte Mal mit einer solchen Zärtlichkeit zu ihm gesprochen hatte. Er holte tief Luft, obwohl er keinen Atem brauchte, und ließ sie langsam wieder aus, um seine inneren Dämonen mit letzter Kraft in Schach zu halten. »Ja«, erwiderte er gepreßt. »Ich war... krank.«

»Es macht nichts, wenn Sie keine Bonbons haben«, sagte der kleine Junge großzügig. »Tante Neely läßt mich sowieso nichts essen, was mir Fremde geben.«

Ein betäubendes Dröhnen stieg in Aidan auf und brauste durch seine Ohren. Neely. Er merkte sich den Namen − ein Detail, das unwichtig schien angesichts der überwältigenden Reaktion, die sie in ihm auslöste. Aber er klang wie Musik in seiner Seele. Seine Selbstbeherrschung ließ mit jedem weiteren

Moment nach; er mußte diesem Paar entfliehen, bevor er seine selbstauferlegte, aber unverbrüchliche Regel brach und beide ihres Blutes beraubte.

Doch trotz allem war er so erschüttert, so fasziniert von diesem unerwarteten menschlichen Gast, daß er nicht imstande war, sich zu bewegen.

»Ich habe etwas Besseres als Bonbons«, hörte er sich nach einem harten inneren Kampf sagen, nahm ein Geldstück aus dem alten Kirschbaumkästchen auf dem Dielenschrank und ließ es in den Kürbis fallen, den der Junge ihm hinhielt. »Ich wünsche dir ein frohes Halloween.«

Neelys braune Augen richteten sich auf Aidan, und sie lächelte.

Er betrachtete den Puls am Ansatz ihres rechten Ohrs und stellte sich die Kraft vor, die er aus ihr beziehen könnte, die Vitalität und das Leben. Der bloße Gedanke daran weckte den Wunsch in ihm, zu weinen.

Er wagte es nicht, auch nur ein einziges weiteres Wort zu äußern.

»Danke«, sagte Neely und ging die Verandastufen hinunter.

Der kleine Vampir zögerte noch. »Mein Name ist Danny. Wir sind praktisch Nachbarn«, sagte er. »Wir leben auf dem Lakeview Trailer Court an der Schnellstraße. Mein Daddy ist dort Hausmeister, und Tante Neely nacht die Zimmer sauber und bedient die Tische in der Raststätte.«

Das leise Erröten der Frau steigerte Aidans Hunger ins Unerträgliche. Bevor er sich jedoch auf sie stürzen konnte, knallte er die Tür zu und zwang sich zu einer blitzschnellen Flucht — weit fort aus diesem Haus, in eine andere Zeit und an einen anderen Ort, wo er ohne Gewissensbisse jagen konnte.

Aidan wählte einen seiner Lieblingsjagdgründe, einen armseligen Teil Londons aus dem neunzehnten Jahrhundert, der als Whitechapel bekannt war. Dort, in den schmalen, übelriechenden Gassen, suchte er sich seine Opfer, doch nicht unter den Prostituierten, Taschendieben und Bettlern, sondern zwischen

Kupplern, Sklavenhändlern und Männern, die vom Opiumhandel lebten. Gelegentlich stellte er auch einem bösartigen Trinker nach, oder einem Mann, der Frauen mißhandelte, oder einem Vergewaltiger.

Es waren immer die jeweiligen Umstände, die bestimmten, ob die Opfer Aidans Gesicht sahen und ihr Schicksal darin erblickten oder ob sie schlicht zwischen einem Atemzug und dem nächsten umkamen. Im Prinzip jedoch tötete Aidan die meisten seiner Opfer nicht, und er hatte auch noch nie Vampire aus ihnen gemacht, obwohl das Verfahren ihm nur allzu gut bekannt war. Für ihn war dies alles eine Frage von Rang und Stand.

Er hielt sich ein Zimmer über einer Taverne, wo er sich an jenem Abend auch verkörperlichte. Rasch tauschte er seine moderne Kleidung gegen einen eleganten Abendanzug und einen dunklen Zylinder aus. Dann, als ganz privaten Scherz gewissermaßen, legte er sich noch einen rotgefütterten Umhang aus schwarzer Seide um die Schultern.

Ein klebriger, gelbweißer Nebel hüllte die Innenstadt ein und dämpfte das Rattern der Wagenräder auf dem Kopfsteinpflaster, den Lärm aus den Tavernen und das heisere Lachen der Dirnen in den Gassen. Irgendwo schrie eine Frau, ein hohes, schrilles Geräusch, aber Aidan achtete nicht darauf, und mit ihm auch keines der anderen schattenhaften Wesen, die die Nacht verunsicherten.

Er war erst einen kurzen Weg gegangen, als er eine elegante Kutsche entdeckte, die an einer Straßenecke hielt. Ein kleiner schmutziger Mann in zerlumpten Kleidern schob ein halbverhungertes kleines Mädchen auf die geöffnete Kutschentür zu.

In dem Gefährt erkannte Aidan einen jüngeren Mann, der sogar noch elegantere Kleidung trug als er selbst und mit weißer, sehr gepflegter Hand Münzen abzählte.

»Ich tue es nicht, hörst du!« rief die Kleine mit ungewöhnlicher Entschiedenheit. Sie konnte nicht älter sein als acht oder zehn Jahre. »Ich lasse mich nicht von einem Bastard aus Knightsbridge für einen Schilling kaufen!« kreischte sie.

Aidan schloß für einen Moment angeekelt die Augen. Nach

all der Zeit, die seit seiner Verwandlung verstrichen war, schockierte es ihn selbst heute noch, daß Vampire und Werwölfe nicht die einzigen Ungeheuer auf der Welt waren.

»Steig in die Kutsche und tu, wie dir geheißen wird!« schrie der Zerlumpte und versetzte dem Kind einen harten Stoß zwischen die mageren Schultern. »Ich will nicht die ganze Nacht hier herumstehen und mit dir streiten, Shellie Biffle!«

Aidan trat vor. Nachdem er eine Hand um den Nacken des zerlumpten Mannes geschlossen und die kleine Ratte damit vorübergehend gelähmt hatte, sprach er das kleine Mädchen höflich an.

»Dieser Mann hier —« er deutete auf den erschrockenen kleinen Mann — »ist er dein Vater?«

»Teufel, nein!« entgegnete Shellie barsch. »Er ist ein schmutziger Zuhälter, mehr nicht. Ich habe keine Eltern mehr — glauben Sie, sonst wäre ich hier?«

Aidan ließ eine Fünfpfundnote in seiner Hand erscheinen. »Im West End gibt es eine Frau, die sich um dich kümmern wird«, sagte er. »Geh zu ihr.«

Ohne ein einziges Wort zu äußern, übermittelte er dem Bewußtsein des Kindes Namen und Adresse der Frau, und die Kleine tauchte hastig, nachdem sie den Geldschein an sich genommen hatte, in der Dunkelheit der Gassen unter.

Die Kutschpferde wurden allmählich ungeduldig, doch der Dandy und der Kutscher blieben gehorsam, verwundert und so hilflos wie der zerlumpte Kuppler auf ihren Plätzen sitzen.

Aidan hob den Schmutzfink am Nacken hoch und ließ ihn seine beeindruckenden Vampirzähne sehen. Es wäre ihm jetzt das reinste Vergnügen gewesen, sie in dieser speziellen Halsschlagader zu vergraben, dieser menschlichen Ratte das Blut auszusaugen und ihren Körper beiseite zu schleudern wie eine leere Nußschale . . . Aber Aidan hatte sich ein noch minderwertigeres Opfer ausgesucht — den reichen Verführer, der sich bis nach Whitechapel gewagt hatte, um mit Geld die Unschuld eines Kindes zu erkaufen.

Aidan schleuderte den Kuppler von sich und hörte das dumpfe Knirschen von Knochen, die an der harten Steinfassade des nahen Gebäudes zersplitterten. Pech gehabt, dachte Aidan mit einem bedauernden Lächeln.

Dann stieg er gemächlich in das Innere der Kutsche und ließ sich auf der ledergepolsterten Bank gegenüber seinem Opfer nieder. Mit einem bloßen Gedanken brach er den Bann, der sowohl den Kutscher wie auch seinen Herrn zu betroffenem Schweigen verurteilte.

»Sagen Sie dem Mann, daß er Sie nach Hause fahren soll«, befahl Aidan, nicht unfreundlich, und warf einen prüfenden Blick auf seine Handschuhe, um sich zu vergewissern, daß nichts von dem Schmutz des Kupplers darauf haften geblieben war.

Es war dunkel in der Kutsche, aber Aidans Sichtvermögen war klar wie bei hellichtem Tag, und er sah, daß der junge Edelmann heftig schluckte, bevor er eine zitternde Hand hob und dreimal ans Wagendach klopfte. Während er Aidan in furchtsamem Schweigen anstarrte, lockerte er seine Krawatte und entblößte den Puls, der heftig zwischen Lagen feinster Seide pochte.

Ja, dachte Aidan mit einem verlangenden Blick auf die Kehle des Mannes. Bald, sehr bald schon würde der schreckliche Hunger, der ihn quälte, gestillt sein . . .

»W-wer sind Sie?« wagte der Edelmann schließlich zu fragen.

Aidan lächelte zuvorkommend und nahm seinen Hut ab, um ihn sorgfältig auf dem Ledersitz abzulegen. »Niemand, eigentlich. Man könnte sagen, daß Sie einen bemerkenswert realistischen Alptraum haben − Bucky.«

Der junge Mann erblaßte, als Aidan ihn bei seinem Spitznamen nannte, den er ihm − natürlich − nicht genannt hatte. Bucky schluckte, auf seiner Oberlippe bildete sich ein feiner Schweißfilm. »Wenn es wegen des Kindes ist − ich habe nur ein harmloses Vergnügen bei ihr gesucht . . .«

»Sie sind ein Mann mit sehr sonderbaren Neigungen«, entgegnete Aidan ruhig. »Weiß Ihre Familie von Ihren nächtlichen Vergnügungen?«

Bucky rutschte nervös auf seinem Platz hin und her. »Falls es sich um Erpressung handelt . . .«

Aidan unterbrach ihn lächelnd. »Schämen Sie sich! Nicht alle von uns sind bereit, so tief zu fallen wie Sie, mein Freund. Erpressung betrachte ich als unter meiner Würde.«

Eine heftige Röte stieg in Buckys blasse Züge, was Aidans Verlangen, sich an ihm zu nähren, in wilde Gier verwandelte. Und doch war er entschlossen, noch abzuwarten, bis die Aussicht noch süßer wurde – als hätte er einen guten Wein vor sich, dessen Bouquet er erst erschnupperte, bevor er ihn trank. Zumindest war es damals so gewesen, früher, in jenen wundervollen Tagen, als das einzige Blut, das er gebraucht hatte, jenes gewesen war, das durch seine Adern floß.

»Was wollen Sie dann, wenn es Ihnen nicht um Geld geht?« stieß Bucky verwirrt hervor.

Aidian lächelte und entblößte seine Fänge. In stiller, gnadenloser Entschiedenheit sah er zu, wie ein stummer Schrei in Buckys Kehle aufstieg und der Blick des jungen Mannes hilflos zur Tür glitt.

»Es gibt kein Entkommen«, sagte Aidan freundlich.

Buckys Augen drohten aus den Höhlen zu treten. »Keine . . . keine Kinder mehr . . . ich schwöre es . . .«

Aidan zuckte die Schultern. »Das glaube ich Ihnen sogar«, gab er zu. »Sie werden nämlich nie wieder Gelegenheit dazu bekommen.«

Die Kutsche ratterte durch die nebligen Londoner Straßen, eine Fahrt, die Bucky schier endlos erschien. Und tatsächlich war sie wie eine kleine Ewigkeit für ihn. Erst als Aidan merkte, daß die Zeit knapp wurde und bald ein neuer Tag beginnen würde, beschloß er, den edlen Wein endlich zu kosten.

Bedächtig legte er seine Hände auf Buckys samtbedeckte Schultern, zog ihn an sich und bleckte für einen Moment sogar die Zähne, wie es ein Filmvampir getan hätte, um dem Augenblick mehr Dramatik zu verleihen. Dann erst grub er sie in Buckys Hals, und das Blut, die lebensspendende Energie für Aidan, strömte nicht über seine Zunge, sondern durch seine Fänge.

So sehr er auch haßte, was er war, die Fütterung brachte die übliche Ekstase mit sich. Aidan trank, bis sein quälender Durst gestillt war, dann drehte er Bucky blitzschnell das Genick um und schleuderte ihn auf den Kutschenboden.

Aidan nährte sich nur sehr selten von Opfern aus Buckys Kreisen, und als er sich jetzt vorstellte, welche Furore das Auffinden des blutleeren Körpers eines stadtbekannten Dandys verursachen würde, runzelte er besorgt die Stirn. In gewisser Weise empfand er sogar so etwas wie Bedauern für die wohlmeinenden guten Seelen von Scotland Yard, denen es überlassen bleiben würde, diesen Vorfall aufzuklären.

Natürlich würden sie Jack The Ripper dafür verantwortlich machen.

Aidan hielt die Kutsche an, indem er den ohnehin schon verwirrten Verstand des Fahrers lähmte. Dann bückte er sich, richtete Buckys blutgetränkte Krawatte und stieg auf einer verlassenen Seitenstraße aus.

Die imposante, von einem mächtigen schmiedeeisernen Zaun umgebene Residenz seiner Schwester Maeve ragte vor ihm auf.

Der Vampir blickte dem Kutscher in die ausdruckslosen Augen und schickte ihn ohne jegliche Erinnerung an den Besuch in Whitechapel oder die Begegnung mit dem Fremden fort. Langsam ratterte das Gefährt durch den wallenden Nebel davon.

Aidan betrat das Haus durch einen geheimen Eingang neben dem Weinkeller und zog sich in einen dunklen, grabähnlichen Raum zurück, in dem die Bewohner des Hauses sich einst vor Oliver Cromwells Schergen versteckt hatten. Nachdem er die Tür verriegelt hatte, nahm er Hut und Umhang ab und kauerte sich an die kalte Steinmauer.

Er gähnte, als er spürte, daß der Schlaf Macht über ihn gewann. Es war unvorsichtig gewesen, hierherzukommen, doch Aidan war keine Zeit geblieben, in sein Versteck im Connecticut des zwanzigsten Jahrhunderts zurückzukehren. Außerdem wirkte jede Sättigung sich stets ein bißchen einschläfernd auf seinen Verstand aus.

Er konnte nur hoffen — denn beten war für einen Vampir sinnlos —, daß keiner seiner Feinde beobachtet hatte, daß er dieses nur allzu offensichtliche Versteck für seinen Schlaf gewählt hatte.

Aidan gähnte noch einmal und schloß die Augen. Er fürchtete die meisten Vampire nicht, weil sie alle, von wenigen Ausnahmen abgesehen, wie er die Sonne meiden mußten. Aber es gab andere Dämonen, andere Abarten der Schöpfung, die seiner Gattung auflauerten – schreckliche, mächtige Gegner, die im Sonnenschein nicht umkamen, sondern auflebten.

Im allgemeinen träumte Aidan nicht. Sein Bewußtsein versank in tiefste Schwärze, wenn er schlummerte, was ihn verwundbar werden ließ, bis sein Körper die Nahrung verarbeitet hatte, die ihn unsterblich machte.

Heute nacht jedoch erschien Aidan die Frau, Neely, in seinen Träumen, und auch der kleine Junge mit den Vampirzähnen, und selbst in seiner Benommenheit empfand er Sorge. In zwei Jahrhunderten hatte keine sterbliche Frau mehr seine Phantasie angeregt. Diese Frau, diese Neely, mußte etwas ganz Besonderes sein.

Es war jedoch nicht ihr Äußeres – sie war hübsch, wenn auch bei weitem keine Schönheit – sondern etwas anderes, das viel tiefer ging, eine uralte Erfahrung seiner Seele, ein bittersüßes Paradoxon. Es war fast, als sei er von einem schlauen, gefürchteten Feind gefangengenommen worden und habe zugleich einen lebenswichtigen Teil von sich selbst wiedergefunden, von dem er bisher nicht einmal gewußt hatte, daß er verloren gewesen war.

Wieder kam ihm die Zigeunerin in den Sinn, sie und ihre ominösen Worte: Verdammt oder gerettet . . .

Als er erwachte, viele Stunden später, wußte er augenblicklich, daß er nicht allein in der dunklen Kammer war.

Ein Streichholz flammte auf und blendete seine Augen. Vor Aidan stand Valerian, majestätisch schön in seinem Vampirismus; ein imponierend attraktiver Unhold mit haselnußbraunem Haar, aristokratischen Gesichtszügen und tiefblauen Augen, die eine geringere Kreatur schon mit einem bloßen Zwinkern zu lähmen vermochten.

»Du bist ein Narr, Aidan!« fuhr Valerian ihn an, und die

Bewegung seiner Lippen ließ das Kerzenlicht aufflackern. Wie Aidan besaß auch Valerian keinen Atem. »Was hat dich veranlaßt, ausgerechnet hierher zu kommen?« Er schwenkte einen Arm. »Hast du vergessen, daß sie dich sucht? Daß sie weder Dunkelheit noch Schlaf braucht?«

Aidan gähnte und richtete sich langsam auf. »Sie«, entgegnete er spöttisch. »Hast du solche Angst vor Lisette, daß du nicht einmal ihren Namen auszusprechen wagst?«

Der ältere Vampir verengte die Augen zu zwei schmalen Schlitzen. »Ich habe keinen Anlaß, Lisette zu fürchten«, sagte er nach kurzem Schweigen. »Du bist es, Aidan, dem ihr Haß gilt!«

Aidan kratzte sich am Nacken, eine Gewohnheit, die er sich aus seiner Zeit als Sterblicher bewahrt hatte. Das einzige Jucken, das ihn heute je belastete, kam von tief unter seiner Haut und zwang ihn, entweder Blut zu trinken oder qualvoll zu verdursten. Mit erhobenen Augenbrauen musterte er Valerian, den er seit vielen Jahren kannte.

»Falls Lisette wirklich in der Nähe ist, dann nur, weil sie dir gefolgt ist«, entgegnete er nüchtern.

Wieder war Valerians tödlicher Zorn im Raum zu spüren. »Ich bin fast so mächtig wie sie — ich kann meine Anwesenheit vor ihr verbergen, wenn ich will. Du hingegen könntest dich ebensogut in die helle Sonne legen, wie hier Zuflucht zu suchen! Wie lange wirst du noch deine Gedanken jedem Dämon zugänglich machen, der zufällig zuhört? Willst du sterben, Aidan? Ist es das?«

Wider seinen Willen dachte Aidan an die Frau, Neely, die zu Hause in der kalten, frischen Luft von Connecticut lebte und atmete. Er empfand den qualvollsten und unerklärlichsten Schmerz dabei und gleichzeitig Freude. »Mag sein«, gestand er rauh, hob den Blick zu Valerians schönem, schrecklichen Gesicht und fragte: »Sehnst du dich eigentlich nie nach Frieden? Bist du deiner Existenz niemals so überdrüssig, daß du sogar den Zorn des Himmels und die Feuer der Hölle riskieren würdest, um ihr zu entkommen?«

»Du Narr!« entgegnete Valerian ärgerlich. »Warum gebe ich mich bloß mit einem solchen Idioten ab? Für uns wäre das reine

Licht des Himmels so qualvoll wie für andere die Flammen des Hades! Wir würden nichts und niemandem entkommen, indem wir aus unserem Leben fliehen.«

»Das ist kein Leben«, versetzte Aidan gereizt. »Es ist der lebende Tod! Nicht einmal die Hölle könnte schlimmer sein!«

Valerian lächelte ganz unerwartet und legte die Hände auf Aidans Schultern. »Armer Aidan«, spottete er. »Wann wirst du endlich akzeptieren, was du bist, und aufhören, den Mann zu spielen?«

Aidan wandte sich ab und ergriff seinen Umhang und den Zylinder. Valerians Worte hatten eine jähe Furcht in ihm geweckt.

Konnte der andere Vampir etwas von Neely und dem kleinen Jungen wissen? Was hatte er damit sagen wollen, ›den Mann zu spielen‹? Denn falls Valerian tatsächlich etwas von ihrer Existenz erfahren hatte, während Aidan geschlafen und seine Gedanken bloßgelegen hatten, sah er es vielleicht als seine Pflicht, die Frau zu zerstören.

Im nächsten Augenblick wurden seine schlimmsten Befürchtungen bestätigt. »Du bist ein noch größerer Narr, als ich dachte«, sagte Valerian kopfschüttelnd. »Man stelle sich bloß vor — ein Vampir, der sich in eine Sterbliche verliebt!« Er brach ab und seufzte. »Du tust mir Unrecht«, murmelte er, bevor er auf seine gewohnte herrische Art fortfuhr: »Komm mit mir, Aidan — ich werde dir Welten und Dimensionen zeigen, von denen du nicht einmal träumst. Ich werde dich lehren, zu schätzen, was du bist, und es zu genießen!«

Aidan wich einen Schritt zurück und bedeckte die Ohren mit den Händen, als könne er sich so der brutalen Wahrheit von Valerians Worten entziehen. »Niemals!« stieß er hervor. »Und falls du dich der Frau oder dem Kind näherst, schwöre ich dir, daß ich dich zerstören werde!«

Valerian machte ein beleidigtes Gesicht. Aber Aidan wußte, daß der andere Vampir gar nicht fähig war, sich verletzt zu fühlen, und ganz sicher fürchtete er auch kein Wesen von geringerer Macht als seine eigene.

Valerian seufzte theatralisch. »Vielleicht bringt Maeve dich zur Vernunft«, meinte er. »Mir wird die Anstrengung allmählich zuviel.«

»Laß mich in Ruhe«, erwiderte Aidan.

Wie durch ein Wunder gab Valerian nach und löste sich in Luft auf.

Aidan legte den Kopf zurück, als versuchte er, durch die dicke Steindecke zu schauen. All seine Sinne verrieten ihm, daß Maeve nicht im Hause war, sondern irgendwo an einem anderen Ort und in einem anderen Jahrhundert.

Ein schmerzhafter Stich durchzuckte Aidans Brust. Wie unterschiedlich sie auch sein mochten, er schätzte sie sehr. Ihre Gesellschaft wäre ihm ein Trost gewesen.

Er schloß die Augen und dachte an Connecticut, und als er wieder aufschaute, war er dort, stand im Halbdunkel des Schlafzimmers, das er nie benutzte.

Aidan warf den Zylinder und das Cape auf einen Lehnstuhl und zerrte an seinem hohen Kragen, der ihm plötzlich die Kehle zuschnürte. Irgendwann in jenen wenigen heimtückischen Minuten, als Neely mit diesem kleinen Bettler im Vampirkostüm vor ihm gestanden hatte, war Aidan einem schrecklichen Irrtum erlegen. Nur um ihre Lebensfreude zu spüren, hatte er zugelassen, daß die Frau in sein Bewußtsein eindrang, und nun hatte sie sich stur dort festgesetzt.

Was, in aller Welt, war bloß die Bedeutung dieser Faszination, die ihn seitdem beherrschte?

Als er auf das Bett hinabschaute, erinnerte er sich daran, wie es früher gewesen war, bei einer Frau zu liegen, ihr körperliche Freuden zu schenken und sie von ihr entgegenzunehmen. Doch der Gedanke löste eine solch ungestüme Sehnsucht in ihm aus, daß er ärgerlich den Kopf schüttelte. Er hatte diese lästige Frau doch bloß gesehen, und schon verlangte es ihn nach ihr – und keineswegs als Quelle seiner Nahrung, sondern als Geliebte . . . als liebende Partnerin, die im Augenblick höchster Leidenschaft seine nackten Schultern umklammerte und im süßen Fieber der Ekstase heiser seinen Namen schrie . . .

Er mußte Neely wiedersehen, und wenn auch bloß, um sich zu überzeugen, daß er mehr in sie hineindeutete, als sie darstellte, und um diese verrückte Besessenheit zu beenden, die ihnen beiden so leicht zum Verderben werden konnte.

Als er sich wieder etwas beruhigt hatte, tauschte Aidan seinen Abendanzug gegen abgetragene Jeans und einen weizenfarbenen, grobgestrickten Wollpullover aus. Er bürstete sein schwarzes, halblanges Haar — ein Stil, der durchaus dem herrschenden Jahrhundert und Jahrzehnt entsprach — und ließ ein klares Bild von Neely vor sich erstehen.

Sekunden später stand er auf dem Parkplatz der Raststätte an der Schnellstraße, mitten im sanft fallenden Schnee. Neely kam gerade aus der Tür und schlüpfte im Gehen in ihren billigen Stoffmantel.

Als sie Aidans Anwesenheit spürte, blieb sie stehen und suchte seinen Blick. Das Lächeln, das sie ihm dann schenkte, besiegelte für immer und ewig sein Verderben.

»Hallo«, sagte sie schlicht.

Langvergessene Gefühle erschütterten Aidan, als er dastand und Neelys unschuldigem Zauber erlag. »Hallo«, erwiderte er, als süße Verzweiflung ihn einhüllte wie Schnee ein frischaufgeschüttetes Grab.

Und irgendwo, ganz tief in seinem Innersten, zündete ein Funke und loderte zu einer alles versengenden Flamme auf.

Es stimmte also, was die Zigeunerhexe ihm vor so langer Zeit prophezeit hatte . . . Hier, direkt vor ihm, stand der Grund für seine Schöpfung, die Personifizierung seines Schicksals.

Es war fast, alls hätte er auf sie gewartet.

Neely Wallace fühlte sich sehr stark zu diesem rätselhaften Mann hingezogen, als sie auf dem Parkplatz des Lakeview Cafés stand und ihm in die dunklen Augen schaute. Und bevor sie noch daran denken konnte, daß der Mann praktisch ein Fremder für sie war, grüßte sie ihn ganz spontan.

Im Hinblick auf die Tatsache, daß es Menschen gab auf dieser Welt, die sie zum Schweigen bringen oder sogar töten wollten, war Neelys Reaktion erstaunlich. Einen flüchtigen Moment lang wünschte sie, nie für Senator Dallas Hargrove gearbeitet und nie seine kriminellen Handlungen aufgedeckt zu haben.

Der Fremde lächelte, der Schnee sank zwischen ihnen nieder und tauchte das Land in magische Stille. Etwas in dem Blick des Mannes faszinierte sie so sehr, daß sie am liebsten für immer und ewig stehengeblieben wäre, um ihn anzusehen.

Es war fast, als schaute er tief in ihr Innerstes mit diesen bemerkenswerten Augen; als weckte er einen lebenswichtigen Teil ihres Seins, der ihr bis dahin unbekannt gewesen war.

Neely räusperte sich nervös, aber sie behielt ihr Lächeln bei. Sie hätte sich die Zeit nehmen sollen, ihren Bruder anzurufen, als ihre Schicht beendet war, dann wäre er herübergekommen und hätte sie zum Campingplatz zurückbegleitet. Wenn sie den Fremden nicht schon am Abend zuvor gesehen hätte, als sie mit Danny an seiner Tür klingelte, hätte sie ihn vielleicht für einen Straßenräuber oder Vergewaltiger gehalten — oder vielleicht sogar für jemanden, den ihr früherer Chef beauftragt hatte, dafür zu sorgen, daß sie niemals wieder ein Wort über seine enge Verbindung zu Drogenhändlern äußern könnte. »Das Café ist geschlossen«, sagte sie. »Wir öffnen morgen um fünf.«

Er kam nicht näher, dieser Mann, und doch spürte Neely seine Gegenwart mit allen ihren Sinnen. »Haben Sie keine Angst«, sagte er. »Ich bin nicht gekommen, um Ihnen etwas anzutun.«

Neely nahm an, daß ein bezahlter Mörder das gleiche sagen würde, doch die Idee paßte nicht zu ihren Empfindungen. Sie fürchtete sich auch gar nicht wirklich, und doch flatterte ihr Herz. »Ich glaube, ich habe gestern Ihren Namen nicht verstanden«, sagte sie und brach damit endlich die Lähmung, die sie bis jetzt gefangengehalten hatte.

»Aidan Tremayne«, sagte er und blieb auch weiterhin auf Distanz. »Und wer sind Sie?«

»Neely Wallace«, erwiderte sie und fand endlich die Kraft, ihren Weg über den schneebedeckten Parkplatz fortzusetzen.

Eine hohe Hecke trennte das Parkgelände von dem Motel und dem Campingplatz. Unter dem bogenförmigen Eingang blieb Neely stehen, um sich nach dem Mann umzusehen.

Doch Aidan Tremayne war verschwunden. Keine Spur war von ihm zurückgeblieben, selbst der frische Schnee war mit Ausnahme von Neelys eigenen Fußabdrücken völlig unberührt.

Sie blieb einen Moment stehen und lauschte, doch sie hörte nichts. Nach einem tiefen Atemzug ging sie rasch zu ihrem kleinen Campingmobil weiter, das neben Bens größerem stand, und schaute dort noch einmal über ihre Schulter. Aber auch jetzt war nichts mehr von Aidan Tremayne zu sehen.

»Komisch«, murmelte Neely, als sie die Tür aufschloß und eintrat. Erst als sie das Licht angeschaltet und ihren Mantel ausgezogen hatte, erinnerte sie sich daran, abzuschließen und den Riegel vorzuschieben.

Ihr Telefon, ein schlichtes schwarzes Modell mit altmodischer Drehscheibe, erschreckte sie mit einem lauten Klingeln. Von einer merkwürdigen Erregung erfaßt, ergriff sie den Hörer.

»Verdammt, Neely«, sagte ihr Bruder, »ich habe dir gesagt, daß du mich rufen sollst, wenn du das Café schließt! Hast du die Zeitungen nicht gelesen? Es ist gefährlich für eine Frau, so spät am Abend allein draußen zu sein.«

Neely nahm Ben die barschen Worte nicht übel, sie wußte, daß er sich um sie sorgte. Wahrscheinlich war er außer Danny und Wendy Browning, ihrer besten Freundin, der einzige Mensch auf dieser Welt, dem etwas an ihr lag.

»Entschuldige, Ben«, erwiderte sie, streifte ihre Stiefel ab und betrachtete stirnrunzelnd eine Laufmasche in ihrer Strumpfhose. Diese hier würde weder mit Haarspray noch mit Nagellack zu stoppen sein. »Ich weiß, daß es spät ist, deshalb habe ich nicht angerufen. Ich wußte, daß Danny schon im Bett sein würde, und wollte nicht, daß du ihn allein läßt.« Sie machte eine kurze Pause, dann fragte sie: »Was weißt du über Aidan Tremayne, den Mann, der in dem alten Herrenhaus etwas weiter unten an der Straße wohnt?«

Ben klang müde. »Nur daß er Aidan Tremayne heißt und in der alten Villa wohnt. Aber warum fragst du?«

Neely war merkwürdig enttäuscht. »Ach, nur so. Danny und ich waren gestern auf unserer Halloweenrunde bei ihm. Er erschien mir irgendwie... anders.«

»Ich glaube, er ist eine Art Einsiedler«, entgegnete Ben und gab sich keine Mühe, sein Desinteresse zu verbergen. »Hör zu, Neely, ich bin todmüde... Wir sehen uns morgen, Liebes.«

Ein warmes Gefühl für ihren Bruder erfaßte Neely. Sie und Ben hatten viel mehr gemeinsam als ihre toten Eltern. Seine Frau Shannon war vor einigen Jahren an Krebs gestorben, und kurz nach ihrem Tod hatte er auch noch seine Stellung in einem Pittsburgher Stahlwerk verloren. Seither kämpfte er sehr hart, um ein neues Leben für sich und Danny aufzubauen. Auch Neely hatte sich gezwungen gesehen, ihr altes Leben aufzugeben — ihre Arbeit, ihre Wohnung, ihre Freunde —, weil sie zuviel über gewisse mächtige Leute wußte.

»Gute Nacht«, sagte sie zärtlich.

Ihr Wohnwagen bestand aus einem einzigen Raum mit einem Klappbett auf der einen Seite und einer Kochnische auf der anderen. Das winzige Badezimmer war nicht viel größer als der Dielenschrank in ihrer alten Wohnung.

Nachdem Neely geduscht und ihr Haar getrocknet hatte, erhitzte sie eine Dose Gemüsesuppe und aß auf ihrem Bett, während sie sich eine späte Talkshow im Fernsehen ansah.

An diesem Abend war Neely nicht imstande, sich auf die Monologe des Gastgebers zu konzentrieren, obwohl sie ihn sonst ausgesprochen unterhaltsam fand. Nein, heute dachte sie an Aidan Tremayne und fragte sich, wer er sein mochte und warum sie so heftig auf ihn reagierte. Er war einer der attraktivsten Männer, denen sie je begegnet war. Sie war noch immer sehr erschüttert von der unerwarteten Begegnung mit ihm — ganz zu schweigen von der Art und Weise, wie er verschwunden war... als ob er sich in Luft aufgelöst hätte!

An diesem Abend war Aidan ganz besonders hungrig, aber er ging nicht auf die Jagd. Der Hunger schärfte seinen Verstand, und während er allein in seiner luxuriösen Bibliothek saß, erlaubte er sich einen Rückblick auf jene andere Zeit, als er noch ein Mann und kein Monster gewesen war.

Mit geschlossenen Augen ließ er seine Gedanken in die Vergangenheit zurückschweifen. Wie den meisten Sterblichen, war auch ihm nie bewußt gewesen, was es hieß, einen starken, gleichmäßigen Herzschlag zu besitzen, kräftige Lungen, die nach Luft verlangten, und Muskeln, die Befehle von einem lebendigen Gehirn entgegennahmen. Damals, in jenen unkomplizierten Zeiten, hatte seine Männlichkeit im Vordergrund gestanden, nicht sein Verstand.

Und heute war er eine leere Hülle, eine Verirrung der Natur, Dank seines ungestümen Charakters, dank seiner stetigen Suche nach Vergnügungen und dank Lisette war er heute ein Ungeheuer, das nur durch die Aufnahme menschlichen Bluts fähig war zu existieren. Aidan sehnte sich nach ewigem Frieden, aber er fürchtete zu sehr die Möglichkeit eines Weiterlebens nach dem Tod, um freiwillig aus seiner Existenz zu scheiden.

Er lächelte traurig, als er Jahrzehnte und dann Jahrhunderte in Gedanken vorüberziehen ließ. Er war zweiundzwanzig gewesen, als das Undenkbare geschah. Man schrieb das Jahr 1782, und er befand sich in einem kleinen Raum über einer verrufenen englischen Taverne, nicht weit entfernt von Oxford . . .

Lisettes hüftlanges kastanienbraunes Haar bedeckte wie ein seidener Schleier Aidans Oberkörper, ihre eisblauen Augen blickten zärtlich auf ihn herab. »Mein schöner Junge«, murmelte sie und streichelte seine Brust, seinen Bauch, sein Glied. »Ich könnte es nicht ertragen, dich aufzugeben.«

Aidan stöhnte. Sie waren die ganze Nacht zusammen gewesen, und wie immer, wenn der Morgen heraufdämmerte, wurde sie sentimental und gierig. Er war überrascht, als er eine neue Erektion verspürte, denn er hatte geglaubt, sie hätte ihn bereits erschöpft.

Lisette war um einiges älter als Aidan, und ihre Erfahrung in erotischen Angelegenheiten war beträchtlich, aber abgesehen davon wußte er kaum etwas von ihr. Eines Nachts, als Aidan einen einsamen Spaziergang unternahm, hatte eine prächtige, von sechs Rappen gezogene Kutsche neben ihm gehalten, und Lisette – ein blasses, fast überirdisch schönes Wesen – hatte ihn mit einem Lächeln und einer Handbewegung aufgefordert, einzusteigen. Seither trafen sie sich regelmäßig.

Und nun lachte sie über sein Widerstreben, obwohl sein junger Körper durchaus bereit schien, sich mit ihrem erneut zu vereinen.

Sie bestimmte den Rhythmus, war Angreiferin und Verführerin. Sie nahm Aidan in Besitz und ließ ihn gleich danach halb bewußtlos auf den zerknitterten Laken liegen.

Halb benommen schaute Aidan zu, wie seine Geliebte eine unruhige Wanderung durch den kleinen Raum aufnahm. Sie trug jetzt wieder ihr hauchdünnes, fließendes Musselinnachthemd, die dichten Locken fielen wie ein rotgoldener Wasserfall auf ihren schmalen Rücken. Aidan war froh, daß es schon fast Morgen war und sie ihn wie immer um diese Zeit verlassen würde, denn er befürchtete, daß eine weitere Umarmung ihn umbringen würde.

»Sieh zu, daß du dich während meiner Abwesenheit nicht mit irgendwelchen Dirnen einläßt«, sagte sie gereizt. »Ich würde das nicht dulden!«

Aidan richtete sich halb im Bett auf. »Ich bin nicht dein Eigentum, Lisette«, erwiderte er. »Also sag mir nicht, was ich zu tun und was ich zu lassen habe.«

Darauf drehte sie sich jäh zu ihm um, und er sah etwas Schreckliches in ihrem Gesicht, obwohl es fast dunkel im Zimmer war und nur ein schwacher Mond hereinschien. »Wage es nicht noch einmal, in diesem respektlosen Ton mit mir zu sprechen!« herrschte sie ihn an.

Aidan konnte recht dreist sein, und der Anwalt seines Vaters schwor, daß diese Eigenschaft eines Tages sein Ruin sein würde – aber nicht einmal er wagte, Lisette noch weiter herauszufordern. Sie war keine gewöhnliche Frau, das war ihm seit langem klar, und er spürte auch, daß sie eine ihm noch unbekannte Macht besaß.

Wahrscheinlich war es das, was ihn so sehr an ihr reizte, ganz abgesehen von ihrer unersättlichen Begierde und ihrer unermeßlichen Schönheit.

Lisette warf einen düsteren Blick zum Fenster, dann schaute sie wieder Aidan an, und ihre Augen glühten in der Dunkelheit. Sie waren hart wie Edelsteine und glitzerten von einem eisigen Feuer. Lisette gab ein ersticktes Geräusch von sich, eine

27

Mischung aus Verlangen und Bedauern, und stürzte sich auf ihn.

Aidan versuchte, sie abzuschütteln, betroffen über die Heftigkeit ihres Angriffs, aber zu seiner Enttäuschung stellte er fest, daß sie viel stärker war als er.

»Bald«, murmelte sie, wieder und wieder, wie eine Mutter, die ihr Kind beruhigt. »Bald, mein Liebling, wird uns die ganze Welt gehören . . .«

Aidan spürte ihre spitzen Zähne in seinem Hals, und sein Herz überschlug sich vor Entsetzen. Er kämpfte, um Lisette abzuwehren, aber sie war wie eine Marmorstatue, begrub ihn unter sich und drohte ihn zu zermalmen. Er fühlte eine Ohnmacht nahen und wußte plötzlich, daß er sterben und Maeve, seine Schwester, nie wiedersehen würde; daß er nie wieder lachen, nie wieder malen und nie wieder Wein und Bier mit seinen Freunden trinken würde.

Er verstärkte seine Anstrengungen, bemühte sich, die drohende Ohnmacht abzuschütteln, während unerträgliche Schmerzen seinen Körper peinigten.

»Beruhige dich«, wisperte Lisette und hob den Kopf, um Aidan anzuschauen. »Deine Freunde, die armen Narren, werden glauben, du seist tot, aber du wirst nur schlafen, Aidan. Ich werde kommen, um dich abzuholen, mein Liebling, bevor sie dich begraben.«

Aidan war entsetzt und unendlich verwirrt. Er fühlte sich sehr merkwürdig; sein Körper war schwach wie im Augenblick des Todes; er vermochte kaum die Augen aufzuhalten, während seine Seele auf den Schwingen einer dunklen Euphorie dahinschwebte. »O Gott«, flüsterte er, »was ist mit mir?«

Lisette erhob sich, aber das änderte nichts für Aidan, denn er war nicht mehr fähig, auch nur einen einzigen Muskel zu bewegen.

»Das wirst du bald sehen, Liebling«, erwiderte sie. »Aber du kannst dir die Mühe, Gott um Hilfe anzurufen, ersparen. Um Wesen unserer Art kümmert er sich nicht.«

Aidan bemühte sich verzweifelt, aufzustehen, aber er hatte nicht mehr die Kraft dazu, konnte nur in entsetztem Schweigen zusehen, wie Lisettes Gestalt sich in wirbelndem, glitzerndem Nebel auflöste. Sie war fort, und obwohl Aidan bei vollem Bewußtsein war, begriff er, daß sie ihn ermordet hatte.

Er konnte weder sprechen noch aufstehen, sein Herz hatte aufgehört zu schlagen, und er atmete nicht mehr. Als die ersten Sonnenstrahlen in den Raum drangen, war er blind. Sein Fleisch brannte wie auf einem Scheiterhaufen, aber Aidan wußte jetzt, daß der Schmerz keine körperliche Ursache hatte. Er war tot, wie Lisette gesagt hatte, und trotzdem war ihm nur allzu deutlich bewußt, was um ihn herum geschah.

Ein Dienstmädchen, das hereinkam, um das Zimmer aufzuräumen, fand ihn später an diesem Morgen. Ihre Schreie gellten in seinen Ohren, er versuchte, sich zu bewegen, zu reden, ihr zu zeigen, daß er bei Bewußtsein war, aber es war alles sinnlos. Aidan war eine lebende Seele, die in einem Leichnam gefangen war.

Er war sich auch der anderen bewußt, als sie kamen. Es war, als habe der bewußte Teil seines Seins sich an die Zimmerdecke erhoben, um auf die anderen herabzuschauen. Zwei Männer befanden sich im Raum, der Tavernenbesitzer und sein Sohn, doch bald erschien auch ein Priester.

Der Junge hängte die Tür aus, und sie legten Aidans hilflosen Körper auf die hölzerne Bahre. Er konnte nicht das Geringste tun, um sie daran zu hindern.

»Arme Seele«, sagte der Priester und machte das Zeichen des Kreuzes über Aidans sterblichen Überresten. »Was mag ihm zugestoßen sein?«

»Er ist als glücklicher Mann gestorben«, erwiderte der Junge grinsend. Es schien ihn nicht zu stören, daß er mit einem Vertreter Gottes sprach. »Ich habe die Frau gesehen, die bei ihm war, und die Geräusche gehört, die beide verursachten!«

Aidan kehrte von der Zimmerdecke in seinen reglosen Körper zurück und versuchte, etwas zu bewegen — ein Ohr, eine Wimper, einen Gesichtsmuskel. Nichts. Schwärze hüllte ihn ein, sog ihn auf, mit Hirn und Seele, und plötzlich war er niemand mehr und nirgends.

Als er erwachte, war er immer noch nicht fähig, sich zu rühren. Er wußte jedoch aufgrund jenes merkwürdigen siebten Sinnes, den er kurz nach Lisettes Angriff entwickelt hatte, daß er, mit zwei Münzen auf den Augen, im Hinterzimmer eines Totengräbers lag. Beim ersten Tageslicht war er in einen Sarg gebettet und nach Hause nach Irland gebracht worden, endlich keine störende Verantwortung für seinen reichen englischen Vater mehr. Seine Mutter, eine dunkelhaarige Tavernenkellnerin, eine Frau, die stets ein Lachen bereit hatte und noch bereitwilliger ihre Röcke hob, würde vermutlich eine Zeitlang trauern, aber am schlimmsten würde Maeve leiden. Maeve, seine Zwillingsschwester, die Gefährtin seiner Kindertage, das Gegenstück seiner Persönlichkeit.

Hoffnung erwachte in Aidans Sein, als er eine kühle Hand auf seiner Stirn spürte; seine Hoffnung erstarb, als er die Stimme seiner Mörderin erkannte. »Na also, ich habe dir doch gesagt, daß ich dich holen würde«, sagte sie und plazierte einen kühlen Kuß, wo eben noch ihre Hand gelegen hatte. »Hast du Angst gehabt, mein Liebling? Vielleicht wirst du jetzt begreifen, was es bedeutet, mich herauszufordern.«

Eine heftige, unerklärliche Angst erfaßte Aidan, doch er war nicht fähig, etwas zu sagen. In seinem Innersten schrie er auf, als sie sich über ihn beugte und ihre Zähne sich in seine Haut bohrten wie Nadeln in ausgetrocknetes Pergament. Im nächsten Augenblick schien flüssige Energie in ihn hineinzuströmen; er konnte wieder sehen und hören, mit kristallklarer Schärfe, obwohl er noch immer keinen Herzschlag spürte und auch keinen Atem. Eine unirdische, unfaßbare Macht erwuchs in ihm, gewann an Kraft und sprudelte in ihm auf wie Lava, die durch die Kuppe eines Berges bricht.

Seine Muskeln waren wieder flexibel; er richtete sich auf der hölzernen Bahre auf und stieß Lisette mit einer Bewegung seines Arms beiseite.

»Was hast du getan?« keuchte er, denn die Freude, die ihn von innen her erfüllte, war von der Art, wie normale Sterbliche sie niemals erfahren würden. Sie war düster und böse, und obwohl er Lisette am liebsten fortgeschleudert hätte, griff er doch nach ihr und klammerte sich an ihr fest. »In Gottes

Namen, Lisette — was für eine Kreatur bist du, und was hast du mit mir gemacht?«

Lisette hob schützend die Arme, als wollte er sie schlagen. »Sprich nie wieder den Namen des Allerhöchsten aus — es ist verboten!«

»Sag es mir!« brüllte Aidan.

Ein Rascheln ertönte hinter der Tür der Totenkammer, Schritte erklangen und Stimmen.

Lisette trat an Aidans Seite. Ihr Geist erfüllte den Raum, wirbelte in ihm herum wie ein unsichtbarer Sturm und verschluckte ihn. Als Aidans Bewußtsein zurückkehrte, befand er sich in einem feuchten Gewölbe mit kalten Steinwänden.

Er lag wieder auf dem Rücken, diesmal auf einer Art Altar. Im flackernden Schein von einem Dutzend Kerzen erblickte er Lisette, die zu seinen Füßen aufragte wie ein furchtbarer Racheengel.

»Bitte«, sagte er in einem rauhen Wispern. »Sag mir, was ich bin.«

Sie lächelte und trat neben ihn, strich ihm sanft das Haar aus der Stirn. Er war nicht gefesselt, soweit er sehen konnte, und doch mußte sie ihn irgendwie an seinem Platz festhalten, denn er fühlte sich wieder völlig machtlos.

»Beruhige dich, mein Liebling«, erwiderte Lisette. »Du bist jetzt ein ganz wundervolles Wesen, mit Eigenschaften, von denen andere nur träumen können. Du bist ein Vampir.«

»Nein!« stieß er entsetzt hervor. »Nein! Das ist unmöglich — solche Dinge gibt es nicht!«

»Psst«, sagte Lisette und legte den Zeigefinger an ihren schönen, tödlichen Mund. »Du wirst dich bald an die Veränderung gewöhnen, Liebling. Sobald du das ganze Ausmaß deiner Macht gespürt hast, wirst du mir dankbar sein für das, was ich getan habe.«

»Dankbar?« Aidan zitterte, so groß war sein Bemühen, sich aufzurichten. Und so sinnlos. »Wenn es wahr ist, was du sagst — und das kann ich nicht glauben — werde ich dich verfluchen, Lisette. Aber ich werde dir nie, niemals dankbar dafür sein!«

Lisettes schönes Gesicht erstarrte zu einer Maske des Zorns.

»Undankbar! Du weißt nicht, was du sagst. Ansonsten würde ich dich nämlich ins Sonnenlicht hinausstoßen, damit du die Qualen kennenlernst, die nur ein Vampir erleiden kann! Du kannst dich glücklich schätzen, Aidan Tremayne, daß ich dir sehr geneigt bin!« Sie hielt inne, um sich zur Ruhe zu zwingen. Dann schenkte sie Aidan ein Lächeln. »Schlaf jetzt, Liebling. Ruh dich aus. Wenn es wieder dunkel wird, zeige ich dir Orte und Dinge, die du dir nicht einmal in deinen kühnsten Träumen vorgestellt hast.«

In den Nächten, die darauf folgten, erfüllte Lisette ihr Versprechen.

Sie brachte Aidan bei, zu jagen, und obwohl er es verabscheute, lernte er seine Lektion. Sie lehrte ihn auch, sich so mühelos, wie ein Sterblicher von einem Raum zum anderen wechselte, zwischen Zeiten und Kontinenten zu bewegen. Von ihr lernte Aidan, ein sicheres Versteck zu finden und seine Anwesenheit vor dem Bewußtsein Sterblicher zu verhüllen.

Es war Lisette, bei der Aidan puren, beständigen und einzigartigen Haß kennenlernte, und all dieser Haß war auf sie gerichtet.

Er bedauerte seine Opfer und hungerte oft bis zum Rande des Zusammenbruchs, um kein Blut trinken zu müssen. In einer nebligen Winternacht, nicht lange, nachdem Lisette ihn aus einem Mann in ein Ungeheuer verwandelt hatte, saß er allein in einer Landgaststätte und tat so, als ob er Bier tränke, als sich ihm ein anderer Vampir näherte . . .

»Du schwelgst in Erinnerungen an mich? Wie rührend.«

Aidan erschrak in dem bequemen Sessel in seinem Haus in Connecticut und stieß einen verhaltenen Fluch aus. Sein unerwarteter und fraglos arroganter Gast lehnte in lässiger Eleganz am Kaminsims. Er trug sogar das goldene Medaillon, was bedeutete, daß er zum Scherzen aufgelegt war.

Wie Aidan verachtete auch Valerian das stereotype Image des Filmvampirs.

»Es ist das zweite Mal in ebenso vielen Nächten, daß ich dir unbemerkt erschienen bin«, meinte Valerian vorwurfsvoll und zupfte an seinen makellos weißen Handschuhen. »Du wirst allmählich unvorsichtig, mein Freund. Sag mir, hast du so gut gespeist, daß es deine Wahrnehmung trübt?«

Aidan stand auf und erwiderte den forschenden Blick seines Gasts. Valerian war alt nach den Maßstäben von Vampiren, seine Verwandlung hatte irgendwann im vierzehnten Jahrhundert stattgefunden. Er war ein prächtiges Ungeheuer, das zu imponierenden Zurschaustellungen seiner Macht neigte. Doch nur die Törichten zeigten Furcht in seiner Gegenwart.

Wenn Valerian Feigheit spürte, wurde er gefährlich verspielt, wie eine Katze, die eine Maus zwischen ihren Krallen hält.

»Ein bißchen Selbstbetrachtung wird mir ja wohl noch gestattet sein«, sagte Aidan, schenkte sich einen Cognac ein und hob das Glas in einem spöttischen Toast, obwohl er gar nicht trinken konnte. »Ich dachte gerade daran zurück, auf welche Weise ich in den Stand eins Dämonen erhoben wurde.«

Valerian lachte, nahm Aidan das Glas aus der Hand und schüttelte den Inhalt ins Feuer. »In den Stand eines Dämonen, hm? Haßt du uns so sehr, Aidan?«

»Ja!« stieß Aidan hervor. »Ja! Ich hasse dich, ich hasse Lisette, und am meisten hasse ich mich selbst.«

Valerian gähnte. »Du wirst allmählich etwas langweilig, mein Freund, mit deinem ständigen Gewinsel über das, was du bist. Wann wirst du akzeptieren, daß du es für den Rest aller Zeiten sein wirst? Warum findest du dich nicht endlich damit ab?«

Aidan kehrte seinem Gefährten den Rücken zu, trat vor eins der Bücherregale und ließ seine Hand leicht über die ledergebundenen Ausgaben gleiten, die er so liebte. »Es gibt einen Weg, den Fluch zu beenden«, sagte er mit Entschiedenheit. »Es muß einfach einen solchen Weg geben.«

»Oh, natürlich gibt es den«, stimmte Valerian heiter zu. »Du brauchst nur einem Sterblichen zu verraten, wo dein Versteck ist, und dir von ihm einen spitzen Holzpfahl ins Herz treiben zu lassen, während du schläfst. Oder such dir eine Silberkugel und erschieß dich.« Er erschauerte, seine Stimme nahm einen verächtlichen Tonfall an. »Beide Schicksale sind allerdings nicht sehr wünschenswert, befürchte ich. Es sind schreckliche Todesarten, Aidan, und was danach kommt, ist sogar noch schlimmer, sowohl für uns als auch für Sterbliche.«

Aidan wandte sich nicht von den ledergebundenen Tagebüchern ab, die er im Laufe zweier Jahrhunderte geschrieben hatte. Seine Niederschriften bewahrten ihn davor, den Verstand zu verlieren, und würden der Geschichte einmal — so hoffte er — eine andere Perspektive verleihen. Er hatte sein ganzes Leben in diesen Büchern beschrieben.

»Ich kann auf deine Lektionen verzichten, Valerian. Wenn du mir nichts anderes zu sagen hast, dann geh jetzt bitte.«

Valerian seufzte philosophisch, ein sicheres Zeichen, daß er zu einer ausgedehnten Predigt ansetzte. Doch diesmal überraschte er Aidan, indem er schlicht erwiderte: »Lisette ist wieder unterwegs, mein Freund. Sei vorsichtig.«

Aidan drehte sich langsam zu Valerian um. Als er genug gelernt hatte, um ein selbständiger Vampir zu sein, und Lisettes Aufmerksamkeiten entschieden zurückwies, war sie zuerst sehr beleidigt gewesen und hatte ihm lange gezürnt, um sich schließlich in ein ihm unbekanntes Versteck zurückzuziehen. Ab und zu kam sie daraus hervor, um ihren gewohnten Beschäftigungen nachzugehen, doch Aidan hatte sie schon seit Jahren nicht mehr belästigt. Er machte sich ihretwegen nur noch selten Sorgen, obwohl Valerian und Maeve ihn oft für seine Unvorsichtigkeit schalten.

»Sie hat mich längst vergessen«, sagte er. »Ich war nur eine ihrer zahlreichen Eroberungen.«

»Du machst dir etwas vor«, entgegnete Valerian ernst. »Lisette hat viele Liebhaber gehabt und viele Vampire geschaffen, aber du warst der einzige, der es je wagte, sich ihren Forderungen zu widersetzen und sie abzuweisen. Es ist ein Wunder, daß du noch existierst, und ich weiß wirklich nicht, warum ich versuche, dich zu schützen, wenn du letztendlich doch bloß sterben willst.«

Aidan ergriff mit beiden Händen Valerians seidene Rockaufschläge. Er fürchtete nicht um sich selbst, aber er hatte Angst um Maeve und diese Frau, Neely. »Hast du Lisette gesehen?« fragte er barsch. »Verdammt, hör auf, wie die Katze um den heißen Brei zu schleichen, und sag mir, was du weißt!«

Valerian schüttelte Aidans Hände ab. »Ich hatte nicht das Pech, Lisette zu begegnen«, antwortete er mit düsterer Würde, »aber andere haben sie gesehen. Sie ist schwach und jagt nur selten, wie ich hörte, doch trotz allem hat sie sich aufgerafft, und früher oder später, wie die Sterblichen es nennen, wird sie dir die Hölle heißmachen.«

Aidan fuhr sich mit der Hand durchs Haar, seine Gedanken rasten. »Wo? Wo ist sie gesehen worden?«

»In Spanien, glaube ich«, antwortete Valerian. Er hatte seine Aufmerksamkeit einer Spieldose zugewandt, die auf Aidans Schreibtisch stand; Valerian liebte Apparate. Er drehte den Schlüssel um, und die hellen Töne einer uralten Melodie erfüllten den Raum. »Wenn du mir jetzt sagst, daß du sie suchen willst« erklärte er geistesabwesend, »schwöre ich dir, keinen Finger mehr für dich zu rühren.«

»Diesen Schwur hast du schon oft genug abgegeben«, erwiderte Aidan. »Es ist nur schade, daß du ihn nie hältst.«

Valerian lachte, aber das laute Klicken, mit dem er die Spieldose schloß, war ein sicherer Hinweis auf seine Stimmung. »Was für ein dreister kleiner Welpe du doch bist! Wer sonst außer Lisette könnte auf die verrückte Idee kommen, ein solch schwieriges Menschenwesen in einen Unsterblichen zu verwandeln und uns damit alle zu ewigem Pathos zu verdammen?«

»Ja, wer sonst?« entgegnete Aidan seufzend und ließ die Schultern hängen. Er war geschwächt vor Hunger, aber die Morgendämmerung war schon zu nahe. Es blieb ihm keine Zeit mehr für eine richtige Jagd. »Es tut mir leid«, sagte er, was jedoch nicht stimmte, und das wußten beide. »Wirst du es mich wissen lassen, falls du Lisette siehst?«

Der ältere Vampir maß ihn mit einem kalten Blick, dann sagte er: »Du wirst ihr vielleicht noch lange vor mir begegnen, Aidan.« Stirnrunzelnd zupfte er seine Handschuhe glatt und setzte seinen Zylinder auf. »Und jetzt adieu. Es wird gleich dämmern. Schlaf gut, mein Freund — und vor allem sicher.«

Damit löste Valerian sich in Luft auf. Er liebte dramatische Abgänge.

Aidan schürte das Feuer im Kamin und verließ das Haus. Im verschneiten Wald bewegte er sich geräuschvoll wie ein Mensch, statt mit der Lautlosigkeit eines Vampirs. Vielleicht hatte Valerian ja recht; vielleicht liebäugelte er mit seinem Verderben, aus der unbewußten Hoffnung heraus, daß es weder Himmel noch Hölle nach dem Tod gab, sondern nur Vergessen.

Im Vergessen würde er Frieden finden.

Aidans Hunger war fast unerträglich, als er sich dem verlassenen Minenschacht näherte, der ihm als Versteck diente. Er schaute zum Himmel auf und sah, daß ihm noch etwa fünfzehn Minuten blieben, bevor die Sonne am Horizont auftauchte. Zeit genug, um sich zu Neely zu begeben, Zeit für einen Blick auf sie, der ihn über den langen, totenähnlichen Schlaf hinwegtrösten würde.

Doch dann schüttelte er den Kopf. Nein. Er wagte es nicht, sich ihr zu nähern, wenn er Nahrung brauchte.

Durch das Unterholz bahnte er sich den Weg zu seiner Höhle, kroch hinein, kauerte sich gegen eine Wand und verschränkte die Arme um seine Knie. Dann gähnte er, ließ den Kopf sinken und schlief ein.

Das alte Herrenhaus war Neely in der Halloweennacht etwas unheimlich erschienen, aber als sie jetzt im hellen Sonnenschein davorstand, fand sie es harmlos und nicht ungewöhnlich, mit Ausnahme seiner Größe vielleicht.

Sie wußte selbst nicht recht, warum sie gekommen war; Mr. Tremayne hatte sie jedenfalls nicht dazu aufgefordert. Neely wußte nur, daß sie sich zu diesem Haus und zu seinem Besitzer hingezogen fühlte. Es war, als hätte sie Aidan Tremayne schon immer gekannt, als hätten sie sich einst sehr, sehr nahe gestanden, um dann brutal getrennt zu werden. Ihm zu begegnen war wie eine Wiedervereinigung gewesen, die Wiederherstellung von etwas, das ihnen vor langer Zeit geraubt worden war.

Nach kurzem Zögern betrat sie die Veranda und klingelte an der Tür.

Niemand antwortete, und so versuchte sie es ein zweites Mal. Wieder ließ sich niemand blicken.

Neely ging einmal um das große Haus herum, weil sie hoffte, den Eigentümer im Garten zu finden, aber auch hier keine Spur von Aidan.

Enttäuscht, aber in gewisser Weise auch erleichtert, machte Neely sich schließlich auf den Heimweg. Ihre morgendliche Arbeit war erledigt, sie hatte den Nachmittag frei. Danny würde bis drei Uhr in der Schule sein, und Ben war mit der Reparatur eines Rohrbruchs beschäftigt.

Sie beschloß, sich Bens alten Toyota auszuleihen und nach Bright River zu fahren. Ihre Emotionen ließen ihr keine Ruhe; sie hatte versucht, Tremayne aus ihren Gedanken zu verbannen, aber es wollte ihr nicht gelingen. Vielleicht war es gar keine schlechte Idee, die Redaktion des Clarion aufzusuchen und im Archiv der Tageszeitung nach etwaigen Hinweisen auf Aidan Tremayne oder seine Familie zu suchen. Es kann mir nicht schaden, meine beruflichen Talente zu pflegen, dachte sie, als sie über die Schnellstraße fuhr. Denn daß sie nicht für den Rest ihres Lebens als Kellnerin arbeiten konnte, war ihr klar; das würden ihre Füße gar nicht aushalten.

Neely stellte die altersschwache Heizung des Wagens ein und fröstelte trotz der heißen Luft, die ihr entgegenschlug. Sie spürte, daß Aidan ihr Leben verändern würde und sie seins; sie wußte es so sicher, als hätte ein Engel ihr dieses Wissen eingeflüstert. Ein geheimnisvolles Rätsel tat sich vor ihr auf, sie war begierig, es zu lösen.

Vorausgesetzt natürlich nur, daß sie lange genug am Leben blieb, um der Sache auf den Grund zu gehen.

Sie seufzte und dachte, daß sie leider viel zuviel über die Einkommensquellen der Wahlkampagne ihres früheren Chefs wußte — unter anderem. Fünf Jahre Arbeit in Washington hatten Neely von ihren Illusionen kuriert. Hargrove war ein netter

Mensch, der bestimmt nicht gern ihren oder anderer Leute Tod befahl, aber er liebte auch die Macht, die seine Stellung ihm verlieh, und den Status, der damit verbunden war. Der Senator würde niemals seinen Reichtum, seine Position und seine Ehe opfern, um Neely am Leben zu erhalten, und schon gar nicht seine persönliche Freiheit.

Sie mußte von jetzt an noch vorsichtiger sein und endlich aufhören, so zu tun, als sei ihre Welt noch in Ordnung.

Als Aidan erwachte, war er gefährlich schwach, ein Zustand, der ihn für alle Arten von Feinden verwundbar machte. Es blieb ihm keine andere Wahl, als auf die Jagd zu gehen.

Er stand langsam auf und streckte sich, auch dies eine Gewohnheit, ein Überbleibsel aus seiner Zeit als Sterblicher. Aidans Muskeln unter seiner Haut hatten sich längst zu einem steinähnlichen Material verdichtet. Selbst das ist anders, dachte er, als er die Arme ausstreckte und seine Hände betrachtete. Das einst so lebendige Fleisch war jetzt kalt und glatt und hart wie Marmor.

Aidan verweilte nicht lange in seinem Versteck, denn der Hunger war gnadenlos in seiner Intensität, er minderte seine Kraft und bedrohte seinen Verstand. Rasch kletterte er die glatte Erdwand zum Mineneingang hinauf. Draußen schien ein klarer Mond.

Sein erster Gedanke galt Neely, und wieder wünschte er sich, ein Mensch zu sein, um in ihrer Nähe sein und im hellen Sonnenlicht mit ihr spazierengehen zu können. Am meisten jedoch wünschte er sich, sie lieben zu können, sein eigenes Fleisch warm und weich an ihrem... Aber das schien der unmöglichste aller Träume überhaupt zu sein.

Es ist gefährlich, auch nur daran zu denken, ermahnte er sich stumm. Er würde nie wieder ein menschliches Wesen sein, und eher würde er in den Händen seiner Feinde zugrunde gehen, bevor er Neely in das verwandelte, was er selber war.

Aidan kannte die Macht, die er als Vampir besaß, selbst wenn er sie verachtete, und er befürchtete, daß die Intensität seiner Gefühle Neely zu ihm hinziehen würde. Und falls er ihr jetzt begegnet wäre — wenn er so entsetzlich hungrig war und wenn sein abscheuliches Verlangen nach Blut mit seiner körperlichen und emotionellen Leidenschaft für sie zusammentraf —, wäre er nicht sicher gewesen, sich beherrschen zu können.

Doch Neely blieb in seinen Gedanken. Tief in seinem Herzen verweilte sie und ließ sich nicht mehr vertreiben.

Maeve verbarg sich im kühlen Abendnebel und wartete ab. Durch die dunstbeschlagenen Scheiben des Lakeview Cafés konnte sie Neely Wallace sehen, die Frau, die Valerian so beunruhigte.

Valerian war Maeves Ratgeber, in gewisser Weise, und er hatte sie unsterblich gemacht, als Aidan sich geweigert hatte, es zu tun. Aus diesem Grund vertraute sie Valerian, soweit ein Vampir einem anderen zu vertrauen vermochte, und da er Neely Wallace als Bedrohung für Aidan ansah, tat sie es auch. Maeve war in dieses Provinznest gekommen, in dieses Jahrhundert, das sie von Herzen haßte, um sich einem Feind zu stellen und ihn zu zerstören. Doch statt dessen stand sie nun, verborgen im schwachen Abendnebel, vor dem Fenster der Raststätte und gab sich ernsthaften Zweifeln über Valerians Einschätzung der Lage hin.

Miss Wallace war eine attraktive junge Frau, zwischen fünfundzwanzig und dreißig, schätzte Maeve, mit glänzendem kurzem Haar und großen, klugen Augen. Sie lächelte sehr viel, und ihre Gäste schienen sie zu mögen, aber sie war ganz eindeutig eine gewöhnliche Sterbliche ohne irgendwelche besonderen Kräfte oder Mächte.

Wie konnte ein solches Wesen eine Bedrohung für einen Vampir darstellen, selbst wenn es sich um einen so unwilligen handelte wie Aidan?

Maeve war irritiert und sehr gelangweilt. Sie hatte schon früh an diesem Abend Nahrung aufgenommen, um den Abend freizuhaben, und nun verpaßte sie ein wichtiges gesellschaftliches Ereignis — das Diner, das Columbine Spencer in Charleston, South Carolina, gab, und den darauffolgenden Ball.

Maeve begab sich durch bloße Willenskraft zu Aidans Haus, wo sie sich auf dramatische Weise mitten in seinem Salon verkörperlichte.

Er war dort, erstaunlicherweise, saß hinter seinem Schreibtisch und über eins dieser Journale gebeugt, an denen er seit Jahren schrieb. Obwohl es Elektrizität in diesem rohen Zeitalter gab und Aidans Haus auch dafür eingerichtet war, arbeitete er im Schein einer übelriechenden Öllampe.

Er hob den Kopf, als er Maeve sah, grinste und stand höflich auf, um sie zu begrüßen.

»Kuß, Kuß«, sagte Maeve und spitzte lächelnd die Lippen. Die Hände in die Hüften gestützt — sie trug ein prächtiges weißes Abendkleid, mit Hunderten winziger Rheinkiesel bestickt — warf sie den Kopf ungeduldig in den Nacken. Ihr dunkles Haar umrahmte ihr Gesicht in glänzenden kleinen Korkenzieherlocken, ihre makellose weiße Haut glühte rosig, weil sie gleich nach dem Erwachen Nahrung zu sich genommen hatte. »Also wirklich, Lieber, du scheinst dich allmählich zu einem Geizhals zu entwickeln!« Sie reichte Aidan eine Hand. »Komm — ich bin auf dem Weg zu einem Ball, und ich weiß, daß die Spencers sich freuen würden, dich unter ihren Gästen zu begrüßen.«

Aidan ließ sich mit verschränkten Armen auf der Schreibtischkante nieder. »Ich nehme an, daß sich dort alles versammeln wird, was unter uns Ungeheuern Rang und Namen hat«, neckte er seine Schwester.

Doch Maeve schien nicht belustigt. »Die meisten werden ganz gewöhnliche Sterbliche sein«, sagte sie und hob trotzig das Kinn. »Bühnenschauspieler, eine Opernsängerin, Künstler . . .«

»Und ein, zwei Vampire und zahlreiche Hexen und Werwölfe . . .«

Heiße Röte stieg in Maeves alabasterfarbene Wangen. »Seit wann bist du ein solcher Snob?« entgegnete sie spitz. »Valerian hat mir erzählt, daß du eine gefährliche Vorliebe für menschliche Gesellschaft entwickelt hast. Nach einem kurzen Blick auf den Gegenstand deiner Faszination dachte ich noch, er müsse sich geirrt haben. Aber jetzt bin ich mir nicht mehr so sicher.«

Aidans Augen verengten sich mißtrauisch. »Was soll das heißen — ›nach einem kurzen Blick auf den Gegenstand meiner Faszination‹?«

Maeve sammelte ihre ganze beeindruckende Macht, wie sie es häufig tat, wenn sie einem besonders dreisten Menschenwesen imponieren wollte. »Ich habe mir Neely Wallace angesehen«, sagte sie.

Aidan rührte sich nicht, und doch schien jede Faser seines Körpers eine gefährliche Drohung auszusenden. »Was?«

Maeve begann unruhig durch den Raum zu gehen. »Dann stimmt es also«, sagte sie und bewegte nervös ihren zierlichen Elfenbeinfächer. »Du hast dich tatsächlich in eine Sterbliche verliebt!« Sie blieb stehen. In ihren Augen glitzerten Tränen. »Oh, Aidan, wie konntest du nur so dumm sein?«

Sie sah die Verwirrung in Aidans Gesicht und die Qual, die ihren Bruder beherrschte. »Verliebt ist wohl kaum der richtige Ausdruck«, gestand er leise. »Ich bin dieser Frau erst zweimal begegnet, Maeve, und doch ist es schon so, als ob sie meine Seele besäße. Ich muß immer wieder daran denken, was die Zigeunerin damals sagte, als unsere Mutter uns zu ihr brachte, um uns die Zukunft voraussagen zu lassen. Erinnerst du dich noch daran?«

Maeve zuckte zusammen, weil sie vor dieser Erinnerung und vor ihrer Bedeutung zurückschrak, selbst nach all diesen Jahren

42

noch. »Ja«, erwiderte sie grimmig, »ich erinnere mich sehr gut! Wir suchten ein flohverseuchtes Zigeunerlager auf, und Mama, die arme, abergläubische Seele, gab einem dummen alten Weib Geld, damit sie uns die Zukunft voraussagte.«

Aidan maß sie mit einem stummen Blick, und Maeve sah so etwas wie Mitleid in seinen Augen aufleuchten.

Sie war entrüstet. »Na schön«, gab sie zu, obwohl ihr Bruder nichts gesagt hatte, »die Hexe hat in einigen Dingen recht gehabt! Aber es besteht kein Grund zur Annahme . . .«

». . . daß Neely die Frau ist, von der die Hexe sprach?« schloß Aidan sanft. »Die Frau, die entweder meine Verdammnis oder meine Rettung sein würde?« Er hielt inne, um seine Gedanken zu sammeln, und runzelte nachdenklich die Stirn. »Im Gegenteil, meine Liebe, ich glaube, daß es sogar sehr gut möglich ist. Ich weiß nichts über Neely, und sie ist, wie du schon sagtest, eine Sterbliche. Und dennoch, Maeve – als ich sie sah, war mir, als ob meine Seele mich verließe und zu ihr eilte, begierig, sich in ihr zu verlieren.«

Aidan wirkte so gehetzt und in die Enge getrieben, daß Maeve die Tränen kamen. In diesem Augenblick begann sie Neely Wallace zu fürchten – und zu hassen –, denn falls Aidans Theorie stimmte, war die Lage ernst, sehr ernst sogar.

»Was wirst du tun?« flüsterte Maeve.

»Tun?« entgegnete Aidan leise. »Meine liebe Schwester, es gibt hier nichts zu tun. Es ist etwas, das sich entfalten muß.«

»Nein«, wandte Maeve mit zitternder Stimme ein. »Das alte Weib hat damals gesagt, es käme auf eure Entscheidungen an, auf deine und auf ihre, ob du gerettet oder zerstört würdest!«

Aidan kam zu ihr und legte sanft die Hände um ihr schmales Gesicht. »Ich kann nur meine eigenen Entscheidungen bestimmen«, erwiderte er ruhig. »Was Neely beschließt, unterliegt nicht meinem Willen.«

Maeve bebte vor Zorn und Furcht. »Du willst zugrunde gehen!« rief sie. »Verdammt, Aidan, ich bin dir in die Ewigkeit gefolgt, und du würdest mich bedenkenlos verlassen, um Zuflucht im Tod zu suchen!«

Aidan gab sie frei und trat an eins der hohen Fenster. »Von

dir getrennt zu sein wäre für mich sehr schmerzlich«, gab er zu. »Aber wir dürfen nicht vergessen, daß wir nur Bruder und Schwester sind, Maeve, und keine Liebenden. Vielleicht ist es uns einfach nicht bestimmt, denselben Weg zu gehen.«

Maeve beherrschte sich nur mühsam, als ihr die schmerzliche Wahrheit aufging, die in Aidans Worten lag. »Du hast also schon beschlossen, diesen Wahnsinn fortzusetzen?«

»Ja«, erwiderte er müde, ohne sich zu seiner Schwester umzudrehen. Zum erstenmal, so weit Maeve zurückdenken konnte, schien er sich ihrer Gefühle nicht bewußt zu sein. »Ja«, wiederholte er. »Was auch immer daraus entstehen mag, ich werde es durchstehen und am Ende dieses Wegs mein Schicksal finden.«

Endlich wandte Aidan sich vom Fenster ab, um Maeve anzusehen, obwohl er immer noch Distanz zu ihr hielt. Und da sie wußte, daß diese Distanz nicht nur körperlich war, sondern auch emotional, verwunderte er sie damit noch mehr.

»Du wirst dich nicht einmischen, so verführerisch der Gedanke dir auch erscheinen mag«, warnte er ruhig, aber entschieden. »Ich meine es ernst, Maeve — wenn du meine Wünsche respektierst, wenn du mich wirklich liebst, dann wirst du dich unter allen Umständen von Neely Wallace fernhalten!«

Maeve war erschüttert, sie zweifelt nicht daran, daß es Aidan ernst war. Wenn sie sich in diese bedrohliche Affäre einmischte, würde er ihr niemals vergeben, und der Gedanke an seinen Zorn war ihr einfach unerträglich.

Und doch, trotz allem, würde auch sie jetzt wütend. Und sehr mißtrauisch. »Glaubst du allen Ernstes, es bestünde Anlaß, diese Frau auch gegen mich zu verteidigen?«

Aidan blieb unnachgiebig. »Ich weiß es nicht«, erwiderte er freimütig. »Aber ich mache mir große Sorgen um Neelys Sicherheit. Wie du vielleicht verstehen wirst, könnte deine Anwesenheit die Aufmerksamkeit der anderen auf Neely ziehen. Angenommen, Lisette erführe von ihr?«

Maeve hatte schon gehört, daß Lisette, der bösartigste, aber leider auch der mächtigste aller Vampire, ihr Grab verlassen hatte, doch bisher hatte Maeve es für ein Gerücht gehalten. »Sei kein Narr«, erwiderte sie. »Selbst wenn Lisette wieder unterwegs sein sollte, wird sie bestimmt kein Interesse für jemanden wie deine bedauernswerte Sterbliche aufbringen.«

»Sie ist keineswegs bedauernswert, weder körperlich noch geistig«, entgegnete Aidan scharf. »Neely ist ein zauberhaftes Wesen, wie die meisten Sterblichen, und ein Teil ihrer Schönheit ist auf die Tatsache zurückzuführen, daß sie sich ihrer Ausstrahlung nicht einmal bewußt ist.«

Maeve betrachtete schweigend ihre elfenbeinfarben lackierten Fingernägel. Sie war innerlich noch immer sehr aufgewühlt, ihre äußerliche Ruhe war nur Fassade. »Du fürchtest Lisette zu Recht«, sagte sie mit einer Gleichgültigkeit, die sie nicht empfand. Sie war verletzt, und in ihrem Schmerz mußte sie grausam sein. »Falls deine Feinde erfahren, daß du etwas für diese Frau übrig hast, könnten sie sie benutzen, um dich zu quälen.« Sie schwieg einen Moment, um ihren Worten mehr Wirkung zu verleihen, dann schloß sie kühl: »Es gibt nur eine Möglichkeit, dieses Problem zu lösen, Aidan. Auge um Auge...«

Sein Zorn war so heftig, daß er den ganzen Raum mit Kälte erfüllte. Und das bestätigte Maeves schlimmste Befürchtungen.

»Nein.« Aidan flüsterte das Wort nur, aber es besaß die geballte Kraft eines Erdbebens. »Neely darf nicht angerührt werden, hörst du? Ihre einzige Sünde ist, daß sie ein Kind an meine Tür begleitet hat, in völlig harmloser Absicht...«

Maeve legte Aidan einen Finger auf die Lippen, um ihn zum Schweigen zu bringen. »Du brauchst nicht laut zu werden, Lieber«, sagte sie, auch diesmal wieder mit einer Gelassenheit, die nur gespielt war. »Ich werde deine Wünsche respektieren, das weißt du. Du solltest aber auch wissen, daß ich dich liebe und alles tun werde, um dich zu schützen.«

Einen endlosen Moment lang blickten sie sich schweigend an.

»Bitte, Aidan«, sagte Maeve schließlich, »komm mit mir zum Ball! Was könnte besser dazu dienen, die Aufmerksamkeit der anderen von Neely Wallace abzulenken?«

Aidan zögerte, dann nickte er grimmig.

Er ging hinauf, um sich umzukleiden, und kehrte dann zu Maeve in den Salon zurück. Er war atemberaubend attraktiv in Frack und Zylinder, und um dem Ganzen eine zusätzliche Wirkung zu verleihen, hatte er seinen seidenen Umhang umgelegt.

Fünf Minuten später betrat er, schweigsam und geistesabwesend, mit Maeve am Arm den Ballsaal der Spencers.

Als ihre Schicht zu Ende war, blieb Neely noch eine Weile an einem der Tische im Café sitzen, trank eine Tasse Kräutertee und dachte über die Informationen nach, die sie im Archiv der lokalen Tageszeitung gesammelt hatte.

Sie hatte eine ganze Reihe von Artikeln über die Familie Tremayne gefunden und alle fotokopiert. Diesen Artikeln zufolge gab es schon seit über einem Jahrhundert immer wieder einen Aidan Tremayne, der das stattliche Herrenhaus bewohnte. Doch jeder dieser Tremaynes schien einsiedlerisch gewesen zu sein. Sie mußten alle irgendwo anders geheiratet und ihre Kinder aufgezogen haben. Es waren weder Heirat- noch Verlobungsanzeigen aufzufinden, und es fehlte auch jeglicher Hinweis auf Geburten oder Todesfälle.

Im Sommer des Jahres 1816 war ein Teil des Hauses durch einen Brand zerstört worden. Während des Sezessionskrieges hatten Truppen der Unionsarmee die unteren Räume besetzt. 1903 war eine junge Frau verschwunden, nachdem sie eine Visitenkarte in der Residenz der Tremaynes abgegeben hatte, was einen erheblichen Skandal und eine ernsthafte, aber erfolglose polizeiliche Untersuchung auslöste. Einer der frühesten Vorfahren war ein bekannter Maler gewesen, und einige seiner Werke hatten bei einer Auktion im Jahre 1956 ein Vermögen eingebracht.

Erst die Schritte, die sich ihrem Tisch näherten, rissen Neely aus ihrer Versunkenheit. Als sie den Blick erhob, sah sie ihren Bruder einen Stuhl heranziehen.

Ben sah aus wie ein Motorradheld mit seinem langen Haar, den abgetragenen Jeans und dem schwarzen T-Shirt, aber in Wirklichkeit war er ein solider Bürger. Er arbeitete hart, um das Motel, das Café und den Campingplatz zu führen, und war Danny ein sehr liebevoller Vater.

»Hast du noch mehr Schmutz um Senator Hargrove ausgegraben?« fragte er. Da das Lokal geschlossen war, der Koch und die zweite Kellnerin nach Hause gegangen waren, konnten die Geschwister jetzt ungehindert sprechen.

Natürlich wußte Ben von Neelys Entdeckungen aus ihrer Zeit als Assistentin des Senators. Sie hatte Ben erzählt, daß sie ihren Chef verdächtigte, Verbindungen zu Drogendealern und anderen Kriminellen zu unterhalten, und Ben wußte auch von den schriftlichen Beweisen, die sie gesammelt hatte.

Neely schüttelte den Kopf. Es war mit Sicherheit noch eine ganze Menge mehr Schmutz aufzufinden, was Dallas Hargrove betraf, aber sie war das Detektivspielen leid. Sie hatte dem FBI zahlreiche Dokumente und sogar Fotografien übergeben, die die kriminellen Handlungen des Senders bewiesen, und nun blieb ihr nichts anderes übrig, als zu warten — und zu hoffen, daß die Bundespolizei Hargrove verhaften würde, bevor er sich an ihr rächen konnte.

»Diesmal nicht«, erwiderte sie müde. »Ich habe Nachforschungen über die Tremaynes angestellt, aber nicht viel herausgefunden. Ich glaube, ich versuche es morgen noch einmal im Gerichtsarchiv.«

Ben schien erstaunt. »Warum, Neely?« fragte er mit einem leisen Unbehagen. »Warum interessierst du dich für diese Leute? Ich fand es schon immer ein bißchen unheimlich, wie zurückgezogen dieser Tremayne lebt.«

Neely stützte die Ellbogen auf den Tisch und legte das Kinn auf die Hände.

»Ich kann es dir nicht erklären«, antwortete sie aufrichtig. »Es ist fast wie ein innerer Zwang. Ich habe Mr. Tremayne erst zweimal gesehen, und doch empfand ich jedesmal eine Art innerer Verwandlung, wie ich sie früher nie für möglich gehalten hätte. Ich glaube, wenn ich nicht aufpasse, könnte ich mich sogar in ihn verlieben.«

Ben schüttelte den Kopf und grinste, dann stand er auf und ging zur Theke, um zwei Stück Zitronenkuchen zu holen. Im allgemeinen blieb er nie so lange im Café, doch da Danny die Nacht bei einem Schulfreund in der Stadt verbrachte, bestand für Ben kein Grund zur Eile.

47

»Wäre das so schlimm?« fragte er. »Wenn du dich verlieben würdest, meine ich?«

Neely nahm eine Gabel und stach ein Stück von ihrem Kuchen ab. »Wann wirst du wieder heiraten, Ben?« entgegnete sie ausweichend. »Shannon ist jetzt schon fünf Jahre tot. Wird es nicht langsam Zeit, daß du dir wieder eine Partnerin suchst?«

Ben lachte, aber es klang traurig. »So einfach ist das nicht«, sagte er. »Niemand läuft Gefahr, mich mit Kevin Costner zu verwechseln, und mein Job ist auch nicht gerade imponierend. Ich habe einen kleinen Sohn, der noch immer darauf wartet, daß seine Mutter heimkommt, einen altersschwachen Kombiwagen, der dringend überholt werden müßte, ein kleines Sparkonto und Krankenhausrechnungen, die der amerikanischen Staatsverschuldung gleichen. Welche Frau, die auch nur eine Spur von Grips besitzt, würde sich mit mir belasten?«

Neely berührte zärtlich seinen Arm. »Keine, wenn du so denkst«, entgegnete sie vorwurfsvoll. »Aber was ist mit deinen anderen guten Eigenschaften, Ben? Du hast treu zu Shannon gehalten, als sie das Schlimmste durchmachte, was einem Menschen zustoßen kann, und du warst immer für sie da, obwohl du selbst unendlich gelitten haben mußt. Du hast Danny aufgezogen, mit viel Liebe und mit Zärtlichkeit, und du bist zäh, Ben. Sehr viele andere Menschen hätten aufgegeben, wenn sie im gleichen Jahr ihre Frau und ihren Arbeitsplatz verloren hätten, aber du hast weitergekämpft. Du bist ein großartiger Mensch, Ben, und ich bin sicher, daß es eine Menge guter Frauen gibt, die Ausschau halten nach jemanden wie dir. Du solltest dich nur nicht ständig hinter deinem schroffen Wesen verstecken.«

Bens Erröten war der Beweis, daß Neelys Bemerkungen ins Schwarze getroffen hatten. Nach kurzem Schweigen entgegnete er: »Und was ist mit dir, Neely? Ist es ernst zwischen dir und diesem Tremayne?«

Sie wandte den Blick ab. »Es könnte es werden«, gab sie zu. »Zumindest auf meiner Seite, aber ich glaube nicht, daß Aidan je einen Gedanken an mich verschwendet hat.« Sie hielt den

Zeitpunkt für gekommen, dem Gespräch eine andere Richtung zu geben. »Die Leute, mit denen Hargrove seine Geschäfte macht, werden vielleicht noch Jahre warten, bis sie zuschlagen, Ben, aber früher oder später werden sie dafür sorgen, daß ich einen Unfall erleide. Es ist schlimm genug, daß ich hier bleiben muß, an einem so offensichtlichen Ort, und daß ich dich und Danny in Gefahr bringe. Ich kann nicht auch noch einen Mann, der von allem keine Ahnung hat, in diese Geschichte mit hineinziehen.«

Ben seufzte resigniert. »Wir sind schon ein Paar, du und ich«, sagte er. »Aber irgendwann werden der Senator und seine Komplizen verhaftet werden, und dann bist du außer Gefahr.«

Neely warf ihrem Bruder einen zweifelnden Blick zu, bevor sie aufstand und ihre Fotokopien an sich nahm. Sie ging vor ihm zur Tür, wartete draußen jedoch, bis er das Licht gelöscht und die Tür abgeschlossen hatte.

»Vielleicht hätte ich das Material einem Journalisten übergeben sollen«, meinte sie nachdenklich. »Ich könnte es noch immer tun, falls das FBI nichts unternimmt.« Neely besaß Kopien von den belastenden Dokumenten, die sie an einem sicheren Platz untergebracht hatte. Aber sie hatte weder Ben noch irgendeiner anderen Person verraten, wo. Es war viel zu gefährlich, so etwas zu wissen.

Der Schnee war hart gefroren, der Himmel klar und sternenübersät. Ben begleitete Neely zu ihrem Wohnwagen und wartete, bis sie aufgeschlossen und das Licht angeschaltet hatte.

»Du hast morgen frei«, erinnerte er sie. »Mach dir einen schönen Tag, anstatt in den staubigen Archiven des Gerichts herumzustöbern.«

Neely lächelte. »Gute Nacht, Ben«, sagte sie.

Er schüttelte den Kopf und ging zu seinem eigenen Wohnwagen weiter.

Nachdem Neely abgeschlossen, sich ausgezogen und geduscht hatte, machte sie es sich auf ihrem Bett bequem. Eigentlich hatte sie noch die Zeitungsartikel durchsehen wollen, doch sie war so müde, daß es ihr gerade noch gelang, die Lampe auszuknipsen, bevor sie in einen ungewöhnlich tiefen Schlaf versank.

Fast augenblicklich nach dem Einschlafen begann sie zu träumen.

Aidan Tremayne erschien am Fußende des Betts, noch gutaussehender als sonst in einem eleganten Frack, wie ihn Männer in den Filmen aus den zwanziger und dreißiger Jahren manchmal trugen. Der Zylinder, der in einem schiefen Winkel auf seinem Kopf saß, vervollständigte das Bild des attraktiven Dandys, und der dunkle Seidenumhang um seine Schultern raschelte in der Zugluft aus dem Fenster.

Als die träumende Neely sich auf einen Ellbogen aufrichtete, zwinkerte er ihr lächelnd zu.

Neely lachte. »Ich glaube nicht, daß ich je wieder abends einen Hamburger mit Zwiebeln und Chilisauce essen werde«, sagte sie.

Aidan tippte sich lächelnd an seinen Hut, ließ ihn über seinen Arm hinunterrutschen und ergriff ihn mit einer Hand.

Neely applaudierte, und er verbeugte sich vor ihr. Sie hoffte, daß der Traum noch nicht vorbei war, daß der Zitronenkuchen dort weitermachen würde, wo der Zwiebelhamburger mit Chilisauce aufhörte.

»Ist der Traum synchronisiert?« fragte sie. »Oder müssen wir uns mit Untertiteln zufriedengeben?«

Er streckte eine Hand aus, und sie fühlte sich schwerelos aus dem Bett emporgehoben. »Er ist vertont«, antwortete er. Als er sie in die Arme zog, spürte sie eine überwältigende Energie von ihm ausgehen, aber auch Gefahr, und sie selbst war ganz atemlos vor Begierde und Verlangen. »Ich fürchte, ich bin verhext.«

Neely ermahnte sich, daß es schließlich nur ein Traum war, und sie beschloß, diese interessante Nacht zu genießen, bevor die rauhe Wirklichkeit wieder einsetzte. Sie gestattete sich, in Aidans Nähe zu schwelgen, die prickelnde Hitze zu genießen, die in ihren weiblichsten Körperteilen aufstieg, und den bittersüßen Schmerz, der sich in ihrem Herzen sammelte.

»Sie sind für einen Ball gekleidet«, bemerkte sie verwundert. Die Wände des Wohnwagens schienen sich aufzulösen;

plötzlich waren nur noch Neely da und Aidan Tremayne, der sie in den Armen hielt, und das ganze Universum umgab sie still und schweigend. Tausende von Sternen sanken vor ihnen auf die Erde herab und formten glitzernde Teiche unter ihren Füßen.

Aber Aidans dunkelblaue Augen funkelten noch strahlender als alles, was sich am Firmament bewegte. »Ja«, stimmte er zu. »Während du nur sehr dürftig bekleidet bist.«

Neely seufzte. Ein Gutes hatten Träume – man konnte in einer Winternacht im Freien in einem T-Shirt tanzen, ohne Kälte zu verspüren oder einen Skandal auszulösen, weil man wußte, daß es nur ein Traum war, eine Illusion.

»Es ist wunderbar«, seufzte sie. »Es gibt Mädchen, die ihr ganzes Leben lang niemals so etwas träumen werden.«

Aidan erwiderte nichts; statt dessen zog er sie an sich und senkte den Kopf, um sie zu küssen.

Der Kuß heilte Dinge in ihr, von denen sie nicht einmal gewußt hatte, daß sie zerbrochen waren, erschütterte jedoch andere, und Neely weinte, weil sie plötzlich wußte, daß sie Aidan Tremayne liebte, daß sie ihn immer lieben würde und daß diese Liebe außerhalb ihres Traum völlig unmöglich war.

Im Walzertakt tanzten sie über die Baumwipfel, eine Treppe aus glitzernden Sternen hinauf und um einen blassen Mond herum. Musik hörten sie auch, natürlich, denn schließlich war dies alles eine himmlische Produktion. Die Töne waren einzigartig, von bittersüßer Intensität, und Neely hörte sie noch, als sie abrupt aufwachte und sich betroffen im Bett aufrichtete.

Sie keuchte, als sei sie von einer großen Höhe herabgestürzt. Ihre Wangen waren feucht von Tränen.

Beherrscht vom Gefühl eines unermeßlichen Verlusts, schlang Neely die Arme um die Knie und wiegte sich langsam vor und zurück. Der wundervolle Traum verblaßte, und so griff sie rasch im Dunkeln nach Bleistift und Papier, um alles festzuhalten. Sie begann zu schreiben, doch die letzten ihrer Erinnerungen verflogen wie süßes Parfüm im Wind.

Sie schaltete das Licht ein, bebend vor Erschütterung über diesen neuerlichen Schmerz, und las, was sie auf die Rückseite ihrer Telefonrechnung geschrieben hatte. Alles, was von der phantastischen Erfahrung zurückgeblieben war, war ein hastig dahingekritzeltes Wort.

Aidan.

Aidan schlief tief und fest am darauffolgenden Tag. Er erwachte nur wenige Minuten nach Sonnenuntergang und versuchte noch immer, seine Gedanken zu sammeln, als Maeve erschien, majestätisch schön in einer fließenden weißen Toga.

Sie schaute sich in dem dunklen Minenschacht um und rümpfte die Nase über die Spinnweben und den Schmutz. »Deine Neigung zur Selbstkasteiung überrascht mich immer wieder«, bemerkte sie.

Sorgfältig klopfte Aidan den Staub von seinem Frack und zog spöttisch eine Augenbraue hoch, als er seine Schwester betrachtete. Maeve war für irgendeine römische Feier angekleidet, aber es war sicher nichts Authentisches. Wie den meisten Vampiren war es auch ihr verboten, weiter in der Zeit zurückzugehen, als bis zum Augenblick ihres Dahinscheidens als menschliches Wesen. Aidan lächelte und schüttelte den Kopf.

»Auf dem Weg zu einer deiner ausschweifenden viktoriani-schen Parties?« fragte er.

»Es kann keine Rede von Ausschweifungen sein!« entgegnete Maeve scharf. »Die Havermails sind ausgesprochen nette . . .«

»Leute?« neckte Aidan.

Maeve wandte einen Moment den Kopf ab. »Vampire«, sagte sie leise. »Natürlich sind sie Vampire.« Dann flackerte ihr Ärger von neuem auf. »Hör auf, das Thema zu wechseln, Aidan! Du hast den Ball gestern nacht sehr früh verlassen. Wo warst du?«

Aidan verspürte ein dringendes Verlangen nach frischer Luft, obwohl er diesen wunderbaren Stoff nicht einmal atmen konnte. Er stellte sich vor, oben am Ausgang der Mine im fri-schen Schnee zu stehen, und so schnell wie sein Gedanke war er da. Einen Moment später erschien Maeve neben ihm.

Die Wälder waren still, mit Ausnahme des entfernten Heu-lens einer Eule und des vagen Murmelns von Autoreifen auf der Schnellstraße. Wolken verdeckten den Mond, eine Art blasser Dunkelheit lag über dem Land.

»Wo warst du gestern nacht, Aidan?« beharrte Maeve.

Er ging auf sein Haus zu. Er würde sich umziehen und schon früh Nahrung suchen heute abend, um dann Zeit für sein Lieb-lingsspiel zu haben, das darin bestand, so zu tun, als ob er ein Mann wäre. »Vorausgesetzt, es ginge dich etwas an«, erwiderte er, ohne anzuhalten, »warum sollte es dich interessieren?«

Maeve trat vor ihn und schaute wütend zu ihm auf. »Du bringst uns alle in Gefahr, wenn du mit Menschen umgehst, und das weißt du sehr gut, Aidan! Wenn du wirklich deine Exi-stenz aufgeben willst, werde ich mich wohl damit abfinden müssen – aber du hast kein Recht, uns andere in Gefahr zu bringen!«

Aidan zuckte zusammen, denn ihre Worte schmerzten. »Na schön«, sagte er müde, so unendlich müde. Er kam sich wie ein schuldbewußter Ehemann vor, der eine Lücke in seinem Ter-minplan zu erklären versucht, und der Vergleich war ihm äußerst unangenehm. »Nachdem ich den Ball verlassen hatte, kam ich hierher zurück, um mich in meiner Höhle zu verkrie-chen wie jedes andere brave Ungeheuer.«

Maeve erlaubte Aidan, an ihr vorbeizugehen, und beeilte sich, Schritt mit ihm zu halten wie damals, als sie noch Kinder gewesen waren. »Valerian sagte, du hättest mit dieser . . . Neely getanzt!«

»Es war nur eine geistige Übung, eine geteilte Illusion«, erwiderte Aidan. Selbst das erklärte er nicht gern, aber es stimmte schon, daß er mit seiner Faszination für Neely möglicherweise andere Vampire in Gefahr brachte. Zuviel Kontakt zu Menschen, von der Notwendigkeit der Nahrungsaufnahme einmal abgesehen, schwächte die Macht eines Vampirs und verringerte seine Wahrnehmungsfähigkeit. Und Schwäche zog andere Ungeheuer, wie Lisette zum Beispiel, wie magisch an, wie blutiges Wasser Haie. »Du glaubst doch nicht, daß ich tatsächlich mit ihr getanzt oder sie in den Armen gehalten haben könnte? Eine menschliche Frau?«

Sie betraten das Haus durch den Hintereingang. In der Küche, die nichts Eßbares enthielt, zwang Maeve ihren Bruder von neuem, stehenzubleiben, indem sie seinen Frackärmel ergriff.

»Könntest du sie nicht einfach vergessen?« flehte sie. »Dafür kann es doch noch nicht zu spät sein!«

Aidan schaute seine Schwester lange an, bevor er antwortete. »Es war vom Anfang der Zeiten an zu spät«, sagte er. »Laß es gut sein, Maeve. Es ist nicht mehr zu ändern.«

»Vergiß sie!« beharrte Maeve verzweifelt. »Wenn du unbedingt eine Romanze brauchst, dann such dir eine Unsterbliche!« Tränen glitzerten in ihren Augen, und Aidan war gerührt; es erstaunte ihn, daß sie sich die Fähigkeit zu weinen bewahrt hatte.

Er ergriff Maeves Hände und drückte sie sanft. »Ich weiß nicht, was es ist«, sagte er leise, »ich verstehe selbst nicht, was mit mir geschieht. Aber eins weiß ich, Maeve − daß es sich nicht mehr vermeiden läßt. Du, Valerian, die anderen − ihr müßt euch alle von mir fernhalten, bis es erledigt ist, auf die eine oder andere Art.«

»Nein!« widersprach Maeve. »Ich kann dich nicht im Stich lassen, Aidan . . .«

»Das mußt du aber, Maeve!«

»Nein.«

Er stieß einen derben Fluch aus.

Nach einem langen inneren Kampf, der sich deutlich in ihren ausdrucksvollen Augen abzeichnete, hob Maeve die Hand und berührte sein Gesicht. »Nun gut. Ich werde mein Bestes tun, um dir so lange wie möglich fernzubleiben«, versprach sie leise. »Aber hör mir gut zu, Aidan, und vergiß es nicht: Ich werde von jetzt an meine Macht ausbauen und vergrößern. Wer immer dir etwas zuleide tut, wird das ganze Ausmaß meiner Rache spüren, und dabei werde ich keine Gnade walten lassen.«

Aidan wurde eiskalt im Geiste. Obwohl seine Zwillingsschwester sich wie er nur von jenen Menschen nährte, deren Seelen bereits verdammt waren, teilte sie nicht seine Abneigung gegen das Leben eines Vampirs. Für Maeve war der Zwang, menschliches Blut zu konsumieren, nur ein geringer Preis im Austausch gegen Unsterblichkeit und die Fähigkeit, durch bloße Willenskraft durch Zeit und Raum zu reisen, die Verschärfung aller Sinne und die unerschöpfliche körperliche Energie, über die ein Vampir verfügte.

»Halte dich von Neely fern«, sagte er warnend.

Maeve straffte die Schultern, ihr ganzer Körper schien von einem inneren Feuer zu glühen. »Wenn sie deine Zerstörung bewirkt, wird sie sterben!« sagte sie entschieden.

Bevor Aidan etwas darauf erwidern konnte, war seine Schwester schon verschwunden, und er stand allein in dieser Küche mit den leeren Regalen. Mit verschränkten Armen lehnte er sich an eine Anrichte und sehnte sich nach ganz gewöhnlichen Freuden wie dem Geräusch und dem Duft in der Pfanne brutzelnden Specks... und der zärtlichen Umarmung einer Frau, die noch warm vom Schlaf war.

Welch grausame Ironie des Schicksals, dachte er, daß die Sterblichen nicht zu begreifen scheinen, welch wundervolles Geschenk es ist, einfach nur menschlich zu sein. Wenn sie wüßten, wie gesegnet ihre Existenz ist...!

Washington, D. C.

Senator Dallas Hargrove verließ sein Haus in Georgetown durch eine Seitentür, in Jeans, einem alten T-Shirt und einer zerschlissenen Lederjacke. Er zog den Kragen hoch, um sein Gesicht zu verbergen, und pfiff beim Gehen leise vor sich hin.

Er war ein Meister darin, der Presse und anderen Plagen aus dem Weg zu gehen, und es gelang ihm auch in dieser Nacht. Er lief, bis er sich in einiger Entfernung von dem stattlichen Haus befand, in dem seine schöne, zarte Frau schlief, und rief ein Taxi.

Der Fahrer erkannte ihn nicht — Washington wimmelte von Leuten, die in der Regierung saßen — und fuhr ihn bereitwillig zu einem Park am Stadtrand.

»Warten Sie hier«, sagte Dallas. Es schneite heftig, der Wind war beißend kalt.

Der Taxifahrer verzog das Gesicht. »Ich weiß nicht, Mann«, sagte er widerstrebend. »Dies ist nicht gerade die beste Gegend in D.C.«

Dallas reichte ihm den Fahrpreis und zückte mit einem wahlreifen Lächeln einen Fünfzigdollarschein. »Fünf Minuten?«

Seufzend griff der Mann nach dem Geldschein. »Fünf Minuten«, stimmte er zu. »Aber keine Minute länger.«

Dallas nickte, wandte sich ab und sprintete in den Park. Einige Vagabunden schliefen unter den Bänken, doch die Banden jugendlicher Rowdies, die sich sonst an diesem Ort herumtrieben, schienen die Kälte zu scheuen und zu Hause geblieben zu sein. Rasch ging Dallas zu der Statue eines Bürgerkrieggenerals.

Seine Kontaktperson erschien sofort, obwohl Dallas wie üblich nicht mehr als eine undeutliche Silhouette von ihm sehen konnte. Er fand es fast ein bißchen unheimlich, wie geräuschlos dieser Kerl sich bewegte. Er war wie ein Gespenst, das sich aus der Dunkelheit heraus verkörperlichte.

»Es wird Zeit, daß diese Wallace verschwindet.«

Ein heftiges Schuldbewußtsein erfaßte Dallas, obwohl die Logik ihm sagte, daß Neely es nicht anders verdient hatte. Sie hatte sein Vertrauen schändlich ausgenutzt und in seinen Archiven und Papieren herumgeschnüffelt. Aber andererseits war sie auch ein hübsches, quicklebendiges Ding, und sie zu töten wäre nicht anders, als würde man eine Rose zerquetschen, die eben erst im Sonnenschein blühte.

»Hören Sie«, sagte er beschwichtigend zu der gespenstischen Silhouette vor ihm, »meine Freunde beim FBI sind allen Problemen zuvorgekommen, die sich ergeben könnten. Und Miss Wallace hat sich seit damals nicht mehr gerührt und nicht einmal versucht, sich zu verstecken. Sie lebt jetzt in Connecticut und hilft ihrem Bruder, eine Autoraststätte und ein Motel zu führen. Meiner Ansicht nach sollten wie sie in Ruhe lassen.«

»Sie hat versucht, uns alle hochgehen zu lassen, Senator, Sie einschließlich! Wer weiß, ob sie es nicht noch einmal versuchen wird?«

Dallas biß die Zähne zusammen und zwang sich, eine entspannte Haltung einzunehmen. Er wollte Neely nicht sterben sehen, obwohl sie ihn verraten hatte, aber er durfte sich diesen Leuten nicht widersetzen. Sie hätten ihn umgebracht oder zu einem Leben als Krüppel verurteilt, und was sollte dann aus Elaine werden? Wer würde für sie sorgen, wenn nicht er?

Seine schöne Frau war einst vital und aktiv gewesen, eine erfolgreiche Journalistin. Heute war sie an einen Rollstuhl gefesselt und litt an einem unheilbaren, progressiven Muskelschwund. Elaines Zukunftsprognosen waren düster, und er konnte sie nicht im Stich lassen.

»Sie wissen, wo Sie sie finden können«, sagte er und rieb sich müde die Augen. Er mußte an seine Familie denken, an seine Wähler. Was bedeutete schon eine einzige Frau im Vergleich zu so vielen Menschen?

Fast fünf Minuten waren inzwischen vergangen, und Dallas befürchtete, daß der Taxifahrer seine Warnung wahrmachen und abfahren würde, wenn er nicht bald erschien. Rasch überreichte er der schattenhaften Gestalt vor sich ein Päckchen Dokumente, und der Mann übergab ihm im Austausch einen dicken Umschlag.

Ich tue das alles nur für Elaine, redete sich Dallas ein, als er sich abwandte und auf den Parkstreifen zueilte.

Aidan wusch sich, kämmte sorgfältig sein langes Haar und zog Jeans und einen dicken Wollpullover an. Er würde heute früh auf die Jagd gehen, diese unangenehme Aufgabe erledigen und dann den Abend an seinem Kamin verbringen, um an seinen Niederschriften zu arbeiten.

Er schloß seine Gedanken sorgfältig vor seiner Umwelt ab, denn zu intensives Denken an Neely würde sie an seine Seite rufen. Das wäre für ihn sehr peinlich, weil er ihr dann eine Erklärung bieten müßte, und für Neely, weil sie sich plötzlich in seinem Haus wiedergefunden hätte, ohne sich zu erinnern, wie sie dort hingekommen war.

Aidan nahm einen Computerausdruck aus dem Aktenschrank und ließ seinen Zeigefinger über eine Liste gleiten. Es waren Namen von Männern, die Abonnenten der schmutzigsten und gemeinsten aller Pornomagazine waren.

Rasch wählte er ein Opfer im nächsten Distrikt aus, schloß die Augen und verschwand.

Nur wenige Minuten später war er schon wieder zurück.

Neely vermied es im allgemeinen, sich nachts allein der Schnellstraße zu nähern, doch heute war sie zu ratlos, um in ihrem Wohnwagen zu bleiben. Sie empfand die Enge dort als erstickend, ihr Heim erschien ihr an diesem Abend noch viel kleiner als sonst. Sie kam sich vor wie eine Heuschrecke, die in einem Glasgefäß gefangen war.

Dicke Schneeflocken sanken lautlos auf die gefrorene Erde herab und bedeckten den Asphalt mit einem weißen Teppich. Doch obwohl Neely ein solches Wetter sonst eher als friedlich empfunden hätte, war ihr heute fast ein bißchen unheimlich zumute.

Lächerlich, dachte sie, mich über einen Traum, an den ich mich nicht einmal richtig erinnere, derart aufzuregen. Aber in diesem Traum war Aidan Tremayne vorgekommen, und sie hatte eine wundervolle, beinahe überirdisch schöne Musik gehört.

Und als wäre all das nicht schon genug, wurde sie jetzt auch noch von dem unangenehmen Gefühl erfaßt, beobachtet und verfolgt zu werden.

Erschauernd ging sie schneller und blieb erst wieder stehen, als sie den Anfang der langen Einfahrt zu Aidans Haus erreichte.

»Du bist verrückt«, sagte sie sich, als sich auf der entgegengesetzten Fahrbahn ein Jeep näherte und seine Geschwindigkeit verlangsamte.

Neelys Herz begann wie wild zu klopfen und schnürte ihr die Kehle zu; keuchend stürzte sie in den Wald und hastete durch den tiefen Schnee. Von der Schnellstraße her hörte sie das Zuschlagen einer Wagentür.

»Hey, Lady, kommen Sie zurück!« rief eine Männerstimme.

Neely rannte, bis sie über eine umgestürzte Birke stolperte und sich das Kinn aufschrammte. Doch sogleich rappelte sie sich wieder auf und lief weiter, auf Aidan Tremaynes Haus zu, dessen Lichter durch die Bäume schimmerten.

Hinter ihr krachte der gefrorene Schnee unter den Schritten ihres Verfolgers.

Als Neely sich einmal umschaute, halb blind vor Angst, stieß sie hart mit etwas zusammen. Zuerst hielt sie es für einen Baum, aber dann stützten sie zwei starke Hände, und sie blickte in das klassisch schöne Gesicht von Aidan Tremayne.

»Keine Angst, es ist alles gut«, sagte er mit leiser Stimme, und zum erstenmal fiel ihr auf, daß er mit leichtem Akzent sprach. »Niemand wird Ihnen etwas zuleide tun.« Mit einer fast unheimlichen Eindringlichkeit starrte er einen Moment lang in den Wald, um seinen Blick dann wieder auf Neely zu richten.

Er lächelte, und ihre Knie wurden weich.

Vage hörte sie sich entfernende Schritte, das Zuschlagen einer Wagentür und das Kreischen von Reifen auf nasser Straße.

»Sie brauchen jetzt eine Tasse Tee«, sagte Aidan, als wäre es vollkommen natürlich, daß sie zu dieser späten Stunde zusammen im Wald standen. Er trug nicht einmal einen Mantel, nur Jeans und einen dicken Seemannspullover. »Kommen Sie.«

Neely erlaubte ihm, sie durch den Wald zu geleiten; höflich legte er eine Hand unter ihren Ellbogen.

»Gehen Sie immer zu solch ungewöhnlichen Zeiten aus?« fragte er. Kein Vorwurf lag in seiner Frage, nur kameradschaftliche Neugier.

»Nein«, erwiderte Neely reumütig. »Normalerweise nicht. Aber ich bin in letzter Zeit ein bißchen ruhelos . . .«

»Haben Sie eine Ahnung, wer der Mann sein könnte, der Ihnen gefolgt ist?«

Verlegen schüttelte Neely den Kopf. »Ich bin in den Wald gerannt, als er den Wagen anhielt und sich nach mir umdrehte. Er war vielleicht ganz harmlos, aber . . .«

»Aber das glauben Sie nicht?« entgegnete Aidan, als sie den Rand seines ausgedehnten Parks erreichten.

Wieder schüttelte Neely den Kopf. »Nein. Ich habe einige sehr mächtige Feinde.«

»Ich auch«, erwiderte er zu ihrer Verblüffung und ging voran, um die Tür für sie zu öffnen.

Er führte sie ins Wohnzimmer, wo Petroleumlampen brannten und ein behagliches Feuer im Kamin prasselte. »Setzen Sie sich«, sagte er und deutete auf einen bequemen Ledersessel. »Kommen Sie erst einmal zu Atem. Ich mache Tee. Oder hätten Sie lieber einen Brandy?«

»Brandy«, sagte Neely ohne Zögern.

Aidan lächelte, ging zu einem Schrank und schenkte bernsteinfarbene Flüssigkeit in einen Cognakschwenker aus geschliffenem Kristall. Er brachte Neely das Getränk, hielt sich jedoch in einiger Distanz von ihr, während sie daran nippte.

»Ich weiß, daß ich Ihren Abend bereits gestört habe«, begann sie, als ihre Glieder nicht mehr zitterten und ihr Herz wieder seinen normalen Rhythmus aufgenommen hatte. »Aber vielleicht wären Sie trotzdem so freundlich, mich nach Hause zu fahren? Ich hätte Angst, nach diesem Erlebnis zu Fuß zurückzugehen.«

Er stand am Feuer, die Arme verschränkt, den Rücken an

den Kaminsims gelehnt. Die beiden ersten Male, als Neely ihm begegnet war, war sie verblüfft gewesen über die unnatürliche Blässe seiner Haut, doch heute wirkte sie völlig normal und war sogar leicht gerötet. »Selbstverständlich«, sagte er auf seine kultivierte Art. »Ich werde gleich den Wagen holen.«

Neely starrte ihn über den Rand ihres Glases an und war versucht, ihm zu erzählen, daß sie von ihm geträumt hatte. Aber dann nickte sie nur.

»Diese mächtigen Feinde, von denen Sie sprachen . . .«, sagte er und betrachtete sie mit einem Blick, unter dem sie sich wie ein unvergleichlich schönes Kunstwerk vorkam. »Würden Sie mir sagen, wer sie sind?«

Sie seufzte und ließ einen Finger über den Rand ihres Glases gleiten. »Ich weiß nicht, ob das ratsam wäre«, sagte sie nach ausgiebiger Überlegung. »Es kann gefährlich sein, zuviel zu wissen.«

Im Bruchteil einer Sekunde hatte Aidan den Raum durchquert und hockte sich neben ihren Sessel.

»Es ist oft noch viel gefährlicher, nicht genug zu wissen.«

Neely fühlte sich auf merkwürdige Weise zu ihm hingezogen und wandte leicht den Kopf ab, um sich vor seiner unwiderstehlichen Ausstrahlung zu schützen. »Ich habe für einen Senator gearbeitet«, begann sie seufzend. »Er war in einige sehr zwielichtige Geschäfte verwickelt, und ich konnte genügend Beweise sammeln gegen ihn und die Schurken, mit denen er zusammenarbeitete, um sie für immer außer Gefecht zu setzen. Oder zumindest glaubte ich das.«

Aus den Augenwinkeln sah sie, daß Aidans Blick auf ihrer Kehle ruhte, und sie verspürte ein jähes, unerklärliches Verlangen, sich dem dunklen Zauber hinzugeben, der aus seinen Augen strahlte. »Doch nun sieht es so aus, als hätten sie beschlossen, mich für immer zum Schweigen zu bringen«, schloß sie unsicher.

Mit verblüffter Geschmeidigkeit stand er auf und entfernte sich von ihr. Wäre er ein anderer gewesen, hätte sie jetzt vielleicht gedacht, daß er ihr gar nicht zugehört hatte. Aber sie wußte, daß es nur sehr wenig gab, was Aidan Tremayne entging, ob er aufmerksam wirkte oder nicht.

»Es wird einiges Nachdenken erfordern – Ihr Problem, meine ich«, sagte er ernst und vermied es dabei, sie anzusehen. »Machen Sie es sich bequem. In einigen Minuten werde ich den Wagen vorfahren. Da ich ihn nur selten benutze, braucht der Motor eine Weile, um warmzulaufen.«

Neely nickte. Der Gedanke, von ihm getrennt zu sein, erfüllte sie mit Enttäuschung und Erleichterung zugleich.

»Vielen Dank«, sagte sie.

Aidan verließ den Raum.

Neely wartete eine Zeitlang, dann stand sie auf. Ihre Knie zitterten noch immer, und die Schramme daran brannte wie verrückt, aber der Brandy wirkte wohltuend auf ihre Nerven. All das jedoch war nichts im Vergleich zu den Gefühlen und Sehnsüchten, die Aidan Tremayne in ihr hervorrief.

Sie ging zu seinem Schreibtisch und stellte das Cognacglas ab.

Eine Spieldose stand neben der Schreibunterlage, die Neely in die Hand nahm, um ihre Gedanken von dem Besitzer dieses unheimlichen alten Hauses abzulenken.

Außerdem besaß sie selbst eine Sammlung solcher Spieldosen, die sich zusammen mit ihren Möbeln in einem gemieteten Lagerraum befand.

Diese hier war zweifellos antik, aus dem frühen neunzehnten Jahrhundert vielleicht. Das Gehäuse war aus feinstem Rosenholz, winzige Waldtiere waren in den Deckel eingeschnitzt.

Als Neely ihn hob, erklangen die leisen Töne einer uralten Weise. Sie begann zu zittern, ihr Herz pochte wie verrückt.

Es war die gleiche Melodie, die sie in ihrem Traum gehört hatte!

Mit einem unterdrückten Aufschrei klappte sie die Dose zu und trat zurück.

»Ist Ihnen nicht gut?« fragte eine unbekannte Männerstimme.

Neely wirbelte herum. Sie hatte den Mann, der hinter ihr stand, noch nie gesehen; er war von imponierender Gestalt, groß und stattlich, und wirkte sehr attraktiv mit seinem dichten, welligen Haar und den verwirrend blauen Augen. Erschrocken legte Neely eine Hand an ihre Brust.

»Ich habe Sie erschreckt.« Mit einem freundlichen Lächeln beugte der Mann den Kopf. »Ich bitte um Verzeihung.«

Neely war zwar noch immer sehr erschüttert, doch sie spürte, daß sie ihr inneres Gleichgewicht allmählich wiederfand. Über die Spieldose konnte sie später nachdenken, und was das jähe Erscheinen dieses Mannes betraf, nun, das war bestimmt nicht schwer zu erklären. Aidans Hans war sehr groß, und er hatte nie behauptet, allein darin zu leben. Es war etwas, was sie einfach angenommen hatte.

»Mein Name ist Valerian. Und Ihrer?«

»Neely«, sagte sie zögernd. Konnte dieser Mann der gleiche sein, der sie im Wald verfolgt hatte? Nein — sie hatte zuviel ferngesehen und zu viele Krimis gelesen, das war alles. Dieser Mann war wohl kaum der Typ, der nachts durch einen verschneiten Wald lief, und am Steuer eines Jeeps konnte sie ihn sich auch nicht vorstellen. »Neely Wallace.«

»Sehr erfreut«, sagte er und nahm Neelys Hand. Sie entsann sich nicht, sie ausgestreckt zu haben. Wie ein kühler Lufthauch glitten seine Lippen über ihre Haut, ohne sie jedoch tatsächlich zu berühren.

Ein Erschauern durchzuckte sie, teils aus Vergnügen, teils aus Angst. Ihr schwindelte ein wenig, als versuchte jemand, sie zu hypnotisieren. Sie entzog dem Mann ihre Hand, und im selben Augenblick kehrte Aidan in den Raum zurück und brachte den Geruch von frischem Schnee und Wind mit sich.

Er schaute Valerian an, obwohl seine Worte an Neely gerichtet waren.

»Der Wagen ist bereit«, sagte er. Es klang seltsam gepreßt.

Neely nickte und zog hastig ihren Mantel an, begierig, aufzubrechen und — wenn sie sich selbst gegenüber ehrlich war — mit Aidan allein zu sein.

Ein weißer englischer Sportwagen, ein Triumph Spitfire mit abnehmbarem Verdeck und sehr viel Chrom, parkte vor dem

Haus. Aidan öffnete die Beifahrertür für Neely und wartete, bis sie eingestiegen war, bevor er sich ans Steuer setzte.

»Was geht hier eigentlich vor?« fragte sie und war selbst überrascht über die Unverblümtheit ihrer Frage. »Ich hatte gestern nacht einen sehr seltsamen, sehr lebhaften Traum, in dem Sie die Hauptrolle spielten, Aidan. Wir tanzten, Sie und ich, zu einer sehr alten Melodie, die ich noch nie zuvor gehört hatte. Und heute abend, als ich den Deckel Ihrer Spieldose anhob, erklang die gleiche Melodie.«

Aidan startete den teuren, importierten Wagen und trat auf das Gaspedal. »Zufall«, sagte er, schien ihren Blick jedoch bewußt zu meiden.

»Nein«, widersprach Neely entschieden. »Ich konnte mich nicht an den Traum erinnern, er hat mich den ganzen Tag verrückt gemacht, aber als ich die Melodie hörte, fiel mir plötzlich wieder alles ein. Sie und ich, wir tanzten, und . . . und ja, ich bin nicht sicher, ob es auch wirklich nur ein Traum war. Was hat das alles zu bedeuten, Aidan?« Sie hielt inne, um Mut zu sammeln. »Ist es nur Einbildung von mir, diese Faszination, die zwischen uns besteht?« fragte sie leise, aber entschieden.

Aidan schien zu zögern. »Nein«, sagte er dann sichtlich widerstrebend, und trotz der Gefahr, in der Neely sich wußte, wurde sie von einer wilden Freude erfaßt. Sie hätte Aidan jetzt gern geküßt — wie in ihrem Traum oder in ihrer Sinnestäuschung, was immer es auch gewesen sein mochte —, aber er schaute sie nicht einmal an. »Wir spielen um sehr hohe Einsätze, Neely — sie sind beträchtlich höher, als du dir vorstellen kannst. Du mußt jetzt sehr vorsichtig sein, in jeder Hinsicht, und vor allem mußt du mir vertrauen.«

Seufzend lehnte sie sich auf dem ledernen Sitz zurück, faltete die Hände im Schoß und lächelte über das vertraute Du, zu dem er übergegangen war. »Da klingt alles sehr geheimnisvoll, Aidan«, sagte sie nachdenklich. »Und irgendwie habe ich das Gefühl, als würdest du dich nicht näher dazu äußern wollen.«

Endlich schaute er sie an, und obwohl er sich ihr nicht näherte, hatte Neely das merkwürdige Gefühl, gerade leidenschaftlich geküßt worden zu sein. Ein Schwindelgefühl erfaßte sie und ein solch verzweifeltes Verlangen nach Aidan, daß es schon fast beschämend war,

»Ich werde es dir erklären, sobald ich kann«, sagte er ruhig.

Neely berührte ihre Lippen, die noch von einem Kuß prickelten, der nie stattgefunden hatte.

Aidan lächelte geheimnisvoll. »Ich kann auch noch andere Dinge tun«, sagte er und verwirrte sie damit noch mehr. »Eines Nachts, bald schon, werde ich es dir zeigen.«

Neely errötete und biß sich auf die Lippen, um ihn nicht zu bitten, ihr seine Tricks sofort zu zeigen, jetzt, in diesem Augenblick.

Sie hatten die Schnellstraße erreicht, und als Aidan auf sie einbog, schmunzelte er, als hätte er Neelys Gedanken erraten. Sie hielt sich erschrocken an ihrem Sitz fest, als der kleine, schnelle Wagen auf das Lakeview-Hotelgelände zuschoß.

Neely schaute sich um und zwang sich, an etwas anderes zu denken als an das unerklärliche Begehren, das Aidan in ihr weckte.

Kein Jeep stand auf dem Parkplatz, das einzige andere Fahrzeug, das sie sehen konnten, war der städtische Schneepflug.

Aidan lenkte den Wagen auf den kiesbestreuten Weg, der über den Campingplatz führte, und hielt vor Neelys Wohnwagen.

Sie war verlegen wie ein Schulmädchen auf seinem ersten großen Ball. Sie wollte, daß Aidan sie anfaßte, und fürchtete gleichzeitig, er könne es tun. Rasch öffnete sie die Tür und stieg aus. »Gute Nacht«, sagte sie mit einem erzwungenen Lächeln. »Und vielen Dank.«

Auch er stieg aus, begleitete sie zu ihrer Tür und wartete geduldig, bis sie den Wohnwagen betreten hatte. »Gute Nacht«, sagte er förmlich, aber in seinen Augen erschien ein Funkeln, als sie die Tür schloß.

Erst lange, nachdem Aidan abgefahren und die Rücklichter seines Wagens in der Dunkelheit untergetaucht waren, fiel Neely ein, daß sie ihm nie gesagt hatte, welcher Wohnwagen ihrer war.

»Geh mit mir auf die Jagd«, bat Valerian, als Aidan die Wagenschlüssel in eine Porzellanschale im Bücherregal hinter seinem Schreibtisch warf und die Spieldose in die Hand nahm.

»Ich habe heute schon Nahrung zu mir genommen«, erwiderte er und hob den Deckel des kleinen Rosenholzkästchens.

»Dann tu es noch einmal«, meinte Vaierian.

Endlich richtete Aidan den Blick auf ihn. »Wozu? Du weißt, wie sehr ich es verabscheue.«

Valerian seufzte. »Ja«, gáb er zu. »Aber ein Überschuß an Nahrung würde deine Macht verstärken. Es ist wichtiger denn je, daß du jetzt stark bist, Aidan.«

Nun war es Aidan, der seufzte. »Noch eine düstere Warnung?« entgegnete er und stellte die Spieldose an ihren Platz zurück. »Was soll ich denn deiner Ansicht nach tun? Versuchen, an dieser schändlichen Sache auch noch Vergnügen zu finden, wie du es tust?«

Der ältere Vampir hieb seine geballte Faust auf Aidans Schreibtisch. »Erspar mir deine Moralpredigten«, zischte Valerian. Seine hellen Augen glühten, als er Aidan mit einem zornigen Blick maß. »Andere haben Lisette gesehen. Sie ist wieder auf Tour.«

Aidan fuhr sich mit der Hand durchs Haar. »Vielleicht wäre es das beste, wenn ich mich ihr stellen würde.«

Valerian schüttelte den Kopf. »Das wäre in deinem momentanen Zustand katastrophal. Lisette ist die Königin aller Vampire, der erste weibliche, der je erschaffen wurde. Selbst nach einem langen Schlaf wird ihre Macht beträchtlich sein.«

In Gedanken berührte Aidan Neely, bezog Kraft aus ihrer Sanftheit und aus ihrer Wärme. Er mußte sie schützen, und der beste Weg, das zu erreichen, war, für eine Zeitlang das zwanzigste Jahrhundert und Connecticut zu verlassen. »Also gut«, sagte er rauh. »Ich begebe mich in deine Hände, Valerian. Wir werden zusammen jagen, und ich bin bereit, mir deine Ratschläge anzuhören. Aber eins mußt du mir zuvor versprechen.«

Der ältere Vampir erwiderte nichts, zog nur in einer stummen Frage die Augenbrauen hoch.

»Du mußt mir schwören, daß du nicht zurückkehren wirst, um dir die Frau zu holen!«

Valerian gab einen gereizten Ton von sich. »Ich nehme an, du meinst Neely Wallace.«

»Du nimmst ganz richtig an. Ich habe gesehen, wie du sie betrachtet hast, und ich weiß, was du dir dachtest. Du mußt mir dein Wort geben, daß du sie unbehelligt lassen wirst.«

Valerian lachte, aber es klang alles andere als belustigt. Er hob eine Hand. »Ich werde mich nicht von deiner Kellnerin nähren«, sagte er feierlich. Dann, nach einer kleinen Pause: »Aber vergiß nicht, Aidan, daß ich nicht für die anderen sprechen kann.«

»Sie werden Neely in Ruhe lassen, wenn du nicht ihre Aufmerksamkeit auf sie ziehst.«

»Das gleiche gilt für dich, mein Freund«, entgegnete Valerian mit einer weitausholenden, theatralischen Handbewegung.

Valerian war nicht ohne Mitleid für Aidan, und er empfand auch noch eine ganze Menge mehr für ihn. Tatsächlich hatte er eine eifersüchtige Zuneigung zu dem jüngeren Vampir entwickelt und liebte ihn mit einer Hingabe und Zärtlichkeit, die die irdische Bedeutung dieser Worte bei weitem überstieg.

Obwohl Valerian seit beinahe sechs Jahrhunderten ein Vampir war, und die meiste Zeit ein glücklicher, bewahrte auch er sich gewisse Erinnerungen an seine Zeit der Menschlichkeit. An die Wärme der ersten Frühlingssonnenstrahlen auf wintermüder Haut zum Beispiel, an die eigenartige Erleichterung, die einem heftigen Niesen folgte, oder den süßen Schmerz nach unbändigem Gelächter und den Trost, den Tränen boten.

Jetzt, als sie in einem schmutzigen Londoner Pub saßen und so taten, als ob sie Bier tränken und Pastete äßen, um diese letzten kostbaren Momente auszukosten, bevor sie wieder untertauchen mußten, streckte Valerian die Hand aus und berührte den Arm seines Gefährten.

Aidan zuckte zusammen. Er hatte düster in die Luft gestarrt, seit sie das Schlachtfeld verlassen hatten, wo sie sich zuletzt genährt hatten.

»Haßt du es wirklich so sehr?« fragte Valerian leise und mit für ihn erstaunlich schwacher Stimme. Es fiel ihm schwer, Aidans Abneigung und seinen Ekel nachzuvollziehen; in seiner unendlich langen Existenz war er nie einem anderen Vampir begegnet, der nicht mit dem zufrieden gewesen wäre, was er war.

Aidan lächelte erzwungen; er war ein gutaussehender junger Mann und weckte Regungen in Valerian, die besser unangetastet blieben. »Ja«, gab er leise zu. Seine Haut glühte noch von der eben erst erfolgten Nahrungsaufnahme, doch seine Augen blickten traurig und verrieten eine innere Beklemmung, die bei weitem jene überstieg, die die sterbenden Soldaten, die sie an jenem Abend gesehen hatten, empfunden haben mußten. »Ja, ich hasse es. Ich verabscheue es. Die Hölle selbst kann keine Qualen bereithalten, die schlimmer für mich wären als dieser widerliche Drang!«

Jeden anderen, der es gewagt hätte, eine solche Behauptung aufzustellen, hätte Valerian gefragt, warum er dann eine Existenz als Vampir gewählt hatte. Aber hier handelte es sich um Aidan — den einzigen Bluttrinker, von dem Valerian wußte, daß seine Transformation nicht freiwilliger Natur gewesen war. So seufzte er nur und drehte den Holzlöffel in den Händen. »Was kann ich daran ändern, Aidan? Was soll ich für dich tun?«

Aidan richtete sich ganz unvermittelt auf, straffte die Schultern, und in seinen Augen glühte etwas auf, das nichts mit dem Fieber zu tun hatte, das der Nahrungsaufnahme folgte. »Du bist — abgesehen von Lisette — der älteste Vampir in unserem Kreis, und auch einer der unabhängigsten«, erwiderte er ruhig. »Falls es tatsächlich ein Mittel gegen diesen verdammten Fluch gibt, mußt du es wissen — oder zumindest imstande sein, herauszufinden, was es ist.«

70

Valerian wandte einen Moment den Blick ab und schaute aus dem schmutzigen Fenster der Taverne. Ein leichtes Grau mischte sich bereits in die Schwärze der Nacht, die Morgendämmerung war nahe, bald mußten sie Zuflucht suchen, um nicht von der Sonne zerstört zu werden. »Ich habe einmal eine Geschichte gehört«, flüsterte er mit rauher Stimme. »Aber ich bin sicher, daß es nur eine Legende war . . .«

Aidan erhob sich und baute sich drohend vor ihm auf. »Sag es mir!« forderte er hart.

Wieder seufzte Valerian. »Es bleibt uns keine Zeit«, erwiderte er und hoffte, daß sein vorgetäuschtes Bedauern seine Erleichterung verbarg. »Es ist fast Morgen.« Er stand auf und schaute Aidan beschwörend an. »Komm. Ich kenne einen Ort, wo wir sicher ruhen können.«

Er ergriff Aidans Arm und umklammerte ihn grob, als der andere Vampir sich ihm entziehen wollte. Sekunden später befanden sie sich in der Krypta eines Landfriedhofes, weit entfernt vom geschäftigen, gefährlichen London.

»Verdammt!« rief Aidan und stürzte sich mit ausgestreckten Händen auf Valerian, als wollte er ihn erwürgen. Was natürlich nur ein makabrer Scherz gewesen wäre, da Valerian weder richtig tot noch richtig lebendig war. »Sag mir, was du über diese Legende weißt!«

Valerian hob die Arme und errichtete eine geistige Barriere zwischen ihnen, undurchdringlich wie eine gläserne Wand. Er lächelte über Aidans Enttäuschung und gähnte ausgiebig. »Ich bin zu müde, um Geschichten zu erzählen«, sagte er. »Wir werden darüber sprechen, wenn die Abenddämmerung einsetzt.«

Mit diesen Worten ging Valerian zu einem Steinsockel, fegte die Knochen, den Staub und die Überreste eines Sargs beiseite, der einst darauf geruht hatte, und streckte sich mit einem zufriedenen Seufzer auf der kalten Steinfläche aus. Er sah Aidan zögern und dann langsam zurückweichen, bis sein Rücken die schwere Tür der Grabkammer berührte. Dort ließ er sich auf den Boden sinken und verschränkte die Arme um die Knie.

»Bis heute abend«, sagte er, und obwohl seine Stimme schon sehr müde klang, lag ein warnender Ton darin.

Wieder lächelte Valerian und schloß die Augen. Im Gegensatz zu jüngeren, unerfahreneren Vampiren überließ er sich nie vollkommen seinem Schlaf; er träumte häufig und ließ sein Bewußtsein an andere Orte schweifen, während sein Körper dort zurückblieb, wo er sich zum Schlafen niedergelegt hatte.

Derartige Reisen waren gefährlich, weil die feine Silberschnur, die den Geist mit der Hülle verband, auf die verschiedensten Arten beschädigt werden konnte. Falls das geschah, gab es kein Zurück mehr, Körper und Geist konnten nie wieder vereint werden, und der Reisende war gezwungen, sich mit dem abzufinden, was die andere Welt für ihn bereithielt.

Die bloße Vorstellung eines solchen Ereignisses flößte empfindsamen Vampiren entsetzliche Angst ein, denn nicht einmal sie waren imstande, hinter den Schleier zu schauen und die Erscheinungsformen von Himmel und Hölle zu bestimmen.

Tief in den entferntesten Regionen seines komaartigen Schlafs erschauerte Valerian angesicht der Vision ewiger Höllenqualen, die ihm vor so unendlich langer Zeit eingetrichtert worden war, als er noch gelebt und geatmet hatte wie ein Mensch. Und da Valerian im mittelalterlichen England geboren war, waren seine Vorstellungen von der ewigen Verdammnis ganz besonders grauenvoll.

Aber er war auch ein sehr abenteuerlustiger Vampir, von unstillbarer Neugierde, und liebte es, all jene staubigen Ecken und Winkel der Zeit zu erforschen, die bei der Geschichtsschreibung vergessen worden waren.

Denn dort lauerte ein eifersüchtig gehütetes Geheimnis.

Valerian liebte Geheimnisse, Mysterien und Rätsel aller Art, und deshalb war es gut, daß nur er und einige wenige der älteren Vampire davon wußten. Durch sehr starke Konzentration war Valerian imstande, sein Bewußtsein in die abgelegensten Winkel der Ewigkeit zu transportieren, zwischen den Zeiten hin- und herzureisen und sich sogar noch über den Moment seines menschlichen Tods und seiner Geburt als Menschenwesen hinaus in der Zeit zurückzubewegen.

Es war ein gefährliches, kraftraubendes Unternehmen, das ihn oft so sehr erschöpfte, daß er danach tagelang nicht fähig war, auf Jagd zu gehen. Und doch, obwohl er dies alles wußte, vermochte Valerian gelegentlichen Streifzügen durch die Leere, bei denen er jedesmal näher an den Beginn aller Zeiten heranreichte, nicht zu widerstehen.

An jenem besonderen Tag besaß er noch einen zusätzlichen Anreiz, die gefährliche Reise zu unternehmen — die Suche nach den ältesten, bestgehüteten Geheimnissen der Vampire, denn nur, indem er sie fand, konnte er erfahren, was Aidan so verzweifelt zu wissen begehrte.

Bei Abenddämmerung erwachte Aidan und erhob sich langsam aus seiner hockenden Stellung vor dem Kryptaeingang. Valerian lag noch auf seinem Steinsockel, obwohl er wach war, und sein Körper wirkte auf merkwürdige Art geschrumpft.

Seine Haut hatte einen gespenstischen Grauton, dunkle Schatten umgaben seine Augen. Er hob schwach die Hand, um Aidan zu sich zu rufen, und obwohl keine Tränen in seinen Augen zu erkennen waren, war es für Aidan offensichtlich, daß der ältere Vampir im stillen weinte.

Aidan schloß beide Hände um Valerians erhobene Hand. Sie waren keine Freunde, gehörten jedoch der gleichen Bruderschaft an und bewegten sich auf gemeinsamem Grund.

»Was ist?« flüsterte Aidan. »Was hast du getan?«

»Ich bin zurückgekehrt ... um zu suchen ...« Er brach ab und gab ein ersticktes Geräusch von sich. »Blut. Ich ... brauche ... Blut«, murmelte er flehentlich, umklammerte Aidans Finger und zog ihn an der Hand zu sich herab. »Bring mir Blut.«

Aidan, der eine unerklärliche Dringlichkeit spürte, hielt sich nicht damit auf, die schreckliche Bitte in Frage zu stellen. Er ging zur Tür der Krypta, schaute sich dort noch einmal um und begab sich mit einer kurzen Anstrengung seines Willens in eine Zeit und an einen Ort in London, den er schon häufig aufgesucht hatte.

Innerhalb weniger Minuten kehrte er zurück, gesättigt vom

Blut eines Straßendiebs und Mörders. Von seinem Instinkt geleitet, oder vielleicht auch durch die geistige Führung seines geschwächten Gefährten, gab er die lebensspendende Flüssigkeit an Valerian weiter, indem er seine Fänge in die pergamentartige Haut am Nacken des Vampirs bohrte. Dieser Prozeß schwächte Aidan im ersten Moment so sehr, daß er die steinerne Grabplatte umklammern mußte, um nicht zu fallen, und deshalb Valerians Kräfte nur unzureichend wiederherzustellen vermochte.

Der ältere Vampir seufzte und versank in einen leichten, unruhigen Schlag. Seine Haut, die eben noch brüchig gewirkt hatte wie uraltes Pergament, nahm eine schwache Färbung an, und seine Gestalt erholte sich.

Jetzt, nachdem die Krise beendet war — was immer sie auch ausgelöst haben mochte — war Aidan nicht mehr imstande, seine Ungeduld zu zügeln. Unruhig schritt er am Fuß von Valerians Lager auf und ab. Der bloße Gedanke an die schreckliche Kommunion mit dem anderen Vampir verursachte ihm heftige Übelkeit, und doch vermochte er nicht abzustreiten, nicht einmal sich selbst gegenüber, daß bei dem abscheulichen Ritual auch eine Art geistigen Austauschs zwischen ihnen stattgefunden hatte.

Nach einer Weile bewegte sich Valerian und öffnete die Augen. Er wirkte jetzt etwas kräftiger, aber seine Stimme war noch rauh vor Anstrengung. »Laß mich jetzt allein, Aidan. Ich brauche Ruhe.«

Aidans Verzweiflung war so groß, daß er versucht war, seinen Gefährten an den Schultern zu ergreifen und ihn hochzuziehen. »Du hast versprochen, mir zu sagen, was du erfahren hast!« stieß er hervor. »Du hast es versprochen, Valerian!«

»Und ich werde mein Versprechen halten«, antwortete Valerian mühsam. »Ich kann jetzt nicht ... davon sprechen. Hab Erbarmen, Aidan.«

»Sag mir nur eins«, beharrte Aidan und ergriff Valerians kalte Hand. »Besteht noch Hoffnung? Kann ich wieder in einen Menschen verwandelt werden?«

Valerians Antwort klang gurgelnd, als erstickte er an dem

Blut, das Aidan ihm gegeben hatte. »Es ist zu gefährlich«, keuchte er und verlor wieder das Bewußtsein.

Aidan war hin und hergerissen zwischen dem Verlangen, zu bleiben und sich um seinen hinfälligen Gefährten zu kümmern, und einem fast unkontrollierbaren Bedürfnis, die Flucht zu ergreifen – sich so weit wie möglich von diesem Ort und all diesem Entsetzlichen zu entfernen.

Er wollte Neely sehen, er sehnte sich nach ihrem Trost und wollte sie in den Armen halten. Es verlangte ihn nach ihrer Menschlichkeit, nach ihrer Wärme und nach ihrer Weiblichkeit. Aber gerade dieses Verlangen war es, was ihn zurückhielt.

Ja, er liebte sie, das wußte er nun und hatte auch schon begonnen, sich damit abzufinden. Aber er durfte nicht vergessen, daß er ein Ungeheuer war, zumindest in gewisser Hinsicht, und daß sein Bedürfnis nach Blut genauso groß war wie bei jedem anderen Vampir. Und obwohl seine Seele sich längst mit Neelys vereinigt hatte, konnte er nicht seiner sein, daß sein schrecklicher Durst ihn in einem Anfall von Leidenschaft nicht dazu zwingen würde, sich auf sie zu stürzen.

Die Vorstellung, aus einer solchen Ekstase zu erwachen und Neely leblos in seinen Armen vorzufinden, war schlimmer als jede Strafe, die ein Dämon sich für ihn auszudenken vermochte.

Fieberhaft begann er, in seinem Bewußtsein Maeves Bild zu formen.

Neely hatte gerade ihre morgendliche Schicht im Café beendet, als ein uralter Kombi ratternd auf den Parkplatz einbog und mit quietschenden Bremsen vor der Tür zum Stehen kam. Die große blonde Frau, die ausstieg, trug ausgefranste Jeans, eine abgeschabte Lederjacke und ein dünnes Baumwollhemd, und ihr offenes Lächeln war von der Art, die Fremde in Freunde verwandelt.

»Hi«, sagte sie, setzte sich auf einen Hocker an der Theke und zog eine Menükarte zu sich heran. »Mein Name ist Doris Craig. Ich bin vollkommen pleite, und meine alte Karre wird es auch nicht mehr viel weiter schaffen. Sind Sie die Geschäftsführerin hier?«

Neely nahm ihre Schürze ab und schaute über Doris' rechte Schulter, auf der eine tätowierte Hummel prangte, zu dem schwerbeladenen Kombi hinüber.

»Nein«, erwiderte sie. »Mein Bruder ist der Chef. Ich arbeite hier nur.«

Doris schloß resolut die Karte und bedachte Neely mit einem weiteren strahlenden, offenherzigen Lächeln. »Sie wollen nicht zufällig kündigen, oder? Denn falls es so ist, würde ich Ihren Job sehr gerne übernehmen.«

Ben hatte nicht erwähnt, daß er noch mehr Hilfe brauchte, aber er hatte auch nicht das Gegenteil behauptet. Neely schenkte eine Tasse frischaufgebrühten Kaffee ein und stellte sie vor Doris. »Während der letzten drei Stunden meiner Schicht denke ich ständig daran, zu kündigen«, gestand sie lächelnd und tippte an das Namensschild auf ihrer Brust. »Ich bin Neely Wallace. Freut mich, Sie kennenzulernen.«

Doris nickte höflich. »Wenn Sie schon nicht kündigen wollen«, sagte sie augenzwinkernd, »besteht dann wenigstens die Chance, daß Sie gefeuert werden?«

Neely lachte. »Tut mir leid — wie schon gesagt, der Chef hier ist mein Bruder, und er wird mich noch eine Weile ertragen müssen. Aber ich sage ihm gern Bescheid, daß er herüberkommen soll, um mit Ihnen zu reden. Möchten Sie in der Zwischenzeit etwas essen?«

Doris zog zwei zerknüllte Eindollarscheine aus ihrer Hosentasche und strich sie auf der Theke glatt. »Falls das Geld dafür reicht, hätte ich gern Suppe und Milch«, sagte sie. Obwohl ihre Situation ganz offensichtlich recht verzweifelt war, strahlte sie keinerlei Selbstmitleid aus, und Neely war beeindruckt von soviel Courage.

Sie nickte und ging an dem jungen Mädchen, das die Nachmittags-und frühe Abendschicht übernahm, vorbei in die Küche. Heather war nicht übermäßig ehrgeizig, aber sie war pünktlich und korrekt, weshalb anzunehmen war, daß auch ihr Job nicht so schnell freiwerden würde.

In der Küche füllte Neely Rindfleischsuppe in einen Teller und nahm ein Körbchen mit Salzkeksen. Sie stellte das Essen vor Doris auf die Theke und ging zur Milchmaschine weiter.

Als sie Doris gerade das gefüllte Glas brachte, bimmelte die kleine Glocke über der Tür, und Ben kam herein. Er hatte in der Einfahrt zum Motel Schnee geschippt, seine Wangen waren gerötet von der Kälte.

Es erschien Neely wie eine glückliche Fügung des Schicksals, daß er ausgerechnet in diesem Augenblick erschien. »Ben, das ist Doris Craig«, stellte sie ihm das blonde Mädchen vor. »Doris, das ist mein Bruder, Ben Wallace. Doris sucht Arbeit, Ben.«

Ben lächelte und nahm seinen Mantel ab, bevor er Doris freundlich die Hand reichte. Neely schenkte ihm noch eine Tasse Kaffee ein, dann nahm sie ihre Handtasche und verließ das Restaurant.

Soweit es von draußen festzustellen war, hatte Ben nicht einmal gemerkt, daß sie gegangen war.

Neely war tief in Gedanken versunken, als sie den Parkplatz überquerte. Vielleicht versuchte das Schicksal ihr etwas zu sagen, indem es ihnen Doris schickte. Vielleicht wurde es Zeit, daß sie endlich ihr Leben fortsetzte; sie verschwendete nur Zeit in Bright River, und es war nicht mehr zu übersehen, daß sie eine echte Gefahr für ihren Bruder und ihren Neffen darstellte.

In ihrer Geistesabwesenheit stieß Neely fast mit dem senffarbenen Mietwagen zusammen, der mit laufendem Motor auf der anderen Seite der Hecke stand. Ein summendes Geräusch erklang, und das Fenster auf der Beifahrerseite versank in der Tür. Senator Dallas Hargrove beugte sich über den Vordersitz und sagte: »Steigen Sie ein, Neely.«

Trotz aller krimineller Aktivitäten, an denen der Senator beteiligt gewesen war, und obwohl Neely sicher sein konnte, sich für alle Ewigkeit seinen Zorn zugezogen zu haben, konnte sie immer noch nicht glauben, daß er ihr wirklich etwas antun würde. Sie hatte gesehen, wie liebevoll er seine Frau behandelte, Elaine, die an fortschreitendem Muskelschwund litt, und wußte daher, daß er nicht zur Gewalt neigte. Aus diesem

Grund überlegte sie nur kurz und stieg nach einem tiefen Atemzug in Hargroves Wagen.

Der Senator war ein gutaussehender Mann mit welligem blonden Haar und markanten Gesichtszügen, aber Neely hatte sich niemals zu ihm hingezogen gefühlt. »Das war verdammt dumm von Ihnen«, sagte er, als er den Wagen auf die Schnellstraße lenkte. »Woher können Sie wissen, daß ich nicht vorhabe, Sie umzubringen und in irgendeinen See zu werfen?«

Neely entspannte sich und schloß für einen Moment die Augen. Sie war plötzlich sehr müde, und eine Sehnsucht beherrschte sie, die sie nicht einmal im entferntesten verstand. »Sie haben einige sehr schlimme Irrtümer in Ihrem Leben begangen, Senator«, erwiderte sie, »aber Sie sind kein Mörder. Kein direkter jedenfalls.«

Sie spürte seine Anspannung und Nervosität, und trotzdem fürchtete sie ihn nicht.

»Was soll das heißen, ›kein direkter‹?«

»Sie haben dafür gesorgt, daß gewisse Drogenhändler ihre Ware ins Land bringen können, ohne den üblichen Hindernissen zu begegnen«, antwortete Neely seufzend. »Was glauben Sie, was dieses Zeug anrichtet, sobald es in den Straßenverkauf gelangt? Es sind Menschen, die es benutzen und daran zugrundegehen – Kinder, Jugendliche, schwangere Mütter...«

»Wenn ich es nicht täte, würde es ein anderer tun.« Hargroves Fingerknöchel wurden weiß, er umklammerte hart das Steuer.

Neely fragte sich, ob ihre Entscheidung, zu dem Senator in den Wagen zu steigen, nicht etwas übereilt gewesen war. »Das ist purer Unsinn«, entgegnete sie ruhig. »Und es wäre sinnlos, unsere Zeit mit Diskussionen darüber zu verschwenden, weil wir ja doch nie zum gleichen Ergebnis kommen würden. Was machen Sie hier in Bright River, Senator? Da es nicht Ihr Distrikt ist, kann ich mir nicht vorstellen, daß Sie hergekommen sind, um Wähler zu gewinnen.«

Hargrove lenkte den Wagen von der Schnellstraße auf einen Feldweg und hielt hinter einer verlassenen alten Mühle. Ein gequälter Blick erschien in seinen blauen Augen, als er Neely anschaute. »Ich kam her, um Sie zu warnen. Die Leute, mit denen ich zusammenarbeite, haben erfahren, daß Sie das FBI auf uns gehetzt haben, und jetzt wollen sie Sie tot sehen. Sie müssen so schnell wie möglich von hier verschwinden.«

Neely musterte ihn eine Weile schweigend. »Eins verstehe ich nicht«, sagte sie schließlich. »Ich habe dem FBI stichhaltige Beweise für Ihre Verbindung zu einer bedeutenden kriminellen Organisation geliefert. Sie müssen also jemanden in der Regierung haben, der Sie schützt, weil Sie sonst längst im Gefängnis säßen, und das vielleicht sogar für den Rest Ihres Lebens. Warum geben Sie sich also solche Mühe, mich zu retten? Wie kommt es, daß Sie mich nicht hassen und tot sehen wollen wie diese Schurken, mit denen Sie Geschäfte machen?«

Hargrove stieß einen tiefen Seufzer aus und legte für einen Moment die Stirn ans Steuer. »Ich bin kein Mörder, Neely — es lag nie in meiner Absicht, es so weit kommen zu lassen. Aber ich brauchte das Geld, ich hatte so viele Schulden, und dann steckte ich plötzlich zu tief drin, um wieder auszusteigen.«

»Schulden? Wegen Elaines Arztrechnungen? Das ist doch lächerlich, Senator! Dank unserer leidgeprüften Steuerzahler verfügen Sie über ein mehr als anständiges Einkommen und eine exzellente Krankenversicherung.«

Der Senator richtete sich auf und starrte auf die schneebedeckte Mühle. »Elaine hat sehr viele Sonderbehandlungen bekommen, in Europa und in Mexiko«, sagte er. »Die natürlich alle nichts genutzt haben...«

Impulsiv berührte Neely seinen Arm. Sie mochte die tapfere Elaine, und sie mochte auch den Mann, in den der Senator sich verwandelte, wenn er in der Nähe seiner Frau war.

»Es waren nicht nur die Behandlungen«, bekannte Hargrove müde. »Als Elaines erste Diagnose feststand, geriet ich in Verzweiflung. Ich weiß nicht, was es war — die Angst, der Streß —, aber ich beging den Fehler, mich für eine Weile mit einer anderen Frau einzulassen. Und dann kamen auch noch Spielschulden hinzu...«

Neely wußte von der Frau, die Spielschulden jedoch waren ihr neu. Sie schloß kurz die Augen, während sie alles überdachte. »Und ich dachte, ich hätte Probleme«, sagte sie schließlich leise.

»Die haben wir beide«, erwiderte Hargrove, »und das dürfen Sie nie vergessen, Neely, keinen Augenblick lang! Packen Sie gleich Ihre Sachen und verschwinden Sie von hier, bevor diese Leute Sie finden!«

Sie nickte zustimmend. Obwohl sie sehr am Leben hing, war es nicht ihr Selbsterhaltungstrieb, der sie veranlaßte, die so lange aufgeschobene Entscheidung endlich zu treffen. Nein, es war das Wissen, daß Ben und Danny in schrecklicher Gefahr waren, solange sie sich in ihrer Nähe befand.

Aus dem Nichts heraus kam ihr plötzlich der Gedanke, daß sie Aidan Tremayne vielleicht nie wiedersehen würde. Sie versuchte, die Vorstellung aus ihrem Bewußtsein zu verbannen, aber sie belastete sie wie nichts anderes.

Hargrove hatte den Wagen gewendet und war auf dem Rückweg zur Schnellstraße, als sie sich genug gefaßt hatte, um etwas sagen zu können.

»Sie müssen sich stellen«, sagte sie. »Ihre Welt wird einstürzen, das ist klar, und Sie müssen sich auf eine harte Strafe gefaßt machen, aber Sie werden wenigstens am Leben bleiben und frei sein von diesen skrupellosen Kriminellen.«

Der Senator schüttelte den Kopf, bevor sie den Satz beendet hatte. »Nein!« sagte er. »Die Schlagzeilen, der Skandal — das wäre unerträglich für Elaine. Sie würde es nicht überleben.«

Traurig dachte Neely an die einst so lebensfrohe Elaine Hargrove. Sie war eine bekannte Fernsehjournalistin gewesen, die selbst dann noch sehr entschieden ihre Ansichten vertreten hatte, als sie ins politische Leben übergewechselt war. Dann, vor knapp zwei Jahren, hatte sie sich auf einmal ständig müde gefühlt und eine ungewöhnliche Ungeschicklichkeit entwickelt. Die Diagnose war schrecklich, die Prognose hoffnungslos. Elaines körperlicher Verfall war nicht mehr aufzuhalten.

Neely schaute still aus dem Fenster und kämpfte mit ihren Gefühlen — Entsetzen, Mitleid und in gewisser Weise sogar

Erleichterung darüber, daß das Schicksal ihr selbst eine solche Tragödie erspart hatte.

»Ich glaube, Ihre Frau ist stärker als Sie glauben«, sagte sie leise.

»Sie hat genug gelitten«, erwiderte Hargrove schroff. »Sobald alles vorbei ist und sie... ihren Frieden hat, werde ich mich stellen und alles gestehen.« Der Mietwagen holperte auf den Highway und geriet auf dem vereisten Asphalt für einen Moment ins Schleudern.

»Ich würde alles tun, um Elaine zu schützen«, sagte der Senator düster. »Alles.«

Neely verstand. »Sie haben Ihre Pflicht getan, indem Sie mich warnten, und nun bin ich auf mich selber angewiesen. Das wollten Sie doch damit sagen, oder?«

Hargrove nickte. Hinter einer Kurve kam das Neonschild des Cafés in Sicht, ein Symbol für das Alltägliche. In diesem Augenblick hätte Neely jeden Preis gezahlt, um wieder ein ganz gewöhnliches Leben zu führen, ohne verzweifelte Politiker, rachsüchtige Drogendealer und ihre wachsende Faszination für Aidan Tremayne.

Sie hielten vor Neelys Wohnwagen. Hargrove schaute sich nervös um, dann griff er in die Innentasche seines Jacketts und zog einen Umschlag heraus. »Nehmen Sie dieses Geld und sorgen Sie dafür, daß Sie so weit wie möglich von hier fortkommen!«

Neely wollte es nicht annehmen, weil sie nur zu gut wußte, woher es stammte, aber ihre Möglichkeiten waren sehr beschränkt. Sie hatte im Laufe der Jahre zwar ein wenig Geld gespart, aber es war zum größten Teil fest angelegt, und sie konnte es nicht flüssig machen, ohne unerwünschte Aufmerksamkeit auf sich zu ziehen.

»Danke«, sagte sie, ohne den Umschlag zu öffnen oder den Senator anzuschauen. Dann stieg sie aus, und noch bevor das Motorengeräusch des Mietwagens vollkommen verklungen war, packte sie bereits ihren Koffer.

Danach borgte sie sich Bens Wagen und fuhr in die Stadt, um Danny von der Schule abzuholen. Er strahlte, als er sie sah, und trennte sich von seinen Freunden, die einen Bus bestiegen.

»Hi«, sagte er und ließ sich auf dem brüchigen Ledersitz neben ihr nieder. »Was ist los?« fragte er stirnrunzelnd. »Ich muß doch nicht zum Zahnarzt oder so?«

Neely schüttelte den Kopf, lächelte und drängte ihre Tränen zurück. »Nein, Danny. Ich habe andere Neuigkeiten für dich, und – ganz ehrlich gesagt – mache ich mir ein bißchen Sorgen, wie du darauf reagieren wirst.«

Dannys Sommersprossen hoben sich klar von seiner blassen Haut ab. »Diese schlimmen Männer sind hinter dir her, nicht?«

Neely fuhr über die Main Street, am Drugstore und am Eiscafé vorbei und an der Bank. Sie würde diese Stadt vermissen, aber bei weitem nicht so sehr wie Ben und Danny. »Was weißt du über Männer, die hinter mir her sind?« fragte sie stirnrunzelnd.

»Ich hörte einmal, wie du mit Dad darüber sprachst.«

Neely sah das Büro des Sheriffs im Vorbeifahren und wünschte, ihr Problem lösen zu können, indem sie hineinging und die Sache anzeigte. Aber das würde ihr nicht viel nützen. Wenn das FBI bisher nichts unternommen hatte, durfte sie wohl kaum Schutz von einem alternden, übergewichtigen Sheriff erwarten. Nein, ihre einzige Hoffnung war, die Kopien ihrer Beweise gegen Senator Hargrove und seine Komplizen an die Presse zu übergeben. Sie mußte nur lange genug am Leben bleiben, um das Vorhaben wahrmachen zu können.

Sie streckte die Hand aus und strich Danny über das weiche braune Haar. »Ich hätte wissen müssen, daß ich so etwas nicht vor einem Superdetektiv wie dir verbergen konnte.«

Tränen schimmerten in Dannys Augen. »Aber du wirst doch irgendwann zurückkommen?«

Ein jäher, völlig unerwarteter Optimismus erwachte in Neely. So unwahrscheinlich es auch sein mochte, daß sie dies hier alles überleben würde, sie mußte sich zwingen, daran zu glauben. Denn wenn sie es nicht tat, würde das Entsetzen sie lähmen und sie handlungsunfähig machen.

»Worauf du dich verlassen kannst«, beantwortete sie Dannys

Frage. »Aber zwei Dinge mußt du mir versprechen – daß du jeden Abend für mich beten wirst und daß du dich um deinen Vater kümmerst.«

Danny hob zu einem feierlichen Schwur die Hand, und Neely schloß ihn in die Arme. Jetzt brauchte sie sich nur noch von Ben zu verabschieden, ihre Koffer zu nehmen und sich auf den Weg zu machen. Sie hätte auch gern Aidan noch einmal gesehen, doch dazu blieb ihr keine Zeit. Und im übrigen kannte sie den Mann doch kaum ...

Fünf Stunden später war Neely nach Norden unterwegs, in dem Wagen, den sie Doris Craig abgekauft hatte. Der Abschied von Ben war ihr nicht leichtgefallen, aber er hatte sie gedrängt, so rasch wie möglich aufzubrechen, und hatte ihr die gesamte Tageskasse des Restaurants in die Jackentasche gestopft.

Neely hatte Doris ihren Wohnwagen und ihren Job überlassen, bevor sie sich in dem klapprigen alten Wagen auf die Reise machte. Sie hatte noch noch einmal kurz angehalten, bevor sie Bright River verließ, und an Aidan Tremaynes Tür geklingelt, um sich zu verabschieden. Aber er war ganz offensichtlich nicht zu Hause gewesen.

Auf einem Zettel hatte sie eine kurze Nachricht für Aidan hinterlassen und sie im Rahmen seiner Tür festgeklemmt. Es wurde bereits dunkel in Bright River, als Neely die Stadt verließ.

Maeve war zu Besuch auf dem Landsitz der Havermails im England des späten neunzehnten Jahrhunderts. Sie war gerade in eine Partie Kricket vertieft, die im Schein Tausender bunter Papierlaternen gespielt wurde, als Aidan sich an ihrer Seite verkörperlichte.

Mit einem leisen Schrei wich Maeve zurück. »Du lieber Güte, Aidan«, zischte sie, »ich hasse es, wenn du das tust!«

Ohne die neugierigen Blicke der Umstehenden zu beachten, ergriff er ihren Arm und zog sie auf eine Hecke zu. »Ich komme wegen Valerian – er hat einen Weg gefunden, einen Vampir wieder in einen Menschen zu verwandeln!«

Maeve starrte ihn betroffen an. »Was?«

Aidan begann vor ihr auf und ab zu gehen, seine innere Erregung ließ ihm keine Ruhe. »Er ist krank ... ich habe ihm Blut gegeben ... er schickte mich fort, ohne mir etwas gesagt zu haben ...«

»Aidan, hör auf«, bat Maeve und legte ihre auffallend weißen, zarten Hände auf seine Schultern. »Was redest du du? Es gibt keinen Weg, einen Vampir in einen Menschen zu verwandeln − oder etwa doch?«

»Ja, es gibt ihn«, bestätigte Aidan lächelnd und vermochte seine Freude fast nicht mehr zu beherrschen. O Gott, der bloße Gedanke daran, zu atmen, einen Herzschlag zu besitzen, bei hellem Tageslicht zu leben, Neely ungehindert lieben und Kinder mit ihr zeugen zu können und − wenn der Moment gekommen war − friedlich zu sterben! »Valerian sagte, es sei gefährlich, aber ...«

»Würdest du wirklich wieder ein Mensch sein wollen, falls das möglich wäre?« wisperte Maeve bestürzt.

Aidan schwieg, bevor er antwortete, und schaute seiner Schwester tief in die Augen. Er liebte sie von ganzem Herzen, und es tat weh, sich einen solchen Abgrund zwischen ihnen vorzustellen, doch die wunderbare Aussicht, wieder ein Mensch zu sein, machte ihn blind für alles andere.

»Ja«, flüsterte er. »O gütiger Gott im Himmel − ja.«

Maeve hob trotzig das Kinn, aber ihre Unterlippe zitterte. »Du würdest mich verlassen, Aidan? Du willst so sehr ein Mensch sein, daß du deiner Schwester den Rücken zukehren würdest, für alle Ewigkeit? Eine solche Handlungsweise würde uns in Feinde verwandeln, Aidan.«

Sie brach ab und brachte ihre Gefühle mit sichtlicher Willensanstrengung unter Kontrolle. Es gelang ihr sogar, ein Lächeln aufzusetzen. »Ich weiß gar nicht, warum ich mir Sorgen mache«, sagte sie mit brüchiger Stimme. »Vampire sind Vampire, Aidan. Sie können sich ebensowenig in Menschen verwandeln wie in Engel. Komm − ich möchte dir die Havermails vorstellen.«

Aidan gestattete Maeve, seinen Arm zu nehmen, und ließ

sich von ihr über die gepflegte Rasenfläche zu dem kleinen Pavillon führen, in dem die Hausherrin Hof hielt. Mrs. Havermail, wie ihr Mann und ihre beiden Kinder, war eine Kreatur der Nacht, und sie bleckte ihre Fänge und gab ein leises Zischen von sich, als ihr neuester Gast sich näherte.

6

Doris' alte Klapperkiste ratterte über den Highway, der Motor hustete, rauchte und setzte häufig sogar aus, um dann wieder anzuspringen. Kurz nach Mitternacht war Neely so erschöpft, daß sie auf den Parkplatz eines schäbigen kleinen Motels einbog und den Motor abstellte. Falls er morgen früh nicht anspringt, beschloß sie müde, lasse ich diesen Schrotthaufen hier zurück und fahre mit dem Bus weiter.

Vielleicht wäre das ohnehin besser, dachte sie, als sie ihre Handtasche und einen kleinen Koffer nahm und auf die Rezeption zuging. Ein schwaches Neonzeichen über der Tür verkündete, daß noch Zimmer frei waren.

Am Empfang saß eine mürrisch wirkende Frau in einem rosa Morgenrock und mottenzerfressenen Plüschpantoffeln. Sie schien alles andere als begeistert, geweckt worden zu sein.

Neely trug sich unter einem falschen Namen ein und zahlte

bar. Sie erhielt einen Schlüssel mit einem roten Plastikanhänger, auf dem die Nummer Sechs stand.

Das Zimmer war klein, muffig und roch nach kalter Zigarettenasche, aber Neely war viel zu müde, um sich an derartigen Kleinigkeiten zu stören. Solange die Laken und das Bad sauber waren, war sie bereit, den Rest zu übersehen.

Nachdem sie sorgfältig die Kette an der Tür befestigt hatte, zog sie sich aus, putzte die Zähne, wusch das Gesicht und kroch zwischen die Laken. Sie war zutiefst erschöpft, sowohl körperlich als auch geistig, und freute sich auf den Schlaf, der sie wenigstens für eine Zeitlang vor der Realität verschonen würde.

Als sie dann jedoch in der Dunkelheit lag, begann sie sich nach Aidan zu sehnen. Das Verlangen war nicht nur sexueller Natur, obwohl sie sich eingestehen mußte, daß sie ihn mit allen Fasern ihres Seins begehrte. Nein, es war viel mehr als das . . . es war etwas sehr Komplexes, Lebendiges, das in ihrer Seele wurzelte und seine Triebe nach ihrem Verstand und ihrem Herzen ausstreckte. Und oft sogar nach ihrem Unterbewußtsein.

Trotz ihrer Einsamkeit war Neely das Leben nie schöner oder kostbarer erschienen. Es gab soviel, was sie noch sehen, fühlen oder tun wollte — sich Aidan hinzugeben war eins der wichtigsten dieser Dinge —, und nun sah es ganz so aus, als ob sie sterben würde.

Neely rollte sich auf den Bauch, drückte das Gesicht ins Kissen und weinte, zunächst sehr leise, dann immer lauter, bis ihr Schluchzen von den Wänden widerhallte, während sie um eine Zukunft trauerte, die ihr vielleicht versagt sein würde.

In den letzten Stunden vor dem Morgengrauen erwachte Neely, aber mehr von einem Gefühl als von einem Geräusch. Sie hob den Kopf, spähte in die Dunkelheit und erinnerte sich, daß sie nicht mehr zu Hause in ihrem Wohnwagen war, sondern unterwegs. Auf der Flucht.

Sie nahm ihre Uhr vom Nachttisch und schaute auf das Zifferblatt.

Drei Uhr zwanzig.

Seufzend rollte sie sich wieder auf den Rücken, im nächsten Augenblick stieß sie einen leisen Schrei aus.

Eine in einen Umhang gehüllte Gestalt stand am Fußende ihres Bettes.

»O Gott«, wimmerte Neely und hoffte, daß die schattenhafte Gestalt nicht einer von Senator Hargroves zwielichtigen Geschäftspartnern war — oder irgendein Frauenmörder oder Vergewaltiger.

Sie hatte schon den Entschluß gefaßt, sich mit allem, was ihr zur Verfügung stand, zu verteidigen, als sie eine vertraute Stimme hörte.

»Hab keine Angst, Neely.«

Sie knipste die Nachttischlampe an und riß verblüfft die Augen auf. Es war Aidan Tremayne, der vor ihrem Bett stand und sie anlächelte!

Sie traute ihren Augen nicht. War er nur eine Ausgeburt ihrer Phantasie? Hatte sie ihn so sehr herbeigesehnt, daß der Verstand ihr nun seine Anwesenheit vorgaukelte?

Auf den Knien rutschte sie zum Bettende und zupfte an Aidans Cape, um sich zu vergewissern, daß es Substanz besaß. Dann wich sie hastig ans Kopfende des Betts zurück.

»Du!« sagte sie verblüfft und sogar ein wenig anklagend.

»Ja, ich«, erwiderte er freundlich und verschränkte die Arme.

Neely schluckte. Obwohl sie einerseits entsetzt war, weil sie ahnte, daß Aidan ihr Zimmer nicht auf gewöhnliche Art betreten hatte, fühlte sie sich gleichzeitig auf unwiderstehliche Weise zu ihm hingezogen und sehnte sich danach, in seinen Armen zu liegen und sich ihm hinzugeben.

»Verdammt, was geht hier vor?« rief sie irritiert.

Aidan hob in einer beschwichtigenden Geste die Hände. »Ich werde dir gleich die Wahrheit anvertrauen. Danach wirst du verstehen, warum ich manchmal so ... geheimnisvoll tat. Zuerst allerdings möchte ich ein Versprechen halten, daß ich vor nicht allzu langer Zeit abgegeben habe.«

»Ein Versprechen?« wisperte Neely, obwohl sie wußte, was er meinte. Ja, sie wußte es, und ihr Körper begann zu glühen vor Verlangen.

Aidan zog eine Augenbraue hoch, um ihr zu zeigen, daß sie ihm nichts vormachen konnte. »Zu meinen zahlreichen Talenten, mein Liebling, gehört auch die Eigenschaft, Gedanken zu lesen. Du möchtest von mir geliebt werden — so ist es doch, nicht wahr?«

Neely schluckte. »Und wenn es so wäre?« erwiderte sie erstickt.

Er lächelte. »Das reicht mir nicht, Neely«, meinte er vorwurfsvoll. »Wenn du möchtest, daß ich dir Lust schenke, wirst du es mir sagen müssen, ehrlich und offen. Was immer meine anderen Sünden sein mögen, ich nehme keine Frau gegen ihren Willen.«

Neely starrte ihn hingerissen an, ihr Körper bebte vor Verlangen nach ihm und seinen Zärtlichkeiten. »Ich . . . ich begehre dich«, sagte sie leise.

Aidan bewegte sich nicht von seinem Platz am Fuß des Betts, und doch fühlte Neely sich sanft auf die Matratze zurückgedrängt. Dann folgten Küsse, hauchzarte und doch unglaublich aufreizende Küsse, unsichtbare Lippen strichen sanft über ihren Mund, berührten ihr Ohrläppchen und die warme Haut an ihrem Nacken, um sodann einen glühenden Pfad zu ihren Brüsten hinunter zu beschreiben.

Sie stöhnte auf, überwältigt von ihrem Verlangen und den Empfindungen, die in ihr erweckt wurden, und ohne auch nur einen einzigen Gedanken an die seltsam distanzierte Art von Aidans Liebkosungen zu verschwenden. Selbst als das Nachthemd ihr sanft abgestreift und ihr schlanker Körper entblößt wurde, konnte sie Aidan noch immer in einer Entfernung stehen sehen.

Aber das war doch ausgeschlossen — er berührte sie doch, küßte sie, liebkoste sie und streichelte sie . . . überall . . .

Er forderte sie auf, die Schenkel zu öffnen, und Neely gehorchte, obwohl sie selbst nicht wußte, ob er es laut gesagt oder ihr schlicht und einfach in Gedanken übermittelt hatte.

Neely fühlte seine Hand auf dem seidenweichen Haar, das jene Stelle von ihr verbarg, an der die Lust am größten war. Und unfaßbarerweise spürte sie seine Berührung auch in ihrer Seele; die Spannung, die sich dort aufbaute, war noch viel größer als die beängstigende Ekstase, die ihren Körper erfaßte.

89

Sie krümmte den Rücken, um Aidan in sich aufzunehmen, und flüsterte: »Ja ... oh, ja«, als er mit einem Finger in sie eindrang und sie mit dem Daumen erotisch aufreizend liebkoste. »Bitte«, murmelte sie fieberhaft, während ihre Seele sich zu einem geistigen Höhepunkt aufschwang und ihr Körper einer mindestens ebenso intensiven Ekstase entgegenfieberte.

»Sag mir, was du willst«, forderte Aidan sie zärtlich auf.

»Dich!« rief sie laut, ohne einen Gedanken daran zu verschwenden, ob jemand sie hören könnte. »O Gott, Aidan, ich will dich ... den wirklichen Aidan ... in mir spüren!«

Warme Lippen umschlossen ihre Brustspitzen — beide, zur gleichen Zeit! —, und sie spürte, wie starke Hände unter ihren Po glitten und ihn anhoben. Und dann drang Aidan in sie ein, hart und ungestüm und so unendlich befriedigend, daß sie einen lauten Schrei des Entzückens ausstieß. Doch selbst in diesem Augenblick höchster Leidenschaft sah sie, daß Aidan sich nicht von seinem Platz am Fußende des Betts entfernt hatte, daß er nicht bei ihr lag und ihre lustvollen Bewegungen nur stumm beobachtete, mit Augen, in denen es verdächtig feucht schimmerte.

Die Wellen der Ekstase, die ihren Körper erfaßten, waren so ungestüm, so intensiv, daß Neely heiser aufschrie, als sie die unsichtbare Barriere durchbrach und ihre seelische und ihre körperliche Ekstase sich zu einem einzigen, überwältigenden Crescendo der Lust vereinten.

Es verging eine lange Zeit, bevor sie sprechen oder sich bewegen konnte, ihre Erfüllung war so vollkommen, als wäre sie tatsächlich geliebt worden. Aber irgendwann kam dann doch der Moment, im dem sie die Worte, die sich in ihrem Geiste bereits geformt hatten, aussprechen mußte.

»Warum, Aidan?« wisperte sie. »Warum hast du mich auf diese Art geliebt — ohne mich wirklich zu berühren?«

Er wandte sich kurz ab, und obwohl er stolz den Kopf erhoben hielt, sah Neely, daß er von Gefühlen überwältigt wurde. Dann drehte er sich wieder zu ihr um.

»Weil ich mir nicht traue«, gestand er heiser.

Neely richtete sich auf einen Ellbogen auf. »Wie meinst du das, du trautest dir nicht?« entgegnete sie verwundert.

Aidan wandte für einen Moment den Blick ab, dann schaute er ihr wieder offen in die Augen. »Meine Leidenschaft für dich ist grenzenlos«, sagte er. »Sie ist wild und ungestüm wie ein Tier der Finsternis. Ich konnte mir nicht sicher sein, die Kontrolle zu bewahren.«

Neely gähnte. »Die meisten Menschen verlieren die Kontrolle über sich, wenn sie lieben, Aidan«, bemerkte sie. »Das ist der Sinn der Sache.«

Einer seiner Mundwinkel verzog sich zum schwachen, traurigen Ansatz eines Lächelns. »Ja«, sagte er. »Aber ich bin kein Mensch. Ich bin ein Vampir.«

Jäh richtete Neely sich auf; ihre Müdigkeit verflog wie nach einer kräftigen Dosis puren Koffeins. »Sagtest du gerade, du wärst ein Vampir?« fragte sie und dachte flüchtig, wie lächerlich zuvorkommend das klang. Eine sonderbare Erregung erfaßte sie, und eine leise, tief in ihr verwurzelte Angst.

Endlich kam Aidan um das Bett herum und ließ sich auf der Kante nieder. »Ich fürchte, so ist es«, erwiderte er, auch er auf lächerliche Weise höflich.

So verblüffend und ungläubig seine Behauptung, ein Vampir zu sein, auch sein mochte, bot sie doch für einige Dinge eine Erklärung. Für Aidans abruptes Verschwinden zum Beispiel, in jener Nacht, als sie vor dem Café gestanden und sich unterhalten hatten. Von einer Sekunde zur nächsten war er nicht mehr zu sehen gewesen... Und heute hatte er sie auf eine Weise geliebt, wie es kein normaler Mann je vermocht hätte.

Ja. Irgendeine Art von Zauber schien hier mitzuwirken.

Aidan schien zu spüren, daß sie ihm zu glauben begann, denn sein Lächeln war nicht mehr ganz so traurig wie zuvor, nicht mehr ganz so hoffnungslos.

»Laß mich deine Zähne sehen«, bat Neely impulsiv. Sie war noch immer ein bißchen erschrocken, aber auch fasziniert und unendlich neugierig.

Aidan ließ zu, daß sie seine Oberlippe anhob und staunend einen seiner scharfen, spitzen Reißzähne betrachtete. Da es sich dabei ganz offensichtlich nicht um einen normalen Zahn handelte, überprüfte sie zur Sicherheit auch noch sein Gegenstück.

»Donnerwetter«, murmelte sie verblüfft. Ihre Augen waren groß vor Staunen, als sie zurückwich, um ihn anzusehen, und eine leise Furcht ergriff sie, als sie erkannte, daß Aidan die Wahrheit gesagt hatte. »Hattest du Angst, daß du mich beißen würdest?« fragte sie, während sie ihm ganz bewußt die Hände auf die breiten Schultern legte. »Wolltest du dich deshalb nicht zu mir legen?«

»Das ist eine ziemlich vereinfachte Form der Erklärung«, entgegnete Aidan augenzwinkernd. »Aber ja, so ist es. Ich bin nicht zu dir gekommen, weil ich Angst hatte, dich zu verletzen.«

Neely runzelte die Stirn. »Und du — ich meine, war es trotzdem schön für dich?«

Aidan wandte für einen Moment den Kopf ab, ganz eindeutig aus Verlegenheit, doch dann richtete er seinen Blick wieder auf Neely. »Dich in meinen Armen zu halten und nicht nur im Geiste, sondern auch körperlich zu besitzen, wäre natürlich viel besser gewesen. Aber ich gebe zu, daß ich trotzdem eine gewisse Befriedigung aus der Erfahrung gezogen habe«, schloß er steif.

Neely verdrehte die Augen. »Das hört sich an, als ob ich dir den Rücken massiert hätte!«

Er lächelte. »Es gibt Spielarten der Erfüllung, die sich nicht körperlich äußern, Neely« meinte er sanft. »So war es für mich.«

Aus einem Impuls heraus, den sie um nichts in der Welt hätte erklären können, schlang Neely ihre Arme um Aidans Nacken und küßte ihn auf die Wange. Seine Haut fühlte sich kühl und glatt unter ihren Lippen an, fast wie edler Marmor, und doch geschmeidiger. Er zuckte zusammen und wollte sich ihr entziehen, aber Neely ließ es nicht zu.

»Wenn ich dir vertraue«, sagte sie ruhig, »warum bist du dann nicht imstande, dir selbst zu vertrauen? Komm, leg dich zu mir, Aidan. Schlaf in meinen Armen.«

»Das kann ich nicht«, erwiderte er, und sie hörte eine entsetzliche Qual aus seiner Stimme heraus, spürte sie in jeder Faser seines wunderbaren Körpers.

Noch immer splitternackt, erhob sie sich auf die Knie und strich mit ihrer Brust sanft über seine Lippen, die sich erstaunlich warm und weich an ihrer Haut anfühlten. Es war für sie der einzige Weg, Aidan ihr Vertrauen zu beweisen und ihm den intimen Kontakt zu vermitteln, den er so sehr zu brauchen schien.

Mit einem unterdrückten Aufstöhnen schloß Aidan die Lippen um ihre Brustspitze und begann ganz sachte daran zu saugen. Neely verschränkte ihre Hände unter seinem langen Haar, legte den Kopf zurück und schloß lustvoll die Augen, als eine neue Ekstase von ihr Besitz ergriff, während sie diesem Mann — diesem Wesen — ihren Körper und ihr Herz anbot.

»Siehst du«, sagte sie weich, als er seine Lippen um die zarte Knospe an ihrer anderen Brust schloß, »du brauchst keine Angst zu haben — weder vor mir noch vor dir selbst.«

Aidan drängte sie sanft auf die Matratze zurück und hätte sie in diesem Augenblick vielleicht sogar genommen, doch als Neely schon bereit war, sich ihm zu öffnen, mit Herz und Körper, hielt er inne, verweilte für einen Moment reglos und lauschte mit der Intensität eines wilden Tieres.

»Aidan«, bat Neely leise.

Doch er löste sich von ihr, schien ihre Anwesenheit kaum noch zu spüren, so stark konzentrierte er sich auf das Geräusch oder auf das Gefühl, das nur er wahrnehmen konnte.

»Was ist, Aidan?« fragte Neely beunruhigt.

Er zog sie in die Arme und bedeckte ihre Blöße mit seinem Seidencape. »Ich erkläre es dir später«, versprach er, und dann senkte er den Kopf und küßte Neely auf den Mund. Sie hatte das Gefühl, in ein dunkles Universum hineingezogen zu werden, während sie hilflos in Aidans Armen lag. Sie war nur noch Gedanke, nicht mehr Fleisch, und dann wußte sie nichts mehr.

Überhaupt nichts mehr.

Aidan legte die bewußtlose Neely sanft auf das Bett in seinem Haus in den Wäldern von Connecticut. Das Geräusch ihrer sich leise dem Hotelzimmer nähernden Verfolger hallte noch in seinen Ohren; die beiden Männer mußten inzwischen in das Zimmer eingedrungen sein und fragten sich wahrscheinlich, auf welche Weise ihr Opfer ihnen entkommen war.

Er beugte sich über Neely, küßte sie sanft auf die Stirn und bezwang das drängende Verlangen, das gefährliche Unternehmen zu beenden, das sie begonnen hatte, indem sie ihm ihre Brust anbot. Der Mut und die Großzügigkeit, die ihre Geste bewiesen, waren unfaßbar für ihn; er war überzeugt, daß er niemals begreifen würde, warum sie ihm ausgerechnet dieses einzigartige Vergnügen geschenkt hatte.

»Schlaf gut«, flüsterte er und deckte sie sorgfältig zu. Dann berührte er ihre Wange und wisperte einen Befehl, der sie ebenso wirkungsvoll an dieses Bett fesselte wie eine Kette. Dies war die einzige Möglichkeit, um sie vor jeglicher Gefahr zu schützen. Und dann verschwand er.

Aidan traf die Einbrecher in Neelys Hotelzimmer an, genau wie er erwartet hatte. Sie genießen ihr Verbrechertum, dachte er angewidert, und den Bildern nach zu urteilen, die er auf dem Grunde ihrer verseuchten Hirne erblickte, hatten sie nicht einmal eine besonders schwere Kindheit gehabt. Er verkörperlichte sich in der Tür und gab sich keine Mühe, zu verbergen, was er war.

Erschrocken wirbelten sie zu ihm herum, einer von ihnen stieß einen Schrei aus.

Aidan wollte sie umbringen, gierte geradezu danach, ihnen auch den letzten Tropfen ihres kostbaren roten Bluts zu rauben, um ihre leeren Hüllen dann fortzuschleudern wie Abfall zum Verrotten. Diese Entwicklung entnervte ihn, denn er hatte sich bisher immer eine kalte Leidenschaftslosigkeit seinen Opfern gegenüber bewahrt, während das, was er jetzt empfand, ein wilder, absolut hemmungsloser Hunger war.

Aus diesen beunruhigenden Gedanken heraus durchquerte er rasch den Raum, ergriff mit jeder Hand einen Mann an der Kehle und preßte seine zappelnden Opfer an die Wand.

»Ich würde mir die Sache an eurer Stelle noch einmal gut

überlegen«, riet er höflich. »Es ist eine sehr gefährliche Angelegenheit, in die Mächte verwickelt sind, die ihr mit diesen bedauernswerten Rotzlöchern, die ihr für Gehirne haltet, niemals begreifen werdet.«

Die beiden Männer starrten ihn an, stumm und starr vor Verwirrung. Sie waren beide robust und kräftig und wunderten sich vermutlich, wie es einem einzelnen Mann gelungen war, sie so mühelos zu überwältigen.

»Wer zum Teufel sind Sie?« stieß einer von ihnen krächzend hervor.

Und da entblößte Aidan seine Fänge, obwohl er es für sich persönlich ein bißchen zu melodramatisch fand — mehr Valerians Stil als sein eigener.

»Jesus Christus!« murmelte einer der Einbrecher, und der andere fiel in Ohnmacht.

Aidan seufzte. Es fehlte nicht mehr viel bis zur Morgendämmerung, es blieb ihm weder Zeit, zu den Havermails zurückzukehren, um Maeve sein plötzliches Verschwinden zu erklären, noch konnte er zu Neely zurückkehren. Nein, er mußte zu Valerian, der noch immer krank und schwach in jener staubigen Krypta außerhalb von London lag. Es war jetzt überaus wichtig, daß er dem älteren Vampir Nahrung brachte.

Aidan betrachtete die beiden Kriminellen vor sich, der eine wach, der andere bewußtlos. Die Blutgier, die er eben noch verspürt hatte, war Ekel und Abscheu gewichen; er hätte lieber das Blut von Ratten getrunken als von diesen Kerlen. Bedauernswerterweise blieb ihm jedoch keine andere Wahl.

Er nährte sich zuerst von dem größeren, dann hob er den kleineren, bewußtlosen auf und trank von neuem.

Das übliche Delirium wilder Freude erfaßte ihn, aber es war nichts im Vergleich zu dem, was er empfunden hatte, als Neely nackt vor ihm gelegen und sich mit lustvollen Seufzern unter seinen Liebkosungen gewunden hatte.

Aber er durfte jetzt nicht an sie denken.

Aidan blinzelte, und als er die Augen öffnete, war er in der Grabkammer bei Valerian. Die Sonne war bereits aufgegangen bei seinem Eintreffen, aber ihre Strahlen konnten die dicken

Mauern der Krypta nicht durchdringen. Gefährlich war nur die unvermeidliche Müdigkeit, die nach jeder Nahrungsaufnahme einsetzte, denn sie drohte Aidans Bewußtsein auszulöschen.

»Aidan«, wisperte Valerian freudig und griff nach seiner Hand. »Rasch . . .«

Aidan bückte sich und preßte, wieder einmal, seine Lippen auf Valerians Kehle. Eine finstere Müdigkeit ergriff ihn, zog ihn unerbittlich auf den schmutzigen Boden. Mit letzter Willensanstrengung suchte Aidan die Vene und ließ das rettende Blut in Valerian strömen. Es strömte selbst dann noch weiter, als Aidan zusammenbrach.

Weit entfernt, und doch so nah wie der nächste Herzschlag, bewegte sich Neely in dem weichen, fremden Bett, ohne jedoch völlig zu erwachen. Sie wußte auf irgendeiner fernen Bewußtseinsebene, daß es besser war, weiterzuschlafen und auf ihren dunklen Träumen dahinzugleiten. Denn wenn sie die Augen öffnete, war sie gezwungen, über die Geschehnisse der vergangenen Stunden nachzudenken, was praktisch unmöglich war.

Maeve fand Aidan bewußtlos auf dem Boden der Krypta vor, den Rücken an den hohen Steinsockel gelehnt, die eleganten Kleider blutbespritzt. Ohne Valerian zu beachten, schüttelte sie ihren Bruder und rief flüsternd seinen Namen, immer wieder.

Er war leer und ausgelaugt, und Maeve wußte, daß er sterben würde, wenn sie ihn nicht rettete. Sie riß die enge Manschette ihrer spitzenbesetzten Bluse auf und preßte die Innenseite ihres Handgelenks an seine Lippen. Zuerst wehrte er sich schwach, dann trank er.

Nach einigen bangen Minuten erholte Aidan sich und öffnete die Augen. »Maeve«, sagte er, und es klang fast wie ein Schluchzen.

Sie strich das schöne dunkle Haar aus seiner hohen Stirn zurück. »Beruhige dich, Aidan, danach wirst du dich besser fühlen. Es ist Nacht, und du bist kräftig genug, um dich richtig zu nähren.«

»Valerian . . .«, sagte er. »Wie geht es ihm?«

Da erinnerte Maeve sich an den anderen Vampir, ihren Beschützer und ältesten Freund, und sie erhob sich langsam. Als sie Valerians eingesunkene Wangen und seine von dunklen Schatten umgebenen Augen sah, ergriff sie seine Hand und fragte scharf: »Was hast du getan?«

»Atlantis«, erwiderte er mühsam. »Atlantis . . .«

Aidan rappelte sich auf und drängte sich neben Maeve, stieß sie fast beiseite mit dem Ellbogen, um in Valerians gequältes Gesicht zu schauen. »Was sagst du da?« fragte er erregt. »Was ist mit Atlantis?«

»Dort . . . hat es . . . begonnen«, murmelte Valerian schwach. »Das Geheimnis liegt in dem verlorenen Kontinent begraben . . .«

»Genug!« unterbrach Maeve wütend. Da sie ausgiebig gespeist hatte an diesem Abend, war sie mit Abstand die stärkste von ihnen und konnte sich daher erlauben, Befehle zu erteilen. »Ich will nichts mehr hören von Geheimnissen oder verlorenen Kontinenten! Kannst du nicht sehen, daß er stirbt, Aidan? Begreifst du nicht, daß du selbst fast umgekommen wärst?«

Verzweiflung und Enttäuschung wüteten in Aidan. Er packte Valerians blutige Hemdbrust und zerrte den Vampir mit letzter Kraft in eine sitzende Stellung. »Sag es mir!« schrie er, und als Valerian stumm blieb, zu ermattet, um zu sprechen, stieß Aidan ein Geheul aus wie ein Tier, das in eine Falle geraten war.

Maeve drehte sich hastig zu ihm um, ihre blauen Augen, das Ebenbild seiner eigenen, funkelten vor Qual. Sie hob eine Hand, spreizte die Finger und preßte sie auf sein Gesicht. Er spürte ihre schaurige Macht, fühlte sie wie einen Blitzschlag durch seinen Körper schießen und begann zu schwanken. Als er erwachte, lag er mit entblößtem Oberkörper auf einem breiten Holztisch. Er wandte den Kopf, der sich anfühlte, als ob er von einer Lokomotive erfaßt worden wäre, und sah, daß Valerian neben ihm lag.

»Maeve?« Aidan hob den Kopf. Der Raum war dunkel und feucht und besaß die bedrückende Atmosphäre eines Verlieses.

»Sie ist auf Jagd«, antwortete ein zartes Stimmchen.

Aidan entspannte sich und versuchte, seine Umgebung einzuschätzen. Kerzenlicht flackerte an den alten, moosbewachsenen Wänden, in die rostige Eisenringe eingelassen waren. »Wo bin ich?«

Eine schreckliche Parodie auf ein Kind erschien an seiner Seite, ein kleines Mädchen mit goldbraunen Korkenzieherlocken, auffallend blasser Haut und dunklen Ringen unter den Augen. Ihre winzigen Fänge glitzerten im Kerzenschein.

»In Havermail Castle«, sagte sie.

Ach ja, natürlich, dachte Aidan mit zunehmender Verzweiflung. Das prächtige Schloß, in dem Maeves abscheuliche Freunde lebten, die Havermails — eine Vampirmutter, ein Vampirvater und zwei abgrundtief böse Vampirkinder.

Schaudernd versuchte er, sich aufzurichten, aber dann merkte er, daß er zu schwach dazu war.

Das Mädchen legte eine klamme Hand auf seine Brust. »Sie dürfen sich nicht bewegen«, sagte es, und eine leise Drohung schwang in der Stimme mit. »Und Mr. Valerian auch nicht. Sie werden unsere Gäste sein, bis Maeve etwas anderes anordnet.«

»Wie heißt du?« keuchte Aidan, entsetzt über seine Schwäche. Als er noch ein Mensch gewesen war, hatte er Kinder geliebt und war imstande gewesen, sich vernünftig mit ihnen zu unterhalten.

»Ich bin Benecia«, sagte das Ungeheuer. »Und meine Schwester heißt Canaan. Sie ist mit Mummy auf die Jagd gegangen. Wenn sie zurückkommen, bin ich an der Reihe.«

Valerian bewegte sich neben Aidan, aber es war offensichtlich, daß er noch zu benommen war, um zu sprechen.

»Wie lange bist du schon ein Vampir?« fragte Aidan Benecia. Eine verrückte Unterhaltung in einer noch verrückteren Umgebung, aber Aidan war sicher, daß er den Verstand verlieren würde, wenn er noch länger versuchte, still zu sein.

»Oh, schon lange«, erwiderte Benecia heiter. »Fast so lange wie Valerian — ungefähr fünfhundertvierzig Jahre!«

Aidan starrte sie an, entsetzt, daß sogar ein bluttrinkendes Ungeheuer so tief sinken konnte, ein Kind in einen Vampir zu verwandeln. Nicht einmal die schlimmsten Dämonen der Hölle konnten grausamer sein. »Wie ist es geschehen?«

Benecia kicherte. Das Geräusch hallte auf unheimliche Weise von den feuchten Steinwänden wider, die soviel Unglück über so viele Jahrhunderte hinweg gesehen hatten. »Als Papa noch Wissenschaftler war, trat er einer geheimen Bruderschaft bei. Ihre Mitglieder trafen sich nur im Dunkeln, und Papa fand das sehr eigenartig, aber er fühlte sich geschmeichelt, daß sie ihn einluden, und ging pünktlich zu allen Versammlungen. Irgendwann führten sie ihn dann ein – die Mitglieder des Geheimbundes machten ihn unsterblich, wie sie es selber waren. Papa kam sofort nach Hause und verwandelte Mama, die wiederum Canaan und mich verwandelte, weil sie es nicht ertragen konnte, von uns getrennt zu sein.«

Aidan wisperte ein Schimpfwort, weil er es nicht wagte, ein Gebet zu sprechen.

Valerian streckte die Hand aus, ergriff seinen Arm und brachte ihn zum Schweigen.

Doch Benecia war schon beleidigt. »Ich mag Sie nicht«, sagte sie in boshaftem Ton zu Aidan. »Ich mag Sie überhaupt nicht.«

»Mein Freund ist noch ziemlich jung für einen Vampir«, warf Valerian rasch ein. »Hab Geduld mit ihm, Benecia. Denk daran, wie es war, noch dumm und impulsiv zu sein.«

Benecias Augen waren schmal geworden, ihr stechender Blick löste sich keinen Augenblick von Aidans Zügen. »Ich bin viel älter als Sie und viel stärker und viel klüger«, erklärte sie mit kühlem Selbstvertrauen. »Hüten Sie Ihre Zunge, Sie Welpe, oder ich lasse Sie an den Füßen von einem hohen Fenster baumeln!«

Valerian lachte, doch es lag kein Humor darin, seine Stimme klang sehr angespannt. »Aber, aber, Liebes – spricht man so mit einem Gast? Aidan ist für deine Tante Maeve das liebste Wesen auf dieser Welt. Sie wird von dir erwarten, daß du freundlich zu ihm bist.«

Benecia gab nach, doch erst, nachdem sie ein Zischen ausgestoßen hatte wie eine Schlange und ihre Vampirzähne gebleckt hatte. Dann ging sie, ein kleines Ungeheuer in einem gerüschten Kleid aus rosa Seide, und irgendwo in der Ferne schlug eine Tür zu.

Aidan und Valerian waren allein.

Valerians Augen glühten zornig, trotz seiner Schwäche richtete er sich auf seinem Lager auf. »Du bist ein bemerkenswerter Schwachkopf, Aidan!«

Aidan war nicht in der Stimmung für eine Predigt. Er hatte auch so schon genug durchgemacht in den letzten Tagen. »Ich lasse mir doch nicht von einem Kind drohen!«

»Das Kind war schon alt, als Shakespeare seine Sonette schrieb!« versetzte Valerian ärgerlich. »Sie vermag mehr Macht in einem Blinzeln ihrer Augen zu vereinigen, als du je hoffen kannst, zu erlangen! Wenn sie nicht recht menschliche Angst vor ihrer geliebten Tante Maeve hätte, würde dein Kopf jetzt schon von einem der Wachttürme baumeln!«

Aidan seufzte. »Wenn Benecia wirklich so mächtig ist«, entgegnete er, »warum fürchtet sie dann Maeve?«

Valerian lachte, aber der Ton klang hohl, es lag kein Humor darin. »Kennst du deine eigene Schwester so schlecht, Aidan? Maeve besitzt einzigartige Talente, und es heißt, daß sie eines Tages Lisettes Nachfolgerin sein wird.«

Der bloße Gedanke verursachte Aidan Übelkeit. Er erinnerte sich noch sehr gut, wie Maeve als menschliches Wesen gewesen war, warm, herzlich, unschuldig, und er war plötzlich den Tränen so nahe, wie es einem Vampir möglich war. »Du hast es getan«, sagte er anklagend. »Du hast ein Ungeheuer aus ihr gemacht, Valerian.«

Trauer und auch Resignation klangen in der Stimme des anderen Vampirs mit, als er antwortete. »Sie bat mich darum. Sie bot mir ihre Kehle, und ich war hungrig.«

Aidan hatte die Geschichte schon gehört, aber selbst heute noch, nach zwei Jahrhunderten, konnte er sich nicht damit abfinden. »Du hättest dich beherrschen können. Es gab andere, an denen du deinen Durst hättest stillen können.«

Valerian wurde wieder schwach. Aidan spürte es, denn sie

waren einander auf Gedeih und Verderb verbunden seit jener ersten Kommunion, bei der Aidan Valerian Blut gespendet hatte. »Wir haben schon so oft darüber gesprochen«, erwiderte er müde. »Es ist nicht mehr zu ändern. Ich bin seit fünf Minuten bei Bewußtsein, Aidan. Wie kommt es, daß du mich noch nicht nach Atlantis gefragt hast?«

So unglaublich es auch schien, Aidan hatte das wunderbare Geheimnis, das seine Rettung sein konnte, vergessen, weil seine Gedanken nur um Maeve und Neely gekreist waren. Er drehte sich auf die Seite und ergriff Valerians Arm, der entblößt war wie sein eigener. »Bist du dort gewesen?«

Valerian schüttelte den Kopf. »Ich habe es versucht, aber mir fehlte die Kraft dazu. Ich sah es allerdings von weitem, und ich habe die Musik gehört . . .«

»Und du hast etwas entdeckt!«

»Ja«, murmelte Valerian. »Der Vampirismus begann in Atlantis, mit einer Serie medizinischer Experimente.«

»Woher weißt du das?« fragte Aidan und verstärkte seinen Griff um Valerians kalten Arm.

»Ich bin mir nicht sicher. Das Wissen war plötzlich einfach da. Und jetzt bitte, Aidan – ich bin müde. Laß mich ruhen.«

»Erst wenn du mir gesagt hast, wie ich mich wieder in einen Menschen zurückverwandeln kann!«

Ein langes, schreckliches Schweigen entstand. Dann antwortete Valerian: »Du kannst es nicht. Es gibt ein Gegenmittel, aber du würdest noch weiter in die Zeiten zurückkehren müssen, als ich es tat, um es zu finden, und dazu bist du nicht stark genug. Ergib dich in dein Schicksal, Aidan, ein für allemal. Du bist und bleibst ein Vampir.«

7

Neely brauchte sehr lange zum Erwachen, stieg unendlich langsam aus einer Bewußtseinsstufe in die nächste auf. Der Kampf erforderte ihre ganze Willenskraft, denn die Lethargie, die sie auf dem Bett festhielt, war seltsam angenehm, ein süßer Schlaf, friedvoll und allumfassend.

Endlich gelang es ihr, die Augen aufzuschlagen.

Sie lag auf einem fremden, wunderschönen Bett, einem riesigen Himmelbett aus Mahagoni oder irgendeinem anderen roten Holz. Der Baldachin über ihr war an den Rändern mit exquisiter Spitze besetzt, die Laken waren von feinstem Leinen, die Bettdecke aus altem blauem Samt.

Es war Aidans Bett.

In einem jähen Moment kam Neely alles wieder zu Gedächtnis — ihre Flucht in Doris' altem Wagen, das Motelzimmer und das Erwachen mit Aidan am Fußende ihres Bettes. Eine Flut von Erinnerungen kehrte zurück, Neely erinnerte sich an die unbegreifliche Art, wie Aidan sie geliebt hatte, und an seine überzeugende Behauptung, ein Vampir zu sein.

Sie erschrak plötzlich und versteifte sich unter den Decken. Aidan hatte sie in sein Cape gehüllt und sie durch irgendeine, ihr unvorstellbare Zauberei hierher gebracht.

Genau so war es.

Aidan mußte ein Magier sein, und dazu noch ein sehr guter.

Sie begann eine Analyse ihrer Lage. Ja, sie befand sich in seinem Haus in Connecticut, keine Meile vom Lakeview Truck Stop entfernt, und sie konnte sich nicht erinnern, die Reise gemacht zu haben: dies waren unabstreitbare Tatsachen. Aber Aidan konnte sie auch hypnotisiert oder ihr Drogen gegeben und die anderen Erinnerungen in ihrem Gedächtnis eingeprägt haben.

Ich werde jetzt aufstehen, mich anziehen und gehen, beschloß sie. Aidan Tremayne mochte der attraktivste Mann sein, dem sie je begegnet war, und er hatte ihr zweifellos das Herz geraubt, ganz zu schweigen von der überwältigenden sexuellen Erfahrung mit ihm. Aber das bedeutete noch lange nicht, daß sie sich entführen ließ und ihm gestattete, verrückte Spielchen mit ihrer Psyche anzustellen.

Nichts als tapferes Gerede, sagte sie sich: die Wahrheit sah ganz anders aus. Wenn er jetzt zu ihr gekommen wäre, hätte sie zugelassen ... zugelassen? — nein, sie hätte ihn angefleht, sie noch einmal zu lieben.

Sie atmete tief ein und ließ die Luft langsam wieder raus, um die süße dunkle Erregung zu besänftigen. Dann, in einem vernünftigeren Moment, kam ihr eine andere Facette ihrer Beziehung zu Aidan zu Bewußtsein: Sie hatte auch Angst vor ihm.

Der Mann mochte ein guter Magier sein, aber angenommen, er hatte die Wahrheit gesagt und war tatsächlich ein Vampir?

Neely war verwirrt und ärgerlich, und im übrigen hatte sie das Gefühl, daß ihre Blase jeden Augenblick platzen würde.

Sie bewegte sich, um die Decke zurückzuschlagen und aufzustehen, aber es war, als hielte eine unsichtbare Kraft sie auf der Matratze fest. Rasch überprüfte sie ihre Muskeln und stellte fest, daß alle sich bewegen ließen. »Verdammt«, sagte sie und versuchte, sich wenigstens auf die Ellbogen aufzurichten.

Es war, als ob die Zimmerdecke auf sie herabgestürzt wäre, obwohl sie keinerlei Schmerz verspürte.

»Aidan!«

Der Name echote durch den großen, leeren Raum.

Neely wartete, sammelte Kraft und kämpfte gegen das Bedürfnis an, zu schlafen. »Aidan!« rief sie noch einmal. »Komm sofort her und hilf mir aus dem Bett, verdammt! Ich muß auf die Toilette!«

Keine Antwort, nur das hohle Echo ihrer Stimme.

Neely bot ihre ganze Willenskraft auf, und es gelang ihr, einen Zentimeter auf die Bettkante zuzurutschen. Sie wartete einen Moment, dann versuchte sie es noch einmal.

Nach zehn Minuten schwitzte sie so stark, daß die Laken an ihrer Haut klebten. Sie erreichte die Bettkante, verbrachte eine kleine Ewigkeit damit zu, ihre Kraft zu sammeln, und unternahm dann einen weiteren Versuch, das Bett zu verlassen.

Sie landete hart auf dem kühlen Parkettboden und blieb dort eine Zeitlang benommen liegen, triumphierend, weil sie es geschafft hatte, und so erschöpft von der Anstrengung, daß sie nicht sicher war, aufstehen zu können.

Doch der beharrliche Druck auf ihrer Blase zwang sie, es zu versuchen; sie zog die Knie an, hielt sich an dem antiken Nachttisch fest und zog sich auf die Knie. Sie blieb stehen, am ganzen Körper zitternd und tief durchatmend, bis sie es wagte, einen Schritt zu tun.

Zu ihrer Überraschung war das sehr leicht. Sie ging in das angrenzende Bad, das mit kostbarem italienischem Marmor gekachelt war, benutzte die Toilette und schlang ein Badetuch um ihre Schultern, bevor sie in das geräumige Schlafzimmer zurückkehrte.

Hohe Fenster mit eingebauten Sitznischen, die einen herrlichen Blick auf den verschneiten Garten boten, bedeckten zwei Wände der Suite. Die Schränke, Kommoden und Truhen enthielten ein beachtliches Sortiment männlicher Kleidungsstücke. Der Raum verfügte über einen eigenen Kamin, der mit unschätzbar wertvollen, handbemalten Kacheln verkleidet war, und hier und dort bedeckte ein exquisiter Perserteppich den glänzenden Parkettboden.

Neely ging in die Halle weiter. Sie war hungrig, und ein bißchen Aufmunterung durch ihren geheimnisvollen Gastgeber hätte ihr auch nicht geschadet.

»Aidan?«

Keine Antwort.

Sie öffnete die Doppeltüren des Zimmers gegenüber von Aidans und entdeckte eine zweite Suite, die fast so groß und prächtig war wie jene, die sie gerade verlassen hatte. Hier waren die Schränke jedoch leer und damit ihre Hoffnung, etwas zum Anziehen zu finden, zerstört. Sie kehrte kurz in Aidans Schlafzimmer zurück, um eins von seinen handgefertigten weißen Hemden anzuziehen, dann trat sie wieder in die Halle hinaus und ging auf die hintere Treppe zu.

Am Fuß dieser Treppe befand sich eine Küche, groß, tadellos aufgeräumt und sauber. Die Regale der Schränke und der Vorratskammer waren leer, nicht einmal Staub war darauf zu sehen, und nirgendwo gab es Teller, Gläser oder Besteck.

Ob Vampire essen? fragte sich Neely. Ihre Umgebung wurde ihr immer gespenstischer.

Sie ging weiter, um den Rest des grandiosen Hauses zu erforschen. In Filmen wäre es voller Spinnweben und Staub gewesen, vermutete sie, doch statt dessen war es makellos rein wie die Kommodenschublade einer Nonne. Die riesigen Kristallüster blitzten, die Teppiche und Böden fühlten sich sauber unter Neelys nackten Füßen an, und die Wände waren mit Gemälden alter Meister bedeckt.

In Aidans Bibliothek, dem einzigen Teil des Hauses, in dem sie schon gewesen war, lagen dicke Stapel von Papieren auf dem Schreibtisch, und Bücherregale zogen sich an allen vier Wänden vom Fußboden bis zur Zimmerdecke hoch.

Neely hob die Spieldose auf, die sie bei ihrem letzten Besuch entdeckt hatte, drehte den Bronzeschlüssel herum und öffnete den Deckel.

Unerträglich traurige Musik drang aus dem winzigen Mechanismus und löste Gefühle in ihr aus, die Neely nicht zu deuten verstand. Heiße Tränen brannten in ihren Augen, als sie in einem einsamen Tanz durchs Zimmer schwebte, verzaubert von der fremdartigen Musik. Während sie noch tanzte, sammelte sich das Zwielicht vor den hohen Fenstern, und schwere Schneeflocken fielen herab.

»Was für einen starken Willen du haben mußt«, sagte Aidan und erschreckte Neely damit so sehr, daß sie stolperte und fast die Spieldose fallengelassen hätte.

In einem schwarzen Mantel, dunklen Hosen, einem weißen Hemd und Krawatte, stand er in der Tür. Schneeflocken glitzerten auf seinem ebenholzschwarzen Haar und auf seinen Schultern.

Neely starrte ihn an, für einen Moment zu betroffen, um etwas zu erwidern.

Aidans sinnlich schöner Mund verzog sich zu einem nachsichtigen Lächeln. »Ich hätte deinen Koffer mitnehmen sollen, als ich dich aus diesem gräßlichen Motel hierherbrachte«, sagte er, während er seine Lederhandschuhe abstreifte und sie in die Manteltasche steckte. »Obwohl du eigentlich ganz entzückend aussiehst in meinem Hemd. Aber sag mir doch — wie bist du aus dem Bett gekommen?«

Sie schob trotzig das Kinn vor. »Keine Macht kann eine Frau aufhalten, die ins Badezimmer muß«, erwiderte sie.

Aidan lachte. »Ach so.« Er nahm seinen Hut ab und hängte ihn an einen bronzenen Kleiderhaken.

»Es ist nichts zu essen in diesem Haus«, bemerkte Neely, und ihre Stimme zitterte ein wenig.

»Aber selbstverständlich, Neely«, entgegnete Aidan schmunzelnd und verschwand in der Küche. Sekunden später kehrte er mit drei Behältern aus einem chinesischen Restaurant und einer in eine Serviette eingewickelte Plastikgabel zurück. Er lächelte, als Neely ihm das alles fast aus der Hand riß, sich im Schneidersitz auf den Kaminteppich hockte und die Behälter öffnete. Dann setzte er sich neben sie und sagte zärtlich: »Du bist keine Gefangene hier, Neely, und du wirst nicht mißhandelt werden. Hab bitte keine Angst.«

Sie aß von dem gebratenen Reis. »Keine Angst?« wiederholte sie bitter. »Ich wäre eine Närrin, wenn ich keine Angst hätte.«

Er lächelte, berührte flüchtig ihr Haar und zog sofort seine Hand zurück. Im nächsten Augenblick erschien ein Ausdruck unendlicher Trauer in seinen Augen.

»Ich ertrage es nicht, das Wissen, daß du Angst vor mir hast«, wisperte er rauh.

Neely stellte das Essen beiseite. Ihr Verlangen, Aidan anzufassen, war überwältigend.

Für einen langen Moment starrten sie sich nur an und vermittelten sich auf stumme, geheimnisvolle Weise Trost. Dann sagte Neely: »Wie bin ich hierher gekommen, Aidan? Hast du mich hypnotisiert oder so etwas?«

Er schüttelte den Kopf. »Nicht so Alltägliches, fürchte ich«, erwiderte er. »Ich bin wirklich ein Vampir, wie ich dir schon sagte, Neely. Und du warst gestern abend in großer Gefahr. Es war sehr dumm von dir, dich ganz allein hinauszuwagen.«

Sie wandte den Blick ab, weil sie ihn so sehr begehrte, daß sie sich ihm am liebsten gleich hier hingegeben hätte, auf dem Teppich vor dem Kamin. Aus den Augenwinkeln sah sie, daß er aufstand und sich von ihr entfernte.

»Was meinst du mit ›Gefahr‹?« fragte sie, eine Spur gereizt, weil sie Aidan verdächtigte, ihre Gedanken gelesen und ihr unstillbares Verlangen nach ihm erkannt zu haben. Und daß er sich daraufhin von ihr zurückgezogen hatte, empfand sie wie eine Ohrfeige.

»Zwei bezahlte Mörder kamen, um dich zu beseitigen«, erwiderte Aidan aus der Nähe seines Schreibtisches. Er klang abwesend wie ein Mann, der die Ereignisse des Tages aufzählt, während er gleichzeitig die Post durchsieht. »Du brauchst dir aber keine Sorgen zu machen. Ich habe mich um sie gekümmert.«

Deshalb hatte er also in der Nacht zuvor plötzlich innegehalten, als er schon im Begriff gewesen war, sie auf ganz normale Art zu lieben! Er hatte gehört, daß jemand sich dem Raum näherte.

Neely erschauerte leicht und nahm wieder die Gabel. »Ich

wette, sie waren sehr überrascht — vor allem, als sie deine Zähne sahen.«

Aidan lächelte leise. »Ja, ich gebe zu, daß sie nicht damit gerechnet hatten, jemanden wie mich zu sehen.«

»Aber damit ist es noch nicht vorbei«, erklärte Neely seufzend und zog sich den zweiten Behälter mit dem chinesischen Essen heran. »So schnell werden sie nicht aufgeben.«

»Ich auch nicht«, entgegnete Aidan grimmig.

Neely sah auf. Er musterte sie mit einer Mischung aus Verwunderung und Entzücken.

»Was für eine heißblütige kleine Kreatur du bist«, sagte er nachdenklich.

Neely errötete. »Wie kommst du denn darauf?«

Er lachte. »Du wolltest mich eben noch auf dem Teppich vor dem Kamin verführen.«

Sie stritt es nicht ab, das wäre unehrlich gewesen. »Ich bin normalerweise nicht so . . . liebebedürftig«, sagte sie.

»Das möchte ich auch sehr hoffen«, scherzte Aidan.

Sie hob abrupt den Kopf. Der Zorn, den sie im ersten Moment verspürte, ließ jedoch sofort nach, als sie die zärtliche Belustigung in Aidans Augen sah. Sie konnte ihm einfach nicht böse sein.

»Hat es andere Männer in deinem Leben gegeben, Neely?«

Seine Frage beleidigte und erfreute sie zugleich. »Du sagtest, du könntest Gedanken lesen. Warum schaust du nicht einfach in meinen Kopf und findest es selbst heraus?«

»Weil ich es als sehr indiskret empfinden würde«, erwiderte er.

Neely seufzte. »Na schön«, sagte sie. »Die Antwort ist, daß es nur einen gegeben hat. Er hat mir im ersten Collegejahr das Herz gebrochen.« Sie machte eine kurze Pause. »Und du, Aidan?« fragte sie dann. »Mit wie vielen Frauen warst du schon im Bett?«

Ein harter Zug erschien um sein Kinn, er wirkte leicht verärgert. Dann murmelte er etwas, das wie ›Diese modernen Zeiten!‹ klang. Einen Augenblick später antwortete er jedoch. »Es gab einige Tavernenhuren in meiner Jugend . . .«

108

»Tavernenhuren?« unterbrach Neely ihn, überrascht über die altmodische Bezeichnung, die er gebrauchte.

Aidan schien wieder ungeduldig zu werden und wechselte abrupt das Thema. »Ich werde dir etwas Passenderes zum Anziehen suchen«, sagte er kühl. »Maeve muß einige Sachen hinterlassen haben . . .«

Maeve. Der Name beunruhigte Neely, aber es gab schon genug, worüber sie sich den Kopf zerbrach.

Als Aidan zurückkehrte, ein Bündel Kleider über dem Arm, hatte Neely ihre Mahlzeit beendet und die Reste in den großen, vollkommen leeren Kühlschrank gestellt. Sie hockte mit angezogenen Knien auf einem Fenstersitz und starrte in das immer dichter werdende Schneetreiben.

»Es ist noch etwas süßsaures Schweinefleisch da . . .«

Er lächelte. »Vampire essen nicht, Neely. Nicht auf die gleiche Art wie Menschen jedenfalls.«

Sie verdrehte die Augen und nahm das gefaltete Kleidungsstück, das er ihr reichte. »Also, ich bitte dich, Aidan!« sagte sie gereizt. »Du magst zwar kein gewöhnlicher Mensch sein, das ist ziemlich offensichtlich, aber ganz bestimmt auch kein Vampir . . . oder?«

Aidans Lachen hallte durch den Raum, tief, dunkel, sinnlich und warm.

Neely glitt von ihrem Fensterplatz und trat hinter einen Ledersessel mit hoher, steifer Lehne. Ihre Phantasie erfuhr plötzlich einen unglaublichen Auftrieb. »Du trinkst doch nicht etwa Blut?«

Wieder erschien dieser traurige Blick in seinen Augen, der unendliche Qual verriet. »Ja«, sagte er betrübt, »ich trinke Blut. Ich hasse es — ich hasse alles, was mit meinem Vampirdasein zusammenhängt, aber ohne Blut würde ich sterben, und dazu bin ich noch nicht bereit.«

Sehr widerstreitende Gefühle erfaßten Neely — während sie sich danach sehnte, Aidan in die Arme zu nehmen, wäre sie gleichzeitig am liebsten vor ihm geflohen, so schnell und so weit sie konnte. Aber sie wußte auch, daß sie nicht eher Ruhe finden würde, bis dieses faszinierende Rätsel gelöst war.

»Zeig mir deinen Sarg!« sagte sie herausfordernd.

Aidan zog eine dunkle Braue hoch. »Wie bitte?« entgegnete er mit aufrichtiger Verwunderung.

»Wenn du ein Vampir bist, mußt du in einem Sarg schlafen«, sagte Neely, um dem Unerklärlichen so etwas wie eine Erklärung zu verleihen.

Aidan seufzte und verzog das Gesicht. »Du kannst dich darauf verlassen, daß ich nicht in einem Sarg schlafe«, erklärte er beleidigt. »Es ist kein schlechter Film, über den wir reden, Neely, sondern die harte Wirklichkeit. Ich trinke Blut, ich schlafe tagsüber, und ich kann tatsächlich durch einen Pflock ins Herz getötet werden. Aber das, mein Liebling, ist auch schon alles, was ich mit einem Hollywoodvampir gemeinsam habe!«

Sie runzelte die Stirn, versuchte sich zu erinnern, ob sie Aidan je vor Sonnenuntergang begegnet war, und kam zu dem Schluß, daß es nicht der Fall war. »Beruhige dich«, sagte sie und strich, eher aus Geistesabwesenheit als aus Nervosität, mit der Zungenspitze über ihre Lippen. »Wenn du es so sehr haßt, ein... ein Vampir zu sein, warum bist du dann einer geworden? Vorausgesetzt natürlich, daß du wirklich ein übernatürliches Wesen bist.«

Aidan ließ sich seufzend auf dem Sessel hinter seinem imposanten Schreibtisch nieder, und da fiel Neely zum erstenmal auf, wie hager er aussah. Dunkle Schatten umrahmten seine Augen wie Prellungen, seine Haut war blaß wie heller Marmor. »Du bist unmöglich!« murmelte er.

Neely lächelte. »Das stimmt«, gab sie zu und beschloß, ein bißchen zurückhaltender zu sein. Sie verließ die Bibliothek. Im Badezimmer im Erdgeschoß vertauschte sie Aidans Hemd gegen den hübschen blauen Kaftan, den er ihr gegeben hatte. Als sie zurückkehrte, stand er an einem der Fenster und starrte in den verschneiten Wald hinaus.

Als Neely unsicher auf der Schwelle stehenblieb, drehte er sich langsam zu ihr um.

»Ich muß für eine Weile ausgehen«, sagte er ernst. »Laß niemanden ins Haus, bevor ich zurückkehre.« Während Neely ihn

110

noch verblüfft anstarrte und sich mit der Neuigkeit abzufinden versuchte, daß er sie verlassen wollte, nahm er eine schlichte Goldkette von seinem Hals und legte sie ihr um. Eine zierliche goldene Rosenknospe hing an der Kette.

»Was ist das?«

Aidan lachte grimmig. »Kein Gegenstück einer Silberkugel oder eines Kruzifixes, falls du das glaubst. Aber meine Schwester und die anderen wissen, daß es mir gehört und du es niemals tragen würdest, wenn ich es dir nicht gegeben hätte.«

Es wird immer sonderbarer, dachte Neely. Eigentlich hätte sie froh sein müssen, daß Aidan ging, doch statt dessen mußte sie gegen den Wunsch ankämpfen, vor ihm auf die Knie zu fallen und ihn anzuflehen, bei ihr zu bleiben. »Was ... was ist, falls die Männer mich hier finden? Ich meine die Kerle, die in mein Hotelzimmer eingedrungen sind?«

Aidan machte einen Schritt auf sie zu und zog sich dann mit einer abrupten Bewegung wieder zurück. »Das werden sie nicht«, sagte er schlicht, hob die Hände über den Kopf und löste sich in den Schatten des Zimmers auf.

Neely war wie gelähmt und blieb lange Zeit reglos stehen. Dann riß sie sich aus ihrer Trance und lief zu der Stelle, wo Aidan eben noch gestanden hatte.

Keine Spur von ihm, und auch kein Fenster und keine geheime Tür, durch die er seinen dramatischen Abgang hätte inszenieren können. Neely kniete nieder und tastete prüfend die Holzpaneele ab.

Nichts.

Schaudernd richtete sie sich auf. Sie würde Aidan bitten, ihr diesen Trick zu erklären – er konnte ihr sehr zugute kommen, falls diese angeheuerten Mörder sie je wiederfanden.

Ihr Blick glitt zu dem Telefon auf Aidans Schreibtisch. Sie hätte gern Ben angerufen, um ihm zu sagen, daß es ihr gut ging, doch das wagte sie nicht. Dallas Hargroves Komplizen hatten vielleicht schon die Leitung ihres Bruders angezapft, und falls sie den Anruf bis zu diesem Haus verfolgten, war sie so gut wie tot.

Aufstöhnend massierte Neely ihre pochenden Schläfen. Es

111

wäre eine Erleichterung gewesen, mit jemandem über all ihre seltsamen Erlebnisse zu sprechen, aber wer würde ihr schon glauben.

Weil sie zu nervös war, um stillzusitzen, zündete sie ein Feuer im Kamin an und begann Aidans beachtliche Büchersammlung durchzusehen. Eine Reihe dicker, ledergebundener Ausgaben erregte ihre Neugier, und sie griff nach dem ersten Band im Regal.

Es war ein großes, schweres Buch, und Neely setzte sich damit auf Aidans Sessel, bevor sie es aufschlug.

Das Papier war feinstes Pergament, kühl und glatt, und die ersten Seiten waren völlig leer. Neely blätterte behutsam weiter, bis sie an eine Seite kam, die eine Inschrift aus verblassender Tinte aufwies. »Dies ist das Tagebuch und die Lebensgeschichte von Aidan Tremayne, Vampir. Beginn: der fünfte März 1793.«

Neely fühlte einen eisigen Schauer über ihren Rücken gleiten. Sie starrte die Worte eine lange Zeit betroffen an, dann schlug sie die nächste Seite auf. Hier entdeckte sie eine Kohlezeichnung, die ihren Herzschlag stocken ließ; Aidans attraktives Gesicht lachte ihr von dem Pergament entgegen; eine schöne junge Frau, sein weibliches Ebenbild, spähte lächelnd über seine breiten Schultern. Beide trugen die typische Kleidung des achtzehnten Jahrhunderts.

Eine Weile saß Neely nur betroffen da.

Der Mann auf dem Papier konnte unmöglich Aidan sein, die Zeichnung war ganz offensichtlich viele Generationen zuvor entstanden. Nein, es mußte sich um einen seiner Vorfahren handeln. Und doch, trotz all dieser vernünftigen Überlegungen, drängte das Bild sich in ihr Herz, und die lachenden Augen darauf baten sie, zu glauben.

Ganz schlicht und einfach zu glauben.

Erschüttert wandte sie ihre Aufmerksamkeit der Frau zu, eins der schönsten Wesen, das sie je erblickt hatte. Die Ähnlichkeit zwischen diesen beiden Menschen war so verblüffend, daß es sich bei ihnen um Geschwister handeln mußte.

Neely schwankte und schloß die Augen. Ein unerklärlicher

112

Instinkt sagte ihr, daß der lachende junge Mann auf dem Bild tatsächlich Aidan Tremayne war — ihr Aidan.

Ausgeschlossen.

Glaub.

Nach einem tiefen Atemzug blätterte Neely mit zitternder Hand eine weitere Seite um und begann die sauberen, aber seltsam altmodischen Schriftzeichen zu entziffern. »Ich, Aidan Tremayne«, las sie sich laut vor, »schreibe diesen Bericht nieder, um mich vor dem Wahnsinn zu bewahren, und als Warnung für all jene, die nach mir kommen werden . . .«

Bald schon war Neely so vertieft, daß sie die Zeit darüber vergaß. Sie las Seite um Seite, fasziniert von dem Bericht des jungen Iren über seine Begegnung mit Lisette, der geheimnisvollen Frau, die eines Abends ihre Kutsche neben ihm angehalten und seine Seele gefangengenommen hatte. Und obwohl dieser andere, frühere Aidan — er konnte unmöglich der Mann sein, den sie in den Armen gehalten hatte, der Mann, den sie liebte — ein schamloser Wüstling gewesen war, dessen Interessen sich auf Sex, Musik und gutes Bier beschränkten, empfand Neely Verzweiflung, ja sogar Eifersucht, als sie seine Zeilen las. Es gefiel ihr nicht, daß eine Frau in dieser Geschichte vorkam.

Als sie zu der Stelle gelangte, wo Lisette sich auf den jungen Aidan stürzte und ihre Fänge tief in seine Kehle grub, um ihm sein Blut auszusaugen, spürte Neely, wie sie erblaßte und ihr Gesicht so kalt wurde wie Fensterglas in einer Winternacht. Obwohl alles nur Erfindung war, eine brillante und ziemlich unglaubwürdige Geschichte, erschien sie ihr real, so unglaublich real, daß sie sich in die Zeit und an die Orte versetzt fühlte, in der die Geschichte spielte.

Und von Zeile zu Zeile wurde alles noch viel phantastischer. Der junge Aidan war im Bett einer flohverseuchten Pension des achtzehnten Jahrhunderts gestorben, und doch war er nicht gestorben. Der Wirt, sein Sohn und ein Priester hatten ihn für tot erklärt, und er hatte sich verzweifelt, jedoch ohne Erfolg bemüht, ihnen mitzuteilen, daß er noch lebte. Ohne sich bewußt zu sein, daß sich noch eine Seele in dem leblosen Körper verbarg, hatten die Männer die Leiche einem Bestattungsunternehmer übergeben. Und an diesem schrecklichen Ort war Aidan einsam zurückgeblieben und vergessen worden.

Neely kamen die Tränen, als sie las, wie Lisette zurückkehrte und Aidan in ein Ungeheuer verwandelte, in einen Vampir, indem sie seine Halsschlagader von neuem öffnete, aber diesmal, um ihm Blut zu spenden, anstatt es ihm zu nehmen.

Obwohl dies alles Neely faszinierte und auf morbide Weise ihre Neugier weckte, war sie nicht fähig, weiterzulesen, noch nicht. Sie war zutiefst erschüttert, als hätte sie die Ereignisse selbst miterlebt, jede grauenhafte Einzelheit davon. Sie empfand einen zwingenden, bleibenden Haß auf diese herzlose Lisette, in Verbindung mit einem unheiligen Zorn darüber, daß diese Frau Aidans Bett geteilt, ihm Lust verschafft und Lust von ihm erfahren hatte.

Eine lange Zeit saß Neely nur still da, benommen von der Intensität und Verschiedenheit ihrer Gefühle. Obwohl sie ins Feuer starrte, sah sie nur die alptraumhaften Bilder, die Aidan so sorgfältig in seinem Tagebuch beschrieben hatte. Wie konnte jemand, selbst wenn er ein Vampir war, einem anderen Wesen so etwas Entsetzliches antun und es, wie Lisette Aidan, zu einem ewigen Alptraum verdammen?

»Neely?«

Sie zuckte zusammen und schlug schuldbewußt das Buch zu.

Aidan stand nur wenige Schritte von ihr entfernt — sie hatte ihn nicht hereinkommen gehört — und trug ihren Koffer in der Hand, der in der Nacht zuvor im Motel zurückgeblieben war.

Eine solch überwältigende Zuneigung zu ihm erfaßte sie, als sie ihn bloß ansah, daß ihr der Atem stockte und sie nicht fähig war, etwas zu sagen.

»Ich dachte, du hättest vielleicht gern deine eigenen Kleider«, bemerkte er mit unschuldiger Miene, beinahe scheu. Sein Blick glitt zu dem dicken Buch auf ihrem Schoß, und sie sah Erleichterung und Resignation in seinem Blick aufflackern. »Du hast also meine Tagebücher gefunden.«

Neely sah, daß seine Haut, die vorhin noch leichenblaß gewesen war, einen rosigen Schimmer angenommen hatte. Ein verrückter Verdacht kam ihr; sie verdrängte ihn jedoch und richtete ihren Blick auf den Koffer in seiner Hand. »Woher hast du ihn? Ich dachte, wir hätten ihn im Motel zurückgelassen?«

»So war es auch. Ich habe ihn abgeholt.«

Neely schaute abrupt zu ihm auf. »Das ist unmöglich! Es ist viel zu weit.«

Anstatt etwas zu erwidern, zog Aidan nur eine Augenbraue hoch.

Neely sprang auf und nahm ihm den Koffer aus der Hand. »Ich muß meinem Bruder sagen, daß alles in Ordnung ist«, sagte sie rasch. »Wenn die Polizei das Motelzimmer untersucht und keine Spur von mir findet, wird Ben in den Zeitungen davon erfahren und sich große Sorgen machen. Er wird vielleicht sogar glauben, ich sei tot.«

Aidan verschränkte die Arme. »Wenn du Ben anrufst, werden bald noch mehr Freunde des Senators hier erscheinen. Was nicht tragisch wäre, solange ich da bin, wenn sie kommen. Aber was ist, wenn du allein bist, Neely? Wenn ich auf Jagd bin oder schlafe?«

Eine eisige Kälte stieg in Neely auf. »Auf Jagd oder schlafen? Du liebe Güte, Aidan, jetzt machst du mir allmählich wirklich Angst!«

Er nahm ihr das Buch aus den Händen und legte es beiseite. »Ich hatte gehofft, nicht zu billigen Salontricks greifen zu müssen, um dich zu überzeugen«, sagte er ruhig. »Es ist meine Geschichte, was du gelesen hast, Neely. Das Gesicht auf der Zeichnung ist meins, das Mädchen ist meine Zwillingsschwester Maeve . . .«

»Nein!« Neely legte die Hände über ihre Ohren.

Aidan ergriff ihre Handgelenke, zog sie sanft herab und hielt sie fest. »Du wirst mir zuhören«, befahl er flüsternd. »Du weißt, daß es so ist — tief in deinem Innersten weißt du, daß es stimmt.«

Neely stieß einen tiefen, heiseren Schluchzer aus, weil er recht hatte. So unvorstellbar dies alles war, so gern sie die Beweise ignoriert hätte, es war einfach nicht mehr möglich. Es war kein Traum, und niemand hatte ihr Drogen gegeben oder sie in eine hypnoseähnliche Trance versetzt. All jene merkwürdigen Dinge, die sich ereignet hatten, seit sie Aidan zufällig begegnet war, waren wirklich geschehen.

Aidan berührte zaghaft ihre Ellbogen, dann ihre Schultern. Danach jedoch, anstatt sie in die Arme zu nehmen, wie sie es gehofft hatte, trat er einige Schritte zurück. »Es tut mir leid, Neely«, sagte er schroff. »Ich hätte dich in Ruhe lassen sollen...«

»Aber du hast es nicht getan!« rief sie, schaute zu ihm auf und wischte sich wütend über die feuchten Wangen. »Ich bin fasziniert und wie verzaubert, und — möge Gott mir beistehen — ich glaube, ich bin verliebt... in jemanden, der nicht einmal menschlich ist! Sag mir, Aidan, wie es nun weitergeht! Sag mir, was ich tun soll!«

Er zuckte zusammen, als hätte sie ihn geschlagen, und schaute sie nicht an, als er leise antwortete: »Ich könnte jetzt verschwinden, dann würdest du irgendwann über deine Gefühle hinwegkommen. Aber das würde nichts ändern an der Tatsache, daß es dort draußen noch mehr solcher Schufte gibt, die auf eine Chance warten, dir die Kehle durchzuschneiden!«

Neely trat vor Aidan und schaute ärgerlich zu ihm auf. In ihrem Schock, ihrer Verwirrung und ihrer Qual sprach sie, ohne groß zu überlegen. »Du könntest mich in einen Vampir verwandeln«, schlug sie vor.

Aidan schien in seinem Zorn zu wachsen und noch höher vor ihr aufzuragen. »Das darfst du nicht einmal aussprechen!« schrie er empört. »Du weißt ja nicht, was du da sagst! Du bittest mich darum, verdammt zu werden, ein Ungeheuer aus dir zu machen, das sich vom Blut anderer Lebewesen ernährt? Du forderst damit Gott heraus, sich gegen dich zu wenden, Neely, für immer und in alle Ewigkeit!« Aidans ganze innere Qual schwang in seinen Worten mit, und Neely, die zum ersten Mal wirklich begriff, stockte der Atem.

Sie näherte sich ihm und legte sanft die Hände an seine Wangen. »Aidan«, flüsterte sie, aus dem verzweifelten Wunsch heraus, ihn zu trösten, obwohl sie wußte, daß dies unmöglich war.

Er riß sich von ihr los und wandte sich ab. »Hast du nicht gehört, was ich sagte, Neely!« knurrte er und erinnerte sie an einen Wolf, der sich seine eigene Pfote abbiß, um sich aus einer Falle zu befreien. »Ich bin verflucht in alle Ewigkeit, und mich zu lieben ist, sich gegen die Schöpfung selbst zu stellen!«

Wieder schüttelte sie den Kopf. »Nein, Aidan . . . nein.« Es konnte doch keine Sünde sein, zu lieben?

Beide standen ganz still da, das Schweigen hüllte sie ein wie das Läuten einer Totenglocke, eine unendlich lange Zeit. Dann, als Neely es nicht mehr ertrug, sagte sie: »Mein Bruder . . .«

Aidan trat an seinen Schreibtisch und kehrte ihr den Rücken zu. »Schreib ihm einen Brief und erklär ihm alles, so gut du kannst. Vergiß nur nicht, daß er mit deinen Worten bis ans Ende seiner Tage leben muß.«

Neely nickte abwesend, sie wußte, was Aidan meinte. Sie konnte Ben nur sagen, daß sie sich irgendwo verbarg — es wäre eine dreiste Lüge gewesen, zu behaupten, daß sie sich in Sicherheit befand, und es gab keinen vernünftigen Weg, ihm die schreckliche Wahrheit zu erklären.

Sie ging nach oben in das Zimmer, in dem sie Stunden zuvor erwacht war, knipste eine Lampe an und setzte sich an einen kleinen Sekretär, um mit Augen, die nichts sahen, auf ein leeres Blatt Papier zu starren.

Aidan nahm eine ziellose Wanderung durch seine Bibliothek auf, weil er nicht wagte, Neely nach oben zu folgen und ihre Unterhaltung fortzusetzen. Er hatte nicht viel Blut zu sich genommen in jener Nacht und mußte noch nach Valerian sehen, der seine einzige Hoffnung auf Wiederverwandlung und damit Frieden war. Maeve ging wahrscheinlich ihren eigenen Abenteuern nach, und er konnte nicht von ihr erwarten, daß sie sich um schwächere Gefährten kümmerte.

Aidan rieb sich die Schläfen mit Daumen und Zeigefinger, lehnte sich an die Kante seines Schreibtischs und seufzte. Dann, mit äußerstem Widerstreben, versetzte er sich in das Verlies der Burg der Havermails.

Valerian lag noch immer still und krank auf der großen Holzplatte. Im flackernden Schein der Kerzen sah Aidan ein kleines, zischendes Wesen aus dem Schatten gleiten und sich an Valerians Kehle heften.

Entsetzen erfaßte Aidan, als er merkte, daß diese abscheuliche Kreatur, dieses gierige Ungeheuer, die Gestalt eines Kindes trug. Mit einem gewaltigen Satz sprang er vor und zerrte den kleinen, drahtigen Körper von Valerians Kehle weg, als handelte es sich um einen Blutegel. Das kleine Mädchen — es mußte Canaan sein, Benecias Schwester — zappelte in Aidans Griff, bleckte die tödlichen Zähne und stieß einen knurrenden Laut aus, tief in ihrer Kehle, wie eine hungrige Wölfin.

Valerian stöhnte und rollte sich auf die Seite. »Hör auf«, bat er. »Hör bitte auf!«

Erstaunlicherweise gehorchte der kleine Teufel, aber als sie ihre sherryfarbenen Augen zu Aidans Gesicht erhob, erblickte er den gemeinsten, niederträchtigsten Haß darin.

Und dieser Haß ging von einem Wesen aus, das aller Welt wie ein reizendes, fünfjähriges Kind erscheinen mußte.

»Sie hat nur versucht, mir zu helfen«, sagte Valerian sanft.

»Soll ich dich mit ihm allein lassen, Valerian?« fragte das kindliche Ungeheuer mit zarter Stimme. »Ich bin ihm nicht gut gesinnt, solltest du wissen.«

Valerian deutete lächelnd auf die Tür. »Ich bin sicher bei Aidan«, beharrte er. »Geh jetzt, bitte, und sag deinem Papa und deiner Mama, daß wir einen Gast haben.«

Aidans Blick glitt zum Gesicht seines Freunds. Er hatte kein Verlangen danach, mit den älteren Havermails zusammenzusein; sie waren unfaßbar grauenhafte Kreaturen, genau wie ihre Töchter. Als Canaan den Raum verlassen hatte, stieß er ärgerlich hervor: »Also wirklich, Valerian, ich begreife nicht, was ihr in dieser Familie von Ungeheuern seht, du und Maeve!«

»Uns selbst«, erwiderte Valerian ruhig.

Die Worte versetzten Aidan einen schmerzhaften Stich, denn keine Waffe vermochte tiefere Wunden zuzufügen als die reine, ungeschminkte Wahrheit.

»Das ist es, was wir sind, Aidan«, flüsterte der ältere Vampir beschwörend.

»Nein!« Aidan schüttelte den Kopf und versuchte, sich aus

Valerians Griff zu lösen. »Nein! Du bist zurückgekehrt, fast bis nach Atlantis, und das werde ich jetzt auch tun. Ich werde das Gegenmittel für diesen Fluch finden oder auf der Suche danach zugrunde gehen!«

Unfaßbarerweise lächelte Valerian. »Was für ein leidenschaftlicher junger Hengst du bist! Komm mit mir, mein Freund, und laß mich dir andere Realitäten zeigen.« Er machte eine kurze Pause und drückte zärtlich Aidans Hand. »Du hättest Schauspieler werden sollen mit deinem Sinn für Dramatik. Zusammen könnten wir Theaterstücke schreiben, die Shakespeares Werke als sinnloses Geschwafel entlarven würden. Wir könnten . . .«

»Hör auf, Valerian — du träumst!« fiel Aidan ihm ins Wort. »Ich will nichts von dir, nichts, hörst du, außer dem Geheimnis, das mir das Leben zurückgibt.«

Valerian drehte den Kopf zur Seite und schien sich wieder in sich selbst zurückzuziehen. Er sah jetzt so ähnlich aus wie in jener schrecklichen Nacht in der Krypta, als er dem Tode so nahe gewesen war.

Aufgrund ihrer geistigen Verbindung spürte Aidan Valerians Schmerz selbst so heftig, als ob es sein eigener wäre. Und vielleicht war es ja auch so, denn schließlich hatte er ihn ausgelöst. Mit einem Aufschrei ließ Aidan seinen Kopf auf Valerians eingefallenen Brustkorb sinken. »Ich kann dir nicht die Zuneigung entgegenbringen, die du dir von mir ersehnst«, wisperte er gequält. »Ich kann es einfach nicht!«

Langsam und sehr zärtlich hob Valerian eine zitternde Hand und legte sie auf Aidans Hinterkopf. »Ja«, flüsterte er gebrochen. »Ich weiß.«

In diesem Augenblick erklang das Knirschen einer uralten Tür, und Aubrey Havermail trat ein, begleitet von seiner kleinen, dämonischen Tochter. Ein gehässiges Lächeln erschien auf seinem Gesicht, als er Aidan, der ganz benommen war vor Verzweiflung, von Valerians Seite zurücktreten sah.

»Was für eine rührende Szene«, höhnte er.

8

»Wir wollten uns gerade zum Abendessen niedersetzen«, fuhr Aubrey Havermail nach einer kurzen, gespannten Pause fort. »Möchten Sie uns dabei Gesellschaft leisten, Aidan?«

Unter anderen Umständen hätte Aidan gelacht über die Vorstellung, daß Vampire sich zu einer Mahlzeit versammelten, als ob sie Menschen wären, aber er spürte, daß es seinem Gastgeber tödlich ernst war. Als Valerian nach seiner Hand griff und sie auffordernd drückte, neigte Aidan in höflicher Zustimmung den Kopf.

»Dann gehen wir schon voraus«, fuhr Havermail fort, als ihm klar wurde, daß Aidan das Verlies nicht eher zu verlassen gedachte, bis er unter vier Augen mit Valerian gesprochen hatte. »Komm, Liebes.« Er nahm Canaans winzige, schneeweiße Hand. »Ich bin sicher, daß unser Gast allein den Weg zu uns finden wird.«

Als die beiden gegangen waren, richtete Valerian sich auf einen Ellbogen auf und betrachtete Aidan aus tief eingefallenen, umschatteten Augen. »Gibt es irgendeine Möglichkeit«, begann er, »dich davon abzuhalten, dem Geheimnis nachzujagen, das dich wieder menschlich machen könnte?«

Aidan schüttelte den Kopf. »Nein«, sagte er.

»Das dachte ich mir«, seufzte der ältere Vampir ergeben. Er schien eine Zeitlang mit sich zu kämpfen, bevor er schließlich leise fortfuhr: »Mein Rat an dich ist, wie du bereits weißt, diese verrückte Idee aufzugeben und nie wieder zurückzuschauen. Aber ganz offensichtlich bist du nicht klug genug, meinen Rat zu befolgen. Aus diesem Grund bin ich bereit, die geringe Information, die ich besitze, an dich weiterzugeben.«

Aidan beugte sich noch tiefer über seinen Gefährten; wäre er ein Mensch gewesen, hätte er jetzt den Atem angehalten. »Ich flehe dich an, Valerian – sag es mir!«

Valerian schloß für einen Moment die Augen und wurde fast augenblicklich von einem heftigen Zittern erfaßt. Dann hob er den Blick zu Aidan und sagte: »Du mußt lernen, zuzuhören, mein Freund, wenn du überleben willst! Erinnerst du dich nicht, was das andere Kind, Benecia, sagte, als du fragtest, wie aus einer kompletten Familie Vampire geworden sind? *Sie sagte, ihr Vater sei einer geheimen Bruderschaft beigetreten.* Ich habe seitdem beständig darüber nachgedacht und bin zu folgendem Schluß gekommen: Benecia sprach von einer der ältesten Bruderschaften der Erde – der Bruderschaft der Vampire. Und die Ursprünge dieses Geheimbundes, Aidan, lassen sich bis nach Atlantis zurückverfolgen!«

Nun war es Aidan, der zu zittern begann, denn er begriff, was Valerian ihm sagen wollte. Die Bruderschaft, eine Organisation, von der Aidan bisher nur einmal gehört hatte, als Maeve sie beiläufig erwähnte, konnte sehr wohl der Schlüssel zum Geheimnis seiner Wiederverwandlung sein – wenn nicht sogar der eigentliche Weg dazu.

»Danke«, sagte Aidan rauh, ergriff Valerians schlanke, blasse Hand und drückte sie bewegt. »Ich werde zurückkommen, um mit dir zu sprechen, bevor ich gehe.«

Valerian hielt ihn fest, als er sich abwenden wollte. »Was ist mit dieser sterblichen Frau, mit der du dich eingelassen hast? Hast du sie freigelassen, Aidan?«

»Sie war nie meine Gefangene.«

»Du weichst mir aus!«

Aidan zwang sich, Valerians Blick zu erwidern. »Neely lebt in meinem Haus. Ich habe jetzt keine Zeit, dir alles zu erklären; es genügt wohl, dir zu sagen, daß ich sie weder festhalten noch gehen lassen kann.«

Valerian starrte mit ausdruckslosem Blick zu Aidan auf und sagte nichts.

»Hast du schon Nahrung gehabt?« erkundigte sich Aidan ruhig. Auf Valerians zustimmendes Nicken hin fügte er hinzu: »Gewinnst du allmählich deine Kraft zurück?«

Auf diese letzten Worte hin wandte der ältere Vampir das Gesicht ab und schwieg eigensinnig.

Widerstrebend verließ Aidan Valerians Seite und suchte sich den Weg durch das mit Pechfackeln erleuchtete Verlies. Sein Instinkt führte ihn eine gewundene Steintreppe hinauf, die im Laufe der Jahre durch Abnutzung schlüpfrig geworden war, einen staubigen Gang entlang und in den großen Burgsaal.

Mit größter Wahrscheinlichkeit hatten hier über die Jahrhunderte hinweg Ritter, Edelmänner, Damen und Huren gespeist und gefeiert. Heute jedoch war der Saal leer, mit Ausnahme der vier Havermails, die vor einem prasselnden Kaminfeuer um einen langen hölzernen Tisch saßen. Ihre leeren Teller und Gläser klirrten leise, ihre schrecklich-schönen Gesichter glühten im orangefarbenen Widerschein der Flammen.

Aubrey, das Oberhaupt dieser abstoßenden Familie, erhob sich, als Aidan näherkam. »Unser Gast ist eingetroffen. Wir wunderten uns schon über die Verzögerung.«

Aidan ermahnte sich, daß dieses abscheuliche Wesen sein Dilemma lösen würde. »Ich bitte um Verzeihung«, erwiderte er höflich. »Ich machte mir Sorgen um meinen Freund.«

Benecia schaute zu ihm auf. »Valerian ist nicht Ihr Freund«, erklärte sie. »Kein Vampir kann Ihr Freund sein, weil Sie sich nicht als einer der unsrigen betrachten. Warum tun Sie also, als wäre es so?«

»Das genügt, Benecia«, rief Aubrey sie streng zur Ordnung. Er war ein schlanker, gutgebauter Mann, ganz offensichtlich das Produkt von Generationen von Aristokraten. »Nehmen Sie doch bitte Platz, Mr. Tremayne.«

Aidan geriet zum erstenmal, soweit er zurückdenken konnte, in Verlegenheit. Er ließ sich auf dem einzigen freien Stuhl nieder, zwischen Mrs. Havermail – Maeve hatte sie ihm bei seinem letzten Besuch als Roxanne vorgestellt – und Canaan, die zerbrechlich wie ein Kätzchen wirkte und ungefähr so gut erzogen war wie ein weißer Hai im Blutrausch.

Roxanne ließ ein trillerndes Lachen hören, das Aidan wie eine eiskalte Hand über den Rücken strich. Sie hatte schweres, dunkles Haar, was ihn auf unangenehme Weise an Lisette erinnerte, perfekte Gesichtszüge und eine absolut farblose Haut. »Bitte wundern Sie sich nicht über unsere seltsame Angewohnheit, uns zusammen zu Tisch zu setzen, Mr. Tremayne«, sagte sie. »Es ist das einzige, was uns von einem normalen Familienleben geblieben ist.«

Aidan nickte, sein Blick glitt von einem dieser bezaubernden Ungeheuer zum nächsten. Trotz der Unterschiede in Größe und nach menschlichen Maßstäben gemessenem Alter schienen die Havermails den gleichen Grad an Macht und Erfahrung als Vampire zu besitzen. Roxannes Erklärung entbehrte daher nicht einer gewissen Vernunft; während sie bei Tisch saßen, konnten sie so tun, als ob sie noch aus Fleisch und Blut bestünden.

Und das war etwas, das Aidan verstehen konnte.

»Trauern Sie Ihrer Zeit als Mensch nach?« fragte er, um Konversation zu machen.

Roxannes Kichern war boshaft genug, um das Blut eines Heiligen gerinnen zu lassen. »Nachtrauern?« echote sie. »Mein lieber Aidan – da unsere liebe Maeve so oft von Ihnen gesprochen hat, glaube ich, Sie gut genug zu kennen, um auf Förmlichkeiten zu verzichten –, warum sollte jemand Krankheiten und gebrochen Herzen nachtrauern?«

»Und dem Tod«, warf Benecia ein.

Canaan rümpfte ihre zierliche, sommersprossige Nase. »Oder im Schulzimmer sitzen, Stunde um Stunde, und langweilige Lektionen über sich ergehen zu lassen.«

Aubrey rief die kleine Gesellschaft zur Ordnung, indem er beide Hände hob und den Kopf leicht zur Seite neigte. »Nun, nun«, sagte er schmunzelnd. »Laßt uns nicht ungezogen sein.«

Ungezogen, dachte Aidan. Erstaunlich. Dies waren Wesen, die nachts ihren menschlichen Gegenstücken auflauerten, ihnen die Lebenskraft aussaugten und dann bei Tag ihren Blutrausch zufrieden ausschliefen. Und da sorgte Havermail sich um Tischmanieren?

»Ich mag Sie nicht«, verkündete Canaan wie schon zuvor ihre Schwester und bedachte Aidan mit einem verächtlichen Blick.

»Diese Abneigung ist durchaus gegenseitig«, erwiderte Aidan höflich.

Die anderen Havermails, belustigt über seine Tollkühnheit, kicherten und erinnerten Aidan an die drei Hexen aus *Macbeth*.

Roxanne erstaunte alle, indem sie einen silbernen Löffel aufhob und damit an ein kristallenes Weinglas klopfte. »Canaan, Benecia — ihr werdet eure schlechten Manieren wiedergutmachen, indem ihr für unsere Unterhaltung sorgt. Canaan, du kannst ein Gedicht vortragen. Benecia, du wirst singen.«

War dies Wiedergutmachung, oder ließ sie den Mädchen freien Lauf, um ihren hilflosen Gast noch schlimmeren Qualen auszusetzen?

»Eine großartige Idee«, sagte Aubrey Havermail und sprang so unvermittelt von seinem Platz auf, daß er sein leeres Weinglas umstieß. »Kommt in den großen Salon, wo die Orgel steht.«

Aidan lächelte gequält und folgte der Vampirfamilie durch den großen Saal in ein anderes, etwas kleineres Gemach. Hier stand tatsächlich eine Orgel, umgeben von bronzenen und silbernen Kerzenleuchtern, die dick mit Spinnweben bedeckt waren, und auf dem Boden lagen Teppiche, aus denen bei jedem Schritt eine Wolke von Staub aufstieg.

Canaan stellte sich neben der Orgel auf, während Roxanne

124

sich an die abgenutzte Klaviatur setzte. Aubrey ließ sich in einem Ledersessel nieder und zog Benecia auf seine Knie, wie es ein menschlicher Vater in dieser Situation vielleicht getan hätte. Während Aidan sich widerstrebend auf eine Sessellehne hockte, fragte er sich, warum seine Schwester freiwillig ihre Zeit mit solchen Ungeheuern verbrachte.

Die jüngere Tochter, die Aidan nur knapp bis an die Taille reichte, legte ihre weißen Hände zusammen und begann mit beängstigender Genauigkeit Shakespeares Gedicht ›Venus und Adonis‹ zu rezitieren. »Ich kann auch ›Lucretias Schändung‹ aufsagen«, bemerkte sie, nachdem sie das Gedicht beendet hatte.

»Setz dich, Liebes«, forderte Roxanne sie zärtlich auf.

Aidan saß so still und unbeweglich, als ob er jeden Augenblick die Flucht ergreifen wollte.

Benecia glitt von Aubreys Schoß und trat vor die kleine Gesellschaft. Sie und ihre Mutter berieten sich flüsternd, dann schlug Roxanne einen Akkord an, und Benecia begann zu singen.

Das Lied selbst, obwohl Benecia in Latein sang, war nichts Besonderes, es handelte von Singdrosseln, Weiden und glitzernden Bächen. Aber die Stimme der Kleinen verblüffte Aidan, denn sie war so klar und tragend, daß sie den Raum erfüllte wie das Rauschen eines riesigen, unsichtbaren Bachs.

Als die Darbietung beendet und die letzte Note verklungen war, applaudierte Aidan, was ihm einen vorwurfsvollen Blick von Canaan eintrug. Ihr hatte er nach ihrem Vortrag keinen solch förmlichen Beifall gezollt.

Roxanne verließ ihren Platz an der Orgel und sammelte ihre Töchter um sich. »Kommt, Kinder — es bleiben uns noch einige Stunden Zeit zum Jagen«, sagte sie im gleichen Ton, den eine sterbliche Mutter benutzt hätte, um ihre Nachkommenschaft zu einem Einkaufsbummel aufzufordern. »Verabschiedet euch von Mr. Tremayne.«

Mit sichtlichem Widerstreben knicksten Benecia und Canaan vor Aidan, dann liefen sie zu Aubrey und küßten ihn auf die bleichen Wangen. »Gute Nacht, Papa«, sagten sie zärtlich, bevor sie ihrer Mutter in die Halle hinaus folgten.

125

»Halte ich Sie von irgend etwas ab?« fragte Aidan, als er und Aubrey allein in dem seltsamen Gemach zurückblieben. Das Zimmer könnte aus einem Roman von Charles Dickens stammen, dachte er, das einzige, was hier noch fehlte, war ein von Ratten angefressener Kuchen und eine verrückte alte Frau in einem zerlumpten Hochzeitskleid.

Aubrey lehnte sich in seinem Sessel zurück, als Aidan an den Kamin trat, auf dem unter einem dichten Netz von Spinnweben verborgen eine alte Uhr stand.

»Nein«, erwiderte Havermail mit einem nachdenklichen Blick auf seinen Gast. »Ich habe schon vor einigen Stunden gespeist und kein Verlangen danach, mich vollzustopfen, wie es meine Frau und meine Töchter häufig tun. Aber sagen Sie mir doch, Mr. Tremayne — was genau wollen Sie eigentlich von mir?«

Aidan fuhr sich mit gespreizten Fingern durch das Haar. »Ich hörte Ihre ältere Tochter sagen, daß Sie vor etwa fünfhundertvierzig Jahren zum Vampir wurden, als Sie einer geheimen Bruderschaft beitraten und sich den Einführungsriten unterzogen.«

Havermails Züge verdüsterten sich, einen Moment lang schürzte er ärgerlich die Lippen. Ganz offensichtlich hatte die reizende, boshafte Benecia zuviel gesagt. »Was interessiert Sie an der Bruderschaft?« fragte er nach einem langen, unbehaglichen Schweigen. »Da Sie bereits ein Vampir sind, ist es wohl ziemlich ausgeschlossen, daß Sie Unsterblichkeit anstreben.«

Aidan bemühte sich, seine Worte mit äußerster Sorgfalt zu formulieren. »Was ich anstrebe, ist Sterblichkeit«, sagte er dann. »Mit anderen Worten — ich möchte mich in einen Menschen zurückverwandeln.«

Nach einigen Sekunden verblüfften Schweigens brach Havermail in hemmungsloses Gelächter aus. »Das kann doch nicht Ihr Ernst sein!« sagte er dann, als er sich ein wenig von seinem Heiterkeitsausbruch erholt hatte.

»Nichts war mir bisher ernster«, entgegnete Aidan ruhig. »Mein Leben ist mir gestohlen worden. Ich möchte die vierzig oder fünfzig Jahre haben, die mir noch zugestanden hätten.«

Aubrey stand auf. Sämtliche Spuren von Belustigung waren

aus seinen aristokratischen Zügen verschwunden. »Wer hat Sie in einen Bluttrinker verwandelt?«

Aidan zögerte. »Ein mächtiger weiblicher Vampir namens Lisette.«

Havermail gab ein zischendes Geräusch von sich und schlug die Hand vor die Brust, als wollte er das Zeichen des Kreuzes machen, aber er beherrschte sich noch rechtzeitig. Eine alte Angewohnheit, die schwer auszulöschen war. »Mächtig allerdings«, murmelte er. »Alle vernünftigen Vampire fürchten Lisette, Tremayne. Warum sollte ich riskieren, ihren Zorn zu erregen?«

»Sie brauchen gar nichts zu riskieren«, erwiderte Aidan und mußte sich sehr beherrschen, um nicht aufzuspringen, Aubrey am Revers seines Fracks zu packen und ihn kräftig durchzuschütteln. »Ich möchte nur etwas über die Bruderschaft erfahren, mehr nicht. Stimmt es, daß dieser Geheimbund schon vor dem Untergang von Atlantis existierte?«

Aubrey schien sich immer unbehaglicher zu fühlen. »Ja«, sagte er, »aber das ist alles, was ich Ihnen ohne Zustimmung der Ältesten darüber sagen kann.« Mit einer raschen, geschmeidigen Bewegung, wie sie typisch für Vampire ist, trat er an den Kamin, ergriff einen eisernen Haken und schürte das Feuer, bis es wieder hell aufloderte. »Verlassen Sie dieses Haus, Tremayne, und kümmern Sie sich um Ihre Angelegenheiten, wie immer diese auch beschaffen sein mögen. Falls die Bruderschaft bereit sein sollte, Sie zu empfangen, wird man Sie davon unterrichten.«

Verzweiflung erfaßte Aidan, aber auch eine schwache Hoffnung erwuchs in ihm. Die Bruderschaft existierte, doch nur aufgrund einer Zustimmung der Ältesten würde ihm eine Audienz gewährt werden.

Aidan war sicher, daß sie das Wissen besaßen, das er brauchte, das Geheimnis, das ihn befreien würde. Er mußte geduldig sein und abwarten. Er ging auf die Tür zu. »Ich werde morgen abend zurückkehren, um nach Valerian zu sehen«, sagte er, bevor er den Raum verließ. »Vielen Dank für diesen äußerst interessanten Abend.«

127

Unten im Verlies stellte Aidan zu seiner Überraschung fest, daß Valerian sich aufgerichtet hatte und schon sehr viel kräftiger wirkte. Er trug ein schneeweißes Hemd, dunkle Hosen und Stiefel.

»Ich habe beschlossen, mit dir nach Connecticut zurückzukehren«, kündigte er an.

Aidan blieb wie angewurzelt stehen, das Lächeln gefror um seine Lippen. »Was?«

»Ich langweile mich hier, und du brauchst ganz eindeutig eine lenkende Hand. Du begibst dich zu leichtfertig in Gefahr.« Er rollte seine Hemdärmel herab und befestigte ihre Aufschläge mit Manschettenknöpfen aus römischen Münzen. »Keine Angst, Aidan«, erklärte er schmunzelnd. »Ich habe nicht vor, deine schöne Sterbliche in den Hals zu beißen. Ich will dir nur helfen.«

Aidan seufzte. »Ich nehme an, es wird mir nicht gelingen, dich zu überreden, hierzubleiben?«

Valerian lächelte. »Es wäre einfacher, eine Fledermaus dazu zu bringen, das Tageslicht zu lieben«, sagte er.

Und so kam es, daß Valerian bei Aidan war, als er zu seinem Haus am Stadtrand von Bright River zurückkehrte.

Neely hatte ein ausgedehntes heißes Bad in Aidans gekachelter Wanne genommen, Jeans und ein Sweatshirt aus ihrem Koffer angezogen und dann gegessen, was noch von den chinesischen Gerichten übriggeblieben war. Danach war sie in Aidans Bibliothek zurückgekehrt, um in seinen Tagebüchern weiterzulesen.

Fasziniert hatte sie Aidans erste Abenteuer als Vampir verfolgt. Gleich zu Anfang seiner Zeit als Unsterblicher war er in den Norden von England gereist, um seine Zwillingsschwester zu besuchen, die dort in einer Klosterschule lebte. Auf dem Weg, als er in einem Gasthof haltmachte, hatte sich ihm ein eindrucksvoller Vampir genähert, der sich Valerian nannte ...

»Was sein Glück war«, bemerkte eine tiefe Männerstimme.

Neely fuhr zusammen, war so erschrocken, daß ihr fast das

Buch vom Schoß gefallen wäre. Vor ihr stand das stattliche, anmutige Wesen, dem sie schon einmal begegnet war, in jener Nacht, als der Mann in dem Jeep sie in den Wald gejagt hatte. In der Nacht, als sie die Spieldose entdeckte.

»Ja«, sagte er lächelnd und mit einer angedeuteten Verbeugung. »Ich bin es — Valerian persönlich. Sozusagen.«

Neely hätte sich am liebsten in den Lederkissen ihres Sessels verkrochen. Ihre Augen waren rund vor Entsetzen, ihr Herz klopfte zum Zerspringen schnell. »Kommen Sie mir nicht zu nahe«, wisperte sie und hielt ihm das Medaillon entgegen, das Aidan ihr gegeben hatte, in der Hoffnung, daß es Macht genug besaß, um unerwünschte Eindringlinge fernzuhalten.

Valerian lachte. »Was? Kein Knoblauch? So tief ist unser Ruf bereits gesunken in dieser modernen und gänzlich unromantischen Welt?«

In diesem Augenblick, als Neely schon vor Panik zu vergehen glaubte, erblickte sie Aidan. Er lächelte sie an, aber seine Worte waren an Valerian gerichtet.

»Es war mir ernst damit«, sagte er schroff. »Laß sie in Ruhe!«

Valerian gähnte. »Dein Wunsch ist mir Befehl!« entgegnete er feierlich. »Es ist fast Morgen, falls du es nicht bemerkt haben solltest. Welche Sicherheit kannst du mir geben, daß diese bezaubernde kleine Frau uns nicht Pfähle ins Herz treiben wird, während wir schlafen?«

»Keine«, erwiderte Aidan müde. »Außer, daß diese Aufgabe sehr unangenehm ist und sie bestimmt nicht dazu in der Lage ist. Hör auf, Neely zu necken und geh schlafen, Valerian. Ich möchte unter vier Augen mit ihr sprechen.«

Der eindrucksvolle Vampir seufzte ergeben, hob die Arme und verschwand.

Neely starrte auf die leere Stelle, an der Valerian eben noch gestanden hatte, blinzelte und bewegte dann eine Hand durch den freien Raum, um sich zu vergewissern, daß ihre Augen sie nicht getrogen hatten.

Sanft nahm Aidan ihr das Buch ab und legte es beiseite. Dann bückte er sich und küßte sie auf die Stirn. »Ich weiß, was du denkst«, sagte er zärtlich. »Aber was du gesehen hast, war weder ein Trick noch eine Illusion. Die Kunst, zu verschwinden, sich praktisch in Luft aufzulösen, ist etwas ganz Alltägliches für einen Vampir.«

»Etwas ganz Alltägliches«, wiederholte Neely leise. Sie war ziemlich eingeschüchtert, und das ärgerte sie. Errötend schaute sie zu Aidan auf und maß ihn mit einem herausfordernden Blick. »Was können Vampire denn sonst noch alles tun, Aidan?«

Er setzte sich auf das lederne Sitzkissen zu ihren Füßen und verschränkte seine schlanken, wohlgeformten Hände. »Sie sind imstande, durch die Zeit zu reisen und zum Zeitpunkt ihres eigenen Todes als menschliches Wesen zurückzukehren. In die Zukunft allerdings vermögen auch sie sich nicht zu versetzen. Die Zukunft stellt für uns das gleiche Geheimnis dar wie für dich. Vampire können sich auf geistige Weise mit anderen Wesen verständigen, die wie sie selbst beschaffen sind, sogar über große Entfernungen hinweg, und sie bewegen sich so schnell, daß sie nicht gesehen werden können.«

Neely schob sich an Aidan vorbei und blieb, die Hände auf die Hüften gestützt, vor ihm stehen. »Können sie ... sich fortpflanzen?«

Aidan erhob sich seufzend. »Nicht auf die gleiche Weise wie ihr Menschen. Aber beruhige dich — Vampire sind durchaus in der Lage, die körperliche Liebe auszuüben.«

Neely fühlte eine schon vertraute Hitze in sich erwachen, zusammen mit einer gewissen Angst und einem überwältigenden Gefühl von Einsamkeit. »Ich weiß«, sagte sie leise.

Aidan streckte die Hand aus und berührte mit einem kühlen Finger die empfindliche Stelle am Ansatz ihrer Kehle. »Du weißt viel weniger, als du glaubst«, entgegnete er nicht unfreundlich. »Wir sind gierige, gewalttätige, vergnügungssüchtige Kreaturen — was vielleicht unseren so typischen Drang nach Unsterblichkeit erklärt.«

»Dann heiraten Vampire also auch?«

»Sie gehen manchmal Partnerschaften ein, aber eigentlich eher selten«, erklärte Aidan, und obwohl er lächelte, wirkte er sehr traurig. »Im allgemeinen, Neely, halten wir uns von anderen Vampiren fern. Wir mißtrauen sogar unseren eigenen Gefährten und vor allem den anderen Ungeheuern, die die Welt bevölkern.« Er warf einen unbehaglichen Blick durchs Fenster. Die Schwärze der Nacht begann bereits einer grauen Morgendämmerung zu weichen.

Neely ergriff seinen Arm, als er sich von ihr abwenden wollte. »Du . . . du meinst, es gibt noch andere −« sie brach ab und errötete − »*Ungeheuer*?«

»Ja«, bestätigte Aidan, und es klang fast eine Spur gereizt. »Es gibt Werwölfe und Gespenster, Engel und Feen − eine Menge anderer *Kreaturen*. Und nicht zu vergessen die anderen Dimensionen, die diese hier überlagern. Warst du wirklich so eitel, zu glauben, das Universum befände sich ausschließlich in der Macht der Menschheit selbst?«

Es war eine Frage, die keine Antwort erforderte.

»Ich möchte nicht, daß du gehst!« sagte Neely rasch, als er sich abwenden wollte. »Bitte, Aidan − ich möchte dich begleiten, egal, wohin du gehst!«

Er legte ihr sanft die Hände auf die Schultern und blickte ihr ernst in die Augen. »Das kann ich nicht zulassen«, sagte er leise. »Geh nach oben und versuch, dich auszuruhen. Ich werde in deinen Träumen zu dir kommen, wenn ich kann.«

Damit mußte sie sich zufriedengeben, denn es war fast schon Morgen. Jede Minute konnte die Sonne über dem Horizont aufgehen und die Welt mit Licht erfüllen.

Aidan berührte zärtlich ihre Wange, hob die Arme und verschwand.

Neely blieb noch lange reglos stehen und versuchte − zum wiederholten Male und völlig unnützerweise − zu verstehen, was sie gerade erlebt hatte. Auf einmal war sie unendlich müde und hatte das Gefühl, ein ganzes Jahrhundert verschlafen zu können.

Nachdem sie das erste von Aidans Tagebüchern ins Regal zurückgestellt hatte, stieg sie langsam die Treppe hinauf, betrat das Schlafzimmer, zog alles außer ihrem T-Shirt aus und schlüpfte zwischen die kühlen Laken.

Schon bald, nachdem sie die Augen geschlossen hatte, begann Neely zu träumen.

Aidan befand sich in seinem Versteck, kauerte an der Wand, wie er es nachts immer tat, aber an diesem Tag ließ er seine menschliche Hülle zurück und begab sich mit seinem Bewußtsein zu Neely. Er war unerfahren in dieser Art von Reisen, im Gegensatz zu Valerian; er konnte weder die Sonne noch den Wind spüren, und sein Sehvermögen war noch recht unvollständig. Ein wenig Übung jedoch, wußte er, würde seine Sinne schärfen.

Er fand Neely mühelos, erblickte sie als schwachen Schatten auf seinem breiten Bett, in dem er selbst noch nie geschlafen hatte.

Er dachte ihren Namen, und sie bewegte sich, gab einen leisen, verzweifelten Ton von sich, der ein quälendes Bedürfnis, sie zu trösten, in ihm weckte. Doch Aidan war bewußt, daß er die Grenzen seiner Macht nicht testen durfte, ohne zuvor Anweisungen von Valerian oder Maeve erhalten zu haben. Seine geistige Reise war gefährlich, doch es gab Schlimmeres, was er im Augenblick zu bedenken hatte, und das war die Gefahr, in der Neely sich befand. Denn obwohl er wild entschlossen war, sie zu beschützen, war ihre Lage äußerst riskant, weil Lisette und vielleicht sogar Valerian nicht zögern würden, sie zu benutzen, falls sich eine Gelegenheit dazu ergab.

Valerian neigte dazu, sich für seine Opfer Zeit zu nehmen; er würde Neelys Blut trinken, eine Weile mit ihr spielen wie eine Katze mit einer Maus, um sie dann, sobald sein Interesse an ihr erloschen war, achtlos ihrem Schicksal zu überlassen.

Lisette und einige wenige andere, die Grund besaßen, Aidan zu hassen, würden entzückt sein über die Gelegenheit, Neely zu zerstören oder sie — was noch viel schlimmer gewesen wäre — in ein Ungeheuer zu verwandeln.

Die Vorstellung von Neely als Vampir ließ Aidan aufschreien vor Entsetzen. Ich muß sie freigeben, dachte er, sie gehenlassen und versuchen, sie zu vergessen, und darum beten, daß sie unbemerkt von meinen Feinden bleibt.

Aber würde er dazu überhaupt imstande sein? Würde er stark genug sein, es zu tun, obwohl er diese Frau brauchte wie niemand anderen jemals zuvor? Der Trost und die Liebe, die Neely ihm schenkte, waren so lebensnotwendig für ihn geworden wie das Blut, das zu trinken er verdammt war, und ihre gewisperten Koseworte und ihr leidenschaftliches Stöhnen erweckten eine Ekstase in ihm, die er noch nie zuvor empfunden hatte.

Ja, er liebte Neely Wallace, gestand er sich endlich ein, liebte sie wie noch kein anderes Wesen in all diesen zweihundert Jahren seiner Existenz. Aber er besaß kein Recht auf solche Gefühle.

Aidan konzentrierte sein Bewußtsein darauf, die Decke von Neelys Körper gleiten zu lassen, und Neely schlang die Arme um das Kissen neben sich und flüsterte seufzend seinen Namen.

Diese schlichte, unschuldige Geste war es, was Aidan seiner bereits sehr strapazierten Selbstkontrolle schließlich beraubte. Mühelos und ausschließlich mit Hilfe der geistigen Kräfte, in der alle Vampire Meister sind, drehte er Neely auf den Rücken und zog ihr das T-Shirt aus.

Sie hielt die Augen geschlossen, aber seine Gegenwart war ihr bewußt, und sie hieß ihn willkommen, murmelte zärtliche, aufmunternde Worte und bewegte verführerisch ihren schönen schlanken Körper, als wollte sie ihn zu sich locken.

Und doch, trotz allem, schätzte Aidan dieses zarte, bezaubernde Wesen zu sehr, um die Situation auszunutzen. *Darf ich dich berühren, Neely?* ließ er sein Bewußtsein fragen. *Darf ich zu dir kommen?*

Ein feiner Schweißfilm schimmerte auf ihrer Haut, die zarten Knospen ihrer Brüste richteten sich auf. »Ja«, wisperte sie. »O ja!«

Neely hatte niemals zuvor in ihrem Leben einen so sinnlichen, so erotischen Traum gehabt. Es war fast, als läge Aidan bei ihr in diesem großen Bett, nackt und warm und leidenschaftlich.

Sie fühlte seine streichelnden Hände, die unendlich langsam

133

ihren Körper erforschten. Aidan küßte sie mit einer Ehrfurcht, die ihr die Tränen in die Augen trieb.

Oh, wie sehr sie wünschte, es möge Wirklichkeit sein, dieses so zärtliche, so unfaßbar erregende Liebesspiel! *Oh, bitte, lieber Gott,* dachte sie flehend, *laß all das andere — die Vampire und die Männer, die mich töten wollen — ein Traum sein und das hier Wirklichkeit!*

In schier unerträglichem Entzücken schrie sie auf, als Aidan mit der Zunge eine ihrer Brustspitzen befeuchtete und sie dann sanft zwischen die Lippen nahm. Neely versuchte, die Arme um ihn zu schlingen, aber da war nichts, woran sie sich festhalten konnte, nichts als Luft.

In ihrem seltsam benommenen Zustand reagierte Neely völlig hemmungslos auf Aidans Liebkosungen. Wogen der Lust durchzuckten ihren Körper, ihre Haut prickelte, das Haar klebte in feuchten Strähnen an ihrem Gesicht. Wieder streckte sie die Hände nach Aidan aus, wieder fand sie ihn nicht, obwohl er unbestritten *da* war und sie leidenschaftlicher liebte, als sie je zuvor in ihrem Leben geliebt worden war.

Mit einem heiseren Schrei krümmte sie die Hüften, bog weit den Kopf zurück und klammerte sich an den Bettlaken fest, als sie seine Lippen auf dem weichen Haar zwischen ihren Schenkeln spürte. Gleichzeitig jedoch, und das war das Unfaßbarste, spürte sie seine Lippen auch auf ihren Brüsten, nicht nur auf einer, sondern auf beiden, und dann drang er in sie ein, tief, heiß und hart, ohne auch nur eine Sekunde lang in seinen anderen Liebkosungen innezuhalten.

Neely war nicht unerfahren, aber Aidan weckte Empfindungen in ihr, die ihr bis dahin völlig unbekannt gewesen waren. Er, nur er, berührte sie, und doch schienen seine Hände, seine Lippen, seine Zunge überall zugleich zu sein.

Ihr Höhepunkt war von einer solch überwältigenden Intensität, daß sie sich halb aufrichtete und einen heiseren Schrei ausstieß. Doch Aidan spielte weiter mit ihren Sinnen, erbarmungslos, und trieb sie von einer erotischen Ekstase in die nächste. Als er endlich von ihr abließ, war sie stumm vor Erschöpfung und fiel in einen tiefen, traumlosen Schlaf.

Als sie erwachte, war es später Nachmittag. Eine angenehme Trägheit beherrschte ihre Glieder, der Nachklang von Aidans ausgedehntem Liebesspiel. Neely lächelte, rekelte sich und streckte die Arme nach ihm aus . . .

Und da erinnerte sie sich wieder.

Sie hatte nur geträumt, daß Aidan sie geliebt hatte.

Tränen stiegen ihr in die Augen, als sie sich auf die Seite drehte und auf die Reihe hoher Fenster starrte. Bald würde es Winter sein, und die ersten Schatten der Abenddämmerung sammelten sich bereits. Sie lag dort, schaute zu, wie das Tageslicht verblaßte, und trauerte um diese erträumte Welt, in der sie und Aidan eins geworden waren.

Eine Stunde verging, dann eine weitere. Als das Zimmer schon fast im Dunkeln lag, kam Aidan zu ihr. Sie sah ihn, fühlte ihn mit ihrer ausgestreckten Hand, und sein Gewicht drückte die Matratze nieder.

»Aidan.«

»Ja, mein Liebling.«

Sie hob die Hand und strich das glatte, rabenschwarze Haar aus seiner Stirn. »Ich hatte einen wundervollen, ausgesprochen skandalösen Traum.«

Er lächelte, dieses traurige, wunderschöne Lächeln. »Wirklich?«

Während Aidan neben Neely auf dem Bett saß, auf sie herabschaute und an ihre leidenschaftliche Reaktion auf seine rein geistige Umarmung dachte, kam ihm wieder einmal zu Bewußtsein, wie schwierig und gefährlich ihre Lage war. Vor menschlichen Feinden war sie in seinem Haus sicher, doch die größte Gefahr ging von den Unsterblichen aus, den Kreaturen der Nacht. Valerian würde Neely als Spielzeug ansehen, für Lisette wäre sie ein Rachewerkzeug — selbst Maeve in ihrer schwesterlichen und besitzergreifenden Zuneigung zu ihm stellte eine Bedrohung für Neely dar.

Und wie immer es auch um die Loyalität beschaffen sein mochte, die Maeve und Valerian ihm entgegenbrachten, in erster Linie waren sie Vampire, denen man unmöglich einen Menschen anvertrauen konnte.

Aidan war hungrig. Er stand auf und trat einen Schritt

zurück. »Ich kehre bald wieder zu dir zurück«, sagte er schroff. »Während ich fort bin, möchte ich, daß du zurückdenkst und dir jede Stunde, jeden Augenblick deiner Vergangenheit ins Gedächtnis rufst, bis dir ein Ort einfällt, wo du dich vor dem Senator und seinen Komplizen verbergen kannst, bis ich mich um sie gekümmert habe.«

Neely richtete sich auf und zog ganz unbewußt das Laken vor ihre Brust. »Du warst wirklich hier und hast mich geliebt, nicht wahr? Es war einer deiner magischen Vampirtricks — wie in der Nacht, als wir zusammen tanzten.«

Aidan ertrug es nicht, sie anzusehen oder ihr zu antworten. Er hatte schwer gesündigt, als er ihre zarte Reinheit mit seinen eigenen verdorbenen Leidenschaften beschmutzte. Indem er sie liebte, hatte er sie möglicherweise einem Schicksal ausgeliefert, das im wahrsten Sinne des Wortes schlimmer war als der Tod.

»Aidan«, beharrte sie leise.

»Ja«, gab er zu, und es klang fast wie ein Schluchzen. »Verdammt, ja — so war es!«

Sie verließ das Bett, das Laken um ihren schlanken Körper gewickelt, und kam zu ihm.

»Hast du immer noch Angst vor dir selbst, Aidan?« fragte sie ruhig. Ihre Stimme war wie Balsam für seinen gequälten Geist, ein Tropfen Wasser auf der Zunge eines Sünders in der Hölle.

»O ja!« stieß Aidan hervor, ohne sie anzusehen. »Nicht, mit dir zu schlafen, mein Liebling — ich weiß jetzt, daß meine Liebe zu dir größer ist als mein Verlangen nach Blut — aber es gibt noch andere Gefahren.«

Sie stellte sich auf die Zehenspitzen und küßte ihn zärtlich.

»Dann laß uns soviel Zeit miteinander verbringen, wie wir können«, sagte sie. »Komm, Aidan — leg dich zu mir.«

Er hatte sich noch niemals in seinem Leben etwas sehnlicher gewünscht, außer seiner verlorenen Menschlichkeit vielleicht, und doch zwang er sich, zurückzutreten. Er wußte, daß jeder Augenblick, den sie zusammen verbrachten, ihren Untergang nur noch viel wahrscheinlicher machte.

»Ich habe zu tun«, erwiderte Aidan und ließ sie wieder allein.

137

Neely duschte und zog Jeans und einen von Aidans Pullovern an, bevor sie ins Erdgeschoß hinunterging. In einem Anfall von Panik war sie versucht, zur Tür hinauszustürzen und davonzu- laufen — zu laufen, bis sie vor Erschöpfung zusammenbrach. Das Problem war nur, es gab keinen Ort, wohin sie fliehen konnte, und erst recht kein Versteck.

Außerdem ertrug sie die Vorstellung nicht, von Aidan getrennt zu sein — lieber wäre sie selbst ein Vampir geworden, als ihn zu verlieren.

Sie stand in der dunklen Halle und atmete tief ein, um sich zu beruhigen, dann wandte sie sich zur Küche. Eine Schale fri- sches Obst und ein französisches Brot befanden sich auf der Anrichte: mit grimmiger Belustigung fragte Neely sich, ob Aidan diese Dinge für sie herbeigezaubert hatte.

Vampirzauber, dachte sie, als sie die Nahrungsmittel betrach- tete, und sie bezweifelte, daß sie je wieder den Wunsch verspü- ren würde, etwas zu essen.

Obwohl Valerian sich auf dem Wege der Erholung befand, war er noch zu schwach, um in seiner üblichen theatralischen Weise auf die Jagd zu gehen. Und eben aus diesem Grund — und weil Aidan ein gewisses Mitgefühl für den älteren Vampir empfand — war er nicht bereit, Valerian mit Neely allein zu lassen.

Statt dessen, auf Valerians Vorschlag hin, suchten sie eine Bar im Amerika des zwanzigsten Jahrhunderts auf, in der sich die Kriminellen der Stadt ein Stelldichein gaben. Hier, in der *Last Ditch Tavern*, versammelten sich Drogendealer, Zuhälter und andere Verbrecher, die sich an den Schwachen, Naiven und Unsicheren bereicherten.

Das Lokal war überfüllt, zu stark geheizt und dunkel, die Luft vibrierte von schriller, zu lauter Musik und sämtlichen Spielarten von Lust und Haß und Furcht.

Aidan verabscheute das *Last Ditch* vom ersten Augenblick an, doch Valerian schaute sich in dem Lokal um, als handelte es sich um ein renommiertes Feinschmeckerrestaurant. Der ältere Vampir stieß Aidan an und deutete auf eine einsame Gestalt, die an einem Ecktisch saß. Valerian wählte den Weg der Gedankenübertragung, um mit Aidan zu sprechen, denn in dem Chaos, das hier herrschte, wären Worte ohnehin nicht zu verstehen gewesen.

Diese blasse, magere Kreatur dort in der Ecke, sagte Valerian. *Er ist ein vielfacher Mörder, der sich auf minderjährige Prostituierte spezialisiert hat. Soviel ich weiß, läßt er sie gern leiden, bevor er sie umbringt.*

Aidan betrachtete den Mann mit Abscheu. *Schuft,* erwiderte er in Gedanken.

Genau, stimmte Valerian zu und begann sich seinen Weg durch die lärmende Menge zu seinem Opfer zu bahnen — der sich zweifellos, und völlig irrtümlicherweise, selbst für den Jäger hielt.

Aidan folgte Valerian widerstrebend und dachte, wie erstaunlich viele Ungeheuer es doch gab, die nicht in die Kategorie der Vampire oder anderer übernatürlicher Wesen fielen. *Sind noch andere Vampire hier?* erkundigte er sich bei Valerian.

Nein, erwiderte Valerian rasch und mit einer gewissen Schärfe. *Aber du solltest endlich lernen, ihre Anwesenheit selbst wahrzunehmen!*

Dann sind wir also die einzigen Unsterblichen hier? beharrte Aidan ungerührt.

Valerian wandte den Kopf und maß Aidan mit einem ärgerlichen Blick. *Es sitzen zwei Magier an der Bar. Geh hin und schau sie dir an. Sie beobachten uns schon, seit wir hereingekommen sind.*

Aidan versuchte, zu widerstehen, aber es gelang ihm nicht. Er schaute zu dem langen Messingtresen hinüber und entdeckte die beiden männlichen Hexen augenblicklich. Sie fielen auf in dieser Menge, weil sie größer und attraktiver waren als die meisten Menschen und eine bessere Haltung hatten. Einer hob sein Glas in einem eleganten Gruß an Aidan und lächelte.

Valerian war seinem Opfer, dem mürrischen Mörder, der allein in einer Ecke saß und sich in Selbstmitleid erging, bereits

ganz nahe. *Laß dich nicht täuschen von ihrer Zuvorkommen-*
heit, warnte Valerian Aidan rasch, während er sich auf seine
bevorstehende Nahrungsaufnahme konzentrierte. *Magierblut*
ist Gift für uns. Ich habe es dir schon so oft gesagt. Sie neiden
uns unsere Macht und benutzen ihre eigene, um uns zu vernich-
ten, wann immer sie die Möglichkeit dazu bekommen.

Aidan richtete seinen Blick auf das magere Exemplar, das
Valerian zum Opfer ausersehen hatte. Mit seinem charmante-
sten Lächeln zog der elegant gekleidete Vampir sich einen Stuhl
an den Tisch.

»Hallo, Udell!« sagte er zu dem pockennarbigen Jungen.

Auch Aidan setzte sich, obwohl er den psychischen Gestank,
der von der verdorbenen Seele dieses Jungen ausging, fast nicht
ertragen konnte. Zu seinem Erstaunen lächelte Udell das Ungeheuer an, das sich von seinem Blut nähren und ihn vielleicht
sogar töten würde.

»Woher kennen Sie meinen Namen?« schrie er, um sich über
die schrille Musik verständlich zu machen.

Valerian sah schön wie ein Erzengel aus, als er sich zurück-
lehnte und dieses andere, menschliche Ungeheuer mit täuschend liebevollem Blick betrachtete. »Durch Zauberei«, sagte
er.

Als Aidan den Austausch beobachtete, wurde ihm übel,
obwohl er kein Mitleid für den unglücklichen Udell aufbrachte.
Er hatte bereits einen Blick ins Gehirn dieses Wurms getan und
gesehen, welche Art von Vergnügen er bevorzugte. Nein, es war
Valerians Mangel an Moral, was Aidan jetzt beunruhigte und
einen bisher stillen Verdacht in Tatsache verwandelte. Valerian
war ein Wesen, das stets seinen dunklen Neigungen nachgehen
würde, wo immer sich ihm eine Gelegenheit dazu bot. Ob das
Opfer gut oder schlecht war, männlich oder weiblich, jung oder
alt, spielte dabei keine Rolle.

Ganz unvermittelt richtete sich Valerians Blick auf Aidans
Gesicht. *Es ist nicht wahr, was du denkst,* teilte er ihm auf die
gleiche stumme Weise mit, in der sie sich schon zuvor verständigt hatten. *Ich bin durchaus zu Liebe und Zuneigung fähig,*
genau wie du.

Voller Unbehagen wandte Aidan den Blick ab. *Sieh zu, daß du fertig wirst*, erwiderte er. Einer der Magier bewegte sich lächelnd durch die Menge auf sie zu. *Ich will hier nicht länger bleiben, als es unbedingt sein muß.*

Valerian reichte Udell eine Hand, die dieser mit einem törichten Lächeln ergriff, fast wie eine alte Jungfer, die endlich zum Tanz aufgefordert wurde. Zusammen verschwanden sie — Vampir und ahnungsloses Opfer — in der lärmenden, schwitzenden Masse von Menschenwesen, die die Tanzfläche bevölkerten.

Na großartig, dachte Aidan. *Jetzt bin ich also gezwungen, mit jemandem Konversation zu machen, der mich in eine Kröte verwandeln will!*

Der Magier lachte. Er war sehr attraktiv mit seinem weichen dunklen Haar, den lebhaften braunen Augen und dem freundlichen, einnehmenden Lächeln. »Ich habe nichts dergleichen vor«, sagte er und reichte Aidan die Hand. »Mein Name ist Cain.«

»Wie passend«, erwiderte Aidan und ignorierte die ausgestreckte Hand. Er schaute zu dem anderen Dämon hinüber, der noch an der Bar stand, und zog eine Augenbraue hoch. »Ist das Ihr Bruder Abel?«

Alle Fröhlichkeit war aus Cains Blick verschwunden. »Finden Sie das witzig?« Er nahm sich einen Stuhl, drehte ihn herum und hockte sich rittlings darauf. »Sie können unmöglich so naiv sein, wie Sie tun«, erklärte er spöttisch. »Wissen Sie denn nicht, was in dieser Bar vorgeht?«

»Sämtliche Verderbtheiten und Perversitäten, nehme ich an«, entgegnete Aidan kühl. »Hören Sie, ich bin nicht hier, um Freundschaften zu schließen oder irgendwelche philosophischen Brücken zwischen Ihrer Gattung und meiner zu schlagen, klar? Ich bin nur gekommen, um mich zu ernähren, und aus keinem anderen Grund.«

Cains Lächeln kehrte zurück. Er wandte langsam den Kopf und zog den Kragen seines teuren Wollpullovers herab, um einladend seine Kehle zu entblößen.

Aidan fragte sich, ob es einem Vampir wohl möglich war,

141

sich zu erbrechen. »Trotzdem vielen Dank«, sagte er und erhob sich rasch. Während er sich dann umschaute und nach Valerian Ausschau hielt, stellte er sich einen flüchtigen Moment lang vor, ihm einen Pfahl ins Herz zu treiben.

In jener Nacht suchte Aidan sich ganz bewußt ein weibliches Opfer, ein sehr verstörtes Wesen, das seine Kinder bei einem brutalen Liebhaber zurückgelassen hatte, um im *Last Ditch* seinem abendlichen Vergnügen nachzugehen. Minuten bevor Aidan sich ihr näherte, hatte sie für das Lebensmittelgeld der ganzen Woche Kokain geschnupft. Ihr Name war Fay, und sie vernachlässigte nicht nur ihre Kinder, sondern empfand nicht einmal Gewissensbisse dabei.

Sie tanzten eine Zeitlang eng umschlungen, dann führte Aidan sie über den Korridor zum Hintereingang und auf die anschließende Gasse hinaus.

Es war alles andere als eine sexuelle Begegnung, aber als Aidan in Fays magere Kehle biß, um ihr Blut zu trinken, verspürte er die übliche Euphorie — und ein fast lähmendes Schuldbewußtsein.

Er ließ die Frau neben einem überquellenden Mülleimer zurück, bewußtlos, aber noch sehr lebendig, und machte sich auf die Suche nach Valerian. Als er keine Spur von dem anderen Vampir fand, war Aidan zuerst nur ärgerlich, doch dann, als ihm eine andere Möglichkeit einfiel, war er alarmiert.

Neely war allein, unbewacht. Und in Valerians Augen war sie bestimmt nicht nur eine verlockende Köstlichkeit, sondern auch eine Rivalin.

An einer verschneiten Straßenecke erhob Aidan beide Arme, verschränkte die Hände, als ob er beten wollte, und verschwand.

Aus einem Impuls heraus hatte Neely sich auf die Suche nach Aidans Wagenschlüssel gemacht und sie schließlich auch gefunden. Sie beugte sich gerade über seinen Schreibtisch und kritzelte eine Nachricht für ihn, als ein leises Rauschen in der Luft ihre Aufmerksamkeit erregte. Mit angehaltenem Atem schaute sie auf und sah, daß Valerian nur wenige Schritte von ihr entfernt im Zimmer stand.

Sie legte eine Hand aufs Herz, um das aufgeregte Pochen zu beruhigen, und lächelte unsicher. »Ich wollte gerade zum Markt fahren«, sagte sie und kam sich ausgesprochen albern dabei vor.

Valerian verschränkte die Arme und neigte seinen schönen Kopf zur Seite. Er hatte recht langes, kastanienbraunes Haar und mutwillig funkelnde blaue Augen.

Neely ermahnte sich, daß sie es mit einem Vampir zu tun hatte — einem sehr alten und sehr mächtigen, Aidans Tagebuchaufzeichnungen zufolge. Sie trat einen Schritt zurück. »Wo ist Aidan?«

Valerian seufzte. »Er ist im Augenblick mit anderen Dingen beschäftigt. Sie sollten nicht ausgehen. Es ist zu gefährlich.«

Neely stützte die Hände auf die Hüften, weil sie sich nicht anmerken lassen wollte, wie eingeschüchtert sie war. »Nehmen Sie es mir nicht übel«, entgegnete sie spitz, »aber ich glaube, ich bin auch hier nicht sicher.«

Valerian lachte. »Es ist völlig aussichtslos, Aidan Tremayne zu lieben«, sagte er. »Er könnte Ihnen niemals ein Gatte sein, wie Sie es sich erhoffen würden.«

Neelys Temperament und ihr ungestümer Charakter machten sich bemerkbar, sie vergaß Valerians übernatürliche Talente und ging zu ihm, um direkt vor ihm stehenzubleiben und ihn offen anzuschauen. »Sie wollen ihn für sich haben«, beschuldigte sie Valerian ruhig. »Sie wollen, daß Aidan ihr Geliebter wird.«

Valerians Augen blitzten, er schien in seinem Zorn noch größer zu werden, noch beeindruckender und noch gefährlicher. »Sie können meine Gefühle für Aidan mit Ihrem bedauernswerten menschlichen Gehirn unmöglich verstehen«, knurrte er. »*Ich bin ein Vampir*, und meine Gefühle übersteigen solch tri-

143

viale Dinge wie Sexualität! Glauben Sie, Sie könnten mich in Ihre engstirnige menschliche Vorstellung dessen einordnen, was ein Geliebter sein sollte? Denn falls Sie das glauben, dann irren Sie sich ganz gewaltig!« Er hielt inne und machte zu Neelys enormer Erleichterung einen Versuch, seinen Ärger zu bezwingen. »Sobald Aidan sich erst einmal damit abgefunden hat, wer und was er ist . . .«

»Nein«, unterbrach Neely ihn ruhig, fast sanft, und schüttelte den Kopf. »Sie sind derjenige, der sich mit der Wirklichkeit auseinandersetzen muß, Valerian. Seien Sie vorsichtig, sonst werden Ihre Illusionen Sie noch zerstören.«

Der legendäre Vampir wirkte für einen Moment bestürzt, wandte sich ab und strich mit der Hand über sein dichtes Haar. »Eine Kreatur der Nacht zu sein«, sagte er mit heiserer Stimme, »bedeutet, alle Emotionen zu verspüren, die auch ein Mensch empfindet, aber hundertfach und tausendfach, ob es sich nun um ein edles Gefühl handelt oder nicht. In der Welt der Unsterblichen übt das Geschlecht keinen Einfluß auf die Angelegenheiten des Herzens aus — es ist ausschließlich das Individuum, das Objekt der Liebe, was für uns Bedeutung hat.«

Neely schlang die Arme um ihren Oberkörper und wandte sich ab, um Valerian nicht sehen zu lassen, was sie jetzt verspürte — Mitleid. Sie griff in die Manteltasche und klimperte mit Aidans Wagenschlüsseln, eine nervöse und durch und durch hilflose Geste. Sie würde dieses Haus nicht verlassen, das wurde ihr jetzt klar.

»Vielleicht machen wir uns beide etwas vor«, bemerkte sie nachdenklich. »Ich genauso sehr wie Sie.«

Bevor Valerian etwas erwidern konnte, traf Aidan ein. Sein Erscheinen spielte sich jedoch nicht mit der üblichen eleganten Unauffälligkeit ab, sondern erfolgte ganz abrupt und plötzlich. Der Raum erbebte unter der Macht seines Zorns.

»Was machst du hier?« herrschte er Valerian an.

Neely wich instinktiv zurück und suchte Schutz hinter Aidans Schreibtisch.

»Beruhige dich«, sagte Valerian gutmütig und legte seine

144

Hände auf Aidans Schultern. »Ich war schon fertig, bevor du die Frau verlassen hast.«

Aidan stieß Valerians Arm fort, und Neely sank betroffen in den Sessel hinter dem Schreibtisch. Sie hatte keinen Anspruch auf Aidans Treue – kein vernünftiger Mensch hätte in ihrer Lage Treue erwartet –, aber sie war dennoch zutiefst verwundet.

»Verdammt!« fuhr Aidan Valerian an, und es klang wie das wütende Fauchen eines gereizten Panthers. »Verschwinde – laß uns allein!«

Obwohl Neely das Phänomen schon des öfteren beobachtet hatte, erschütterte es sie noch immer, mitanzusehen, wie Valerian sich praktisch in Luft auflöste. Unbewußt hob sie beide Hände ans Gesicht und schaute Aidan durch ihre gespreizten Finger an, zu verwirrt, um etwas zu sagen.

Er durchquerte den Raum, blieb auf der anderen Seite des Schreibtischs stehen und schaute sie mit ausdrucksloser Miene an. Seine Worte verblüfften Neely jedoch noch mehr, denn sie hatte mit einer Erklärung gerechnet. Oder zumindest einem Wort des Bedauerns.

»Nun?« fragte er ungeduldig. »Ist dir schon ein Ort eingefallen, an dem du dich verbergen kannst?«

Der Gedanke, Aidan zu verlassen, erfüllte sie mit Verzweiflung, obwohl ihr klar war, daß ihr gar nichts anderes übrigblieb. Wie Valerian hatte auch sie sich leeren Illusionen hingegeben, als sie glaubte, sie und Aidan könnten jemals eine normale Beziehung führen. »Dann muß ich also gehen?«

Aidan nickte und wandte den Blick von ihr ab. Seine ganze Haltung spiegelte ihre eigene Verzweiflung wider. »Ja«, sagte er rauh. »Es war ein unverzeihlicher Fehler von mir, dich in mein Leben zu verwickeln, Neely. Meine Feinde – großer Gott, ja sogar meine Freunde! – sind unendlich viel gefährlicher für dich, als es jeder menschliche Kriminelle je sein könnte.«

Sie wollte zu ihm gehen, seinen Arm nehmen und ihren Kopf an seine Schulter legen, aber sie hielt sich zurück. »Valerian, Lisette, die anderen – ja, ich kann mir vorstellen, daß sie mir etwas antun würden. Aber du, Aidan?«

Er wirbelte zu ihr herum. »Nein«, gab er bitter zu. »Aber ich bin kein Mann — ich besitze kein Herz, keine Lungen, um zu atmen, keinen Magen, den ich füllen könnte. Ich kann dir weder Kinder schenken noch am hellichten Tag mit dir vor die Tür gehen. Meine Leidenschaft für dich ist etwas Unheiliges ... Verstehst du nicht, daß ich in erster Linie ein Tier bin, ein Biest, verflucht von Gott und von den Menschen?«

Neely spürte, wie sie erblaßte. »Es ist also unmöglich, nicht?« murmelte sie mit ruhiger Würde.

Aidans Augen verrieten keinerlei Gefühle, als er sie betrachtete. »Ich habe dich mit meinem Geist geliebt, Neely«, erklärte er, »nicht mit meinen Händen, meinem Mund und meinem Körper. Ich bin ein Ungeheuer, und ich flehe dich an, das nicht zu vergessen. Obwohl ich dir niemals etwas zuleide tun würde, bringe ich dich schon allein durch die Tatsache, daß ich dich liebe, in Gefahr. Gibt es also irgendwo einen Ort, an dem du dich verbergen könntest?«

Neely nickte. »Ja. In Maine, in einem kleinen Bauernhaus an der Küste. Es gehört einer Collegefreundin von mir, Wendy Browning. Sie ist jetzt in London und studiert Theaterwissenschaften.«

»Gut«, stimmte Aidan widerstrebend zu. »Ich bringe dich hin.«

Neely schüttelte den Kopf. »Ich möchte nicht auf deine Art befördert werden«, erwiderte sie. »Es belastet mich zu sehr. Wenn du mir deinen Wagen leihen könntest oder ich unter einem anderen Namen einen mieten würde ...«

Aidan stand ganz still und schien die Idee einer ausgiebigen Betrachtung zu unterziehen. »Du nimmst meinen«, bestimmte er schließlich. Mit einem schwachen Lächeln schaute er auf Neelys Manteltasche. »Du wolltest ihn doch ohnehin benutzen, oder?«

»Ich wußte nicht, was ich tun sollte.« Die Worte klangen brüchig.

Aidan ging zu seinem Schreibtisch, zog eine Schublade auf und nahm ein Bündel Geldscheine heraus. »Hier«, sagte er. »Nimm das.«

146

»Werden wir uns wiedersehen?« Neely haßte sich für die Frage, aber sie mußte es wissen.

»Ja«, erwiderte Aidan mit leisem Widerstreben. »Ich hege gewisse Hoffnungen für mich, für uns, aber darüber kann ich jetzt nicht mit dir sprechen. Außerdem wirst du auf meine Hilfe nicht verzichten können, um das Problem mit dem Senator und seinen Freunden zu lösen.«

Es ist nicht zu fassen, dachte Neely, wie glücklich mich schon der bloße Gedanke stimmt, daß ich Aidan wiedersehen werde. Denn eigentlich hatte sie nicht den geringsten Anlaß, glücklich zu sein. »Ich werde dir eine Karte zeichnen, damit du das Haus findest«, schlug sie vor.

Aidan lächelte traurig. »Das ist nicht nötig, Liebes. Es gibt keinen Ort, keine Zeit und keine Dimension, wo du dich vor mir verbergen könntest. Dein Geist strahlt so hell, als wäre er der einzige Stern im Universum.«

Neely spürte, wie ihr die Tränen kamen, und wischte sich mit dem Handrücken über die Augen.

»Weißt du, wenn du des Plasmageschäfts je überdrüssig werden solltest, könntest du dich immer noch als Poet versuchen.«

Er lachte, aber es klang hohl und traurig. »Geh jetzt«, sagte er.

Neely wandte sich stumm ab, nahm das Geld, das er ihr gegeben hatte, seinen Wagen und ihre Zahnbürste.

Als Neely fort war, trat Valerian wieder in Erscheinung. Anscheinend hatte er sich in irgendeiner Ecke verborgen und das Melodrama interessiert verfolgt.

»Wenn du weißt, was gut für dich ist und für dieses reizende Wesen, das gerade abgefahren ist«, sagte er zu Aidan, »dann solltest du dich ihr nie wieder nähern.«

Aidan stand am Fenster. Er hatte den schnellen weißen Wagen die Einfahrt hinunterfahren sehen und ihm nachgeschaut, bis die roten Rücklichter in der Finsternis verschwunden waren. »Ich habe noch nie gewußt, was gut für mich war«, antwortete er. »Deshalb befinde ich mich jetzt auch in dieser Lage.«

147

»Was wirst du denn nun tun?«

Aidan seufzte, aber er drehte sich nicht zu dem anderen Vampir um. »Ich werde mich der Bruderschaft zur Verfügung stellen, falls sie beschließen, mich aufzusuchen, und ich werde Lisette finden.«

»Bist du verrückt?« fragte Valerian schlicht.

»Das weißt du doch«, antwortete Aidan.

»Wie willst du sie finden?«

»Ganz einfach — ich habe vor, mich ihr direkt in den Weg zu stellen.«

Valerians Stimme zitterte vor Wut, als er Aidans Arm ergriff. »Sie wird dich zerstören!«

»Vielleicht«, stimmte Aidan zu und hob gleichmütig die Schultern. »Ich werde es herausfinden, und das so schnell wie möglich.«

»Es ist dieses Mädchen«, rief Valerian und schwenkte in unbeherrschtem Zorn die Arme, »diese Neely Wallace — *sie* hat das Unglück auf uns herabgebracht! Ich hätte sie schon vor langer Zeit zerstören sollen!«

Aidans Augen wurden schmal, als er in Valerians Gesicht blickte. »Du besitzt die Macht«, gab er zu. »Das kann niemand abstreiten. Aber wenn du Neely anrührst, mein Freund, wirst du auch mich zerstören müssen. Denn falls du es nicht tust, werde ich dich bei jedem Schritt verfolgen und dich plagen bis ans Ende aller Zeiten!«

Valerian schüttelte betrübt den Kopf. »Bedeutet dir meine Zuneigung denn überhaupt nichts?«

»Nein«, erwiderte Aidan kalt. »Deine Art von Zuneigung ist nur Perversion für mich. Ich gebe zu, daß durch unsere blutige Kommunikation eine Bindung zwischen uns entstanden ist, aber ich kann dir nichts anderes bieten als Loyalität und Freundschaft. Je eher du dich damit abfindest, Valerian, desto eher können wir zu anderen, wichtigeren Dingen übergehen.«

Der ältere Vampir erwiderte nichts, drehte Aidan den Rücken zu und verschwand in einer Wolke aus grauem Rauch.

Aidan ließ sich auf einem Sessel beim Kamin nieder, schloß

die Augen und folgte Neely im Geiste auf ihrer Fahrt durch Bright River und dann weiter nördlich, in Richtung New Hampshire und nach Maine.

Kurz bevor der Morgen graute, hielt Neely an einer Raststätte und rief ihren Bruder an. Sie hatte weder ferngesehen noch Zeitungen gelesen, aber sie ahnte, daß ihr Verschwinden aus jenem schäbigen Motelzimmer einiges Aufsehen in der Presse erregt haben mußte. Obwohl sie Ben einen Brief geschrieben hatte, der von Aidan auf eine Art überbracht worden war, für die sie erst gar keine Erklärung gefordert hatte, wollte sie Ben und Danny beruhigen, daß sie noch lebte und ihr nichts zugestoßen war.

»Hallo«, sagte ihr Bruder, der selbst zu dieser ungewöhnlich frühen Stunde schon sehr wach klang. Er war ein ehrgeiziger Mensch und anscheinend schon länger auf, um früh das Café zu öffnen.

»Ben«, flüsterte Neely und zwängte sich noch tiefer in die kleine Kabine, die am Ende eines langen Ganges lag. »Ich bin's. Ich kann nicht lange reden, für den Fall, daß jemand diesen Anruf verfolgt. Ich wollte dir nur sagen, daß es mir gut geht und daß ich dich und Danny sehr lieb habe . . .«

»Neely.« Ben seufzte ihren Namen, es klang zugleich traurig und erleichtert. »Gott sei Dank. Ich dachte, sie hätten dich vielleicht erwischt, diese Schufte aus dem Capitol.«

»Noch nicht«, erwiderte Neely und lächelte grimmig, froh, daß ihr Bruder nicht wußte, *wer* ihr sonst noch auf der Spur sein mochte. »Hör zu, Ben, mach dir keine Sorgen um mich, ich habe einen sehr mächtigen Freund. Und jetzt muß ich auflegen.«

»Ich liebe dich, Kleines«, sagte Ben, verständnisvoll wie immer. »Paß gut auf dich auf.«

Nach diesen Worten legte Neely auf. Tränen brannten in ihren Augen, als sie sich abwandte und fast mit einem lächelnden Lastwagenfahrer zusammenstieß, der ebenfalls das Telefon benutzen wollte. Er war groß und gutaussehend, und der Name ›Trent‹ war in rotem Garn auf seine Hemdtasche gestickt.

149

Neely war hungrig, aber sie hatte Angst, noch länger an diesem Ort zu bleiben, für den Fall, daß Senator Hargroves Schergen sie hierher verfolgten. Sie fand einen Hamburgerstand, kaufte sich ein Sandwich und einen Orangensaft und setzte ihre einsame Reise fort.

Spanien
Lisette fühlte sich nach jedem Mahl stärker. Ihre bevorzugten Opfer waren Unschuldige; ihr Blut vermittelte ihr die meiste Energie und die größte Euphorie, und sie brachte sie dem Tod immer so nahe, wie sie es wagen konnte.

Sie schlief tagsüber in einer versteckten Krypta, einem sicheren Winkel im Keller ihrer Villa, die sie vor einigen Generationen erstanden hatte. Alle fünfzig Jahre vermachte sie das Haus an sich selbst, gemeinsam mit dem Vermögen, das sie besaß, seit sie viele Jahrhunderte zuvor nach Europa gekommen war und einen sehr reichen Sterblichen geheiratet hatte. Sie war gefürchtet und verehrt unter ihren Gefährten, nur einige wenige Vampire waren dumm genug, es nicht zu tun. Ja, sie besaß alles, was sie sich nur wünschen konnte...

Fast alles.

Als sie auf der steinernen Balustrade vor ihrem Schlafzimmer saß und auf das sternenübersäte dunkle Meer hinausschaute, dachte Lisette an den einzigen Menschen in ihrer langen Geschichte, dem es gelungen war, ihr Herz zu brechen.

Aidan Tremayne.

Sie lächelte schwach bei der Erinnerung. Sie hatte ihm Unsterblichkeit verliehen, diesem undankbaren Schuft, und ihm beigebracht, zu jagen und zu töten, sich frei durch Zeit und Raum zu bewegen, sich vor anderen Unsterblichen zu schützen und seine Anwesenheit vor Menschen und Vampiren niedrigeren Rangs zu verbergen. Und als Dank für ihre Güte hatte er sie verraten.

Lisette seufzte und warf den Kopf zurück, so daß ihr schweres dunkles Haar wie ein seidener Schleier auf ihren alabasterfarbenen Rücken fiel. Sie trug ein griechisches Gewand,

150

aber nur, weil sie dramatische Auftritte liebte. Ihr Fehler war gewesen, Aidan in das beeindruckende Ungeheuer zu verwandeln, das er heute war. Statt dessen hätte sie ihn benutzen sollen, bis er sie langweilte wie die meisten jungen Sterblichen, die ihm vorangegangen waren, um dann seine Lebenskraft aus ihm herauszusaugen und seine leere Hülle achtlos fortzuwerfen.

»Närrin«, flüsterte sie bitter. Eine weiche Brise trug den Ton auf die warme spanische See hinaus.

Lisette stieg auf die Terrassenbrüstung und blieb dort mit weitausgebreiteten Armen stehen. Ihr weißes Kleid blähte sich im Wind und flatterte um ihre zierliche Gestalt. Anderthalb Jahrhunderte lang hatte sie schlafend in ihrem versteckten Sarg gelegen, war nur ab und zu aufgestanden, weil sie wußte, daß sie sterben würde, wenn sie überhaupt keine Nahrung zu sich nahm. Ihre Verzweiflung war so groß gewesen, daß sie ihr in all diesen hundertfünfzig Jahren den Willen geraubt hatte, ihr normales Leben wiederaufzunehmen.

Dann, während einer ihrer kurzen, fieberhaften Stippvisiten in der Welt der Menschen, hatte sie einen anderen weiblichen Vampir erblickt, Maeve Tremayne. Maeve war Aidans Zwillingsschwester, und die Ähnlichkeit zu ihm hatte eine ganz unvermittelte und langvergessene Aggressivität in Lisette geweckt.

Von jener Nacht an hatte sie sich gezwungen, aufzustehen und sich auf die Jagd zu machen. Sie hatte ihre übernatürlichen Fähigkeiten geübt und sich bemüht, ihre früheren Kräfte wiederzuerlangen.

Bald würde sie wieder immun gegen das Tageslicht sein, wie sie es einst gewesen war, und imstande, frevelhaften Vampiren bis zu ihrem Versteck zu folgen.

Sie war noch immer die Königin der Bluttrinker, unter den ältesten auf Erden, und fest entschlossen, ihnen allen zu beweisen, daß sie noch nicht vorhatte, abzudanken. Danach würde sie dann zur Rache schreiten und ihre Feinde strafen, einen nach dem anderen.

Valerian, dieser abscheuliche Verräter, würde der erste sein.

Nach ihm Maeve, die — davon war Lisette fest überzeugt — den heimlichen Ehrgeiz hatte, selbst über die Kreaturen der Nacht zu herrschen. Und wenn Maeve und Valerian nichts mehr als rauchende Aschenhaufen waren, die in der Sonne schmorten — *dann* — schwor sich Lisette — würde sie ihre volle Aufmerksamkeit auf Aidan konzentrieren.

Und wenn sie mit ihm fertig war, würden selbst die Feuer der Hölle ihm wie eine süße Verlockung erscheinen.

»Lisette.«

Die beiden hellen Stimmen hinter ihr erschreckten sie so sehr, daß sie fast von der Terrassenbrüstung auf die felsige Küste unter sich gestürzt wäre. Der Sturz hätte ihrem Körper zwar nicht geschadet, aber ihren Stolz verletzt.

Langsam drehte sie sich um und schaute in die bleichen Gesichter ihre Besucherinnen.

Canaan und Benecia Havermail standen vor ihr, beide in altmodischen Kleidern aus gelbem Satin. Lisette war froh, daß sie niemals erwachsen sein würden, denn ihre Gemüter waren mindestens so verdorben und boshaft wie ihr eigenes, und die beiden Mädchen hätten eine gefährliche Konkurrenz für sie bedeutet.

»Was wollt ihr?« fragte sie gereizt.

Wieder sprachen die beiden kindlichen Ungeheuer in perfektem Einklang miteinander, ihre Zähne glitzerten im Sternenschein, als sie antworteten: »Wir sind wegen Mr. Tremayne gekommen. Er war in Havermail Castle und hat nach der Bruderschaft gefragt.«

Lisette schwebte von der Brüstung herab und blieb vor dem schrecklichen Gespann stehen. »Was will Aidan von der Bruderschaft?« Sie hob die Hand, als beide Mädchen wieder gleichzeitig zum Sprechen ansetzten. »Es braucht nur eine von euch zu antworten.«

Nach einem triumphierenden Blick auf ihre Schwester fuhr Benecia alleine fort: »Er möchte wieder sterblich sein«, sagte sie und kicherte über diesen so sonderbaren Wunsch. Canaan stimmte in ihr Kichern ein.

Lisette jedoch war keineswegs belustigt. Sie wandte sich von ihren Besucherinnen ab und umklammerte mit beiden Händen die Balustrade. Ihres Wissens nach hatte noch kein Vampir je eine solchen Schritt getan, aber Aidan war mutig — und verrückt — genug, es zu versuchen.

Vielleicht mußte sie die Angelegenheit doch noch schneller klären, als sie geplant hatte.

10

Neely fuhr bis zum späten Nachmittag, aber dann war sie so erschöpft, daß sie anhalten mußte. Sie mietete sich ein Zimmer, diesmal in einem großen Hotel, und verschloß sorgfältig sämtliche Schlösser, bevor sie sich zum Schlafen niederlegte.

Als sie die Augen öffnete, war ihr, als ob sie aus einem Koma erwachte. Der Raum war stockfinster bis auf die roten Leuchtziffern des Radioweckers auf dem Nachttisch.

3 Uhr 47.

Neely hätte noch mindestens zwölf Stunden weiterschlafen können, aber sie wagte nicht, zu lange an einem Ort zu bleiben.

Sie ging ins Badezimmer, duschte und zog die gleichen Sachen an, die sie am Tag zuvor getragen hatte. Später, nahm sie sich vor, würde sie Jeans, Pullover und Unterwäsche kaufen. Im Moment war es besser, ohne Gepäck zu reisen.

Um 4 Uhr 14 verließ Neely das Hotelzimmer. Sie war hungrig, aber die Schnellrestaurants hatten noch nicht geöffnet, und der Gedanke, eine der großen, hellerleuchteten Raststätten aufzusuchen, um dort zu frühstücken, war ihr etwas unheimlich. Schließlich hielt sie an einem Imbißstand auf der Schnellstraße und kaufte sich einen Becher Kaffee und zwei süße Brötchen.

Neely fuhr, bis ihr vor Müdigkeit die Augen zufielen. Dann hielt sie an einem Einkaufszentrum, betrat ein überfülltes Warenhaus und kaufte die Kleider, die sie brauchte, zusammen mit einem Hot Dog und einer Tüte Popcorn. An jenem Nachmittag wählte sie zum Schlafen eine versteckt liegende Pension neben einem zugefrorenen See. Nachdem sie einen Stuhl unter die Türklinke geschoben hatte — das Schloß sah nicht sehr vertrauenserweckend aus — aß sie ihre karge Mahlzeit, badete und fiel ins Bett.

Der Schlaf wollte sich diesmal jedoch nicht gleich einstellen, obwohl Neely genauso müde war wie in der Nacht zuvor. Sie schaltete den Fernseher ein und wählte einen der Kabelkanäle, um sich eine Nachrichtensendung anzuschauen.

»Das war Melody Ling«, sagte eine Reporterin, »mit den letzten Nachrichten aus Washington. Es scheint, daß Mrs. Elaine Hargrove, die Gattin des bekannten Senators, sich nach ihrer Operation auf dem Wege der Besserung befindet.«

Neely richtete sich im Bett auf und starrte betroffen auf den Bildschirm. Aber die Sendung war schon vorbei, sie hatte nur das Ende mitbekommen.

Rasch griff sie nach der Fernbedienung und suchte einen Kanal, der vierundzwanzig Stunden Nachrichten brachte. Im Autoradio, das sie den ganzen Tag hatte laufen lassen, war nichts über die Hargroves berichtet worden.

Nach einigen unbedeutenderen Nachrichten, die Neely ungeduldig über sich ergehen ließ, erschien endlich Senator Hargrove auf dem Bildschirm. Er kam gerade aus einer bekannten Washingtoner Klinik und wirkte sehr abgespannt und besorgt.

Reporter blockierten ihm den Weg, Mikrofone attackierten ihn wie Lanzen.

»Senator Hargrove, können Sie uns etwas über Mrs. Hargroves Unfall sagen?«

»Geht es ihr wieder besser?«

»Wird sie sich davon erholen?«

»Saß sie am Steuer, als der Unfall sich ereignete?«

Der Senator blieb stehen und hob die Hände, um die Menge zum Schweigen zu bringen. »Elaine — Mrs. Hargrove — ist bei Bewußtsein«, sagte er knapp. »Es besteht gute Hoffnung, daß sie überleben wird. Und nein — meine Frau leidet an einer chronischen Muskelerkrankung und fährt nicht selbst. Sie war mit unserem Chauffeur unterwegs, als der Wagen von einem rücksichtslosen Fahrer von der Straße gedrängt wurde.«

»Hat eine Verhaftung stattgefunden?« rief ein Reporter, aber für Hargrove schien das Interview beendet. Er drängte sich durch die Menge der Presseleute und stieg in eine wartende Limousine.

Die Kamera schwenkte zur Redaktion zurück, wo die Einzelheiten von Elaine Hargroves Unfall noch einmal beschrieben wurden. Elaine war auf dem Weg zu einem frühen Lunch gewesen, wo ihr irgendein Preis verliehen werden sollte, als ein anderer Wagen hinter ihnen auftauchte und hart gegen die hintere Stoßstange prallte. Ihr Chauffeur, der relativ schnell gefahren war, hatte sich erschrocken und die Kontrolle über den Wagen verloren. Die Limousine war gegen einen Betonpfeiler geprallt und dann vor einen Lieferwagen geschleudert worden.

Niemand außer Elaine Hargrove hatte Verletzungen davongetragen.

Fröstelnd stand Neely auf, um ein zweites Bad zu nehmen und blieb so lange in dem heißen Wasser, wie sie konnte. Als sie sich danach abtrocknete und in ein grobes Handtuch wickelte, war ihr noch genauso kalt wir zuvor.

Offensichtlich hatte der Senator sich mit seinen verbrecherischen Freunden überworfen, und sie hatten ein brutales Exempel an Elaine statuiert. Hargrove mußte jetzt so verzweifelt sein, daß er alles tun würde, um den Mob zu beruhigen, was bedeutete, daß er keine weiteren Versuche unternehmen würde, Neely zu schützen.

An Schlaf war jetzt nicht mehr zu denken, obwohl ihr fast

übel war vor Müdigkeit. Sie war allein, und wenn sie am Leben bleiben wollte, mußte sie handeln, und zwar schnell.

Sie entfernte die Preisschilder von den neuen Kleidern und zog sich hastig an. Dann ging sie ans Telefon und wählte die New Yorker Auskunft.

Zehn Minuten später sprach Neely mit jemandem aus Melody Lings Redaktion. Miss Ling sei noch unterwegs, wurde ihr gesagt, und es würde unmöglich sein, sie vor dem Morgen zu erreichen.

Enttäuscht knallte Neely den Hörer auf die Gabel, schnappte sich ihre wenigen Sachen und lief zu ihrem Wagen hinaus.

Sie versuchte noch zweimal, Miss Ling zu erreichen, am folgenden Morgen und am Morgen darauf, doch beide Male hatte sie kein Glück. Schließlich erreichte sie mitten in einem Schneesturm den winzigen Ort Timber Cove an der winterlich grauen Küste von Maine. Wendy Brownings Ferienhaus lag fünf Meilen weiter nördlich, und dort suchte Neely, nachdem sie rasch einige Vorräte eingekauft hatte, Zuflucht.

Der Haustürschlüssel lag wie immer unter dem Gartentisch auf der verschneiten Terrasse. Neely war schon oft zu Gast gewesen in diesem kleinen Haus, und bevor Wendy nach London geflogen war, hatte sie ihr gesagt, daß sie jederzeit das Haus benutzen konnte.

Sie schloß auf, trat ein und stellte die Gasheizung an. Dann hob sie den Telefonhörer auf und stellte erleichtert fest, daß das Freizeichen erklang.

Neely brachte ihre Einkäufe ins Haus, stellte Wasser für Kaffee auf, und blieb dann vor den gläsernen Terrassentüren stehen, um in die bergige, verschneite Landschaft hinauszuschauen.

Als sie Kaffee getrunken und sich etwas aufgewärmt hatte, zog sie ihren Mantel an und ging hinaus zum Holzschuppen. Dort kniete sie in einer Ecke nieder und hob eine lose Fußbodendiele auf.

Darunter lag ein dicker, in Plastik eingewickelter Umschlag, noch genauso, wie Neely ihn hinterlassen hatte.

Sie trug das Päckchen ins Haus zurück, öffnete es und sah,

157

daß alle Dokumente und Papiere noch vorhanden waren. Neely ging zum Telefon und wählte Melody Lings Nummer.

Diesmal hatte sie Glück.

Aidan fand Maeve ohne Schwierigkeiten. Sie war in ihrem Haus in London, in ihrem geliebten neunzehnten Jahrhundert. Eine Schar von Gästen bevölkerte ihren Salon, ein Streichquartett spielte Mozart. Einige der elegant gekleideten Gäste tranken Champagner und bedienten sich von den reichlich vorhandenen Hors d'oeuvres, während andere nur so taten.

Es war eine interessante Mischung aus Vampiren und Menschen, die meisten von ihnen gelangweilte Schriftsteller und Künstler, die vermutlich sehr gut wußten, daß sie Umgang mit Vampiren pflegten. Aidans Erfahrung nach fanden gerade diese Typen derartige Dinge ungeheuer aufregend.

»Liebling!« Maeve, in einem schimmernden roten Satinkleid, schwebte auf ihn zu und streckte beide Hände nach ihm aus. Ihre dunkelblauen Augen leuchteten vor Freude, doch als sie Aidans Miene sah, wirkte sie besorgt. »Was für eine wundervolle Überraschung . . . Aidan?«

Er küßte ihre Wange und lächelte, aber das war auch schon alles, was er tat, um sich den Anschein von Normalität zu geben. Er hatte seit drei Tagen nicht gejagt, aus lauter Trauer über die Trennung von Neely, und war nun so geschwächt, daß er sich am Rande einer Ohnmacht befand.

Maeve runzelte die Stirn, sie hielt noch immer seine Hände, und er spürte, wie etwas von ihrer überquellenden Kraft auf ihn überging. Sie zog ihn durch die seltsame Gruppe ihrer Gäste und führte ihn auf eine steinerne Terrasse mit hoher Eisenbrüstung hinaus. Der Wind war beißend kalt.

»Was ist geschehen?« fragte Maeve. »Also wirklich, Aidan, wenn es etwas mit dieser verfluchten Frau zu tun hat . . .«

Er schaute seiner wütenden Schwester offen in die Augen. »Es hat alles mit ihr zu tun«, sagte er. »Ich liebe sie. Ich würde lieber sterben, als sie zu verlieren, und ich würde meine Seele verkaufen, wenn ich eine besäße, um als Mann mit ihr leben zu können.«

Maeves Gesicht verhärtete sich, und für einen Moment war ihr Zorn fast spürbar. Aber dann legte sie die Stirn an Aidans Schulter und begann zu weinen.

Aidan hielt sie sanft umfangen. »Es tut mir leid«, flüsterte er rauh.

Nach einer langen Zeit schaute sie zu ihm auf, ihre schönen Augen schimmerten von Tränen. Es brach Aidan fast das Herz, seine Schwester in einem solchen Zustand zu erleben.

»Es gibt also nichts, was dich von deinem Kurs abbringen könnte?« fragte Maeve. »Du wirst entweder Erfolg haben bei deinem lächerlichen Plan oder bei dem Versuch zugrunde gehen?«

Aidan legte eine Hand an ihre Wange. »Alles ist besser als das, was ich jetzt bin, Liebling«, sagte er. »Sogar die ewige Verdammnis.«

Maeves alabasterfarbene Haut wurde noch einen Ton bleicher, sie hob die Hände und umklammerte die Satinaufschläge seines Dinnerjackets. »Sag das nicht!« flüsterte sie flehend. »Die Vorstellung, daß du für immer und ewig im Höllenfeuer brennen könntest... oh, Aidan, das würde ich nicht ertragen!«

»Psst«, sagte er beruhigend, legte seine Hände auf ihre Schultern und schüttelte sie sanft. »Denk nicht daran.«

»Woher soll ich wissen, was aus dir geworden ist?« entgegnete Maeve verzweifelt. »Woher soll ich wissen, ob du noch lebst oder... schon tot bist?«

Er küßte ihre Stirn. »Warte, bis du die ersten Gerüchte hörst«, erwiderte er mit einem traurigen Lächeln. »Dann komm zu meinem Haus in Connecticut. Wenn es mir gelungen sein sollte, die Verwandlung zu vollziehen, wirst du ein Bouquet weißer Rosen auf dem Tisch in der Eingangshalle finden. Als Signal gewissermaßen.«

Maeve betrachtete lange sein Gesicht, dann nickte sie. »Du hast noch keine Nahrung zu dir genommen. Du glaubst doch hoffentlich nicht, daß du das alles überleben wirst, wenn du nicht bei Kräften bleibst?«

Aidan ließ die Hände sinken, blickte seine Schwester jedoch mit liebevoller Zuneigung an. Er wollte sie für immer im Gedächtnis behalten, ob er nun in der Hölle schmoren oder ob man ihm gestatten würde, den Rest seines Lebens als Sterblicher zu verbringen.

»Hunger schärft unseren Verstand, Maeve«, sagte er. »Das weißt du.«

Sie berührte seine Wange, bewegte die Lippen, aber kein Ton war zu hören.

»Auf Wiedersehen, Maeve«, sagte er.

Eine halbe Stunde, nachdem Aidan gegangen war, tauchte Valerian auf Maeves Party auf. Er wirkte geistesabwesend und gleichzeitig so unruhig, als ob er fieberte. Als er Maeve sah, ergriff er ihre Hand und zog sie auf die gleiche Terrasse, wo sie eben noch mit ihrem Bruder gestanden hatte.

»Hast du deinen idiotischen Bruder gesehen?« fragte Valerian schroff.

Maeve reagierte leicht gereizt, aber nicht weil Valerian Aidan einen Idioten genannt hatte — darin stimmte sie jetzt mit ihm überein. »Was glaubst du, wer du bist, mich auf diese Weise von meinen Gästen fortzuziehen und einen solch vertrauten Ton mir gegenüber anzuschlagen?«

Valerian schwieg, und dann beschämte er sie mit einem vielsagenden Lächeln.

Maeve wandte den Blick ab, weil sie sich an Dinge erinnerte, die sie lieber vergessen würde. Valerian hatte sie während ihrer langen Verbindung sehr viel mehr gelehrt, als durch die Zeiten zu reisen und Gedanken zu lesen. »Das ist vorbei«, sagte sie kühl.

»Vielleicht«, stimmte Valerian zu. Dann wurde er wieder ungeduldig. »Sag mir — hast du Aidan gesehen?«

»Ja.« Maeve lehnte sich an die Balustrade und beobachtete ihren Freund und Lehrmeister im kalten Licht der Sterne. »Er war vorhin hier, um mir Adieu zu sagen.«

»*Was*?«

Sie nickte. »Er würde lieber sterben, als zu sein, was wir sind. Valerian — er würde sogar die ewige Verdammnis und die Feuer der Hölle einem Leben als Vampir vorziehen! Er verachtet sich, und er verachtet uns.«

Valerian seufzte schwer und strich sich mit einer Hand über sein schweres dunkles Haar. »Ich hätte ihn nie alleinlassen dürfen!« klagte er. »Aber er regt mich maßlos auf, und es macht ihm überhaupt nichts aus, daß er mir das Herz bricht...«

»Du hast doch gar kein Herz!« fuhr Maeve ihn wütend an. Wie üblich dachte Valerian nur an sich selbst. »Und warum *hast* du Aidan alleingelassen?«

»Weil er dieser Frau nachtrauerte und ich jagen mußte, um meine Kraft zurückzugewinnen«, erwiderte Valerian. »Ich habe einige Nächte damit verbracht, mich zu vergnügen, das gebe ich zu, und als ich nach Connecticut zurückkehrte, war Aidan fort.«

Verzweiflung erfaßte Maeve. »Er kommt nicht zurück, Valerian«, sagte sie leise. »Je eher wir uns damit abfinden, desto besser wird es für uns sein.«

»Du begreifst nicht, Maeve!« schrie Valerian. »Irgendwie hat er gelernt, seinen Aufenthaltsort vor uns zu verschleiern, aber ohne mich besitzt er keinen Schutz vor Lisette!«

»Ein schöner Schutz!« versetzte Maeve höhnisch. »Sie haßt dich fast ebenso sehr wie Aidan. Laß meinen Bruder in Ruhe, Valerian — er muß selbst mit dieser Sache fertig werden.«

»Verdammt, Maeve, ist dir nicht bewußt, was sie ihm antun kann?«

Maeve schloß die Augen. »Ich muß glauben, daß er ihr entkommen wird«, sagte sie. »Denn sonst könnte ich nicht weiterleben.« Damit wandte sie sich ab und wäre ins Haus zu ihren Gästen zurückgekehrt, wenn Valerian sie nicht gewaltsam zurückgehalten hätte. Er packte sie an den Schultern und drehte sie zu sich herum.

»Vielleicht bist du bereit, Lisette ihre boshaften Spielchen mit Aidan treiben zu lassen, bis sie beschließt, ihn umzubringen, aber ich bin es nicht, Maeve! Und ich bin so mächtig wie du — vergiß das nicht!«

161

Sie zitterte. »Was willst du von mir?«

»Daß du tief in dich hineinschaust«, befahl Valerian mit leiser, hypnotisierender Stimme. »Dort wirst du Aidans Spiegelbild sehen. Sag mir, wo ich ihn finden kann, Maeve.«

Maeve begann zu frösteln. »Er steht auf einer Terrasse — wie dieser hier...« Sie stieß einen leisen, unbewußten Schrei aus und schlug beide Hände vor den Mund. »Oh, Valerian — Aidan ist in Lisettes Villa an der Küste Spaniens!«

Valerian gab sie so abrupt frei, daß sie auf den gekachelten Boden der Terrasse sank, zu geschwächt von ihrem Entsetzen, um sich aufzurichten. Valerian breitete sein Cape aus und begann sich zu drehen, doch bevor er eine komplette Drehung vollzogen hatte, war er schon verschwunden.

Maeve blieb eine Weile benommen auf dem Kachelboden sitzen und schluchzte in stummer Verzweiflung, weil auch sie gern ihrem Bruder zu Hilfe geeilt wäre, wie Valerian es tat, aber sie wußte, daß Aidan ihr das nie verziehen hätte. So überstürzt und töricht sein Entschluß auch sein mochte, niemand, nicht einmal Valerian persönlich, würde imstande sein, ihn davon abzubringen.

»Sie sind aber wirklich abenteuerlustig.«

Aidan drehte sich rasch um, obwohl er wußte, daß die Stimme hinter ihm nicht Lisettes war, und entdeckte einen jungen Mann, der mit verschränkten Armen an der Mauer ihrer Villa lehnte. Er war ganz in Schwarz gekleidet, wie ein Einbrecher, und er grinste schalkhaft. Nach Aidans Schätzung konnte der Junge nicht älter als siebzehn sein.

»Wer sind Sie?«

Der junge Vampir stieß sich mit einem Fuß von der Mauer ab. »Ich heiße Tobias — Aidan. Sie sollten wachsamer sein. Es ist pures Glück, daß Lisette heute abend woanders jagt.«

»Glück?« entgegnete Aidan spöttisch. »Ich würde eher sagen, es ist Pech.« Er zupfte an den Manschetten seines Dinnerjacketts. »Was wollen Sie — Tobias?«

»Nichts. Ich bin hier, weil *Sie* etwas wollen. Oder zumindest ist es das, was Sie Aubrey Havermail sagten — daß Sie sich eine Audienz mit einem Vertreter der Bruderschaft wünschten.«

Aidan war sehr verblüfft, doch er lächelte und bot Tobias seine Hand. »Sind Sie nicht ein wenig jung, um einem solch ehrwürdigen Bund anzugehören?«

Tobias grinste überlegen. »Das kommt ganz darauf an, wie Sie das Wort *jung* definieren. Ich war einer der ersten Vampire, die erschaffen wurden.« Der erstaunte Ausdruck auf Aidans Gesicht schien ihn zu erfreuen. »Kommen Sie. Selbst wir Ältesten kommen nicht gern mit Lisette in Berührung. Sie kann ein solches Biest sein.«

Im nächsten Augenblick wurde es dunkel um Aidan, und er vernahm ein Rauschen. Als er wieder bei Bewußtsein war, stand er mit Tobias in einem Tunnel neben einem unterirdischen Fluß. Es brannte kein Licht, aber das machte nichts, denn das Sehvermögen eines Vampirs ist am schärfsten in absoluter Finsternis.

»Wo sind wir?«

Tobias seufzte. »Das brauchen Sie nicht zu wissen«, antwortete er. Dann seufzte er noch einmal. »Ich fürchte, Aubrey hatte recht im Hinblick auf Sie, Aidan. Sie sind kein guter Vampir.«

»Nein«, sagte Aidan ruhig. »Das bin ich nicht.«

»Er sagt, Sie wollten wieder in einen Menschen zurückverwandelt werden.« Die Worte hallten durch den dunklen Tunnel. »Ist das wahr?«

»Ja«, antwortete Aidan. Er spürte Erregung in sich aufsteigen, aber auch große Angst. »Ich bin nicht freiwillig ein Vampir geworden. Man hat mir dieses Schicksal auferzwungen.«

»Sie sind nicht der erste«, erwiderte Tobias ungerührt.

»Mag sein«, stimmte Aidan zu. »Aber ich bin ein schwaches Glied in der Kette. Sie haben ja selbst gesehen, dort auf Lisettes Terrasse, wie leicht es ist, mich zu überrumpeln. Angenommen, ich fiele in die Hände jener, die Feinde aller Vampire sind — in die Hände des Racheengels beispielsweise. Wie war doch noch sein Name? Ah ja, Nemesis! Was wäre, wenn *er* mich gefangennähme und zwänge, ihm alles zu verraten, was ich über Bluttrinker weiß? Würde das Dunkle Königreich dann nicht zusammenfallen wie ein Schloß aus Sand?«

»Ich brauche Sie nur zu zerstören, hier und jetzt, um eine solche Tragödie zu vermeiden«, entgegnete Tobias kühl. Aidan spürte jedoch die innere Anspannung dieses Wesens; er war wie eine zu fest angezogene Saite an einem Instrument, die jeden Augenblick zerreißen konnte.

Aidan lächelte. »Ich bin nur ein unbedeutender Vampir«, gab er zu, »aber es gibt andere, die mich vermissen und es sogar wagen würden, meinen Tod zu rächen.«

»Valerian«, sagte Tobias ruhig. »Und Maeve.«

»Sie kennen sie also!« rief Aidan in einem Ton, der freudige Überraschung verriet, doch eigentlich nur den Zweck besaß, den anderen Vampir zu irritieren.

»Sie sind rebellisch. Die Älteren sind sehr bestürzt darüber.«

Aidan lächelte, obwohl ihm bewußt war, daß er sich auf sehr dünnem Eis bewegte. »Ja, ich weiß wirklich nicht, wohin es mit dem Vampirismus noch kommen soll«, sagte er spöttisch.

Tobias blickte ihn gereizt an. »Hier entlang«, knurrte er. Dann wandte er sich ab und ging am Ufer des unterirdischen Bachs entlang, ins Herz der Finsternis hinein, und Aidan folgte ihm.

Irgendwann erreichten sie eine große, von Pechfackeln erleuchtete Höhle, deren Wände mit uralten Symbolen bemalt waren, darunter auch Zeichnungen und Gekritzel der ersten Steinzeitmenschen. Aidan wäre fasziniert gewesen, wenn ihn in diesem Augenblick nicht folgenschwere Dinge beschäftigt hätten.

Die Vampire, so schien es ihm, verkörperten sich aus den Staubpartikeln in der Luft um ihn, die ältesten Bluttrinker auf Erden, einige von ihnen so jung wie Tobias, andere mit fließenden silbergrauen Bärten und Gesichtern, die so verwittert waren wie altes Leder.

»Dieser hier will wieder sterblich sein«, erklärte Tobias der Versammlung, und es war eindeutig, daß er noch immer sehr verblüfft über Aidans Ansinnen war. »Er sagt, daß er gegen seinen Willen verwandelt worden ist.«

Die Älteren tuschelten miteinander, als sie Aidan umringten und ihn betrachteten, aber ihre Sprache war ihm unbekannt.

Er hielt die Schultern straff und schaute allen, jedem einzelnen von ihnen, offen in die Augen. Einmal hörte er den Namen *Nemesis* im Zuge der Unterhaltung und wußte, daß Tobias seine Drohung weitergegeben hatte.

Jetzt werden sie mich vielleicht zerstören, dachte Aidan und war überrascht, wie wenig es ihm bedeutete. Nachdem er Neely kennengelernt und daran erinnert worden war, was ihm entging, wußte er, daß er lieber den schrecklichsten aller Tode sterben würde, als in alle Ewigkeit zu leben mit dem Wissen, daß sie ihm nie gehören würde.

Wenn er seine Menschlichkeit nicht zurückgewinnen konnte, wenn er Neely niemals frei und ohne Furcht lieben konnte, wollte er nur noch zugrunde gehen.

Endlich hörten die Ältesten auf, im Kreis um ihn herumzuschreiten. Einer von ihnen beugte sich zu Aidan vor und flüsterte in Englisch: »Sind Sie ein Anhänger von Nemesis?«

Aidan grinste herausfordernd. »Ich bin kein Engel«, erklärte er dann.

Die eisblauen Augen des uralten Vampirs verengten sich, er machte eine ärgerliche Handbewegung. »Bringt diesen ungezogenen Welpen dorthin, wo er sich oder uns anderen keinen Schaden zufügen kann. Wir werden später sein Schicksal entscheiden.«

Vampire umringten Aidan, ergriffen seine Arme, und jegliche Gegenwehr war sinnlos. Dennoch bereute er den Weg nicht, den er eingeschlagen hatte, denn er war bereit, alles aufs Spiel zu setzen, sich allen denkbaren Torturen auszusetzen, um irgendwann bei Neely sein zu können.

Aidan wurde zu einer vergitterten Kammer gebracht und hineingestoßen. Seine eleganten Kleider wurden ihm ganz unzeremoniell und ohne ein Wort des Bedauerns ausgezogen, und man überreichte ihm eine Mönchskutte aus einem harten, groben Stoff. Er zog sie an, seiner Würde zuliebe, und als seine Wärter sich entfernt hatten, rüttelte er an den Eisenstäben.

Sie rührten sich nicht.

»Ich nehme an, jetzt sind Sie glücklich«, war eine vertraute Stimme zu vernehmen.

Aidan drehte sich um. Tobias stand hinter ihm, im Inneren der Zelle, und betrachtete ihn stirnrunzelnd. »Überglücklich«, erwiderte Aidan kühl.

Tobias schüttelte den Kopf. »Das war aber auch eine höllische Dreistigkeit!«

»Ja, es gibt nichts Schlimmeres als einen unverschämten Vampir«, stimmte Aidan zu.

Darüber lachte Tobias schallend. »Wenn Sie meinen. Sie sind der erste Bluttrinker, der eine Verwandlung verlangt – wußten Sie das, Aidan? Nur deshalb stehen Sie jetzt nicht draußen an einem Pfahl in der Wüste und warten darauf, von der Sonne nach und nach zerstört zu werden. Weil Sie eine Ausnahme sind. Eine Rarität.«

Aidan war darauf bedacht, sich seine Angst nicht anmerken zu lassen, obwohl die Vorstellung, den grausamen Einwirkungen der Sonnenstrahlen ausgesetzt zu werden, das Schlimmste war, was ein Vampir sich vorstellen konnte. »Haben die Ältesten schon andere auf diese Art zerstört?« fragte er.

»O ja, natürlich. Über die Jahrhunderte hinweg hat es immer wieder Aufstände gegeben, die niedergeschlagen werden mußten«, erwiderte Tobias. »Diesen speziellen Trick haben wir von Nemesis gelernt.«

Ein Frösteln erfaßte Aidan.

»Gibt es einen Weg zurück?« wisperte er rauh. »Ist es möglich, daß ich wieder das werde, was ich einmal war?«

Zum erstenmal seit ihrer Ankunft an diesem unterirdischen Ort erschien ein Anflug von Mitleid auf Tobias' täuschend jugendlichen Zügen. »Einige der Ältesten wollten es versuchen, der Wissenschaft zuliebe, aber es war bisher immer verboten. Denn schließlich würde jene, denen die Verwandlung nicht gelänge, vor dem Ewigen Gericht erscheinen müssen. Und wenn Nemesis ist, wie er ist, können Sie sich dann vorstellen, wie sein Herr sein muß?«

Aidan schloß für einen Moment die Augen und nickte. »Ja – ja, ich kann es mir vorstellen. Und trotzdem würde ich lieber

166

vor Ihn treten, als weiterzuleben als das, was Lisette aus mir gemacht hat!«

»Dann sind Sie entweder ein Vampir von ganz außergewöhnlichem Mut, oder Sie sind schlicht verrückt! Was ist es, Aidan?«

Er seufzte und fuhr sich mit der Hand durchs Haar. »Ich weiß es nicht«, bekannte er. »Ich weiß es wirklich nicht.«

»Warum wünschen Sie sich die Verwandlung so sehr?«

Aidan wußte, daß er Neelys Bild nicht vor dem anderen Vampir verbergen konnte, und deshalb versuchte er es erst gar nicht. »Ich liebe eine menschliche Frau.«

»Das muß aber eine große Liebe sein«, bemerkte Tobias verwundert, »wenn Sie ein solches Risiko eingehen wollen wie das, was Ihnen nun bevorsteht.« Nach dieser letzten Feststellung betrachtete er Aidan eine Weile besorgt, um dann wieder zu verschwinden.

Aidan schlief, träumte von Neely und erwachte mit der Illusion, daß sie zusammen waren. Seine Verzweiflung über die Entdeckung, daß er noch immer allein war und außerdem noch ein Gefangener, war unerträglich.

Vierundzwanzig Stunden später, als Aidan halb wahnsinnig war vor Durst, wurden ihm in einem Picknickkorb drei ausgewachsene Ratten überreicht.

Aidan brach ihnen das Genick, einer nach der anderen, und schleuderte ihre blutbespritzten Körper durch die Gitterstäbe.

Als weitere vierundzwanzig Stunden vergangen waren, kauerte er an der Zellenwand, fiebernd und in seinem Delirium nicht fähig, auch nur einen einzigen vernünftigen Gedanken zu fassen.

Die Umrisse einer schlanken Gestalt tauchten vor ihm auf.

»Geh«, stöhnte er und wandte den Kopf ab.

»Wie eigensinnig«, sagte eine weibliche Stimme vorwurfsvoll, und der Ton war wie Balsam für Aidans wundes Hirn.

»Neely«, keuchte er.

Sie lachte ihn aus. »Nein, Dummchen.« Er fühlte ihre kalten Lippen am brennenden Fleisch seiner Kehle und zuckte zusammen, als ihre Fänge sich hineinbohrten. Blut floß in Aidan,

167

belebendes, nahrhaftes Blut, und er konnte nicht mehr widerstehen. Gierig trank er, und durch seine ausgetrockneten, leeren Venen sprudelte neues Leben. Als es endlich vorbei war und er wieder imstande war, zu sehen, stellt er fest, daß es Roxanne Havermail war, die neben ihm kniete.

Sie strich mit den Fingern durch sein schmutziges Haar, und er spürte den klebrigen Druck ihrer Lippen auf seiner Stirn, wo sie zweifellos einen blutigen Fleck hinterließen.

»Wie sind Sie hierher gekommen?« fragte Aidan heiser und unterdrückte den Impuls, sie fortzustoßen.

Roxanne lächelte und küßte ihn sanft auf den Mund. »Ist das wichtig? Ich bin durchaus in der Lage, wieder zu entkommen, und ich werde Sie mitnehmen.« Sie legte ihre Hand auf sein Gesicht, und er spürte ihre Härte und ihre Kälte. »Schließen Sie die Augen, Aidan. Denken Sie an Kerzenschein und sanfte Musik und . . .«

Aidan verlor das Bewußtsein, ihre Worte und die sanften Zärtlichkeiten hypnotisierten ihn.

Als er erwachte, lag er auf seidenen Laken, ohne die rauhe Kutte, die die Ältesten ihm gegeben hatten, und Roxanne wusch ihn zärtlich mit warmem, parfümiertem Wasser.

Er versuchte, sich aufzurichten, war jedoch noch zu schwach dazu. Ganz offensichtlich hatte diese eine Nahrungsaufnahme nicht gereicht, um seine Kräfte wiederherzustellen. Sie hatte ihn nur vor dem Abgrund bewahrt oder der mitleidlosen Rache Gottes.

Roxanne beugte sich über ihn und küßte seine blutleere Brust.

»Nein«, sagte er.

Sie zog sich zurück, die bernsteinfarbenen Augen verengten sich. »Was haben Sie gesagt?«

Vampirsex, die heftige und im allgemeinen recht gewalttätige Vereinigung zweier unsterblicher Körper, war in diesem Augenblick nicht ohne Reiz für Aidan, aber er war entschlossen, sich nicht dazu hinreißen zu lassen. Seine Liebe zu Neely, so aussichtslos sie auch sein mochte, erlaubte es ihm nicht.

168

»Sie haben es gehört«, sagte er zu Roxanne. »Nichts wird sich zwischen uns ereignen — Mrs. Havermail.«

Roxanne seufzte und tauchte das Tuch von neuem in das parfümierte Wasser ein. »Ehre zwischen Ungeheuern«, sagte sie. »Wie langweilig.«

Valerian, dachte Aidan. *Hilf mir.*

11

Melody Ling, die Fernsehreporterin, stimmte einem Treffen zu, aber erst, nachdem Neely ihre ganzen Überredungskünste aufbot. Obwohl sie sich geweigert hatte, ihre eigene Identität preiszugeben, hatte sie einige wichtige Namen genannt, um die Glaubwürdigkeit ihrer Behauptungen zu erhärten — *und* sie hatte darauf hingewiesen, daß jemand beim FBI die Ermittlungen verhindert hatte. Den Ort, an dem sie sich treffen wollten, eine abgelegene Brücke in den Wäldern von Maine, hatten sie gemeinsam bestimmt.

Neely ließ Aidans Wagen in der kleinen Garage hinter Wendy Brownings Strandhaus stehen und nahm den Bus in die nächste Ortschaft, wo sie eine rote Perücke und eine dunkle Sonnenbrille erstand. Natürlich ging sie ein gewaltiges Risiko ein, indem sie sich mit einer Unbekannten an einem abgelegenen Ort traf. Aber das erschien ihr immer noch besser, als nach

New York zu fahren und mit einem ganze Paket von Beweisen eine Fernsehredaktion aufzusuchen.

Als der Bus im verschneiten Danfield Crossing hielt, blieb Neely sitzen und ließ alle anderen Fahrgäste aussteigen. Sobald sie sicher war, daß ihr draußen niemand auflauerte, nahm sie die alte Sporttasche, die sie bei Wendy gefunden hatte, und verließ den Bus.

Sie brauchte nicht nach dem Weg zu der alten Brücke zu fragen: Neely, Ben und ihr Vater hatten dort vor vielen Jahren Forellen geangelt, und sie erinnerte sich noch sehr gut an diesen Ort. Nach einem kurzen Blick in alle Richtungen ging sie auf den Wald zu, aber sie folgte nicht der Landstraße, sondern hielt sich an die schmalen, gefrorenen Spuren, die Langlaufskifahrer hinterlassen hatten.

Melody Ling wartete geduldig am Steuer ihres Mietwagens. Ihr dunkles Haar war stark gelockt, ihr Make-up zu auffällig und künstlich für die Gelegenheit — sie sah aus, als erwartete sie, jeden Augenblick vor eine Kamera zu treten. Aber all das interessierte Neely nicht.

Es mußte sehr verwirrend sein für Melody, ihre mysteriöse Kontaktperson aus dem Wald neben der Straße auftauchen zu sehen, doch sie wirkte völlig ungerührt und zuckte nicht einmal mit der Wimper. Sie öffnete die Wagentür und trat mit ihren hohen Absätzen auf die vereiste Straße hinaus.

Neely schaute sich nervös um, aber weder Senator Hargroves Killer noch irgendwelche FBI-Männer stürzten aus den Büschen, und für Vampire war es noch zu früh am Tag.

Sie näherte sich Melody Ling und überreichte ihr den großen Umschlag, der immer noch in Plastik eingewickelt war. »Hier sind die Beweise, über die wir sprachen«, sagte sie, weil sie eine förmlichere Einleitung für überflüssig hielt.

Die Reporterin nahm das Päckchen an. »Sie garantieren mir die Exklusive für die Berichterstattung, sobald das alles vorbei ist?«

Neely nickte. »Ich melde mich bei Ihnen«, sagte sie und lächelte dann. »Danke — und viel Glück!«

Melody Ling nickte ihr zu, stieg in ihren Wagen und fuhr ab.

Neely kehrte sofort ins Dorf zurück, wie schon auf dem Hinweg durch die Wälder. In einem Supermarkt kaufte sie sich ein Fischbrötchen und eine Diätcola und fuhr dann per Anhalter an die Küste zurück, mit einem Lastwagenfahrer, der ein T-Shirt mit dem Aufdruck seiner drei zahnlosen Kinder trug.

Es hat alles so gut geklappt, dachte sie, als sie in die Dunkelheit hinausschaute.

Erstaunlich gut.

»Was ist mit ihm geschehen?« fragte Valerian bestürzt, als er mit einem recht unzeremoniellen Krachen im Gästezimmer von Havermail Castle auftauchte.

Erschrocken wandte Roxanne sich von Aidans Lager ab. Sie war eine boshafte kleine Dirne, die so etwas wie Treue oder Loyalität nicht kannte, und Valerian verachtete sie deshalb.

»Mr. Tremayne hat es gewagt, die Bruderschaft herauszufordern«, erwiderte sie, als sie sich von ihrer Verblüffung erholt hatte. »War das Ihre Idee, Valerian?«

Er näherte sich dem Bett und schaute auf den schlafenden Aidan herab. Das Zimmer war dunkel, weil die Fenster versiegelt waren: hohe, dünne Kerzen verbreiteten ein flackerndes, gespenstisches Licht. Sanft legte der ältere Vampir eine Hand auf Aidans Schulter.

»Aidan«, sagte er leise, verzweifelt, und ohne die Frau zu beachten.

»Er ist noch sehr schwach«, meinte Roxanne seufzend. »Aber wenn er die entsprechende Pflege hat, wird er sich bald erholen.«

Valerian löste seinen Blick von Aidan und richtete ihn auf Roxanne. »Die Bruderschaft hielt ihn gefangen, und Sie haben ihn gerettet?«

Roxanne nickte. »Sozusagen. Die Bruderschaft glaubte, Aidans Willen durch Bestrafung brechen zu können, aber das ist ihnen nicht gelungen. Niemand hat versucht, mich aufzuhalten, als ich zu ihm ging.«

»Bestrafung? Welche Art von Bestrafung?« fragte Valerian gereizt.

»Der arme Aidan . . . Er war in einem winzigen Verlies eingesperrt und halb verhungert.« Roxanne ging um das Bett herum und ergriff Aidans reglose Hand. Sanft ließ sie die Daumen über seine Fingerknöchel gleiten. »Es war seine eigene Schuld, daß er fast verhungerte — er verweigerte die Ratten, die sie ihm anboten.«

Als er das hörte, wurde Valerian von einer überwältigenden Abscheu erfaßt, nicht nur Roxanne gegenüber, sondern auch der gesamten Bruderschaft. »Ratten!« stieß er hervor. »Sie haben ihm *Ratten* gegeben?«

Roxanne zuckte die Schultern. »So schlimm ist das gar nicht. Die meisten von uns haben sich hier und da schon einmal von Ungeziefer ernährt«, sagte sie. »Falls irgend etwas unseren Aidan zugrunde richtet, wird es seine eigene sture Weigerung sein, die Regeln zu befolgen.«

Valerian spürte, daß die Morgendämmerung sich näherte; sie würden zwar in diesem dunklen Gewölbe alle vor den Sonnenstrahlen sicher sein, aber er wollte nicht an diesem Ort in Schlaf versinken. Er traute den Havermails nicht, nicht einmal den Kindern.

Rasch wickelte er Aidans reglosen Körper in die Bettlaken und hob ihn auf seine Arme.

»Was soll das?« rief Roxanne erzürnt. »Ich habe ihn genährt, *ich* habe ihn gefunden und hierher gebracht. Er gehört mir!«

Valerian streckte eine Hand aus, spreizte die Finger und preßte sie auf Roxannes schaurig-schönes Gesicht. »Schlafen Sie«, sagte er in leisem, beschwörendem Ton, und sie glitt besinnungslos zu Boden.

Valerian senkte den Kopf, bis seine Stirn Aidans berührte, und gemeinsam verschwanden sie aus dem dunklen Gemach.

Aidan träumte, daß er ein Wikinger war, tapfer im Kampf gefallen, und seine Kameraden seine Leiche im Bauch eines Drachenschiffs aufgebahrt hatten. Sie bedeckten sie mit Stroh, das jemand mit einer Pechfackel in Brand setzte, und dann wurde das kleine, brennende Schiff auf die stille blaue See hinausgeschoben. Es ging in Flammen auf, ein majestätischer Scheiterhaufen, und Aidan verbrannte mit ihm. Doch er verspürte keinen Schmerz, nur Freude und ein überwältigendes Gefühl der Freiheit . . .

Als er die Augen öffnete und merkte, daß er nur geträumt hatte und noch immer in dem unsterblichen, marmorkalten Körper eines Ungeheuers steckte, erfaßte ihn eine maßlose Enttäuschung.

Er lag an einem dunklen Ort, den er nicht wiedererkannte, und war so durstig, daß er sich innerlich ganz wund vorkam. »Neely«, wisperte er rauh.

Und da sah er Valerian auf sich zukommen, das Gesicht verzerrt vor Unruhe und Besorgnis. Zuerst schien er etwas sagen zu wollen, dieser geheimnisvolle Dämon mit dem Aussehen und der Haltung eines Engels, doch dann bückte er sich nur stumm, bohrte seine Fänge in Aidans Hals und spendete ihm Blut.

Aidan stöhnte in einer Mischung aus Ekstase und Ekel; er wollte sich wehren gegen diese Rettung, doch sein Überlebenswille war stärker. Er glaubte Valerians Tränen auf seinem Gesicht zu spüren.

»Wo . . . sind wir?« keuchte er, als das frische Blut durch seine Adern schoß, vital, warm und berauschend wie ein guter Brandy in einer kalten Winternacht.

»Das ist unwichtig«, erwiderte Valerian brüsk. »Deine Gedanken sind im allgemeinen so deutlich zu erkennen, als ob sie aus zehn Meter hohen Neonzeichen bestünden. Falls du nichts dagegen hast, wäre es mir lieber, daß die anderen Vampire zwischen hier und den Toren des Hades uns nicht aufspüren, indem sie sie lesen.«

Aidan lachte leise, aber selbst das schmerzte ihn. »Du hast mich gerettet«, sagte er. »Soll ich dir jetzt dafür danken, Valerian, oder dich dafür verfluchen?«

»Weder noch. Ich habe dich nicht wirklich gerettet — außer vielleicht aus den Krallen dieser Hexe, Roxanne Havermail.«

174

Wieder lachte Aidan, aber es klang wie ein Schluchzen. »Danke, daß du über meine Tugend gewacht hast«, sagte er. »Aber du wirst sicher verstehen, daß ich gewisse Zweifel hinsichtlich deiner Motive hege.«

Valerian maß ihn mit einem ärgerlichen Blick, was jedoch nicht lange anhielt, denn dann begann er zu lachen und wandte sich rasch ab, bis er seine Gefühle wieder unter Kontrolle hatte. Als er Aidan ansah, wirkte er wieder kühl und abweisend. »Du bist ein Narr!« herrschte er seinen Gefährten an. »Ist dir eigentlich bewußt, wie nahe du dem Tode warst?«

»Nicht nahe genug anscheinend«, erwiderte Aidan nachdenklich und schaute an Valerian vorbei zur Zimmerdecke, die von staubigen Balken getragen wurde. »Was kannst du mir von Neely sagen? Ist sie in Sicherheit?«

Ein harter Zug erschien um Valerians Kinn. »Keine Ahnung«, antwortete er schroff. »Ich kenne nur eine Verwendung für Menschen, und Miss Wallace' Beziehung zu dir macht sie für mich unbrauchbar. Im Augenblick zumindest.«

»Im Augenblick?« versetzte Aidan zornig, richtete sich abrupt auf und packte Valerian an seinem blütenweißen Hemdkragen.

Der ältere Vampir stieß Aidans Hand fort. »Was für ein arroganter junger Hund du bist!« zischte er. »Du wagst es, mir zu drohen — *mir?*« Er hielt inne und klopfte sich wütend an die Brust. »Wenn ich Verlangen nach dem Blut deiner bezaubernden Neely hätte, würde ich es mir nehmen, und keine Macht auf Erden könnte mich daran hindern — und du schon gar nicht!«

Aidans Kraft, die vorübergehend zurückgekehrt war, begann wieder nachzulassen. »Nimm dich zusammen«, sagte er müde. »Deine Schauspielerei geht mir allmählich auf die Nerven.«

Der mächtige Vampir stieß einen Schrei des Zorns aus und verschwand.

Nun hatte er den einzigen Freund beleidigt, den er außer Maeve besaß . . . aber solch sinnlose, impulsive Handlungsweisen kamen in letzter Zeit immer häufiger bei ihm vor.

Auch bei der Bruderschaft hatte er kläglich versagt, und das Wissen schmerzte fast noch mehr als alles andere. Er hatte nichts herausgefunden und die Ältesten zu allem Überfluß auch noch gegen sich aufgebracht. Es wird nicht lange dauern, bis sie mich holen, dachte er, und dann werde ich ihre Vampirjustiz zu spüren kriegen.

Valerian hatte gut daran getan, ihm nicht zu sagen, wo sie waren, denn Aidans geistige Verfassung war so schwach, daß er die Information im Geiste wahrscheinlich an jedes zufällig vorüberziehende Ungeheuer weitergegeben hätte.

Neely schrie auf und schleuderte die Zeitung, in der sie gelesen hatte, vor Schreck weit in den Raum. Valerian stand zwischen ihr und dem Fernsehapparat, in seiner üblichen makellosen Eleganz, die Arme verschränkt und den Kopf zur Seite geneigt.

»Nun beruhigen Sie sich schon«, sagte er scharf, hob die Zeitung auf und legte sie auf den Couchtisch.

Neelys heftig pochendes Herz beruhigte sich ein wenig, doch der Schluckauf, den der Schreck ausgelöst hatte, blieb, und Valerian verdrehte gereizt die Augen.

»Sie haben mir einen gewaltigen Schrecken eingejagt!« fuhr Neely ihn an, weil ihre Angst sich plötzlich in Zorn verwandelte. Doch dann, als auch ihr Ärger nachließ, stand sie verlegen auf und zog Wendys Morgenrock noch fester um ihren Körper, als wolle sie sich so gegen den Eindringling wappnen. »Sie kommen wegen Aidan, nicht? Ist ihm etwas zugestoßen?«

Valerian maß sie mit einem arroganten Blick. »*Sie* sind ihm zugestoßen, mehr nicht«, antwortete er kühl. »Er liebt Sie, und diese alberne Zuneigung könnte ihn sehr wohl sein Leben kosten.«

»Wo ist er?«

»Das würde ich Ihnen nicht einmal im Traum erzählen«, entgegnete Valerian scharf. »Es reicht, wenn ich Ihnen sage, daß Aidan in diesem Augenblick mehr als alles andere Trost benötigt. Außerdem sind Sie vermutlich das einzige Wesen auf

176

der ganzen Welt, das ihn vielleicht noch zur Vernunft bringen kann.«

»Dann bringen Sie mich zu ihm?« Neely raffte mit zitternder Hand den Morgenrock vor ihrer Brust.

Valerian nickte grollend. »Ziehen Sie sich vernünftig an.«

Neely wandte sich ab und hastete in das Schlafzimmer des kleinen Hauses, wo sie rasch Jeans, Turnschuhe, einen weiten rosa Pullover und ihren Mantel anzog.

Wieder im Wohnzimmer, schaute sie mit großen Augen zu Valerian auf. »Wird es wie bei Superman sein − ich meine, werden Sie mich unter einen Arm nehmen und mit mir fliegen?«

Valerian schüttelte nur den Kopf, trat einen Schritt näher und zog Neely unter sein weites Cape. Sie verlor das Bewußtsein, doch schon Sekunden später erwachte sie und fand sich an einem Ort wieder, der so finster war, daß sie befürchtete, erblindet zu sein.

»Einen Moment«, brummte Valerian mürrisch, als hätte sie sich beklagt. Ein zischendes Geräusch, dann flackerte Kerzenlicht auf.

Neely war entsetzt, als sie sah, daß sie sich in einer Krypta befand, einer sehr alten, dem Aussehen der halbverfallenen Särge und herumliegenden Knochen nach zu urteilen.

Mitten in all diesem Durcheinander, auf einer römischen Liege, die mit verblichenem altem Samt gepolstert war, lag Aidan, still und bleich wie eine Leiche.

»Er wird bald erwachen«, sagte Valerian. »Wenn Sie ihn lieben, dann machen Sie ihm klar, daß es keine Zukunft für Sie beide geben kann. Sollte es ihnen mißlingen, ihn davon zu überzeugen, wird er den Plan verfolgen, der ausschließlich zu seiner Zerstörung führen kann. Er würde hingerichtet werden, Neely, als Beispiel für alle anderen Vampire. An einen Pfahl gebunden, würde er der prallen Sonne ausgesetzt werden und unter unvorstellbaren Qualen zugrunde gehen. Wünschen Sie sich das für ihn?«

Neely vergaß ihre schaurige Umgebung und lief zu Aidan. Nein, lieber würde sie selbst den von Valerian beschriebenen

Tod sterben, als Aidan einer solchen Folter ausgesetzt zu wissen!

Sanft berührte sie sein geliebtes Gesicht. »Aidan?«

Er öffnete die Augen, und es versetzte ihrem Herzen einen süßen Stich, als er sie ansah, sie zuerst ganz offensichtlich für eine Erscheinung hielt und dann begriff, daß sie wirklich bei ihm war. »Neely!« sagte er und griff nach ihrer Hand.

Sie drückte sie und verschränkte ihre Finger mit seinen. »Was ist geschehen?« flüsterte sie.

Aidan starrte sie an, sprachlos und stumm von einem Schmerz, der nicht mit Worten auszudrücken war.

Neely küßte ihn zärtlich auf die Stirn, dann auf den Mund, und fühlte, wie sein Fieber ihre eigene Hand versengte. Als sie den Kopf auf seine Brust legte, hörte sie keinen Herzschlag, kein Atem strömte in seine Lungen und aus ihnen heraus.

Aidan schob seine Hände unter ihr Haar und zog sie an sich.

Nachdem eine lange Zeit verstrichen war, hob Neely den Kopf und schaute geradewegs in Aidans Seele. Was sie sah, war glitzernd und verschwommen, als ob sie durch geschmolzene Diamanten schauen würde. Sie konnte ihn unmöglich verlassen, jetzt, wo er so gebrochen war, und doch wußte sie tief in ihrem Innersten, daß Valerian recht hatte. Indem sie Aidan liebte und sich einem unmöglichen Traum hingab, würde sie ihn letztendlich nur zerstören.

Und das war unausdenkbar.

Resigniert, mit wehem Herzen, stieg Neely zu Aidan auf die hohe Couch, streckte sich neben ihm aus und zog ihn liebevoll in die Arme. Bald schon, sehr bald, würden sie sich trennen müssen, für alle Zeiten, für immer und ewig, bis an das Ende ihrer Tage.

Doch in diesem Augenblick gab es nichts, was sie trennen konnte.

Valerians Schmerz heulte in ihm wie ein Sturmwind, aber er wagte nicht, ihn in der Krypta zu äußern, egal, wie selbstversunken Neely und Aidan auch erschienen. Getrieben von seiner unendlichen Qual, floh Valerian in ein anderes Zeitalter, ins achtzehnte Jahrhundert, und verbarg sich in einem abgelegenen Versteck.

Es war nicht viel mehr als ein Mäusenest, dieses Versteck, eine hohle Stelle in der Mauer einer alten Abtei. Zusammengekauert hockte er in diesem Loch wie ein Küken in seiner Eierschale und ließ seinen bitteren Tränen endlich freien Lauf.

Er konnte es Aidan nicht verübeln, er hatte ihn gewarnt, mehr als einmal, daß es keine Hoffnung gab. Aber Valerian hatte immer nur gehört, was er hören wollte und den Rest vergessen. Doch nun war ihm die Verbundenheit zwischen Aidan und Neely bewußt geworden.

Irgendwie, selbst ohne den geheiligten Austausch von Blut, hatte das Paar das intimste und unzerstörbarste aller Bande zwischen sich geformt.

Valerian schluchzte wie ein Kind, sein Schmerz war so tief und ungezügelt wie seine Zuneigung zu Aidan. Was er für ihn empfand, war unbeschreiblich sinnlich, und doch ging es weit über sexuelles Verlangen und die primitive tierische Befriedigung, die Menschen suchten, hinaus. Nein, es war die Kommunion, die Gemeinschaft mit dem anderen Vampir, die Valerian ersehnte, etwas sehr viel Tiefergreifenderes als bloßer Sex, denn er liebte Aidan, wie er noch kein anderes Wesen geliebt hatte.

Mit einer Ausnahme...

Er warf den Kopf zurück und stieß einen gequälten Schrei aus, schrill wie das Heulen eines Wolfes in einer klaren Winternacht. Als dieser Schrei verklungen war, ließ er ihm einen zweiten folgen, noch verzweifelter diesmal. Dann schließlich, als er nicht mehr weinen konnte, als er sich von jeglicher Emotion gereinigt hatte, schloß Valerian die Augen und schlief ein.

Zwölf Stunden später erwachte er und schwebte aus den Mauerritzen der uralten Abtei wie blasser, grauer Rauch.

In der Krypta, wo er Aidan und die Frau zurückgelassen hatte, verkörperte Valerian sich wieder.

Neely schlief, wie ein Kätzchen an Aidans Seite geschmiegt, ihre blasse Haut von irgendeinem Traum gerötet. Valerian konnte ihr Herz schlagen hören und wünschte sich verzweifelt, ihr etwas von ihrer Wärme und Vitalität zu nehmen.

Das darfst du nicht, ermahnte er sich jedoch streng. Es wäre ein vergifteter Sieg gewesen und somit eine Niederlage.

Aidan öffnete die Augen und sprach mit seinem Freund, doch nur im Geiste und nicht durch Worte. *Bring sie fort von diesem Ort,* bat er. *Wenn du je etwas für mich empfunden hast, Valerian, dann bring Neely dorthin zurück, wo du sie gefunden hast, und sorg dafür, daß sie sicher ist. Jetzt — bevor sie erwacht.*

Valerian nickte, aber er vermochte nichts darauf zu antworten, nicht einmal in Gedanken. Er legte seine Hand über Neelys Gesicht, worauf ihre Atemzüge sich vertieften, hob sie auf seine Arme und dachte grimmig an das kleine Haus an der Küste von Maine.

Der Fernseher lief noch, als Neely die Augen öffnete und feststellte, daß sie fröstelnd und verkrampft auf der Couch im Wohnzimmer lag, eine aufgeschlagene Zeitung unter ihrer Wange. Sie trug ihr Nachthemd und Wendys Morgenrock, und draußen kam ein Schneesturm auf.

Sie legte die Zeitung beiseite und rieb sich verwirrt die Augen. Dann rollte sie sich auf den Rücken und starrte traurig an die Zimmerdecke. Es war alles so real gewesen — Valerian, der fast einen Herzanfall bei ihr ausgelöst hatte, als er aus dem Nichts heraus in seiner ganzen beeindruckenden Pracht vor ihr erschienen war. Und dann Aidan, der hilflos und krank an jenem schaurigen Ort gelegen hatte . . .

Es konnte unmöglich nur ein Traum gewesen sein.

Sie waren sich so nahe gewesen, sie und Aidan, so innig miteinander verbunden, als sie sich stumm in den Armen gehalten hatten. Sie hätte ihm ihr eigenes Blut geschenkt, wenn er sie darum gebeten hätte.

Neely war innerlich zu erstarrt und zu erschüttert, um zu weinen. Sie rollte sich vom Sofa, richtete sich schwankend auf und ging zur Heizung, um sie aufzudrehen. Dann brühte sie sich Kaffee auf. Vielleicht würde eine kräftige Dosis Koffein ihren verwirrten Geist wieder auf Touren bringen und sie befähigen, Träume von Realität zu unterscheiden.

Valerian hatte ihr zweifellos in der vergangenen Nacht einen Besuch abgestattet, dachte sie später, als sie am Fenster stand, an dem heißen Kaffee nippte und in den heulenden Schneesturm hinausschaute. Sie hatte Jeans und einen Pullover angezogen, und Valerian hatte sie zu Aidan gebracht ...

Aus einem plötzlichen Impuls heraus lief sie ins Schlafzimmer und riß die Schrankschubladen auf.

In einer lag ordentlich gefaltet der rosa Pullover, ihre Jeans in einer anderen.

Sie faltete die Hose auseinander und atmete erleichtert auf, als sie sah, daß der blaue Stoff mit weißem Staub bedeckt war. Sie drückte das Kleidungsstück an die Brust, froh über den Beweis, den es ihr bot.

Sie *war* bei Aidan gewesen in der Nacht zuvor, und im ersten Moment freute sie sich darüber, doch dann fielen ihr Valerians Worte ein: Aidan stellte für andere Vampire eine Bedrohung dar. Es war möglich, daß sie ihn wärend der Nacht an einen Pfahl fesselten, um ihm am nächsten Tag einer brutalen Sonne auszusetzen. Er würde schrecklich leiden – unter dem gleichen Licht, das praktisch jedes andere Lebewesen auf Erden nährte –, und die Schuld daran würde nur sie tragen.

Aus dem verzweifelten Wunsch heraus, sich von ihren düsteren Gedanken abzulenken, kehrte sie ins Wohnzimmer zurück und schaltete den Fernsehapparat ein, um sich die Nachrichten anzusehen.

Doch nichts wurde berichtet über den Skandal um Senator Hargrove und seine Freunde aus dem Drogenkartell, und Neelys Unbehagen nahm zu. Schon einmal hatte sie versucht, ein Unrecht aufzudecken und einen großen Autoritätsmißbrauch anzuprangern, doch ihre Kontaktperson beim FBI hatte sie verraten. Angenommen, Melody Ling würde jetzt das gleiche tun?

Neely warf einen Blick aufs Telefon, aber sie war zu ängstlich, um Miss Lings Redaktion von diesem Apparat aus anzurufen. Sie wußte, daß die moderne Technologie es ermöglichen würde, den Anruf bis zum Haus zurückzuverfolgen.

Sie zog ihren warmen Mantel und dicke Stiefel an, die sie im Keller des Hauses gefunden hatte, und verließ das Haus. Sie hatte die rote Perücke und die Sonnenbrille in Timber Cove in einen Abfalleimer geworfen, sonst hätte sie sie jetzt getragen.

Es hatte die ganze Nacht geschneit, und Aidans kleiner Sportwagen blieb schon in der Einfahrt in den Schneeverwehungen stecken. Neely stieg aus und ging in den Schuppen, um eine Schaufel zu holen. Nach einer guten halben Stunde Arbeit hatte sie die Einfahrt vom Schnee befreit; die Straße selbst stellte kein Problem dar, sie war gestreut. Als Neely ins Haus zurückkehrte, um ihre Tasche und die Wagenschlüssel zu holen, erstarrte sie und lauschte wie gelähmt auf etwas, das nichts als ein ganz alltägliches Geräusch war.

Das Telefon klingelte.

Neely hatte niemandem ihre Nummer gegeben, hatte nicht einmal Wendy in London verständigt, daß sie ihr Haus benutzen würde. Niemand — außer Aidan und Valerian, die ohnehin kein Telefon benötigten — konnte wissen, wo sie sich aufhielt.

Sie zögerte, die Hand schon auf dem Hörer. Das Klingeln dauerte an, und Neely dachte blitzschnell nach. Hatte sie Ben die Nummer gegeben, oder Melody Ling, und es schlicht vergessen? Nein. So etwas vergaß man nicht, schon gar nicht, wenn Geheimhaltung so lebenswichtig war wie in ihrem Fall.

Als sie das entsetzlich schrille Läuten nicht mehr ertrug, nahm sie den Hörer ab und meldete sich mit einem tiefen ›Hallo‹, in der Hoffnung, daß sie wie die Stimme eines Mannes klang.

»Neely?«

Ihr Blut erstarrte zu Eis und stach wie tausend kleine Nadeln in ihre Venen. Die Stimme war weiblich und ihr irgendwie vertraut, aber Neely konnte sie mit keinem Gesicht oder Namen in Verbindung bringen.

»Neely — hören Sie mich?«

Sie schloß die Augen und atmete tief aus. Sie hatte sich

bereits verraten, indem sie so lange in der Leitung geblieben war. »Wer spricht dort?« fragte sie.

»Lisa Nelson — Senator Hargroves Sekretärin . . .«

Wie dumm von mir, mir einzubilden, daß sie mich nicht finden würden, dachte Neely betroffen. Bevor sie jedoch etwas erwidern oder einfach auflegen konnte, fuhr Lisa fort: »Senator Hargrove bat mich, Ihnen zu sagen, daß einige gemeinsame Freunde auf dem Weg zu Ihnen sind, um Sie zur Messe abzuholen.«

»Welche Messe?« fragte Neely und warf einen ärgerlichen Blick auf den schwarzen Fernsehbildschirm. Hargroves Botschaft mußte eine Warnung darstellen; wenn Elaine ihrer Krankheit oder ihren Unfallverletzungen erlegen wäre, hätten die Nachrichtensender mit Sicherheit davon berichtet.

»Er sagte nur, daß es sich um eine Beerdigung handelte. Ist nicht irgendein gemeinsamer Freund von Ihnen verstorben?«

Neelys Herz klopfte plötzlich zum Zerspringen. Sie war froh, daß Mrs. Hargrove noch am Leben war, doch zugleich wurde ihr auf schmerzhafte Weise bewußt, daß ihre eigenen Tage — vielleicht sogar ihre Stunden oder Minuten — gezählt waren. »Ja, das stimmt«, sagte sie. »Vielen Dank, Lisa.« Dann legte sie auf, warf ihre wenigen Kleidungsstücke in einen Koffer und rannte zum Wagen hinaus.

Sie war schon ein gutes Stück gefahren, als ihr auffiel, daß sie in Richtung Washington unterwegs war. Aber das war vielleicht ganz gut so. Während sie vorher an einem abgelegenen Ort Zuflucht gesucht hatte, bei Ben und Danny in Bright River, würde sie jetzt versuchen, sich mitten in einer belebten Stadt zu verbergen.

Neely fuhr, bis sie blind vor Erschöpfung war. Dann hielt sie auf einem Parkplatz, verriegelte die Türen und schlief im Wagen, den Kopf auf das Steuer gelegt. Am nächsten Morgen frühstückte sie in einem Landgasthof und aß Frankfurter Würstchen zu ihrem Kaffee, während morgendliche Trinker ihr Bier schlürften.

Zwei Motorradfahrer standen am Billardtisch, groß, haarig

und wild tätowiert, aber sie belästigten Neely nicht. Sie warfen nur Münzen in die Musikbox und sangen lautstark und sehr falsch die ausgewählten Schlager mit. Niemand im ganzen Lokal, am allerwenigsten Neely selbst, war dumm genug, dagegen zu protestieren.

Ein Fernsehapparat befand sich hinter der Theke, aber der Wirt hatte eine Quizsendung eingestellt und sah nicht so aus, als ob er bereitwillig auf einen Nachrichtenkanal umschalten würde, falls ihn jemand darum bat. Neely bezahlte ihr Essen, suchte kurz die Toilette auf und setzte ihre Reise fort.

Da Aidans Autoradio in den nächsten Stunden nichts als statische Geräusche von sich gab, kaufte Neely eine Tageszeitung, als sie tankte. Normalerweise wäre sie um diese Zeit schon wieder hungrig gewesen, aber ihre Angst war größer, und die Würstchen vom Morgen lagen ihr noch immer wie ein Stein im Magen.

Der Parkplatz der Tankstelle war leer, und deshalb nahm Neely sich die Zeit, einen Blick in die Zeitung zu werfen. Sie fand nichts über Senator Hargroves dunkle Machenschaften, aber dafür eine interessante Notiz auf der letzten Seite.

Unerklärliche Explosion zerstörte Strandhaus in der Nähe von Timber Cove, stand als Schlagzeile über dem Artikel. Irgendwann während der Nacht, berichtete der Reporter, hatte eine Explosion das Sommerhaus einer gewissen Wendy Browning dem Erdboden gleichgemacht. Es war noch nicht bekannt, ob es Tote gegeben hatte, die Ermittlungen liefen noch.

Neely stieß die Wagentür auf, rannte zu der riesigen Mülltonne hinter der Tankstelle und erbrach sich noch, als ihr Magen längst geleert war. Wenn Senator Hargrove sie nicht gewarnt hätte, wie indirekt auch immer, wäre sie mit dem Haus in die Luft geflogen!

Sie ging in den Waschraum, als der Anfall von Übelkeit vorüber war, spülte ihren Mund aus und spritzte sich kaltes Wasser ins Gesicht, bis sie wieder einigermaßen bei Besinnung war. Vielleicht, dachte sie, während sie sich mit zitternden Gliedern an die kalte Kachelwand lehnte, wäre es doch besser gewesen, nicht nach Washington zu fahren. Denn genausogut hätte sie sich auch einen Zirkus suchen können, um in den Tigerkäfig zu steigen und den Raubtieren zwei dicke Stücke rohen Fleisches unter die Nase zu halten.

Trotz der räumlichen und zeitlichen Trennung von Neely spürte Aidan ihre Verzweiflung in seinem eigenen Gemüt. Er wußte, daß sie sich in höchster Gefahr befand, und doch hielt seine Schwäche ihn wirkungsvoller an die Couch in der Krypta gefesselt, als eiserne Ketten es vermocht hätten. Er mühte sich verzweifelt ab, um aufzustehen, doch ohne Erfolg.

»Valerian!« schrie er in die Finsternis, wartete und horchte auf das Echo seiner Stimme. Aber der andere Vampir kam nicht, und Aidan war zu stolz, um noch einmal nach ihm zu rufen.

Er schloß die Augen und versuchte, sich zu beruhigen. In Gedanken sah er Neely vor einer Mülltonne stehen und sich heftig übergeben. Er sah sie in den Damenwaschraum eilen und spürte ihre Erleichterung, als sie ihr Gesicht befeuchtete. Dann runzelte er die Stirn und versuchte, die plötzliche Vision von Neely in einem Raubtierkäfig zu begreifen.

Doch das verrückte Bild verschwand wieder, Neely saß jetzt am Steuer seines Wagens. Er spürte ihre kurzen, flachen Atemzüge, als ob sie seine eigenen gewesen wären, und er fühlte auch die warme Feuchte ihrer Tränen.

Sie war verängstigt und verwirrt, und nicht zu ihr eilen zu können stellte eine der größten Qualen dar, die Aidan je erlebt hatte.

Neely, dachte er. Sie hörte ihn nicht bewußt, das war ihm klar, aber sie trocknete ihre Tränen und straffte die Schultern.

»Gut, Wallace«, sagte sie laut. »Keine Panik mehr. Es wird Zeit, daß du endlich einen vernünftigen Gedanken faßt.«

Brav, mein Mädchen, dachte Aidan, der die Welt noch immer durch ihre Augen sah und ihre Emotionen und körperlichen Gefühle teilte.

»Zur Polizei kann ich nicht gehen und zum FBI auch nicht. Ich weiß nicht, ob Melody Ling die Geschichte veröffentlichen wird oder ob sie unter Druck die Sache fallenläßt und so tut, als hätte es sie nie gegeben.« Mit einer Hand fuhr Neely sich durchs kurze Haar, und auch Aidan spürte es zwischen seinen Fingern. Als sie seufzte, teilte er auch dieses Gefühl mit ihr, und seine Augen füllten sich mit Tränen, weil er solch schlichte, kostbare Nuancen der Menschlichkeit so unendlich lange vermißt hatte.

Falls ich nach Bright River zurückkehre, fuhr Neely in ihren Überlegungen fort, bringe ich Ben und Danny wieder in Gefahr. Es bleibt mir also nur mein ursprünglicher Plan – den Stier an den Hörnern zu packen und auf direktem Wege nach Washington fahren. Ich werde Dallas Hargrove aufsuchen, entweder in seinem Büro oder im Capitol, und wenn seine Komplizen mich erschießen wollen, dann sollen sie es vor dem versammelten Kongreß tun. Sie startete den Motor des Wagens, legte resolut den ersten Gang ein und lenkte den Sportwagen auf die matschbedeckte Straße.

Nein, protestierte Aidan stumm, aber natürlich nützte es ihm nichts, weil Neely gar nicht bewußt war, daß er bei ihr war, obwohl er selbst jeden einzelnen ihrer Pulsschläge mitempfand.

Eine gute Stunde begleitete Aidan Neely im Geiste auf ihrer Reise, aber die Anstrengung erschöpfte ihn so, daß er sich schließlich von ihr zurückzog. Es war dumm von ihm gewesen, begriff er jetzt, seine Kraft zu schmälern, indem er Lisette und die Bruderschaft aufsuchte. Jetzt, wo seine Macht Neely erhebliche Vorteile gebracht hätte, war er zu schwach, um sich auch nur von seinem Lager zu erheben.

Er sank in einen leichten Schlaf, und als er erwachte, beherrschte ihn ein rasender Hunger und ein Gefühl entsetzlicher Dringlichkeit.

Er mußte aufstehen, sich ernähren und sich zu Neely begeben, und die Tatsache, daß all dies vielleicht gar nicht möglich sein würde, war völlig zweitrangig. In diesem Augenblick blieb Aidan gar keine andere Wahl.

Er schüttelte den Kopf und kämpfte gegen seine Benommenheit und die teuflische Schwäche, die ihn beherrschte.

Nach einem harten Kampf gelang es ihm, sich auf einen Ellbogen zu stützen. Die Anstrengung verzerrte sein Gesicht und löste ein schmerzhaftes Brennen in seinem Körper aus, aber er widerstand der Versuchung, sich wieder hinzulegen. Unter Aufbietung seiner ganzen Willenskraft richtete er sich schließlich in eine sitzende Stellung auf und glitt zitternd von der Couch.

Er brauchte Blut, eine Menge Blut, und zwar so schnell wie möglich.

Fieberhaft dachte Aidan nach. Die dicken Mauern der Krypta ließen weder das Licht der Sonne noch des Mondes ein, doch er wußte, daß es Nacht sein mußte, weil er bei Bewußtsein war. Was er *nicht* wußte, war, wann die Morgendämmerung hereinbrach. Wieviel Zeit mochte er in seinem Delirium verloren haben?

Falls er nicht richtig kalkulierte und bei Sonnenaufgang noch im Freien war, würde das einen grauenhaften Tod bedeuten.

Der Gedanke an Neely half ihm, neuen Mut in sich zu finden. Mit steifen Beinen ging er von einer Seite der Grabkammer zur anderen und zwang seine hölzernen Glieder zur Bewegung.

Er wollte Neely wiederfinden, wollte sehen, wo sie war, aber er wagte es nicht, Energie zu verschwenden. Bevor du irgend etwas anderes versuchst, ermahnte Aidan sich, mußt du zuerst einmal Nahrung zu dir nehmen.

Alle drei Stockwerke von Senator Dallas Hargroves eleganter Residenz in Georgetown waren hell erleuchtet, obwohl es schon fast drei Uhr morgens war, als Neely die Stadt erreichte. Sie war dreizehn Stunden lang ununterbrochen gefahren, war ausgehungert und zu Tode erschöpft. Aber die Tatsache, daß sie nun endlich angekommen war, gab ihr neue Kraft.

Sie schaute sich um, sah Weihnachtsschmuck an Tür und Fenstern des stattlichen Hauses. Eine leise Wehmut erfaßte sie, als sie aus Aidans Wagen stieg. War Thanksgiving irgendwie an ihr vorbeigerauscht?

Nicht einmal das Datum war ihr bekannt, stellte sie verblüfft fest und hoffte, daß Ben und Danny sich einen Truthahn zum Fest gebraten und vielleicht Doris, die neue Kellnerin, zum Essen eingeladen hatten.

Steifbeinig vom langen Sitzen ging Neely die Einfahrt zum Haus hinauf und betätigte die Klingel. Der Senator persönlich öffnete die Tür. Als er Neely erblickte, fluchte er und versuchte, ihr den Weg zu verstellen. Aber sie war schneller, schob sich an Hargrove vorbei und blieb erst in der großen Eingangshalle stehen.

»Sind Sie lebensmüde?« fuhr der Senator sie zornig an. Er trug kein Jackett, sein Hemd stand am Kragen offen, die Krawatte hing schief. Tiefe Schatten umrahmten die Augen, die Wangen waren hager und eingefallen, und er schien sich seit Tagen nicht mehr rasiert zu haben. »Verdammt, Neely — ich habe getan, was ich konnte, um Sie zu warnen! Es ist ein Wunder, daß Sie noch am Leben sind...«

Neely wich keinen Schritt zurück, obwohl Hargrove ihr an Kraft und Größe weit überlegen war. »Ich bin des ewigen Fliehens müde«, sagte sie. »Ich lasse mich nicht jagen wie ein armes Tier, dem jemand das Fell abziehen will!«

Der Senator schaute sie eine Weile betroffen an, dann sagte er resigniert: »Keine Sorge, Neely, niemand wird Sie jetzt noch jagen — weil sie Sie verdammte Närrin nämlich bereits *gefunden* haben!«

Kaum hatte er es ausgesprochen, erschienen vier kräftige Männer in maßgeschneiderten dunklen Anzügen in der Halle.

189

Als Neely sie erblickte, stürzte sie auf die Tür zu, doch sie war zu müde und deshalb nicht schnell genug.

Der Kleinste der Männer erwischte sie, riß ihr die Arme auf den Rücken und schob seinen eigenen unter ihre Ellbogen.

Neely wehrte sich und schrie, aber der Mann hielt sie mühelos fest. Einer der anderen kam zu ihnen herüber und schlug sie hart auf den Mund. Der metallische Geschmack von Blut berührte ihre Zunge.

»Es besteht kein Grund, so gewalttätig zu sein«, protestierte Hargrove, aber sein Ton war schwach wie sein Charakter.

Neely stieß einen Fuß gegen das Schienbein des Mannes, der sie überwältigt hatte, und er heulte auf vor Schmerz und ließ sie los. Im Film hätte der Trick gewirkt, dachte sie wehmütig, als die anderen drei Kerle auf sie zustürzten. Im wirklichen Leben jedoch hielten zwei der Schurken sie fest, während der dritte eine Spritze aus der Jackentasche zog.

»Um Himmels willen!« rief Hargrove, so wirkungslos wie zuvor. Neely fragte sich, wie er je zu seinem hohen Amt gekommen war, ganz zu schweigen von seinem Sitz im Senat und seiner Ehe mit einer so intelligenten, resoluten Person wie Elaine. »Ich sehe keinen Anlaß . . .«

Neely wehrte sich verzweifelt und gab einen erstickten Ton von sich, während sie versuchte, der Nadel auszuweichen. Sie verspürte einen winzigen Einstich in ihrem Nacken und dann ein leises Brennen, als die Droge, was immer es auch sein mochte, in ihren Blutkreislauf geriet. Und dann löste Neelys Bewußtsein sich in farblose Leere auf.

Als sie wieder zu sich kam, stellte sie zu ihrem Erstaunen und zu ihrer Besorgnis fest, daß sie, an Händen und Füßen gefesselt auf dem blanken Boden eines Lieferwagens lag. Ihre Kehle fühlte sich rauh und trocken an.

Senator Hargrove lag neben ihr, ebenfalls gefesselt.

Er blickte sie böse an. »Ich hoffe, daß Sie jetzt zufrieden sind«, wisperte er.

Neely antwortete nicht sofort; ihre Gedanken waren noch immer sehr konfus. Ihr Kopf schmerzte, ebenso wie die rechte Hüfte und das Knie.

»Sie werden uns umbringen«, flüsterte Hargrove.

Neely versuchte, sich aufzurichten, aber es gelang ihr nicht. Der Boden des Wagens war hart und kalt wie Marmor, doch schlimmer noch waren die Beulen darin, die sich bei jedem Schlagloch in Neelys Körper bohrten.

»Und Sie dachten, es wären nette Kerle«, sagte sie und bewegte sich in dem Versuch, eine etwas bequemere Lage einzunehmen.

»Halten Sie den Mund!« zischte ihr ehemaliger Chef.

Als Neely den Kopf zurücklegte, erkannte sie die Silhouetten von zwei Männern auf den Vordersitzen. Es war noch immer dunkel draußen, und Schnee klatschte an die Windschutzscheibe.

»Sie werden damit nicht durchkommen«, rief sie den Männern vorn zu. »Ich habe alle Beweise einer Fernsehreporterin übergeben, und sie wird Sie ganz groß herausbringen! Wer weiß – vielleicht wird Ihr Prozeß sogar live im Fernsehen übertragen . . .« Es war Neely bewußt, daß sie wie ein Idiot daherplapperte, aber das war ihr egal. Denn außer reden hätte sie jetzt nur noch hysterisch schreien können.

Der Fahrer zerknüllte eine Papiertüte in seiner fleischigen Hand und warf sie über die Schulter. Er hatte nicht schlecht gezielt; die Tüte traf Neely am Kinn, ein schwacher Geruch nach kalten Pommes frites stieg ihr in die Nase. »Stopfen Sie sich damit das Maul«, sagte er in klassischem Brooklyner Dialekt.

Neely hörte nicht auf zu reden, dazu war sie nicht fähig, aber sie senkte ihre Stimme und richtete ihre Bemerkungen nur noch an den Senator. Zum erstenmal in seinem Leben, dachte sie, wird er jetzt gezwungen sein, einem unzufriedenen Wähler zuzuhören.

»Ich kann es immer noch nicht glauben, daß Sie sich mit diesen Leuten eingelassen haben!« zischte sie.

Hargrove schloß für einen Moment die Augen. Er sah aus, als ob ihm übel wäre, und Neely rutschte so weit zurück, bis sie den kalten Stahl der Radverkleidung an ihrem Rücken spürte. »Mir blieb nichts anderes übrig«, sagte er. »Elaine . . . sie brauchte so viele Dinge . . .«

»Tun sie mir einen Gefallen und schieben Sie nicht Ihrer Frau die Schuld zu, ja?« fiel Neely ihm ärgerlich ins Wort. »Ich kenne sie nämlich und kann mir nicht vorstellen, daß sie mit einem Drogenkartell zusammenarbeiten würde, weder für Geld noch für sonst etwas!«

»Seien Sie endlich ruhig!« grunzte der Mann auf dem Beifahrersitz.

Neely biß sich auf die Lippen, um keine Erwiderung zu geben. Diese Schurken waren durchaus echt, und wenn sie sie noch mehr reizte, waren sie imstande, sie aus dem Wagen zu werfen und ihr eine Kugel durch den Kopf zu jagen.

Hargrove stieß ein leises, ersticktes Schluchzen aus.

In gewisser Weise tat er Neely leid, aber sie sah keine Möglichkeit, ihm Trost zu spenden. Ihre Hände waren hinter dem Rücken gefesselt, und außerdem war sie ohnehin nicht sicher, ob sie den Senator berühren wollte. »Ich habe von dem Unfall gehört«, sagte sie leise. »Wie geht es Elaine?«

Wieder gab er ein ersticktes Geräusch von sich. »Sie . . . wird es nicht überleben«, stieß er bedrückt hervor.

Neely strich mit der Zungenspitze über ihre Lippen und schmeckte geronnenes Blut. Vielleicht, weil sie halb außer sich vor Angst war, fragte sie sich, was Aidan und Valerian an dem Zeug wohl finden mochten. Es schmeckte unangenehm salzig und metallisch.

»Es tut mir leid«, sagte sie sanft. »Das mit Elaine, meine ich.«

Hargrove nickte. »Es mag egoistisch von mir sein«, gestand er, »aber ich bin fast froh, daß sie nicht leben wird. Es hätte sie zerstört, wenn sie erfahren hätte, was ich getan habe.«

Neely folgte der alten Regel, nichts zu sagen, wenn es nichts Nettes zu sagen gab. Einerseits wollte sie den Senator trösten, doch andererseits haßte sie ihn.

Der Wagen begann zu holpern, und Neely hörte, daß Zweige die Außenwände streiften. Sie waren irgendwo auf dem Land, vielleicht tief in einem Wald, aber sie hatte keine Ahnung wo, weil sie nicht wußte, wie lange sie ohnmächtig gewesen war.

»Ich muß auf die Toilette«, rief sie den Männern zu.

Hargrove seufzte. »Versuchen Sie keine dummen Tricks,

Neely«, wisperte er. »Es ist nicht der geeignete Moment, die Heldin zu spielen!«

»Es ist kein Trick«, erwiderte Neely. »Ich muß wirklich.«

Der Fahrer fluchte — wieder in starkem Brooklyner Akzent —, aber er zog den Wagen an den Straßenrand und hielt. »Ich habe dir ja gesagt, wir hätten sie beide erschießen sollen«, bemerkte er unwillig zu seinem Partner. »Als nächstes wird das Weib verlangen, daß wir ihr ein Eis kaufen!«

»Fahr weiter«, entgegnete der andere Mann ungerührt. »Sie soll aufhalten.«

»Ich *kann* nicht aufhalten!« protestierte Neely heftig.

»Hören Sie, Lady, ich werde nicht auf diesen Trick hereinfallen und Ihnen die Fesseln abnehmen, damit Sie irgendwo in die Büsche pinkeln können, klar? Ihre einzige Möglichkeit ist, daß ich Sie begleite und Ihnen selbst die Hosen herunterziehe. Wollen Sie das?«

»Nein!« erwiderte Neely sofort. »Natürlich nicht.«

»Dann halten Sie den Mund.«

»Ich hätte nichts dagegen, der Lady die Hosen herabzuziehen, Sally«, bemerkte der Fahrer und grinste vielsagend.

»Hast du nicht aufgepaßt, Vinnie? Man kann sich mit solchen Sachen schlimme Krankheiten holen. Und hör auf, meinen Namen zu benutzen!«

»Klar, Sally«, brummte Vinnie.

Als sie durch ein besonders tiefes Schlagloch fuhren, prallte Neelys Kopf hart gegen den Wagenboden. Sie schloß die Augen und kämpfte mit all ihrer Willenskraft gegen das Schwindelgefühl an, das sie erfaßte. Es war wirklich nicht der geeignete Moment, in Ohnmacht zu fallen.

Bald hielt der Wagen an, und die Vordertüren wurden aufgerissen. Auf Hargroves Seite klickte ein Schloß, und mit einem knirschenden Geräusch glitt die Schiebetür zurück.

Vinnie und Sally bemühten sich nicht, besonders sanft mit ihren Gefangenen umzugehen, als sie sie auf den schneebedeckten Boden zerrten. Der Senator und Neely wurden auf ein dunkles Haus zugestoßen, das so baufällig aussah, daß es Neely an einen verwitterten Grabstein erinnerte.

193

Vinnie, der mindestens vierzig Kilo Übergewicht hatte und vermutlich auf dem besten Weg zu einem Herzinfarkt war, stolperte eine Reihe morscher Holzstufen hinauf und zog einen Schlüsselbund aus seiner Hosentasche. Er mochte ein Schurke sein und einen alles andere als anständigen Beruf ausüben, doch er verstand, sich ausgesprochen elegant zu kleiden.

Sie betraten einen Raum, eine Küche mit durchhängendem Boden und einem uralten Kühlschrank. Am Ende einer langen, schmalen Diele sah Neely weißes Porzellan schimmern.

»Bitte«, sagte sie zu den Männern.

Überraschenderweise packte Sally sie am Nacken und schob sie auf das Badezimmer zu. »Ich hatte noch nie jemanden, der mir soviel Ärger machte wie Sie«, knurrte er, löste recht unsanft die Fesseln an ihren Handgelenken und stieß sie in den kleinen Raum. »Machen Sie keine Dummheiten«, warnte er. »Das Fenster über dem Klo ist versiegelt, und selbst wenn Sie es aufkriegten, kämen Sie niemals über den Hof, bevor ich Sie erwische. Haben Sie das kapiert?«

»Ja.« Neely ging ins Bad, machte Licht und erledigte rasch, was sie zu erledigen hatte. Während sie damit beschäftigt war, schaute sie sich nach einer möglichen Waffe um, einer Rasierklinge vielleicht oder einer Schere. Aber es war nichts da außer einer Toilettenbürste, die in einer rostigen Kaffeedose steckte.

Neely betätigte die Spülung, zog die Jeans hoch und wusch die Hände in dem verschmutzten Becken. Als sie das Bad verließ, wartete Sally schon ungeduldig. Er band jedoch nicht sofort ihre Hände zusammen, sondern packte Neely am Ellbogen und zerrte sie in einen Raum, der irgendwann einmal als Wohnzimmer gedient zu haben schien.

Ein Piano mit verblichener Tastatur stand auf einer Seite des Raums, ein Holzofen auf der anderen. An der Wand über einem schmutzigen, rattenzerfressenen Sofa hing das Porträt irgendeines Märtyrers, der gerade den schlimmsten Qualen unterzogen wurde.

Aidan, dachte Neely unwillkürlich.

Die Klarheit seiner Antwort überraschte sie so sehr, daß sie zusammenfuhr, als hätte jemand sie mit einem heißen

Eisen berührt. *Halte durch, Liebling. Ich bin auf dem Weg zu dir.*

Die Erleichterung war so überwältigend, daß Neely schwankte.

Vinnie stieß sie auf einen Stuhl und band ihr die Hände auf den Rücken. Auf einem zweiten Stuhl neben ihr saß der Senator, ebenfalls gefesselt. Er wirkte seltsam geistesabwesend, fast als hätte er sich aus seinem Körper entfernt und betrachtete die Entwicklung der Dinge aus sicherer Entfernung.

Neely schaute zu, wie Sally ein Feuer im Ofen anzündete. Vinnie schlenderte zu der entgegengesetzten Zimmerseite und öffnete einen Schrank, der aussah, als ob er ein Klappbett beinhaltete.

Statt dessen kam ein riesiger Fernsehapparat zum Vorschein.

Vinnie suchte einen Nachrichtensender und fluchte, als er die ersten Bilder sah. Es war Melody Lings sorgfältig geschminktes Gesicht, das auf dem Bildschirm erschien: mit dem Mikrofon in der Hand stand sie vor dem Washingtoner Capitol.

Neely hörte ihr erleichtert und dankbar zu. Ruhig und sehr professionell beschrieb die Journalistin den Skandal um Senator Hargrove, zählte Namen auf und beschrieb die Verbrechen.

Senator Hargrove war noch immer so abwesend, daß er nicht einmal aufschaute und nicht einmal auf die Erwähnung seines Namens reagierte. Beamte der DEA und des FBI wünschten den Politiker zu sprechen, sagte Miss Ling; der führende Kopf eines asiatischen Verbrechersyndikats und zwei FBI-Agenten waren bereits verhaftet worden.

Als sei es ihr eben erst eingefallen, fügte die Reporterin hinzu: »Ein weiterer Aspekt dieser traurigen Angelegenheit ist die Tatsache, daß Elaine Hargrove heute abend in einer Washingtoner Klinik verstorben ist. Nach einem tragischen Autounfall hatte sie nicht wieder das Bewußtsein zurückerlangt. Familienmitglieder und Freunde waren bei ihr, als es zu Ende ging – mit Ausnahme ihres Gatten, Senator Dallas Hargrove . . .«

Der Senator stieß ein wolfsähnliches Heulen aus, das Neely einen schmerzhaften Stich versetzte. *Ruhe in Frieden, Elaine.*

dachte sie traurig, denn sie hatte diese Frau aufrichtig bewundert, und daran würde sich niemals etwas ändern.

Vinnie und Sally gerieten in Panik. »Hast du das gehört?« wandte sich einer an den anderen — Neely schenkte ihnen nicht genug Beachtung, um zu wissen, wer von beiden sprach. »Sie haben den Boss geschnappt, verdammt!«

Die Stimmen verzerrten sich, schienen durch einen Tunnel zu pulsieren und zu echoen.

»Ich würde sagen, wir bringen sie jetzt um — alle beide!«

»Zum Teufel damit! Wenn du hier bleiben und den Schlaumeier spielen willst, dann tu es. Aber ich verschwinde!«

Der Senator begann zu weinen, ausnahmsweise einmal nicht um seine eigene Haut besorgt. Er hatte gerade erfahren, daß seine Frau gestorben war und er in dem Moment, wo sie ihn am meisten gebraucht hätte, nicht bei ihr gewesen war.

Vinnie und Sally stritten noch immer unter dem Gemälde des gemarterten Heiligen, als Aidan sich in einer Ecke des Raums verkörperlichte.

Neely konnte sich ein Grinsen nicht verkneifen, weil sie so froh war, ihn zu sehen und sich inzwischen an seine dramatischen Auftritte gewöhnt hatte. Er trug die Uniform eines Nazioffiziers – ausgerechnet – und klatschte ungeduldig mit einer Reitgerte auf seine behandschuhte Hand, während er von seiner imponierenden Höhe gereizt auf die beiden Brooklyner Ratten herabschaute.

»Ach, du heilige Scheiße!« flüsterte Vinnie.

»Wo kommt denn *der* her?« fragte Sally verblüfft.

Aidan schaute Neely an und zwinkerte ihr zu, aber so, daß keiner der anderen es bemerkte. »So, so«, begann er in gutturalem, ausgesprochen germanischen Tonfall und gab sich die größte Mühe, dabei seine Vampirzähne zur Geltung zu bringen. »Sie haben diese Leute also gefangengenommen?«

Sally zitterte bereits am ganzen Körper. »Lieber Himmel«, stöhnte er, »das ist der Kerl, von dem Max gesprochen hat! Der, der ihm das Blut ausgesaugt hat!«

»Du glaubst doch nicht etwa einen solchen Quatsch?« fragte Vinnie seinen Partner, aber seine Stimme verriet sein Entsetzen. Aidan begann die beiden langsam über den Linoleumboden an die Wand zu drängen.

Senator Hargrove riß sich für einen Moment aus seiner Versunkenheit und murmelte: »Wer — zum Teufel — ist das?«

Neely antwortete nicht, schaute nur nervös zum Fenster und suchte im Raum nach einer Uhr. Falls die Morgendämmerung schon nahte, war Aidans Rettungsaktion zum Scheitern verurteilt.

Aidan schleuderte die Reitgerte beiseite, als er vor Vinnie und Sally stehenblieb, die jetzt beide an der Wand kauerten.

Neely stählte sich innerlich für das, was jetzt kommen mußte. Sie liebte Aidan Tremayne von ganzem Herzen, aber das würde sich mit Sicherheit ändern, sobald sie Zeugin der harten Realität des Vampirismus wurde.

Als hätte er ihre Gedanken erraten, warf Aidan ihr über die Schulter einen Blick zu, bedachte sie mit einem schwachen Grinsen und wandte sich dann wieder seinen Opfern zu. Indem er beide Hände hob und auf die Gesichter der Männer legte, schien er eine seltsame Energie auf sie zu übertragen.

Als Aidan zurücktrat, gelassen und kühl, doch sichtlich geschwächt, glitten Vinnie und Sally besinnungslos zu Boden, ihre Augen waren offen und starrten ins Leere.

»Was hast du mit ihnen angestellt?« wisperte Neely. Er hatte sie nicht in den Hals gebissen.

Aidan drehte sich zu ihr um und strich seine Uniformjacke glatt. »Nicht viel. Sie halten nur ein Schläfchen — das etwa drei oder vier Wochen dauern wird. Sie werden sich eines Tages an dich erinnern, klar, aber angesichts dessen, was sie heute abend erlebt haben, glaube ich nicht, daß sie begierig sein werden, die Bekanntschaft mit dir zu erneuern.«

Auf dem Stuhl neben Neely ließ Senator Hargrove den Kopf hängen und murmelte etwas Unverständliches.

Aidan löste Neelys Fesseln, den Senator jedoch betrachtete er nachdenklich. »Was machen wir mit ihm?« fragte er stirnrunzelnd.

Neely rieb ihre wunden Handgelenke und wandte sich gleichzeitig in Richtung Badezimmer. Um Vinnie und Sally machte sie einen weiten Bogen, obwohl sie jetzt ungefähr so gefährlich wirkten wie zwei Karotten. »Tu nichts, bevor ich wieder da bin«, rief sie Aidan zu.

Als sie wieder ins Wohnzimmer zurückkehrte, schritt er unruhig auf und ab.

»Wozu die Naziuniform?« fragte sie verwundert.

Aidan zuckte die Schultern. »Ich mußte schließlich etwas anziehen«, erwiderte er geistesabwesend, »und das hatte ich gerade zur Hand. Dieser Mann hier ist der berüchtigte Senator Hargrove, nicht?«

»Du weißt, wer er ist.« Neely seufzte und verschränkte die Arme. »Du bist doch Hellseher — ganz abgesehen von all deinen anderen Talenten.«

Aidan umkreiste den Stuhl des Senators und musterte die kraftlos in sich zusammengesunkene Gestalt. »Er ist nicht von Grund auf schlecht«, bemerkte er nachdenklich, als läse er in einem psychologischen Gutachten. »Nur schwach.«

Neely nickte, dann richtete sie ihren Blick aufs Fenster. »Ja«, stimmte sie zu und erzählte Aidan von Dallas Hargroves großer, zerstörerischer Liebe und Elaine. »Und ausgerechnet heute nacht mußte Mrs. Hargrove sterben«, schloß sie, »und er konnte nicht bei ihr sein. Meiner Ansicht nach hat er einen Zusammenbruch erlitten, von dem er sich nie wieder erholen wird. Vielleicht braucht er doch nicht ins Gefängnis.«

Aidan schwieg nachdenklich, und Neely hätte alles dafür gegeben, seine Gedanken lesen zu können. Ob es ihn jetzt nach Blut verlangte?

»Er ist weit fort«, erklärte Aidan schließlich. »Der Senator hat sich so tief in sich selbst zurückgezogen, daß er möglicherweise nie wieder den Weg zurück findet.«

199

»Was ist, wenn sie ihn vor Gericht als Zeugen brauchen?«

Aidan löste Hargroves Fesseln und legte den reglosen Körper des Mannes über seine Schultern. »Dann haben sie Pech gehabt, vermute ich. Aber komm jetzt, ich bringe deinen Freund zum Wagen. Du mußt allerdings allein nach Washington zurückfahren, denn in fünfundvierzig Minuten wird die Sonne aufgehen.« Mit einem Kopfnicken deutete er auf Vinnie und Sally, die noch immer auf dem Boden hockten und ins Leere starrten. »Der Dicke da hat die Schlüssel — sie sind in seiner Jackentasche.«

Neely näherte sich den Männern vorsichtig, als erwartete sie, daß sie sich auf sie stürzen würden, aber sie schienen sie nicht einmal zu sehen.

»Selbst wenn du recht haben solltest und sie mich in Ruhe lassen, wenn ihre Erinnerung zurückkehrt, ist die Sache für mich noch nicht gelaufen«, sagte sie, nachdem sie dem Mann den Schlüssel abgenommen hatte. »Ich werde mich noch mit ihren Bossen auseinandersetzen müssen. Meinst du, ich könnte das Zeugenschutzprogramm für mich in Anspruch nehmen?«

»Ja«, antwortete Aidan lächelnd. »Das Aidan-Tremayne-Zeugenschutzprogramm.« Dann wurde er sehr ernst für einen Moment. »Ganz offen gestanden, meine Liebe, sind diese Kerle meine geringste Sorge. Es wird mir ein Leichtes sein, sie auszuschalten — ganz im Gegensatz zu einigen anderen Kreaturen, die diese Welt bevölkern.«

Neely folgte ihm hinaus, aber sie erwiderte nichts auf seine Bemerkung, obwohl sie sie wieder an die grimmige Wirklichkeit erinnerte. Eines Tages würde sie Aidan aufgeben müssen, um ihn vor dem Zorn seiner eigenen Gattung zu schützen.

Aidan drehte sich nach ihr um und blickte sie aufmunternd an. »Komm, Neely«, sagte er mit sanftem Vorwurf. »So leicht wirst du doch wohl nicht aufgeben?«

Neely lächelte schwach.

Es hatte aufgehört zu schneien, aber es schien kein Mond, und trotzdem sah Neely Aidan so deutlich, als ob er ein inneres Licht ausstrahlte. Er legte den Senator behutsam in den hinteren Teil des Lieferwagens und schloß die Tür.

Dann standen sie sich in der eisigen Kälte gegenüber. Neelys Atem bildete eine weiße Wolke zwischen ihnen.

»Danke«, sagte sie.

Aidan beugte sich vor und küßte ihre Stirn. »Keine Ursache, ich stehe dir jederzeit zur Verfügung«, erwiderte er mit sanfter Ironie. »Wirst du den Rückweg finden? Du brauchst nur der Straße zu folgen, bis sie auf den Highway trifft, und dort biegst du links ab. Danach wirst du Schilder sehen.«

Neely versuchte, etwas zu sagen, aber ihre Stimme klang wie ein Krächzen, und sie räusperte sich und begann von neuem. »Was ist mit Senator Hargrove, Aidan? Was soll ich mit ihm tun?«

»Bring ihn ins Krankenhaus. Dort wird man sich um ihn kümmern.«

Neely schaute auf den Wagen. »Glaubst du, daß er sich wieder erholen wird?«

»Das kann ich nicht beantworten«, erwiderte Aidan. »Ich glaube allerdings nicht, daß du je wieder etwas von ihm zu befürchten haben wirst. Ich hatte ohnehin den Eindruck, als hätte er von Anfang an verhindern wollen, daß dir etwas zustieß.«

Neely dachte an die zahlreichen Gelegenheiten, bei denen er sie gewarnt hatte, direkt und indirekt, und nickte zustimmend. Nach dieser Nacht würde sie Mitleid für ihn empfinden, aber keine Angst mehr. Sie rang sich ein unsicheres Lächeln ab und ließ die Schlüssel klirren. »Ich werde in Bright River sein, bei meinem Bruder«, sagte sie und hätte Aidan gern gefragt, ob sie ihn noch einmal wiedersehen würde. Aber sie fürchtete sich vor seiner Antwort. »Nochmals vielen Dank, Aidan.«

Er hob grüßend die Hand. »Sei vorsichtig«, sagte er, und dann war er verschwunden.

Neely starrte auf den Platz, an dem er eben noch gestanden hatte, und fragte sich, ob ihr geistiger Zustand wirklich besser war als Vinnies, Sallys oder Senator Hargroves. Dann wandte sie sich ab, stieg in den Wagen und startete den Motor.

Es gelang Aidan gerade noch, sein geheimnisvolles Versteck in den Wäldern von Bright River zu erreichen, bevor er zusammenbrach. Er schlief auf dem schmutzigen Boden der alten Mine, und als er erwachte, war ihm ganz übel vor Schwäche.

Er hatte auf dem Bauch gelegen, doch als er eine weitere Anwesenheit spürte, rollte er sich rasch auf den Rücken.

Tobias hockte neben ihm und grinste. »Sie scheinen sich sehr schlecht zu fühlen«, bemerkte er und ließ seinen Blick über Aidans schmutzige Uniformjacke, die Reithosen und Reitstiefel gleiten. »Und ihre Aufmachung, alter Junge, beweist sehr schlechten Geschmack.«

Aidan setzte sich mühsam auf. Falls Tobias gekommen war, um ihn zu zerstören, war er verloren.

»Was wollen Sie von mir?«

Tobias erhob sich. Seine Kleidung stammte aus dem Mittelalter – er trug enganliegende Beinkleider, eine lange Tunika und Lederschuhe, die sich an den Spitzen aufwärts bogen. »Sie glaubten doch wohl nicht, mit der Bruderschaft fertig zu sein, nur weil Roxanne Havermail Sie in ihr Schloß gebracht hat? Hören Sie, Aidan, dies ist kein Märchen, und es bestehen gute Aussichten, daß dies alles kein glückliches Ende nehmen wird.«

»Falls Sie versuchen, scharfsinnig zu sein«, entgegnete Aidan, »ist es Ihnen nur zum Teil gelungen. Kommen Sie zur Sache!«

Tobias lachte. »Sie sind wirklich sehr dreist. Aidan – was einerseits Ihr größter Vorteil und andererseits Ihr schlimmster Fehler ist. Sie sollten sich etwas mehr zusammennehmen, falls Sie sich eine positive Entscheidung des Tribunals erhoffen.«

Aidan stand langsam auf, aber er schwankte, und Tobias stützte ihn. »Welches Tribunal?«

»Man könnte sagen, daß es das Oberste Gericht der Vampire ist«, antwortete Tobias. »Sie interessieren sich für Sie und wollen wissen, was in Ihnen vorgeht, sozusagen.«

»Bin ich eines Verbrechens angeklagt?« Da Aidan keine Furcht verspürte, verriet sich auch keine in seiner Stimme oder in seiner Haltung. Er war das Versteckspiel leid.

Tobias zuckte die Schultern. »Eigentlich nicht, obwohl das Tribunal natürlich zuerst herausfinden will, ob Sie eine Bedrohung für uns andere sind oder nicht. Angenommen, Sie würden zum Verräter werden und mit Nemesis Kontakt aufnehmen? Dann könnten wir alle zerstört werden.«

Nemesis, erinnerte Aidan sich schwach, war der Racheengel, den alle geringeren übernatürlichen Wesen fürchteten. »Ich bin auch ein Vampir«, entgegnete er. »Wenn ich zu Nemesis ginge, würde es auch mein Ende bedeuten.« Seufzend fuhr er sich mit einer Hand durchs Haar. »Oder schlimmer noch – den Beginn meiner Qualen.«

»Die Ältesten befürchten, daß Sie sich in einem Anfall von Heldentum oder Verzweiflung opfern könnten. Sie müssen zugeben, Aidan, daß Sie oft ein sehr rücksichtsloser Vampir sind.«

Aidan grinste halbherzig. »Na schön«, stimmte er zu. »Ich gehe freiwillig mit.«

Tobias spreizte die Hände. »Es bleibt Ihnen ohnehin keine andere Wahl.« Sein Blick glitt zu Aidans Naziuniform. »Aber ziehen Sie sich lieber vorher um. Es gibt Dinge, die sogar Vampire abscheulich finden.«

Aidan blinzelte, und als er wieder die Augen öffnete, stand er im kalten Schlafzimmer seines Hauses, im selben Raum, in dem Neely einmal geschlafen hatte. Tobias befand sich neben ihm und ließ sich auf einem Sessel am Fenster nieder.

»Ich verlange allerdings ein Zugeständnis, bevor ich mich dieser Befragung unterziehe«, erklärte Aidan, während er Jeans und einen dicken Pullover aus dem Schrank nahm.

»Und das wäre?« fragte Tobias zuvorkommend.

»Ich mache mir Sorgen um meine Schwester Maeve. Und um Valerian. Sie haben nichts mit meiner Unzufriedenheit als Vampir zu tun, und ich möchte nicht, daß sie von der Bruderschaft belästigt werden.«

Tobias stand auf. »Die Ältesten haben nichts gegen sie, zumindest nicht im Augenblick.«

»Aber sie wissen immer, wo sie sich gerade aufhalten«, setzte Aidan grimmig hinzu.

»Selbstverständlich«, antwortete Tobias. »Maeve hat sich in ihr Versteck zurückgezogen und jagt nur, um ihre Kräfte zu erhalten. Was Valerian betrifft – er kauert in der Mauer einer alten Abtei und leckt seine Wunden.«

Seine Worte versetzten Aidan einen Stich; er brauchte nicht zu fragen, welche Art von Verletzung Valerian davongetragen hatte. Er wußte es nur zu gut. »Er ist stark«, murmelte er. »Er wird sich wieder erholen.«

»Das bezweifle ich nicht«, antwortete Tobias. »Aber es könnte hundert Jahre oder länger dauern, bis Valerian wieder ganz der alte ist. Vampire können, abgesehen von gelegentlicher Nahrungsaufnahme, Jahrhunderte lang schlafend liegen – aber das wissen Sie selbst.«

»Ja«, erwiderte Aidan abwesend, dachte an Lisette und verspürte Frösteln. »Ich weiß. Aber Valerian ist anders. Er wird eine Zeitlang schmollen, doch sobald er merkt, daß die Welt sich auch ohne ihn weiterdreht, wird er zurückkehren. Der Gedanke, daß er etwas verpassen könnte, wäre ihm unerträglich.«

»Ich hoffe, Sie haben recht«, meinte Tobias. »Aber lassen Sie uns jetzt gehen, Aidan. Das Tribunal wartet.«

Aidan dachte an die Zelle, aus der er sich nicht mit eigener Kraft hatte befreien können, und an die verlausten Ratten, die ihm als Nahrung gegeben worden waren. Er fürchtete die bevorstehende Auseinandersetzung, aber er folgte Tobias ohne Widerstreben.

Obwohl Ben und Danny hocherfreut über Neelys Rückkehr waren, hatte sich die Lücke, die ihre Abwesenheit hinterlassen hatte, bereits geschlossen. Ben war in Doris verliebt, wie die Hälfte der Kunden im Café, und die Geschäfte liefen blendend.

»All diese Probleme«, bemerkte er seufzend, als Neely aus Aidans Sportwagen stieg. »Ist es jetzt endlich vorbei?«

Neely nickte. »Ja, Ben. Ich wäre nie hierher zurückgekommen, wenn ich mir nicht völlig sicher gewesen wäre.«

Ben hatte sie in die Arme genommen und an sich gedrückt.

Anfangs schlief Neely noch sehr viel, dann begann sie in der Raststätte auszuhelfen und mit Doris die Gäste zu bedienen.

Obwohl sie sich bemühte, Aidan zu vergessen, sehnte sie sich immer mehr nach ihm, und nichts konnte ihn aus ihren Gedanken verbannen. Ob sie nun wach war oder schlief, er schien stets bei ihr zu sein.

Regelmäßig fuhr sie zu Aidans Haus, stieg durch ein Küchenfenster ein und verbrachte Nacht für Nacht mit der Lektüre seiner Tagebücher. Aber das war nebensächlich, denn in Wirklichkeit wartete sie auf ihn, auf seine Rückkehr. Doch Aidan kam nicht.

Aber seine Schwester erschien, zwei Abende nach Weihnachten, als Neely an Aidans Kamin saß und in die Flammen starrte.

Ihr Herz hämmerte wie verrückt, denn aufgrund der Zeichnungen im ersten Tagebuch erkannte Neely Aidans Zwillingsschwester sofort. Maeve war bezaubernd schön mit dem schweren dunklen Haar und den tiefblauen Augen, und sie war ebenfalls ein Vampir. Ein sehr mächtiger sogar, nach Aidans Aufzeichnungen.

Jetzt ist es soweit, dachte Neely mit seltsam ruhiger Ergebenheit. *Sie wird mein Blut trinken und mich leer zurücklassen.*

Maeve lachte, ganz offensichtlich teilte sie die Fähigkeit ihres Bruders, Gedanken zu lesen.

»Sind alle Vampire telepathisch begabt?« hörte Neely sich fragen.

»Mehr oder weniger«, antwortete Maeve, ging zum Schreibtisch, hob die Spieldose auf und lauschte gedankenvoll der seltsam vertrauten Melodie.

Die sanften Töne gingen Neely ans Herz. Sie sehnte sich mit aller Kraft nach Aidan.

»Wissen Sie, wo Aidan ist?« fragte Maeve nicht unfreundlich.

Sie setzte sich auf ein Sofa, verschränkte die Arme und maß Neely mit einem nachdenklichen Blick.

Neely schluckte, dann schüttelte sie den Kopf. »Nein«, erwiderte sie aufrichtig. »Ich wünschte, ich wüßte es.«

Maeve strich über den Brokatstoff auf der Armlehne des Sofas und vermied es, Neely anzuschauen. »Er ist vor das Tribunal der Ältesten gebracht worden«, sagte sie, ohne sich etwas von ihren Gefühlen anmerken zu lassen. Dann hob sie den Kopf und schaute Neely offen an. »Sie werden ihn vielleicht zerstören.«

Neely sank in ihren Sessel zurück und schloß die Augen. Noch nie war sie sich so hilflos vorgekommen, nicht einmal als sie im Wagen von Vinnie und Sally gelegen hatte.

Doch nun war es anders. Sie konnte Aidan nicht zu Hilfe eilen, wie er es bei ihr getan hatte. Sie besaß nicht seine Macht.

»Ich sehe, daß Sie überlegen, wie Sie meinem Bruder helfen könnten«, fuhr Maeve fort. »Es gibt einen Weg, Neely.«

Neely beugte sich vor, neugierig, aber auch ein wenig furchtsam. Schließlich kam es nicht alle Tage vor, daß man mit einem weiblichen Vampir plauderte. »Und der wäre?«

»Sie könnten eine von uns werden«, sagte Maeve ganz unverblümt. »Dann würde Aidan diesen Unsinn, wieder Mensch werden zu wollen, vielleicht vergessen.«

Eine ganze Minute, bis Neely antworten konnte.

Sie schüttelte den Kopf. »Nein, niemals«, sagte sie. »Ich liebe Aidan mehr, als ich je einen Menschen geliebt habe, aber nicht einmal für ihn wäre ich bereit, meine Seele zu verkaufen. Und er würde mich niemals darum bitten.«

»Sie haben recht«, entgegnete Maeve kühl. »Er würde zuerst sehr wütend sein, aber er liebt Sie ganz verzweifelt. Können Sie mir ganz ehrlich sagen, daß es Sie nicht reizen würde, unsterblich zu sein wie ein Vampir? Oder die Macht zu erlangen, die wir besitzen?«

Wieder schüttelte Neely den Kopf. »Ich will nichts anderes als eine Frau sein, eine ganz normale Frau.« Sie machte eine kurze Pause und wagte dann zu fragen: »Will Aidan wirklich wieder menschlich werden?«

»Er würde alles tun, um es zu erreichen«, bestätigte Maeve gereizt. Sie zog eine Augenbraue hoch und betrachtete Neely ausgiebig, wobei ihr Blick beängstigend lange auf ihrer Kehle verweilte. »Wissen Sie, ich brauche Ihnen gar nicht die Wahl zu lassen. Ich könnte Sie auch ohne Ihre Zustimmung in einen Vampir verwandeln.«

Neely dachte an die frühen Eintragungen in Aidans Tagebüchern, an die Verzweiflung und den Haß, den er empfunden hatte. »Das ist es, was man Ihrem Bruder angetan hat«, erwiderte sie ruhig und spielte mit der goldenen Rosenknospe an der Kette, die Aidan ihr geschenkt hatte. »Er verachtet diejenige, die ihn verwandelt hat, und es würde ihn sehr erzürnen, wenn auch mir so etwas zustieße. Wollen Sie sich Aidans Haß zuziehen, Maeve?«

Maeves tiefblaue Augen weiteten sich beim Anblick des Medaillons, dann wandte sie den Blick von Neely ab. »Ich liebe Aidan«, sagte sie gebrochen. »Ich bin ein Vampir geworden, um nicht von Aidan getrennt zu sein. Und nun will er sich zurückverwandeln.«

Neely faltete die Hände im Schoß und schwieg einige Sekunden, um Mut zu sammeln. »Ist es möglich, daß ein Vampir wieder in einen Menschen zurückverwandelt wird?« fragte sie schließlich leise.

Maeve starrte lange Zeit ins Leere, dann zuckte sie die Schultern. »Meines Wissens nach hat es noch nie jemand versucht. Aber es gibt Rituale und Geheimnisse, die nur den Ältesten bekannt sind.«

»Neely biß sich auf die Lippen und sprach ein stummes Gebet, nicht für sich, sondern für Aidans Zurückverwandlung.

Maeve stand plötzlich auf und schaute mit ärgerlichem Blick auf Neely herab. »Sie können hier nicht bleiben«, erklärte sie. »Wenn ich Sie gefunden habe, könnte es auch den anderen gelingen.«

Neely erschauerte unwillkürlich. »Was haben Sie eigentlich gegen mich?« fragte sie, während sie das letzte von Aidans Tagebüchern, das von seiner Liebe zu ihr sprach, beiseitelegte und mit zitternden Knien aufstand.

»Sie sind eine Bedrohung für uns alle«, erwiderte Maeve. »Vampire und Menschen pflegen normalerweise keinen Umgang, abgesehen von den Momenten unserer Nahrungsaufnahme natürlich.«

»Aber was könnte ich Ihnen schon tun?« beharrte Neely.

»Sie haben es bereits getan«, sagte Maeve unendlich traurig.

207

»Sie haben Aidans Herz geraubt und ein schwaches Glied in der Kette aus ihm gemacht. Er könnte uns alle verraten, nicht absichtlich natürlich, aber weil er den größten Teil seiner Vernunft verloren hat.«

Neely schob einen Stuhl zwischen sich und Aidans Zwillingsschwester, obwohl ihr klar war, daß das nicht viel nützen würde, falls Maeve sie in einen Vampir verwandeln wollte.

»Mein Verbrechen ist also nur, daß ich Aidan von ganzem Herzen liebe«, flüsterte sie. »Genau wie Sie, Maeve.« Neely beobachtete, wie dieses schöne, überirdische Wesen ihr den Rücken zuwandte, bemüht, sich unter Kontrolle zu halten. »Wir sind keine Feinde, Sie und ich. Wir stehen auf der gleichen Seite.«

Als Maeve sich wieder zu Neely umwandte, glitzerten Tränen in ihren saphirblauen Augen. »Was soll aus Aidan werden?« murmelte sie. »Und aus uns allen?«

Neely hätte Maeve jetzt gern berührt, um sie zu trösten, aber sie wagte es natürlich nicht. Es wäre das gleiche gewesen, wie eine wilde Tigerin zu streicheln. »Ich weiß es nicht«, erwiderte sie aufrichtig. »Aber auf eins können Sie sich verlassen — ich liebe Aidan und würde ihm niemals bewußt schaden.«

Maeve musterte Neely schweigend und schien ihre Worte abzuwägen. Zum Schluß, als sie überzeugt war, daß Neely die Wahrheit sprach, sagte sie ruhig: »Ich habe versprochen, mich nicht in diesen anderen Wahnsinn einzumischen, in diese Verwandlung, die Aidan so hartnäckig verfolgt. Aber es gibt etwas anderes, was ich für ihn tun kann, und das ist, die Frau zu beschützen, die er mehr liebt als seine eigene Seele!«

Neely schwieg abwartend, weil sie nicht wußte, was sie dazu sagen sollte. Wer konnte schon sagen, ob Maeves Vorstellung von Schutz nicht darin bestand, sie in ein blutsaugendes Ungeheuer zu verwandeln? Oder vielleicht würde die schöne Vampirin sie einfach töten, was Aidan erzürnen, gleichzeitig jedoch retten würde.

Maeve trat an den Schreibtisch, nahm Papier und einen Stift und begann etwas zu schreiben. »Kommen Sie zu dieser

Adresse in London, so schnell wie möglich. Es ist vielleicht Ihre einzige Hoffnung, unter meinem Schutz zu stehen.«

Neely schluckte. »London?« wiederholte sie fassungslos.

»Ja«, bestätigte Maeve gereizt. »Und beeilen Sie sich! Die Haushälterin wird Sie einlassen. Haben Sie Geld?«

Neely nickte. »Ist Aidan dort? In London?«

»Schön wär's«, erwiderte Maeve seufzend. Dann hob sie die Arme und verschwand, wie Neely es schon bei Aidan und Valerian beobachtet hatte.

»London?« murmelte sie betroffen in dem leeren Zimmer.

Am nächsten Tag, nachdem sie sich von Danny, Ben und Doris verabschiedet hatte, stieg Neely in Aidans Wagen und fuhr nach New York. Sie nahm nur ihren Reisepaß mit, ihre Zahnbürste und Geld; langsam gewöhnte sie sich daran, mit leichtem Gepäck zu reisen.

Ein weiterer Tag verging, und dann bestieg Neely eine Boing 747 nach Heathrow Airport. Sie saß still auf ihrem Platz, schlief oder blickte aus dem Fenster auf die weißen Wolken über dem Atlantik. Und während des ganzen Fluges klammerte sie sich an einer schwachen Hoffnung fest: daß sie Aidan bald wiedersehen würde.

Der Flug erschien ihr endlos, und als die Maschine endlich landete, dauerte es immer noch eine gute Stunde, bis die Zollformalitäten erledigt waren. Als sie endlich draußen im grauen englischen Winterwetter stand, war sie so müde, daß sie sich kaum noch auf den Beinen halten konnte. Zum Glück fand sie sofort ein Taxi.

Neely gab dem Fahrer die Adresse, die Maeve ihr aufgeschrieben hatte, und ignorierte den anerkennenden Pfiff des Mannes.

»Ein vornehmes Viertel«, sagte er.

Neely war nicht zum Plaudern aufgelegt, aber das machte nichts, denn der Fahrer redete praktisch nonstop auf dem Weg von Heathrow zu der stillen, eleganten Wohngegend, die ihr Ziel war.

Vor einem der imponierendsten Patrizierhäuser, die Neely je gesehen hatte, brachte er das Taxi zum Stehen. Das Haus war

209

aus grauem Granit gebaut, bestand aus drei Stockwerken und war von einem hohen, schmiedeeisernen Zaun umgeben.

Noch während Neely auf dem Rücksitz saß und sich fragte, wie sie in dieses Haus hineinkommen und was sie tun sollte, sobald sie einmal drinnen war, erschien eine Frau im Vorgarten und eilte ans Tor, um es zu öffnen.

Neely bezahlte den Fahrer, stieg aus und blieb, als das Taxi abfuhr, staunend auf der Straße stehen.

»Miss Wallace?« fragte die Frau, als sie das Tor aufschloß.

Neely blinzelte verwirrt. Sie hatte so etwas wie Frankensteins Monster erwartet, aber Maeves Haushälterin war eine rundliche, sympathische Frau mit rosigen Wangen und lustig funkelnden braunen Augen.

»Ja«, antwortete Neely.

Die Haushälterin verneigte sich. »Nun, dann kommen Sie!« erklärte sie in einem Anflug gutmütiger Ungeduld. »Wir wollen doch nicht hier draußen herumstehen und uns zu Tode frieren, oder?«

Trotz ihres leisen Unbehagens mußte Neely lachen. »Nein«, sagte sie und folgte der Frau durch den Garten.

In jener ersten Nacht sah Neely nicht viel vom Inneren des Hauses, dazu war sie zu müde und verwirrt. Schweigend folgte sie der Haushälterin, die sich Mrs. Fullywub nannte.

»Nennen Sie mich Mrs. F.«, sagte die Frau gutmütig und führte Neely zu einer Gästesuite im ersten Stock. »Ich bringe Ihnen gleich Tee und Kuchen hinauf. Im Badezimmer werden Sie ein Nachthemd und einen Morgenrock finden — es ist gleich nebenan.« Sie deutete auf eine Tür. »Ein heißes Bad läßt selbst Tote wiederauferstehen, sage ich immer.«

Neely erwiderte nichts, da anscheinend auch keine Antwort von ihr erwartet wurde. Sie zog ihren Mantel aus und schaute sich in dem unglaublich pompösen Zimmer um. Ein mit Bronzestäben vergitterter Kamin befand sich im Raum und ein Bett, das noch aus der Zeit von Elisabeth I. stammen mußte. Die Couchen und Sessel waren in minzgrünem Samt gepolstert, passend zur Bettdecke und den Kissenbezügen, und in einer Ecke des Zimmers stand ein Chippendaleschreibtisch.

210

Wie in einem Museum, dachte Neely, war jedoch zu müde, um der herrlichen Einrichtung mehr als einen flüchtigen Blick zu gönnen. Sie ging ins Badezimmer und ließ sich ein heißes Bad ein, dann streifte sie das bereitliegende Nachthemd über und sank todmüde ins Bett.

Mrs. F. brachte ihr Tee und Kuchen, den Neely nicht einmal anrührte, und zündete ein Feuer im Kamin an. Bald tanzten Schatten an der hohen Stuckdecke und nahmen die Gestalt von Vampiren und Engeln an.

14

Am nächsten Morgen brachte Mrs. F. Neely das Frühstück ans Bett — Orangensaft, Haferflocken, gebutterten Toast und eine Scheibe Melone. Sie brachte auch zwei Zeitungen mit, die Londoner *Times* und die gestrige Ausgabe der *USA Today*.

»Vielen Dank«, sagte Neely, nachdem sie sich zu einem Schluck Orangensaft überwunden hatte. »Aber Sie brauchen mich nicht zu bedienen. Ich kann sehr gut für mich selber sorgen.«

Mrs. F., die sehr mütterlich wirkte mit ihrem grauen Haar, das zu einem Knoten gebunden war, strahlte Neely an. Sie trug ein geblümtes Kleid und eine gestärkte weiße Schürze. Neely fragte sich, ob Mrs. F. wohl wußte, daß die Hausherrin eine Vampirin war.

»Unsinn«, sagte die gute Frau. »Sie haben dunkle Ränder unter den Augen, und wenn Sie es mir nicht übelnehmen, Miss, würde ich sagen, daß Sie ein bißchen Pflege brauchen. Außerdem sollten Sie die Zeitverschiebung nicht vergessen. Sie werden Ihren Aufenthalt in England sehr viel mehr genießen, wenn Sie Ihrem Körper und Ihrem Geist ein bißchen Zeit lassen, sich anzupassen.«

Im ersten Moment war Neely versucht, zu weinen. Sie konnte sich nicht entsinnen, wann jemand sie zuletzt mit soviel Zärtlichkeit behandelt hatte, mit Ausnahme von Aidan natürlich.

Sie fürchtete, daß er von Kräften, die sie nicht einmal zu benennen vermochte, zerstört werden könnte, aber ihrem Schmerz haftete auch eine Spur von Selbstmitleid an. Sie *war* erschöpft, ganz zu schweigen von ihrer Verwirrung und ihrer Angst, und sie brauchte wirklich Zeit, um zu genesen, ihre Gedanken zu ordnen und Zukunftspläne zu machen.

Während Mrs. F. das Feuer im Kamin schürte, tat Neely so, als äße sie ihren Toast. »Arbeiten Sie schon lange für . . .?« Verwirrt brach sie ab. Wie sollte sie Maeve nennen? Miss Tremayne? Die Frau mit den Vampirzähnen? Rasch formulierte sie ihre Frage neu. »Sind Sie schon lange hier?«

»Ein paar Jahre«, erwiderte Mrs. F. »Madam ist nicht oft zu Hause, und deshalb ist die Arbeit leicht — was mir sehr zugute kommt, meiner Knie wegen, die längst nicht mehr sind, was sie einmal waren. Das eigentliche Saubermachen besorgt eine Firma, sie kommen einmal in der Woche. Ich erledige nur leichtere Arbeiten, wie Staubwischen, das Telefon beantworten und so weiter. Manchmal allerdings gibt Madam Parties, und dann geht es hier rund.«

Neely lächelte, obwohl sie noch immer das Gefühl hatte, in Stücke zerbrochen und nur unvollständig wieder zusammengeklebt worden zu sein. Die Haushälterin schien keine Ahnung von Maeves wirklichem Leben zu haben und würde die Wahrheit auch sicherlich nicht glauben. Und wer konnte ihr das schon verübeln?

»Wie haben Sie Miss Tremayne kennengelernt?« fragte Mrs. F. ganz unerwartet.

Neely schob das Tablett beiseite. »Ich bin eine Freundin ihres Bruders.«

Mrs. F. warf einen mißbilligenden Blick auf Neelys unberührtes Frühstück, enthielt sich jedoch einer Bemerkung. Im nächsten Augenblick leuchtete ihr Gesicht auf. »Eine Freundin von Mr. Aidan!« rief sie entzückt aus. »Ein echter Gentleman, kann ich nur sagen! Und wie gut er aussieht — er bringt mich heute noch zum Erröten, obwohl ich doppelt so alt bin wie er.«

Neely dachte an Aidans Geburtsdatum — im Frühling 1760 — und seufzte wehmütig. Sie wußte nicht, ob sie je das Rätsel verstehen würde, das Aidan Tremayne darstellte. »Sie sind jünger, als Sie glauben«, sagte sie zu Mrs. F.

Die Haushälterin nahm das Tablett und ging, und Neely griff nach den Zeitungen.

USA Today berichtete nichts über die Hargroves — Elaines Begräbnis und der darauf folgende ›Nervenzusammenbruch‹ des Senators waren längst keine Nachricht mehr. Die Londoner *Times* hingegen brachte einen kurzen Artikel über Dallas Hargrove.

Der Senator hatte sich eine Lungenentzündung zugezogen, und obwohl in medizinischer Hinsicht alles für ihn getan wurde, schien er nicht darauf anzusprechen. Neely vermutete, daß er sterben wollte; ohne Elaine, seine Freiheit und seinen guten Ruf sah er wohl keinen Sinn mehr im Leben.

Neely faltete die Zeitungen zusammen, legte sie auf den Nachttisch und schlug die Bettdecke zurück. Ein gelber Nebel braute sich vor den Fenstern zusammen, die Luft war trotz des Feuers im Kamin kühl.

Vampirwetter, dachte Neely. Eine halbe Stunde später verließ sie das Zimmer, in grauen Kaschmirhosen und passendem Pullover, die vermutlich Maeve gehörten. Sie würde sich zuerst das Haus ansehen, dann ihre Freundin anrufen, Wendy Browning, die in London studierte, und ein Treffen mit ihr vereinbaren. Am Nachmittag konnte sie dann, falls sie sich danach fühlte, Kleider für sich einkaufen. Sie hatte nur das mitgebracht, was sie im Flugzeug getragen hatte, und sie konnte sich schließlich nicht ständig Sachen von Maeve ausleihen.

Neely fand die Treppe in den zweiten Stock und stieg langsam hinauf. Wo in derartigen Häusern sonst die Dienstbotenquartiere untergebracht waren, befand sich hier nur ein leerer, zugiger Raum.

Neelys Schritte hallten von den Wänden dieses einsamen Dachbodens wider, als sie sich dem Gegenstand näherte, der den Raum beherrschte — ein riesiger, altmodischer Webstuhl. Jemand, vermutlich Maeve, hatte begonnen, einen Wandteppich zu weben, doch bisher war nichts als der Saum eines hellen, fast durchsichtigen Kleids zu erkennen, darunter ein Teppich aus braunen und rotgoldenen Ahornblättern und eine welkende, elfenbeinfarbene Rose.

Ein Frösteln erfaßte Neely, und sie schlang die Arme um Ihren Körper.

Aidan, dachte Sie traurig. *Wo bist du?*

Auf einem Tisch an einer Wand lag ein Stapel bereits fertiggestellter Wandteppiche, dem Neely sich jedoch nicht näherte. Sie glaubte, bereits tief genug in Maeves Privatleben geschaut zu haben, und außerdem war dies ein Ort der Trauer. Der Raum kam ihr plötzlich so leblos und hoffnungslos vor wie ein Friedhof.

Rasch wandte sie sich ab und verließ den Dachboden.

Im ersten Stock befanden sich eine Reihe von Schlafzimmern, Bäder und ein Wohnzimmer. Neely ging ins Erdgeschoß weiter, wo sie einen altmodischen und sehr eleganten Salon entdeckte, eine Kombination aus Bibliothek und Arbeitszimmer, ein geräumiges Speisezimmer, die Küche und eine Bildergalerie.

Der Morgen zog sich endlos hin, und pünktlich um eins servierte Mrs. F. in der Küche einen Lunch aus Spiegeleiern, Salat und eingekochtem Obst. Neely zwang sich, etwas zu essen, dann ging sie in die Bibliothek, um Wendy Browning anzurufen.

Ein Anrufbeantworter stellte sich ein. »Hi, hier spricht Wendy. Jason und ich sind unterwegs. Sprechen Sie eine Nachricht auf das Band, und wir werden Sie zurückrufen. Bis dann.«

Neely lächelte, als sie ihren Namen hinterließ und die Nummer, unter der sie zu erreichen war. Sie freute sich schon sehr auf das Wiedersehen mit Wendy, obwohl ihr noch nicht ganz klar war, wie sie ihrer Freundin die Zerstörung ihres Sommerhauses in Maine erklären sollte. Vielleicht war es besser, eine Lüge zu erfinden, oder so zu tun, als wüßte sie nicht, wie es zu der Explosion gekommen war.

Während der düstere Tag verstrich und die Abenddämmerung sich näherte, wurde Neely immer unruhiger. Obwohl sie die Nacht ein wenig fürchtete, freute sich sich in gewisser Weise darauf, weil sie hoffte, daß sie ihr Aidan bringen würde. Um sich zu zerstreuen, bestellte sie sich ein Taxi, und während sie darauf wartete, versuchte sie, sich über ihre widersprüchlichen Gefühle klarzuwerden.

Es war durchaus möglich, daß Aidan kam, doch genausogut konnten auch Maeve, Valerian oder andere Vampire, die sie nicht einmal erkennen würde, in diesem Haus erscheinen. Das Taxi fuhr jedoch vor, bevor sie das Problem gelöst hatte, und sie zog rasch ihren Mantel an und eilte auf die Straße.

Ein Einkaufsbummel würde sie ablenken.

Neely mied die teureren Geschäfte wie Harrod's, die Designerläden und Boutiquen und verbrachte den Rest des Nachmittags in einem sehr interessanten Secondhandshop namens *Tea and Sympathy*.

In der hektischen Atmosphäre fühlte Neely sich sicher und unauffällig; es gelang ihr sogar für eine Weile, zu vergessen, daß Vampire wirklich existierten und sie sich hoffnungslos in einen verliebt hatte.

Sie kaufte sich einen schwarzen Rock, der angeblich einmal einer Prinzessin gehört hatte, mehrere Paare ähnlich königlich aussehender Wollhosen, einige Pullover in hellen Farben und ein schwarzes, paillettenbesetztes Abendkleid. Auf dem Heimweg ließ sie den Taxifahrer vor einem Miederwarengeschäft halten, wo sie noch Unterwäsche kaufte, Strumpfhosen und drei Nachthemden aus weichem Baumwollstoff.

Nach ihrer Rückkehr in Maeves Haus zog Neely sich in die Gästesuite zurück, und Mrs. F. kam, um ihr Tee und Plätzchen zu bringen und das Feuer zu schüren. Neely trank ein wenig Tee aus einer zierlichen Porzellankanne, aß zwei Plätzchen und sortierte ihre neue Garderobe.

Wendy rief kurz vor dem Dinner an, und sie und Neely verabredeten sich für den nächsten Tag zum Mittagessen, in einem Lokal in der Nähe der Theaterakademie.

»Ist irgend etwas Aufregendes geschehen, seit wir uns zum letztenmal gesehen haben?« fragte Neely, während sie nervös die Telefonschnur um den Zeigefinger wickelte und sich vorstellte, wie sie ihre eigenen Erlebnisse berichten würde — *stell dir vor, Wendy, ich habe mich in einen Vampir verliebt!*

Wendys Stimme klang heiter wie immer. »Nun ja, die Polizei aus Timber Cove hat angerufen, um mir zu sagen, daß mein Haus explodiert ist . . . Aber das ist kein Problem, es war gut versichert. Was machst du eigentlich in London?«

Neely unterdrückte den Impuls, ihrer Freundin alles zu erzählen und sprach weder über Aidan und seine geheimnisvolle Mission noch über die anderen Vampire, die ihre Chance, jemals mit Aidan glücklich sein zu können, zu zerstören drohten. »Hast du über den Skandal um Senator Hargrove und seine Verbindungen zu einem internationalen Drogenkartell gelesen?« fragte sie statt dessen ihre Freundin.

Wendy lachte. »Ich lese in letzter Zeit nur noch *Variety* und Shakespeare.« Sie machte eine kurze Pause, und dann klang ein besorgter Ton in ihrer Stimme mit. »Aber was du sagst, klingt gefährlich, Neely. Ist alles in Ordnung bei dir?«

Ihre Besorgnis wärmte Neelys Herz und gab ihr die Bestätigung, daß doch noch normale Menschen auf dieser Welt existierten, fröhliche, liebenswerte Menschen, die nicht an die Existenz von Vampiren glaubten. »Es geht mir blendend«, log Neely, weil sie spürte, wie ihre Fassade allmählich zerbröckelte. »Ich werde dir morgen alles erklären.«

»Gut«, stimmte Wendy zu. »Und vergiß es nicht — um halb eins im *Willy-Nilly*.«

»Ich werde pünktlich sein«, versprach Neely lächelnd. Doch als sie auflegte, wurde sie von einem sehr beunruhigenden Gefühl erfaßt — von der absoluten, unerschütterlichen Überzeugung, daß jemand sie beobachtete.

Vorausgesetzt, Wendy, daß ich den morgigen Tag erlebe, fügte sie stumm bei sich hinzu.

Obwohl Aidan diesmal keine körperlichen Mißhandlungen von der Bruderschaft erfuhr, wurden seine geistigen und emotionalen Kräfte einer harten Prüfung unterzogen.

Man gab ihm einen düsteren Raum im Keller eines abgelegenen Jagdhauses in Schottland und erlaubte ihm, zu kommen und gehen, wie es ihm beliebte, sich selbständig zu ernähren und seine eigenen Kleider zu tragen.

Jede Nacht jedoch, sobald er gespeist hatte, wurde von Aidan erwartet, daß er sich in der Eingangshalle des Jagdhauses präsentierte, wo er in einem großen, geschnitzten Sessel aus mittelalterlicher Eiche den fünf Mitgliedern des Tribunals gegenübersaß.

Die Ältesten saßen an einem langen Tisch und starrten Aidan entweder nur schweigend an oder verhörten ihn. Sie stellten ihm Fragen nach allen nur denkbaren Facetten seines Lebens und erforschten seine höchstpersönlichen Gedanken und Ansichten. Da es nichts gab, womit Aidan sie hätte aufhalten können, weil seine Macht lachhaft gering war im Vergleich zu ihrer, ertrug er diese Verhöre so geduldig, wie er konnte.

Aidan stellte eine Bedrohung für alle Vampire dar, deshalb verlangten einige Mitglieder des Tribunals seine sofortige Exekution. Nur das würde diese Angelegenheit ein für allemal besiegeln.

Andere hingegen — unter ihnen auch Tobias — sprachen sich für ein gerechteres Vorgehen aus. Tremayne habe schließlich kein Verbrechen begangen, wandten sie ein, man dürfe ihn also nicht auf den bloßen *Verdacht* hin, daß er die anderen verraten könne, zerstören. Und im übrigen würde Aidan, falls er den uralten Reinigungsprozeß überstand, sämtliche Erinnerungen an sein Leben unter Bluttrinkern verlieren, ebenso wie alle Macht und alle Eigenschaften, die mit dem Vampirismus einhergingen.

Die Gruppe schien in ihrer Entscheidungsfreudigkeit an einem toten Punkt angelangt zu sein, und es kam ein Moment, in dem Aidan neuen Mut fand. Mit einemmal verlangte er Antworten auf eigene Fragen.

»Sagt mir«, forderte er in der zwölften Nacht der Inquisition,

»wer von euch würde einen sterblichen Menschen in einen Vampir verwandeln, wenn dieser Mensch nicht ausdrücklich darum gebeten hätte?«

Die fünf Mitglieder des Gerichts berieten sich einige Minuten lang, aber Aidan verstand nicht, was sie sagten, weil sie eine eigene, ihm vollkommen fremde Sprache dazu benutzten. Es gab viel, was Aidan nicht über Vampire wußte, trotz seiner zweihundert Jahre langen Karriere als solcher. Aber schließlich hatte er in all dieser Zeit unaufhörlich gegen sein Schicksal rebelliert . . .

Endlich strich sich die archaische Kreatur in der Mitte der Ältesten den weißen Bart und murmelte: »Es gibt kein Gesetz, das uns die Erschaffung neuer Vampire untersagt, ob mit Zustimmung des Opfers oder ohne. Ich persönlich würde gern die Ergebnisse des Experiments sehen, über das wir hier verhandeln, und aus diesem Grund stimme ich dafür, es zu gestatten.«

Aidan setzte zum Sprechen an, aber der Älteste brachte ihn mit einem Blick zum Schweigen. »Der Prozeß ist äußerst schmerzhaft«, warnte er, »und ungemein gefährlich. Es ist zum Beispiel möglich, daß die Silberkordel, die Ihren Geist mit Ihrem Körper verbindet, während der Transformation zerstört wird. Falls dies geschieht, werden Sie weder Vampir noch Mensch sein, und das könnte sich als schlimmeres Schicksal erweisen als das Jüngste Gericht.«

Ein Raunen ging durch den Saal, denn dies war etwas, was jeder Vampir, Magier oder Geist mehr fürchtete als irgend etwas anderes.

Aidan erhob sich langsam, geschwächt von der langen Befragung. Er wagte nicht, an Neely zu denken, obwohl ihr Bild sicher in seinem Herzen verborgen war und ihm Kraft und Mut vermittelte, die gnadenlose psychische Fragerei der Ältesten zu ertragen.

»Wie?« flüsterte er. »Wie wird es geschehen?«

»Setzen Sie sich«, befahl einer der Ältesten scharf.

»Nein«, entgegnete Aidan entschlossen. »Ich habe Ihre Fragen bereitwillig beantwortet. Ich habe Ihnen meine Gedanken und meinen Geist geöffnet und sie von Ihnen prüfen lassen. Jetzt müssen Sie mir sagen, wie ich wieder ein menschliches Wesen werden kann!«

Noch mehr Geraune folgte, dann stand ein weiteres Mitglied des Ältestenrats auf und kam um den Tisch herum. Er trug eine Mönchskutte, die bei jedem seiner Schritte leise raschelte, und hatte langes, rotes Haar und ein stolzes Gesicht mit aristokratischen Zügen.

»In den frühen Zeiten von Atlantis«, sagte er, »wurden bedeutende medizinische Experimente ausgeführt. Wissenschaftler entdeckten das Geheimnis der Unsterblichkeit — durch eine Veränderung der Blutzusammensetzung — und wir, die ersten Vampire, wurden durch ein spezielles System der Blutübertragung geschaffen. Während wir anfangs noch glaubten, unser ... Hunger könne durch intravenöse Übertragungen befriedigt werden, mußten wir schon bald feststellen, daß dies nicht der Fall war. Entweder tranken wir das Blut lebendiger Wesen, oder wir verhungerten.«

Er machte eine kurze, bedeutsame Pause. »Einige von uns zogen dieses Schicksal der Jagd auf Menschen vor, andere ließen sich von der Sonne zu Asche reduzieren«, fuhr er ruhig fort. »Die meisten von uns beschlossen jedoch, weiterzuexistieren, weil es schließlich das ewige Leben war, das wir von Anfang an gesucht hatten.«

Aidan lauschte gespannt.

»Aufgrund unserer einzigartigen Macht entgingen wir der Katastrophe und konnten einen Teil unseres Wissens mit uns nehmen, unglücklicherweise jedoch ging auch sehr viel davon verloren. Es existierte ein Gegenmittel für das, was Sie den *Fluch* nennen und was für uns ein Segen ist. Man erhält eine Transfusion von Blut, das zuvor mit verschiedenen Chemikalien und Kräutern behandelt wurde. Die schreckliche Katastrophe, die unseren geliebten Kontinent ereilte, setzte unseren Experimenten ein Ende, aber einige Dinge sind uns schon bekannt — daß die Prozedur ungemein schmerzhaft ist, zum Beispiel, wahrscheinlich sogar genauso qualvoll, wie in der Sonne zu verbrennen.«

Aidan blieb ungerührt. Kein Leiden konnte schlimmer sein als das, was er bereits erlitt. Er liebte eine menschliche Frau und wagte es nicht, sich ihr zu nähern, und er war gezwungen, Blut zu trinken, um zu überleben. Er war ein Ungeheuer, eine Verirrung der Natur, ein Teufel.

»Das ist mir egal«, sagte er nach langem Schweigen heiser. »Ich würde alles riskieren und jeden Schmerz ertragen, um wieder ein Mensch zu sein!«

Der Vampir, der zuletzt gesprochen hatte — keiner von ihnen, außer Tobias, hatte sich dazu herabgelassen, Aidan seinen Namen zu nennen — stieß einen Seufzer aus und starrte seine Kameraden einen langen Moment schweigend an. Dann richtete er den Blick wieder auf Aidan.

»Bedenken Sie, daß Sie wieder ein ganz gewöhnlicher Mensch sein werden, falls dieses verrückte Unternehmen gelingt. Sie werden eine unbestimmte Anzahl von Jahren leben, älter werden und schließlich *sterben*. Im Zuge der Verwandlung werden Sie all Ihre besonderen Eigenschaften und Ihre ganze Macht verlieren, und mit der Zeit wird sogar die Erinnerung an diese Eigenschaften verblassen. Irgendwann werden Sie nicht einmal mehr an unsere Existenz glauben.«

Aidan entgegnete nichts.

»Sie sollten auch bedenken«, fuhr der ältere Vampir fort, sichtlich bestürzt über Aidans eiserne Entschlossenheit, »daß Sie, wenn Sie sterben, wie alle gewöhnlichen Menschen vor dem Jüngsten Gericht erscheinen werden — wo Sie entweder Vergebung finden oder den Zorn eines Gottes spüren werden, den wir alle fürchten.«

Aidan nickte. Tief in seinem Innersten bewahrte er sich die Hoffnung, mit der Verwandlung auch die Absolution seiner Sünden zu erlangen. Alle Wesen, gute und böse, zitterten bei der Erwähnung Gottes, aber war Gott nicht für seine Gnade und sein Erbarmen bekannt?

»Ich bin bereit, das Risiko einzugehen«, erklärte Aidan.

Wieder seufzte der Älteste. »Dann soll es so sein. Da eine solche Prozedur jedoch nicht leichtfertig in Angriff genommen werden kann, müssen wir die Angelegenheit noch einmal ausführlich besprechen. Wir werden Tobias zu Ihnen schicken, sobald wir zu einer Entscheidung gekommen sind.«

»Ich danke Ihnen«, erwiderte Aidan mit kühler Würde, obwohl er vor Enttäuschung und Ungeduld am liebsten laut geschrien hätte. Er stand auf, wandte sich ab und verließ die Halle, ohne sich noch einmal umzusehen.

Draußen, in der samtenen Schwärze der Nacht, erlaubte er Neelys geliebtem Bild, sich in seinen Gedanken und in seinem Geiste auszubreiten.

Er fragte sich, wie er dazu gekommen war, sie zu lieben, obwohl in zwei Jahrhunderten keine Frau jemals sein Herz berührt hatte, und begriff, daß es keine Antwort darauf gab. Warum verliebte sich ein Mensch oder ein Vampir in einen anderen? Es war ein uraltes Mysterium, das niemand lösen würde, und im Grunde war es auch unwichtig. Von Bedeutung für ihn war nur dieses wundervolle Gefühl, daß seine Seele auf irgendeine Weise mit Neelys verbunden war, und daß er, solange er existierte — als Vampir oder als Mensch — diese Frau lieben, anbeten und *verehren* würde.

Er hatte vergessen, daß derart intensive Gedanken an Neely ihn entweder an ihre Seite versetzten oder sie an seine, und war daher sehr überrascht, als er sich plötzlich im eleganten Badezimmer von Maeves Gästesuite wiederfand.

Neely saß in der Wanne, bis zum Kinn mit duftendem Schaum bedeckt, und stieß einen erschrockenen kleinen Schrei aus, als sie Aidan erblickte. »Was machst du denn hier?« rief sie, doch trotz ihres offensichtlichen Schocks über sein Erscheinen war ihr auch anzumerken, wie sehr sie sich freute, ihn wiederzusehen.

Aidan zuckte die Schultern. »Dieselbe Frage könnte ich dir auch stellen, mein Liebling«, erwiderte er.

Er sah ihre Liebe zu ihm in ihren schönen Augen schimmern.

»Maeve hat mich hierher eingeladen«, erklärte Neely in unsicherem Ton. »Und falls du dich fragst, wie ich hergekommen bin — in einem Flugzeug, Aidan. Es war keine Zauberei.«

Aidan lachte, es klang froh und gleichzeitig verzweifelt. Zu keiner Zeit hatte er sich heftiger ersehnt, ein Mensch zu sein, als in diesem Augenblick. Denn wäre er jetzt ein ganz normaler Mann gewesen, hätte er sich ausgezogen, um zu Neely in die Wanne zu steigen und sie zu lieben, bis beide zu erschöpft wären, um auch nur die Wanne zu verlassen. Aber er war eben leider kein Mann, sondern ein Ungeheuer, und er befürchtete, daß Neely, wenn sie seinen bleichen, statuenhaften harten Körper sah, Abscheu vor ihm empfinden würde.

Mit gespielter Lässigkeit lehnte er sich an den Türrahmen. »Ich wußte gar nicht, daß du meine Schwester kennst«, bemerkte er.

»Von *kennen* kann keine Rede sein«, erwiderte Neely, die bei der Erwähnung von Maeve sichtlich nervös geworden war. »Sie sagte nur, in diesem Haus sei ich in Sicherheit, falls irgendeiner deiner Vampirfreunde beschließen sollte, sich mir zu nähern. Allerdings ist es auch sehr gut möglich, daß sie mich persönlich töten will, um sicherzugehen, daß die Aufgabe korrekt erledigt wurde.«

Aidan fuhr sich mit der Hand durchs Haar. »Maeve würde dir nie etwas zuleide tun«, entgegnete er mit ruhiger Überzeugung.

»Sei dir da nicht so sicher!« widersprach Neely rasch. »Sie betet dich an und ist überzeugt, daß ich das Schlimmste bin, was dir je passieren konnte. Nicht nur dir, sondern der gesamten Vampirgesellschaft.« Nach einem tiefen Atemzug maß Neely Aidan mit einem argwöhnischen Blick. »Hat es dir eigentlich je Spaß gemacht, ein Vampir zu sein? Und wenn auch nur für einen Moment vielleicht?«

Aidan hockte sich auf den Toilettendeckel und beugte sich ernst zu Neely vor. »Es hat keinen einzigen Moment in meinem Leben gegeben, in dem ich kein Mensch hätte sein wollen, falls du das meinst«, antwortete er ruhig. »Es war sehr schön für mich, als ich dich liebte, und ich werde immer die Erinnerung an jenen Abend, als wir auf einem Teppich von Sternen tanzten, in meinem Herzen bewahren.«

Tränen schimmerten an Neelys langen Wimpern. »Kannst du . . . könntest du mich noch einmal lieben — aber diesmal auf ganz normale Art?«

Aidan fühlte sein Herz in tausend Stücke zerbrechen. »Es ist möglich — technisch ja, falls du mir den Ausdruck nicht übelnimmst — aber . . .«

»Aber was?« Es klang ungeduldig, irritiert. »Du hast selbst gesagt, du hättest keine Angst mehr, mich . . . in den Hals zu beißen, und wir haben uns schon einmal geliebt, falls du das vergessen haben solltest. Begehrst du mich nicht, Aidan? Ist es, weil ich nicht wie ein Vampir aussehe und mich nicht wie einer anfühle?«

»Nein«, erwiderte er schroff, weil er sie so sehr begehrte und wußte, daß er seinem Verlangen nicht nachgeben durfte. »Es ist, weil *ich* wie ein Vampir aussehe und mich so anfühle.«

Sie starrte ihn an. »Das stört mich nicht«, sagte sie dann, hob einen Fuß aus dem Wasser und berührte mit dem Zeh den Wasserhahn. »Angenommen, ich würde dir sagen, daß ich den Gedanken sehr reizvoll finde? Verdammt, Aidan — du ahnst ja gar nicht, wie sehr er mich reizt!«

Er wandte den Blick ab, denn obwohl er diese Frau auf intimste Weise kannte, überraschte es ihn noch immer, wie unverblümt sie manchmal war. Seine letzte Erfahrung mit der Liebe hatte im achtzehnten Jahrhundert stattgefunden, als junge Damen von Neelys Stand lieber auf einem Scheiterhaufen verbrannt wären, als einem Mann ein derartiges Gefühl einzugestehen.

»Neely«, sagte er schließlich und zwang sich, Neely wieder anzusehen. »Obwohl ich dich niemals bewußt verletzen würde, bin ich sehr viel stärker als du und begehre dich auf eine Art, die einem Fieber gleichkommt. In Augenblicken höchster Erregung wäre ich vielleicht nicht gerade sanft zu dir.«

»Und was ist, wenn ich bereit wäre, das zu riskieren?« entgegnete sie mit zitternder Stimme.

Aidan wußte nicht, ob er lachen oder weinen sollte. »Dann würde ich dir sagen, daß du verdammt eigensinnig bist — und wunderschön, Neely!«

Sie schaute ihn nur an, aber in ihrem Blick lag eine stumme Herausforderung.

All seinen Vorbehalten zum Trotz mußte Aidan lachen. Doch

schon einen Augenblick später setzte er eine ernste, beinahe feierliche Miene auf und reichte Neely wortlos die Hand.

Sie errötete, und ihre Schönheit versetzte Aidan einen schmerzhaften Stich. Er wagte nicht, sie anzuschauen, als sie sich aus dem Wasser erhob und ihre Finger mit seinen verschränkte.

Um dem Moment ein wenig von seinem Ernst zu nehmen, schaute Aidan in die Wanne und zog in Gedanken den Stöpsel heraus. Ein gurgelndes Geräusch erklang, aber Neely ließ sich nicht beirren von seiner Kunst; sie wollte — ganz schlicht und einfach — mit ihm ins Bett.

Er trat zurück, um sie an sich vorbei durch die Badezimmertür gehen zu lassen, und sie schritt an ihm vorbei zum Bett, mit der Majestät und Würde einer Königin. Aidan ging ihr hinterher. Als er vor ihr stand und ihr so nahe war, daß er ihren Herzschlag spüren konnte, streckte sie die Hände nach ihm aus und begann, seinen Pullover hochzuziehen, entblößte zuerst seinen Bauch, dann seine Brust. Schließlich zog sie ihm das Kleidungsstück ganz aus und warf es achtlos auf einen Sessel.

Fasziniert schaute Neely zu ihm auf. »Oh, Aidan!« flüsterte sie. »Du bist wunderschön — es ist fast so, als ob man eine von Michelangelos Statuen berührte!«

Aidan war zutiefst bewegt — er kam sich vor wie das Biest, das sich unter der Zärtlichkeit der Schönen verwandelte. Einen Moment lang befürchtete er sogar, in Tränen auszubrechen. Aber da öffnete Neely plötzlich seine Hose und begann ihn sanft zu streicheln.

Aidans Sinne waren um vieles ausgeprägter als die Sinne eines Menschen, und er stöhnte auf, als sie noch mutiger wurde und ihre Finger um sein Glied schloß. Als ihr Daumen über seine Spitze glitt, befürchtete Aidan, vor Verlangen wild zu werden, ermahnte sich jedoch, daß Neely aus Fleisch und Blut bestand und ihre Knochen unter der zarten Haut zerbrechlich waren. Er zog sie an sich und küßte sie, machte seine Lippen weich und nachgiebig durch einen Trick seines Geistes, und war entzückt, als sie lustvoll aufstöhnte und sich auf das Bett fallen ließ, ihn mit sich ziehend, gierig und wild wie eine Tigerin.

Aidan küßte sie innig, einmal, zweimal und ein drittes Mal, aber es kostete ihn maßlose Überwindung, die Kontrolle über seine Emotionen zu bewahren. Es war ihm, als hätte er schon seit Anbeginn aller Zeiten von dieser Frau geträumt, sich nach ihr gesehnt und sie begehrt.

Er küßte ihre Brüste und erfreute sich an ihren lustvollen kleinen Schreien, als er seine Lippen um eine der zarten rosa Knospen schloß.

»Nimm mich«, flehte Neely schließlich erstickt. »Oh. Aidan... ich sterbe, wenn du mich nicht nimmst...«

Er fand den feuchten, warmen Eingang zu ihrem Körper und ließ sie das ganze Ausmaß seiner männlichen Erregung spüren, einerseits, um sie vor seiner Größe und Härte zu warnen, andererseits, um ihre Sinne noch mehr herauszufordern.

»Nein«, sagte er schroff, als er schließlich mit einer gleitenden Bewegung in sie eindrang, »es geht wirklich nicht an, daß du auf etwas verzichten sollst, das ich dir so bereitwillig geben kann!«

Sie umklammerte seine Schultern, spreizte ihre Finger über seiner Brust und ließ ihre Hände in fieberhafter Erregung über seinen festen Po gleiten. »Aidan«, wimmerte sie. »Tu es... laß mich nicht länger warten...«

Dann begann er sich zu bewegen, und ihr Zauber umhüllte ihn, ihre süße Magie betäubte und quälte ihn, und er war wieder ein Mann und kein Ungeheuer mehr. Seine Tränen — reine Freudentränen — tropften auf ihre Wangen und glitzerten in ihrem Haar wie Diamanten.

Neely wand sich unter ihm, krümmte den Rücken und bat und flehte ihn an um das, was nur er allein ihr geben konnte. Und als sie den Höhepunkt ihrer Ekstase erreichte, durchbrach auch Aidan die unsichtbare Barriere und verlor sich in einem Mahlstrom aus Licht und Ton und einem so intensiven Lustgefühl, daß er für einen Moment lang glaubte, der Himmel habe ihm vergeben und er sei wieder ein Mensch geworden.

»Ich liebe dich«, wisperte sie atemlos, als sie später ermattet, aber noch immer auf innigste Weise vereint, beieinanderlagen.

Aidan küßte Neelys Stirn, entschlossen, die Realität so lange wie möglich von sich fernzuhalten. »Und ich liebe dich«, erwiderte er zärtlich. »Das darfst du niemals vergessen, was immer auch geschehen mag, Neely!«

Ihre Finger glitten streichelnd über seine Brust, ein leises Stöhnen entrang sich ihren Lippen, denn sie spürte Aidan noch immer in sich, und seine körperliche Erregung hatte nicht im geringsten nachgelassen.

»Kann ich . . . kannst du . . .« Neely hielt inne und erschauerte lustvoll. »Könnten wir ein Kind zusammen haben, Aidan? Ist das möglich?«

Die Trauer, die ihn erfaßte, war so allumfassend wie die Freude, die ihn eben noch beherrscht hatte. »Nein«, erwiderte er rauh und war dem Himmel dankbar, daß er ihn nicht befähigte, ein Ungeheuer wie sich selbst zu zeugen.

Neely bewegte sich und flüsterte scheu: »Ich glaube, ich brauche dich . . . schon wieder . . .« Er ließ die Hüften kreisen, und sie umklammerte aufstöhnend seine Schultern. Aus der scheuen jungen Frau war wieder eine anspruchsvolle kleine Hexe geworden. Aidan war erstaunt, mit welcher Hemmungslosigkeit Neely sich ihren leidenschaftlichen Gefühlen überließ.

Er liebte sie wieder und wieder, bis sie in einen erschöpften Schlaf versank. Und da erst zog er sich sanft aus ihr zurück, küßte ihre zarten Brüste und erhob sich vom Bett. Eine Zeitlang blieb er still im Mondschein stehen und betrachtete sie, bewunderte und begehrte sie, obwohl sie ihm unzählige Male Erfüllung verschafft hatte.

Schließlich setzte er sich in einen Sessel neben dem Bett und bewachte Neely, ein Schutzengel von der falschen Seite des Universums. Aidan blieb an ihrer Seite bis kurz vor Morgendämmerung, dann zog er sich in ein dunkles Gewölbe in Maeves Keller zurück.

Dort kauerte er sich an die Wand, ließ den Kopf sinken und schlief.

Weit entfernt in seinem Versteck in der verfallenen alten Abtei bewegte Valerian sich unbehaglich in seinem komaähnlichen

Schlaf. Sie hatte ihn gefunden, er spürte, daß ihre Gegenwart sich wie Nebel auf seinem Körper ausbreitete.

Lisette! dachte er bestürzt.

Und da hörte er sie lachen. *Du erinnerst dich also an mich?* trillerte sie, und ihre helle Stimme schien aus seinem eigenen Kopf zu kommen. *Ist das nicht rührend?*

Da er mehrere Wochen geschlafen hatte, zu tief versunken in seine Trauer, um zu jagen, war Valerian sehr schwach. Seine Kraft hatte sich erschöpft; er besaß keine Möglichkeit, sich zu verteidigen.

Was hast du mit mir vor? fragte er. *Wir waren nie Geliebte, niemals Freunde.*

Du hast Aidan gegen mich aufgehetzt, antwortete Lisettes Stimme, brannte sich in Valerians Gehirn wie ein glühendes Eisen. *Du hast ihn geliebt — wage ja nicht, das zu bestreiten!*

Valerians Seufzer war nicht körperlich, er stieg aus den Tiefen seiner Seele auf. *Ich streite nichts ab, schon gar nicht meine Zuneigung zu Aidan. Ich wäre für ihn gestorben.*

Wie dramatisch, Valerian. Und sterben wirst du in jedem Fall. Einen schrecklichen Tod, mein Lieber.

Mach mit mir, was du willst, erwiderte Valerian, *aber laß Aidan in Ruhe! Du hast ihm bereits geraubt, was am kostbarsten für ihn war — seine Menschlichkeit. Wie kannst du noch mehr verlangen?*

Die gesamte übernatürliche Welt schien zu erbeben unter der Wildheit von Lisettes Zorn, und ihre letzten Worte schallten durch Valerians wunde Seele: *Ich verlange soviel, wie ich will. Und ich lasse mich nicht abweisen . . .*

15

Neely erwachte mit einem merkwürdigen Gefühl der Unwirklichkeit. Sie konnte kaum glauben, daß Aidan sie in der Nacht zuvor besucht hatte, und fürchtete, die Begegnung könnte nur ein Traum gewesen sein. Aber ob Traum oder Wirklichkeit – die Erfahrung hatte ein wundervolles Wohlbehagen in ihr zurückgelassen, und sie war bereits auf, als Mrs. F. anklopfte und ihr das Frühstück brachte.

Die Haushälterin betrachtete den neuen Rock und Pullover, den Neely trug, und lächelte. »Sehr hübsch«, bestätigte sie. »Werden Sie heute ausgehen?«

Neely nickte. Sie wollte wenigstens ein Museum aufsuchen, bevor sie zu ihrer Lunchverabredung mit Wendy Browning und ihrem Freund Jason ging.

Mrs. F. stellte das Tablett ab und schaute zum Fenster, vor dem sich graue Nebelwolken ballten. »Typisches Londoner Wetter heute«, bemerkte sie. »Ziehen Sie sich warm an, Miss. Der englische Wind ist so kalt, daß er durch alle Kleider dringt.«

Neely versprach es. Irgendwie hatte sie heute das Gefühl, daß sich alles zum Guten wenden würde, obwohl sie selbst nicht begriff, woher diese Überzeugung kam.

Als Neely das Haus verließ, um ein wartendes Taxi zu besteigen, vermischte sich der Wind mit eisigem Regen, und der dunkelgraue Himmel verhieß Schnee. Die Fahrt in die Innenstadt war anstrengend, wegen der engen, gefährlichen glatten Straßen, und Neely war froh, als sie schließlich vor einem berühmten Kunstmuseum ausstieg.

Sie bezahlte rasch den Fahrer, eilte die salzbestreuten Eingangsstufen hinauf und blieb in der Halle stehen, um mit beiden Händen ihre halb erfrorenen Ohren zu massieren.

»Guten Morgen«, grüßte eine grauhaarige Frau hinter einem Podium. »Wir bitten all unsere Besucher, sich in unser Gästebuch einzutragen.«

Neely nickte, überreichte ihr den Eintrittspreis und setzte ihre Unterschrift in das Buch. Als sie den ersten Ausstellungsraum betrat, war sie so entzückt, daß sie für eine Weile alles andere vergaß. Es war lange her, seit Neely zum letztenmal ein Museum besucht hatte, und während sie von Saal zu Saal ging, merkte sie nicht einmal, wie die Zeit verstrich.

Als sie endlich auf die Uhr schaute, blieben ihr noch knappe zwanzig Minuten, um *Willy-Nilly* zu finden, wo sie mit Wendy und Jason verabredet war. Aber Neely beeilte sich trotzdem nicht, weil sie unbedingt noch einige Wandteppiche sehen wollte.

Die ersten drei waren recht simpel, stellten plumpe, rotwangige Mädchen mit fließendem Haar und Blütenkronen dar, die mit Einhörnern, Engeln und Feen spielten. Beim vierten Werk allerdings stellte sich Neely verwundert auf die Zehenspitzen.

In stummer Faszination starrte sie zu dem fast drei Meter hohen und fünf Meter breiten handgewebten Teppich auf. Er stellte eine schöne dunkelhaarige Frau dar, ganz eindeutig Maeve Tremayne, eingehüllt in das weite Cape eines gutaussehenden Vampirs, der kein anderer als Valerian sein konnte.

230

Den Hintergrund bildete ein Schloß oder ein altes Kloster, umgeben von einem Eichenwald, der so realistisch dargestellt war, daß sogar die zarten Verästelungen in den Blättern der Bäume zu erkennen waren.

Fasziniert und von Ekel erfaßt zugleich, schlug Neely die Hände vor den Mund. Während sie Maeves Gesicht betrachtete, das cremeweiß war und nur einen schwachen Hauch von Farbe auf den Wangen aufwies, entdeckte Neely Freude in ihren großen blauen Augen und auch eine Spur von Angst.

Der Wandteppich war eine grausame Mahnung, daß noch sehr viele Dinge einer Lösung bedurften, bevor Aidan und Neely auf ein gemeinsames Leben hoffen konnten. Der Anblick erschütterte und verängstigte sie.

»Ist er nicht wunderschön?« fragte eine Frau neben Neely plötzlich. Sie biß sich nur auf die Lippen und nickte stumm.

Die Frau, die ein einfaches braunes Kleid trug, eine Perlenkette und ein Namensschild, das sie als Mrs. Baxter auswies, eine Angestellte des Museums, lächelte und zeigte ihre langen, grauen Zähne. »Dieser Wandteppich ist beinahe zweihundert Jahre alt. Wir haben uns sehr bemüht, ihn in gutem Zustand zu erhalten.«

Neely fand endlich ihre Stimme wieder. »Er ist . . .«

»Ziemlich gräßlich«, stimmte Mrs. Baxter heiter zu. »Aber das Gewebe selbst beweist doch ein schon fast übernatürliches Talent, finden Sie nicht?« Sie machte eine Pause und betrachtete das ominöse Kunstwerk ernst. »Man könnte fast an Vampire glauben, wenn man ein solches Stück betrachtet!«

»Ja, fast«, stimmte Neely erschüttert zu. Von Aidan wußte sie, daß es Valerian gewesen war, der Maeve in einen Vampir verwandelt hatte, auf ihren eigenen Wunsch hin. Dennoch fand Neely es schockierend, eine solch perfekte Darstellung des Ereignisses zu sehen.

Von plötzlicher Übelkeit erfaßt, verließ sie hastig das Museum. Auf der Straße atmete sie erleichtert auf, doch da ein Schneesturm aufgekommen war, konnte sie kein Taxi finden.

Zum Glück lag das *Willy-Nilly*, eine Kombination aus Club und Restaurant, nur wenige Häuserblocks entfernt, und Neely

war fast dankbar für die eiskalte Luft, die sie auf dem Weg ein-
atmete. Als sie die wenigen Stufen in das Kellerlokal hinunter-
schritt, fühlte sie sich schon etwas besser.

Wendy war bereits da und empfing sie lächelnd; ihr kastanienbraunes Haar schimmerte unter den fluoreszierenden Lich-
tern. In einem altmodischen schwarzen Chiffonkleid, einer
geblümten Weste und hochhackigen Pumps aus irgendeinem
Trödlerladen, wirkte sie entzückend theatralisch.

Sie umarmten sich, und Wendys blaue Augen strahlten vor
Glück, als sie Neely ihren großen, gutaussehenden Freund
Jason Wilkins vorstellte.

Neben diesen Menschen begann Neely sich wieder einigermaßen normal zu fühlen, und da sie wußte, daß das Gefühl
vielleicht leider nur vorübergehend war, klammerte sie sich
verzweifelt daran fest.

Bei Krügen dunklen Biers und Fisch und Chips, die auf Zei-
tungspapier serviert und mit Essig besprenkelt wurden, plauderten Wendy und Neely angeregt, wobei sie jedoch darauf
achteten, Jason in ihre Unterhaltung einzubeziehen. Wendy
erzählte Neely zuerst von ihrem Leben in London, dann stützte
sie die Ellbogen auf den Tisch und forderte: »So — und wie war
diese Geschichte mit dem Senator und dem Drogenkartell, von
der du am Telefon sprachst?«

Neely berichtete ihr, was sich ereignet hatte, angefangen von
ihren ersten Verdachtsmomenten bis hin zu dem Augenblick,
als sie das gesamte Beweismaterial dem FBI übergeben hatte.

Wendys Augen wurden immer größer. »Sie haben dir nicht
geholfen?«

»Ich habe mich zuerst an die falschen Leute gewandt. Ich
nehme an, daß sie die Beweise gleich vernichtet haben.«

»Hast du dich an die Polizei gewandt?« warf Jason ein.

Neely schüttelte den Kopf. »Nein. Nach dem Debakel mit
dem FBI hatte ich Angst, noch irgend jemandem zu vertrauen.
Ich verbarg die Kopien, die ich von den Dokumenten angefertigt hatte . . .« Sie brach ab, errötete und schaute Wendy dann
offen an. »Ich bin zu deinem Haus in Maine gefahren und habe
sie unter einer losen Diele im Schuppen versteckt. Dann bin ich

mit dem Bus nach Bright River gefahren, wo mein Bruder lebt. Aus verständlichen Gründen hielt ich es für besser, für eine Weile unterzutauchen.«

»Vielleicht war es falsch, auf direktem Weg zu Ben zu fahren«, bemerkte Wendy. Falls sie ahnte, daß zwischen Neelys Problemen und der Explosion ihres Hauses eine Verbindung bestand, ließ sie es sich nicht anmerken. »Ich meine, dort hätten sie dich doch zuerst gesucht.«

»Ich weiß.« Neely seufzte. »Aber ich war zu keinem klaren Gedanken fähig, Wendy — ich war sehr verängstigt und verwirrt.« Den aufregendsten Teil der Geschichte — ihre Liebesaffäre mit einem Vampir — hob sie sich lieber für ein anderes Mal auf.

Bedauernd schaute Wendy auf ihre Uhr. »So faszinierend das alles ist«, meinte sie, »haben Jason und ich leider in zehn Minuten Unterricht.« Sie deutete auf das schmale Fenster, durch das vorübergehende Füße und Schneematsch zu sehen waren. »Ist dir klar, daß wir den Schneesturm des Jahrhunderts haben? Du solltest besser heute abend in der Stadt bleiben; die öffentlichen Verkehrsmittel sind gefährlich.«

Neely nickte abwesend; ein bißchen Schnee war das geringste ihrer Probleme.

»Ich würde dich ja einladen, bei mir zu übernachten, aber ich habe leider nur eine Ausziehcouch«, sagte Wendy, als sie aufstand. Jason half ihr in den Mantel, bevor er seinen eigenen anzog, und Neely versetzte es einen Stich. Jason und Wendy lebten ein ganz normales Leben, verbrachten ihre Tage und ihre Nächte miteinander. Wahrscheinlich würden sie sogar zusammen alt werden, anders als Neely und Aidan, denn nur Neely würde altern.

Neely verabschiedete sich und versprach, bald anzurufen. Dann waren ihre Freunde fort, und sie fühlte sich, als hätten sie sie in einer leeren Welt zurückgelassen.

Nach einer Weile ging sie hinaus in die abendliche Kälte. In einem alten Hotel auf der anderen Straßenseite mietete sie das letzte freie Zimmer und rief Mrs. F. an, um ihr zu sagen, daß sie heute abend nicht nach Hause kommen würde.

233

Die mütterliche Haushälterin forderte sie auf, ihre Füße warm zu halten und mehr Zitrone als sonst zu ihrem Tee zu trinken, und Neely versprach, ihre Ratschläge zu befolgen.

Nachdem sie aufgelegt hatte, wagte sie sich noch einmal ins Foyer des Hotels hinaus, um Zeitungen und ein Taschenbuch zu kaufen. Wieder zurück in ihrem Zimmer, bestellte sie Tee und Gebäck und machte es sich im Bett bequem, um den Sturm abzuwarten.

Die Luft in Valerians engem Versteck pulsierte förmlich von Lisettes Anwesenheit. Er fühlte ihre Energie und ihren grenzenlosen Haß, war jedoch halbverhungert und zu geschwächt, um gegen ein so mächtiges Wesen den Kampf aufzunehmen.

Sie verkörperlichte sich im ersten Zwielicht und kauerte sich dicht neben ihn. Valerian starrte sie nur an, zu schwach, um mit Worten oder durch seinen Geist mit ihr zu sprechen.

Die Tatsache, daß Lisette so wunderschön war, machte alles nur noch schlimmer für ihn. Valerian war immer ein großer Bewunderer von Schönheit gewesen, männlicher oder weiblicher, und deshalb schmerzte es ihn sehr, eine solch abgrundtiefe Bosheit unter einer so unvergleichlich schönen Hülle zu wissen.

Lisette lachte und kitzelte Valerian spielerisch unter dem Kinn, wo seine Haut dünn war wie Papier und trocken wie Asche. »Du hältst mich also für böse?« fragte sie amüsiert. »Was für ein Heuchler du doch bist, Valerian — ausgerechnet du sagst das, der sich stets sein Vergnügen gesucht hat, wo immer es zu finden war?«

Langsam und unter großer Kraftanstrengung schüttelte er den Kopf. »Nein«, krächzte er. »Ich finde keinen Geschmack an Unschuldigen.«

Sie lächelte, aber ihre blaugrünen Augen wurden hart vor Zorn. »Wie nobel von dir, mein Freund! War die schöne Maeve Tremayne nicht etwa auch unschuldig, als du sie gefunden hast? Und was ist mit deinen so zahlreichen und so unterschiedlichen Liebhabern, Valerian? Waren sie alle Vampire, als du sie

234

verführtest, oder waren einige von ihnen nicht hilflose Menschen, die keine Ahnung hatten, mit welchem Ungeheuer sie sich einließen?«

Valerian schloß für einen Moment die Augen. »Hör auf!« keuchte er dann. »Du wirst nichts damit erreichen, mich zu quälen.«

»Ich werde *alles* erreichen!« zischte Lisette. »Und deine Qualen haben gerade erst begonnen, Valerian.« Mit diesen Worten richtete sie den Blick auf die Außenmauer seines engen Verstecks, und die Steine explodierten, stiegen in die Höhe wie von einer unsichtbaren Hand geschleudert und prasselten auf den hartgefrorenen Erdboden zurück.

Einen flüchtigen Moment lang fühlte Valerian sich versucht, sie um Gnade anzuflehen, um sein Leben zu bitten, doch dann übermannte ihn wieder Verzweiflung. Was hätte es ihm schon nützen können, sich zu retten? Welches Recht auf ewiges Leben besaß jemand wie er, der alles beschmutzt hatte, was geheiligt war?

Und deshalb rührte er sich nicht und blieb in seiner Nische hocken.

Lisette kletterte über ihn hinweg, absichtlich grob, wie ihm schien, und blieb in dem weichen Pulverschnee draußen stehen. Mit einem ärgerlichen Ausruf griff sie in die Mauervertiefung und zerrte Valerian heraus, benutzte ihre legendäre Kraft, um ihn aus seinem schützenden Versteck zu ziehen wie ein Baby, das zu früh aus dem Mutterschoß geholt wurde.

Zerbrechlich wie Kristall lag Valerian hilflos in ihren Armen, den Kopf an ihre kalte Brust gelehnt. Eine Zeitlang stand sie nur da, wiegte ihn und murmelte ein Schlaflied, doch dann begann sie sich über den verschneiten Boden zu bewegen.

Auf diese Weise reisten sie, ein schauriges Paar in einer kalten Winternacht, für mindestens fünfzehn Minuten. Dann erkannte Valerian den ungesegneten Boden hinter den Außenmauern der Abtei wieder, den vergessenen Ort, wo Ketzer und Mörder begraben worden waren. Unkraut und Erde hatten längst die Grabsteine verdeckt, mit Ausnahme von einem einzigen, der schon immer dagewesen war, aber Valerian war sich der ver-

235

modernden Skelette und mumifizierten Leichen bewußt, die unter der Erde ruhten, und erschauerte.

Lisette legte ihn mitten auf diesen trostlosen Platz, und er brachte noch immer nicht die Kraft auf, sich gegen sie zu wehren. Sie spreizte seine Arme und Beine und nagelte sie mit einem geistigen Befehl fest, mit Fesseln, die unnachgiebiger waren als die dicksten Eisenketten. Und da begann er zum erstenmal so etwas wie wirkliche Furcht zu verspüren.

Als sie ihre Arbeit beendet hatte, schaute sie lächelnd auf ihn herab. »Aidan wird deine Verzweiflung spüren und dir, närrisch wie er ist, zu Hilfe eilen. Und dann werde ich ihn zerstören.«

Valerian stöhnte und verbannte Aidans Bild mit letzter Kraft aus seinem Bewußtsein. Wenn er nicht nach Aidan rief, nicht an ihn dachte, würde der andere Vampir Lisette vielleicht nicht in die Falle gehen.

Lisette erkannte Valerians Bemühungen und lachte verächtlich. »Ihr seid alle Idioten«, sagte sie, nachdem ihr schrilles, schreckliches Gelächter verstummt war. »Seit wann benehmen sich Vampire wie verliebte Menschen, retten einander und spielen Kavaliere und edle Ritter? Wo bleibt dein weißes Pferd, Valerian?«

Valerian erwiderte nichts. Er begann bereits das Bewußtsein zu verlieren, spürte, wie sein Geist in die kalte Erde eindrang und dort wie Rauch die Gebeine der Toten umgab. So schrecklich die Vorstellung auch war, wünschte er sich jetzt doch sehnlichst, am Morgen, wenn die Sonne aufging, so unempfindlich zu sein wie diese Toten. Die heißen Sonnenstrahlen würden sein Fleisch verzehren wie ein Säureregen, nur sehr viel langsamer. Noch lange, nachdem sein irdischer Körper eine rauchende Hülle war, würde er in ihm gefangen sein und Qual verspüren, bis seine Gedanken ausgedrückt wurden wie die Flamme einer Kerze.

Und danach würde er sich in Dantes Version der Hölle wiederfinden, auf der Schwelle zu einer Ewigkeit des Leidens.

Er stöhnte laut auf bei dieser Vorstellung, und Lisette lachte wieder, doch dann stieß sie ein unheimliches Kreischen aus und schrie zum nächtlichen Himmel auf: »Laß alle Vampire zu sehen, damit sie nie vergessen, was es bedeutet, mich zu verraten!«

Im nächsten Augenblick begann ein sanfter, kühler Schnee zu fallen. Die weichen Flocken bedeckten Valerians geschlossene Augen, die hohlen Stellen in seinem hageren Gesicht und an seinem Körper, und ganz plötzlich erinnerte er sich wieder daran, wie es gewesen war, ein menschliches Wesen zu sein, ein Junge, nicht älter als acht Jahre. Er erinnerte sich an das Atmen und an die regelmäßigen Schläge seines Herzens; er hörte sein eigenes Lachen, spürte es in seiner Kehle und fühlte die warmen, geschmeidigen Muskeln in seinen Beinen, als er rannte, in einem Schneesturm wie diesem.

Einen winzigen Augenblick lang war Valerian wieder unschuldig und rein, war frei und glücklich, und die gewaltigen Mächte des Himmelreichs schauten mit gutmütiger Nachsicht auf ihn herab.

Kurz bevor er das Bewußtsein verlor, spielte ein Lächeln um seinen Mund.

Aidan erwachte in Maeves Keller, ausgeruht nach einem ganzen Tag ungestörten Schlafs und fest entschlossen, Neely aus dem Weg zu gehen, solange es nur möglich war. Er wußte, daß die Bruderschaft ihn überwachte, obwohl sie ihm die Illusion ließ, daß er frei war, während die Ältesten über sein Schicksal entschieden. Auf keinen Fall wollte er ihre Aufmerksamkeit auf die Frau lenken, die er liebte.

Mit einem Blinzeln versetzte er sich in sein Zimmer im ersten Stock des alten Herrenhauses. Er benutzte den Raum nur selten, doch nun hatte er das Bedürfnis, sich umzuziehen. Danach würde er im London des neunzehnten Jahrhunderts auf die Jagd gehen, vielleicht unter dem Gesindel, das den Kai bevölkerte, und später nach Valerian sehen. Bestimmt hatte der ältere Vampir seinen Groll inzwischen überwunden, und sie würden reden können. Aidan war begierig, seinem Freund zu berichten, daß es möglich war, wieder ein Mensch zu werden; er fragte sich, ob auch andere Vampire sich zu diesem Schritt entschließen würden, falls es ihm gelingen sollte, die Verwandlung durchzuführen.

Aidan pfiff leise vor sich hin, als er seinen elegantesten Abendanzug anzog — schwarze Hosen mit schimmernden Silberstreifen an den Beinen, einen langschößigen Frack, ein gerüschtes weißes Hemd aus feinstem Leinen, eine schmale schwarze Smokingschleife und einen Zylinder. Über die glänzenden schwarzen Schuhe legte er Gamaschen an und vervollständigte seine Aufmachung mit einem langen, mit Goldborte gesäumten Cape.

Er schaute an sich herab, stellte fest, daß er wie ein echter Vampir aussah, hob die Arme über den Kopf und löste sich in grauen Dunst auf.

Diese Art zu reisen werde ich vermissen, gestand Aidan sich im stillen ein, als er sich in einer schmutzigen, von Ratten bevölkerten Hafengasse wieder verkörperte, direkt hinter einem Lokal, das eine Mischung aus Bordell und Opiumhöhle darstellte.

Der abendliche Nebel ließ die Silhouetten der leeren Kisten und Whiskyfässer, die überall herumstanden, wie Tänzer eines gespenstischen Balletts erscheinen. Aidan wartete; nur wenige Schritte weiter erblickte er eine Leiche, die zusammengekauert an einer Hauswand lehnte.

Er erschauderte vor Abscheu und versuchte, das tote Ding zu ignorieren, aber das war nicht leicht. Aus den Augenwinkeln sah er den Geist aus dem Körper emporsteigen und vernahm sein verzweifeltes, empörtes Aufheulen.

Plötzlich stürzte er sich auf Aidan, eine blaugraue Blässe aus flackerndem Licht, kreischend und geifernd. Die Kreatur war — oder war es vor ungefähr einer halben Stunde noch gewesen — ein Seemann, ein Knabe noch, noch keine fünfzehn Jahre alt. Er war seiner wenigen Pennies, die er noch besaß, beraubt und dann erstochen worden.

»Geh«, sagte Aidan, freundlich, aber in einem Ton, der keinen Widerspruch duldete. »Hier gibt es nichts für dich. Such das Licht, und folge ihm, wohin es dich führt.« Er war sich

238

nicht viel sicherer als das Gespenst selbst, daß es ein Leben nach dem Tode gab, aber als kleiner Junge hatte er seine Mutter diese Worte einmal zu einem Sterbenden sagen hören. Der Unglückliche war von einer Kutsche überfahren worden und hatte entsetzlich gelitten, doch die Worte des Tavernenmädchens hatten ihm einen gewissen Trost vermittelt.

Aidan wollte gerade weitergehen, als eine große, korpulente Frau aus einer der Hintertüren stürzte und ein mageres, halb verhungertes Kind mit sich zog. Draußen packte die betrunkene Vettel das Mädchen — sie war erst zwölf, sah Aidan mit einem raschen Blick in ihren Geist — an den Haaren und schleuderte es hart gegen eine Mauer.

Das Kind schrie hysterisch wie ein Tier in einer Falle. Sie hatte in der Küche etwas gestohlen, ein Stück Brot und eine Scheibe Käse, und die Frau hatte sie dabei erwischt.

»Jetzt wirst du dein blaues Wunder erleben!« kreischte die fette Alte. »Und dann werden wir sehen, ob du Dorcus Moody noch einmal bestiehlst, du verdammtes Luder aus dem Arbeitshaus!«

Aidan löste sich aus den Schatten, ein beeindruckender Anblick in seinen eleganten Kleidern, und beide, das Kind und die alte Hexe, starrten ihn an wie eine Erscheinung.

»Wie heißt du?« fragte er das Mädchen sanft.

Dorcus Moody rührte sich nicht, denn Aidan hatte sie an ihrem Platz festgefroren.

»Effie«, war die schüchterne Antwort.

»Du hast das Brot und den Käse für deine Mutter genommen«, sagte Aidan, weil er soviel bereits erkannt hatte.

Effie nickte.

»Sie ist krank.«

Wieder nickte das Kind. »Sie haben uns aus dem Arbeitshaus hinausgeworfen — mein Bruder machte Ärger, als einer der Jungen seine Hand unter meinen Rock schob.«

Aidan bedeutete Effie, zu warten, schlüpfte in die düstere Tavernenküche und ergriff zwei Brotlaibe, einen großen Käse und eine Hirschkeule. Nachdem er dies alles in einen Sack gesteckt hatte, trug er ihn hinaus und überreichte ihn schweigend dem kleinen Mädchen.

Dorcus Moody stand noch immer mit zum Schlag erhobener Hand vor der Mauer, ihre Augen und Muskeln so starr, als ob bereits die Totenstarre eingesetzt hätte.

Effie nahm den Sack mit den Lebensmitteln an sich und wandte sich auf bloßen Füßen, die blau vor Kälte waren, um. Ohne Aidan oder Mistress Moody einen zweiten Blick zu schenken, hastete sie davon.

Aidan ging um Dorcus Moody untersetzte Gestalt herum und lächelte in ihr reglos starrendes Gesicht. Sie hatte eine Warze neben ihrer Nase, und ein dünner Speichelfluß rann über ihr Kinn.

»Darf ich um diesen Tanz bitten?« fragte Aidan mit einer angedeuteten Verbeugung, ergriff ihre Hände wie zu einem Walzer und senkte seinen Mund auf ihre Halsschlagader.

Er ließ sie neben dem toten Seemann liegen, mit schwach, aber noch regelmäßig pochendem Puls. Sie ist eine bösartige Kreatur, diese Mistress Moody, dachte Aidan, als er sich von ihr entfernte, aber ihr Blut ist berauschend wie feinster Madeira.

In der Finsternis der Gasse wandte er sich um und zog seinen Hut vor ihr. »Mögen Sie weiterleben, um einen weiteren Vampir zu nähren, Edle Dorcus«, sagte er spöttisch.

Sie gab einen leisen Ton von sich, der tief aus ihrer Kehle kam.

Das Bild erschien Aidan aus dem Nichts heraus, als er die Gasse verließ; er sah Valerian, an den Boden auf irgendeinem verlassenen Friedhof gefesselt und die Morgendämmerung erwartend.

Aidan stieß einen Fluch aus, um sodann seine ganze Kraft auf einen einzigen Gedanken zu konzentrieren: *Valerian!*

Die Antwort war schwach, formte sich jedoch augenblicklich in Aidans Bewußtsein: *Halte dich von mir fern! Ich flehe dich an — bleib, wo du bist!*

Aidan war schon im Begriff, die Bitte zu ignorieren und Valerian aufzusuchen, wie er Maeve aufgesucht hätte oder Neely, als jemand am Rande einer Gruppe betrunkenen Pöbels hart gegen seine Schulter stieß.

»Ich würde es nicht tun an Ihrer Stelle«, sagte Tobias gutmütig. »Sie könnten Valerian nie alleine retten.«

Tobias hatte recht, aber Aidan konnte Valerian nicht im Stich lassen, obwohl die Rechnung zwischen ihnen ausgeglichen war. Ja, Valerian hatte ihn einmal gepflegt, als er krank gewesen war, hatte ihn ernährt und Neely zu ihm gebracht, aber Aidan hatte auch Valerians Leben gerettet, nach seinem Versuch, zu weit zurück in die Zeit zu reisen.

»Ich kann ihn nicht verbrennen lassen«, antwortete Aidan.

»Angenommen, ich würde Ihnen sagen, daß eine Chance besteht, Sie wieder in einen Menschen zu verwandeln, und daß Sie diese Chance jetzt, in diesem Augenblick, wahrnehmen müssen oder sie für alle Ewigkeit verlieren?« fragte Tobias in sachlichem Ton. Auch er trug Abendkleidung, und wie sie so zusammen durch die schmutzigen Gassen gingen, boten sie einen sehr sonderbaren Anblick in diesem düsteren Teil Londons.

Aidan dachte an Neely, an seine Träume. Er wollte als Mann zu ihr zurückkehren, nicht als Ungeheuer. Er wollte in einem richtigen Bett neben ihr liegen, wollte sie so oft lieben, wie es möglich war, und jeden Tag in der prallen Sonne arbeiten, bis seine Haut glänzte vor Schweiß und seine Muskeln schmerzten. Er wollte wie jeder andere normale Bürger an den Wahlen teilnehmen, abends ein Bier trinken und sich wie jeder andere auch über die zu hohen Steuern beklagen.

Doch trotz allem konnte er Valerian nicht im Stich lassen. Aidan wußte, daß der andere Vampir ihm zu Hilfe eilen würde, wenn die Lage umgekehrt gewesen wäre.

»Ich würde sagen, dann hätte ich Pech gehabt, und sie und die Bruderschaft hätten sich einen schlechten Zeitpunkt ausgesucht«, erwiderte Aidan schließlich. »Bis bald, Tobias.«

Damit verschwand er und fand sich fast augenblicklich auf der verfallenen Mauer einer alten Abtei wieder. Sein Cape flatterte im Wind, und Aidan verspürte eine Art bitterer Belustigung. Vielleicht hatte Valerian nun endlich doch einen Weg gefunden, seine Pläne zu zerstören, selbst wenn es unabsichtlich geschehen war!

Aidan konzentrierte seine Macht zu einem einzelnen, unsichtbaren Strang und fand Valerian sofort. Er befand sich auf der Hügelseite des Klosters, weit hinter den Außenmauern, und war völlig hilflos.

»Verdammt«, murmelte Aidan, schloß die Augen und öffnete sie erst wieder, als er vor Valerians weit gespreizten Gliedern stand.

Der andere Vampir schien mit Wahnvorstellungen zu kämpfen, war nur halb bei Bewußtsein, und als er Aidan neben sich erscheinen sah, stöhnte er verzweifelt auf. »Ich habe dir doch gesagt, daß du dich fernhalten sollst! Sie ist hier . . . sie wartet.«

»Lisette«, sagte Aidan. »Ja, das hatte ich mir schon gedacht.«

Eine gespenstisch schrille Musik erfüllte plötzlich die kalte Nachtluft, und Aidan erhob den Blick von seinem hilflosen Freund zu Lisette, die eine anmutige Pirouette auf einer Grabsteinplatte drehte.

Valerian begann zu weinen. »Warum Aidan — warum bist du gekommen? Ich hätte alles ertragen können, aber was sie dir antun wird . . .«

»Hör auf zu flennen«, wies Aidan ihn kühl zurecht. Er suchte die geistigen Fesseln, die seinen Freund gefangen hielten, prüfte sie im Geiste und stellte fest, daß sie zu stark waren. »Wenn es etwas gibt, was ich verabscheue, dann sind es heulende Vampire!«

Lisette hielt in ihrem schaurigen Tanz inne und streckte ihre Arme nach Aidan aus. Sie schien zu schweben in einer weißen Robe, wie ein Gespenst, das Substanz besaß.

»Komm, tanz einen Walzer mit mir, mein Schöner!«

Aidan näherte sich ihr. Vielleicht hätte er sich nun fürchten müssen, aber darüber war er längst hinaus, er kannte keine Angst mehr und kein Entsetzen, nicht einmal Panik. Eine seltsame Ruhe beherrschte ihn. Wenn er nie wieder ein Mensch sein konnte, nie wieder Neely in den Armen halten würde, dann wollte er lieber sterben.

»Gib Valerian frei. Du hast ihm nichts vorzuwerfen.«

Lisette verzog ihren hübschen Mund zu einem Schmollen, und Aidan erinnerte sich an andere Zeiten, als er sie für eine

Frau aus Fleisch und Blut gehalten und sich an ihren Umarmungen erfreut hatte. »O doch, das habe ich!« entgegnete sie ungehalten. »Er hatte die Absicht, dich in alle Ewigkeit zu seinem Gefährten zu machen!«

»Er hat längst gemerkt, daß das nicht möglich ist. Laß ihn gehen, Lisette.«

Wieder drehte sie eine Pirouette auf dem Grabstein, und ihre rotbraunen Locken glitzerten im Mondschein. Sie lachte, ein silberheller Ton, der eine Spur Wahnsinn enthielt.

»Du dummer Junge«, sagte sie vorwurfsvoll. »Valerian wird bei Sonnenaufgang schreiend sterben, und du ebenfalls, mein Liebster.«

Es war keine leere Drohung, doch Aidan blieb noch immer ruhig. Falls seine Existenz auf diese Weise enden würde, dann sollte es eben so sein. Von einem kosmischen Standpunkt aus gesehen, gab es nur ein Schicksal für ihn. »Ich dachte, du wolltest mit mir tanzen«, entgegnete er ruhig.

Lisette stieg von dem Grabstein und blieb im Schnee vor Aidan stehen. Ein mutwilliges Funkeln erhellte ihre Augen. »Bildest du dir wirklich ein, Aidan Tremayne, daß ich nicht merke, wenn jemand versucht, mich zu bevormunden?«

Er breitete nur die Arme aus, wie unendlich lange Zeit zuvor, als sie auf sommerlichem Gras getanzt hatten, unter einem hellen Sternenhimmel, und er noch nicht geahnt hatte, welches Ungeheuer er da umwarb.

Lisette warf ihm einen koketten Blick zu, bevor sie sich in seine Arme schmiegte. Aidan drehte sich mit ihr, immer wieder, und ihr fließendes weißes Gewand blähte sich um sie wie sein Cape, und nach einer Weile begann Lisette leise zu summen.

Ein- oder zweimal dachte Aidan an das Schauspiel, das sie bieten mußten – er und Lisette, zwei Ungeheuer, die auf einem mondbeschienenen Friedhof Walzer tanzten, während ein hilfloser Valerian auf dem Boden festgenagelt lag wie ein unglücklicher Darsteller aus einem alten Western. Aidan hätte gelacht, wenn er es gewagt hätte, aber die Morgendämmerung war schon nahe, ein schwacher grauer Schimmer überzog den Horizont.

»Du warst so ein reizendes Wesen zu Beginn«, beklagte Lisette sich plötzlich und strich mit der Fingerspitze über Aidans Kehle zu seinem Hemdkragen hinab. »Ich hätte dich nie verwandeln sollen. Das war mein schlimmster Fehler.«

Insgeheim stimmte Aidan ihr zu, obwohl er froh war, daß er lange genug gelebt hatte, um Neely zu begegnen. Denn das wäre natürlich nie geschehen, wenn er nur seine natürliche Anzahl von Jahren gelebt hätte. »Hast du noch andere verwandelt?« fragte er aus einem plötzlichen Impuls heraus. »Valerian zum Beispiel?«

Lisette seufzte und warf einen verächtlichen Blick auf den älteren Vampir. »Diesen unerträglichen Störenfried? Ganz bestimmt nicht, Aidan. Ich weiß nicht, wie er zustandegekommen ist und noch viel weniger, aus welchem Grund, und es ist mir auch egal, ob er von heute an bis ans Ende aller Zeiten in der Hölle schreit.«

»Warum haßt du ihn so sehr?«

»Weil er es gewagt hat, dich zu lieben.«

»Müßtest du dann nicht auch dich selber hassen?«

Lisette blieb abrupt stehen und starrte kalt zu Aidan auf. »Ich liebe dich nicht.«

»Doch, ich glaube, das tust du.«

Sie schwieg einen Moment, völlig reglos, mit ausdrucksloser Miene. »Das ändert nichts!« schrie sie dann ganz unvermittelt und von unbändigem Zorn erfaßt. Im selben Augenblick erschien ein breiter Streifen goldenen Lichts zwischen Erde und Himmel.

Es war fast Morgen.

16

Ein unheimlicher Schrei erschütterte die Erde. Aidan wußte nicht, ob Lisette ihn ausgestoßen hatte, oder Valerian, oder vielleicht sogar er selbst. Der Sonnenaufgang war nur noch Augenblicke entfernt, und schon jetzt fühlte er so etwas wie ein Feuer in allen seinen Poren. Ein scharfer Schmerz durchzuckte seine Augen, er stolperte geblendet.

Neely, dachte er und setzte unwillkürlich die ganze Macht seiner Liebe zu ihr frei, seine Träume und seine Hoffnungen.

Der Name versetzte ihn in eine andere Zeit und an einen anderen Ort, und er landete mit einem harten Aufprall auf einem mit billigem Filz bespannten Boden.

Blindlings rollte er sich zur Seite, als das Morgenlicht ihn wie ein Feuerstoß aus einem Flammenwerfer traf.

»Aidan!« schrie Neely, und er merkte, daß sie sich neben ihn auf die Knie fallen ließ. »Was ist mit dir, Aidan?«

»Das Licht«, keuchte er erstickt.

Sie entfernte sich für einen Moment, er hörte ein zischendes Geräusch, als sie die Jalousien vor dem Fenster herabließ, und er lachte leise, beeindruckt von ihrer schnellen Reaktion, obwohl er schlimmere Qualen ausstand, als er sich je hätte vorstellen können.

Neely kehrte zu ihm zurück, er fühlte ihre Hände auf seinen und merkte, daß sie ihn unter irgend etwas schob und zerrte. Der Schmerz begann ein wenig nachzulassen, aber er konnte auch jetzt noch nichts sehen, nichts außer dem gleißenden Licht, das ihn zu verzehren drohte.

Doch dann spürte er, wie kühlende Dunkelheit ihn einhüllte und den Schmerz ein wenig linderte. »Wo . . . bin ich?« wisperte er.

»Unter meinem Bett im Majestic Arms Hotel«, erwiderte Neely atemlos; er merkte, daß sie im Raum herumeilte und irgend etwas tat. »Nett von dir, vorbeizukommen.«

»Es ist nicht der richtige Moment für schlechte Scherze«, entgegnete er bitter.

Sie kam zu ihm unter das Bett und legte sich neben ihm auf den Boden. Der heitere Ton war aus ihrer Stimme verschwunden; sie klang jetzt schwach, besorgt und sehr, sehr traurig. »Wirst du sterben, Aidan?«

»Wahrscheinlich nicht, dank deiner schnellen Reaktion«, erwiderte er. »Für jemanden, der nie einen Erstehilfekurs für Vampire besucht hat, hast du es sehr gut gemacht, Neely.« Er spürte, daß sie ihn berühren wollte, jedoch aus Angst, ihm noch mehr Unbehagen zu verschaffen, zögerte.

»Ich habe die Decken und Laken über das Bett gezogen, damit das Licht nicht unter die Matratze dringt«, sagte sie leise. Gleich wird sie weinen, dachte Aidan und war so gerührt von ihrer Fürsorge, daß er Neelys eigenen Schmerz als noch quälender empfand als das helle Sonnenlicht.

»Gute Idee«, sagte er seufzend. »Ich glaube, ich werde jetzt für eine Weile das Bewußtsein verlieren. Es könnten Veränderungen auftreten — bitte erschrick nicht . . .«

Tränen schimmerten in ihren schönen Augen. »Gibt es sonst noch etwas, was ich für dich tun kann?«

»Ja. Du kannst Wache halten, sozusagen, und dafür sorgen, daß ich vom Licht verschont bleibe.«

Neely schwieg, machte jedoch keine Anstalten, von seiner Seite zu weichen. Ganz im Gegenteil – sie schmiegte sich an ihn und legte vorsichtig einen Arm um seine Schultern. »Draußen schneit es«, sagte sie nach einer Weile nachdenklich. »Es ist ein richtiger Schneesturm.Die Sonne ist fast ganz hinter den Wolken verborgen.«

Aidan spürte, wie er sich von ihr entfernte, hätte jedoch nicht sagen können, ob es bereits der Tod war oder nur ein heilsamer Schlaf. »Ein Glück«, murmelte er, »obwohl das Licht immer da ist, egal, bei welchem Wetter.« Er öffnete die Augen, aber Neely war nur noch ein schwacher Schatten neben ihm.

Im nächsten Augenblick sank er in eine tiefe Ohnmacht.

Aidan mochte vielleicht nur schlafen, doch es war ebensogut möglich, daß er seinen Verletzungen erlegen war. Neely konnte es nicht bestimmen, weil die üblichen Lebenszeichen – Herzschlag und Atmung – bei ihm nie vorhanden waren. Behutsam, um so wenig Licht wie möglich einzulassen, kroch sie unter dem Bett hervor und stand auf.

Im Zimmer war es düster, weil sie die Vorhänge und Jalousien geschlossen hatte, aber es war trotzdem nur ein karger Ersatz für die tiefe, allumfassende Dunkelheit, die Aidan zu brauchen schien.

Neely hing das *Bitte-nicht-stören*-Schild vor die Tür und verschloß sie von innen. Dann holte sie sämtliche Handtücher aus dem Badezimmer und drapierte sie über den Rand des Betts. Als das erledigt war, kroch sie wieder zu Aidan, umarmte ihn und konzentrierte ihren gesamten Willen darauf, ihm etwas von ihrer Lebenskraft zu übermitteln.

Einmal klingelte das Telefon, aber Neely ignorierte es und verließ die improvisierte Höhle unter dem Bett nur, um ins Bad zu gehen oder ein Glas Wasser zu trinken. Da sie Aidan nicht verlassen wollte, beschränkte sie ihr Frühstück auf eine halbe Tafel Schokolade, die sie in ihrer Handtasche fand, und ermahnte sich, daß es weit schlimmere Dinge gab als einen leeren Magen.

Wie Aidan sterben zu sehen...

Vielleicht war es wirklich die Zeitumstellung, wie Mrs. F. gesagt hatte, aber nach einer Weile schlief Neely tatsächlich ein und träumte von einem neuen, besseren Leben an Aidans Seite.

Maeve erwachte bei Sonnenuntergang, in einer Ecke des ehemaligen Weinkellers der uralten Abtei, und sah, daß Tobias bereits bei Bewußtsein war. Vielleicht hatte er gar nicht geschlafen, er war ein sehr alter Vampir, trotz seines jugendlichen Aussehens, und sie hatte gehört, daß einige der sehr alten keinen Schlaf benötigten und nicht einmal sehr viel Blut.

Sie richtete ihren Blick auf Valerians reglose Gestalt. Seine Haut war grau und geschwollen, er rührte sich nicht, und Maeve nahm keinerlei Lebenskraft in ihm wahr. »Ist er tot?«

Im Grunde interessierte es sie viel mehr, was aus ihrem Bruder geworden war, ihrem geliebten Aidan, aber es war Vorsicht, was ihre Worte bestimmte. Sie war unsicher diesen uralten Vampire gegenüber, wußte zuwenig von ihren Gewohnheiten, um vorauszusehen, wie sie reagieren würden.

»Vielleicht sind wir zu spät gekommen.«

Tobias legte eine Hand auf Valerians entstelltes Gesicht. »Er ist irgendwo weit entfernt von uns«, sagte er nachdenklich. »Er hat sich innerlich von seinem Schmerz entfernt.«

Maeve erschauerte bei der Erinnerung an den Alptraum, der Valerians Rettung vorausgegangen war. Sie hatte Aidans Verzweiflung gespürt und war aus ihrem Versteck zu ihm geeilt. Und hier, auf dem Grabhügel hinter der alten Abtei, hatte sie ihn gefunden, nur wenige Sekunden vor Sonnenaufgang.

Und wenn ich tausend Jahre lebe, dachte Maeve, werde ich niemals diesen entsetzlichen Moment vergessen!

Sie hatte, als sie Lisette erblickte, vor Furcht und Zorn einen gellenden Schrei ausgestoßen, und dann hatte sie Aidans stummen Aufschrei gehört — Neely. — Im nächsten Augenblick war er verschwunden, und Lisette war ebenfalls geflohen.

248

»Kommen Sie!« hatte eine Stimme hinter ihr befohlen. »Schnell!«

Ein Fremder hockte neben Valerians reglosem Körper, als Maeve sich umdrehte, und in stummer Verblüffung schaute sie zu, wie er den hilflosen Valerian auf seine starken Arme hob. Im gleichen Moment hatte sie die ersten sengenden Sonnenstrahlen auf ihrer Haut verspürt und war rasch an die Seite des fremden Vampirs geeilt.

Das Nächste, woran sie sich erinnerte, war die tröstliche Sicherheit des alten Weinkellers gewesen. Dann hatte sie erfahren, daß Valerians Retter, und ihr eigener vielleicht sogar, sich Tobias nannte, einer der ältesten Vampire auf dieser Erde war und der geheimen Bruderschaft angehörte.

»Was ist mit Aidan?« wisperte sie jetzt, als es Nacht wurde. »Wo ist er?«

Tobias zog eine Augenbraue hoch. »Wissen Sie das nicht? Sie sind doch Zwillinge, oder? Verbunden durch ein unsichtbares, unzerreißbares Band?«

»So war es früher«, antwortete sie hölzern. »Bevor . . .«

»Bevor er die Frau kannte?«

Maeve wandte den Blick ab. »Ja. Sie heißt Neely, und Aidan hat sich ihretwegen zum Narren gemacht.«

»Ich weiß«, erwiderte Tobias. »Aber ich glaube, er war von Anfang an nicht für das Leben als Vampir geeignet. Er denkt zu sehr wie ein Sterblicher.«

»Ja«, stimmte Maeve traurig zu. Die Ewigkeit erstreckte sich vor ihr wie ein gähnender Abgrund, und sie begann Valerians grenzenlose Verzweiflung zu verstehen. Sie war ein Vampir geworden, um Aidan nicht zu verlieren, und nun sah es ganz so aus, als sei alles umsonst gewesen. Selbst wenn er Lisette entkommen sollte und irgendwo Sicherheit fand, war er entschlossen, sich entweder selbst zu zerstören oder sich wieder in einen Menschen zu verwandeln. Allein die Tatsache schon, daß sie ihn im Geiste nicht lokalisieren konnte, bedeutete, daß er sich vor ihr verbarg.

»Sagen Sie mir bitte. Wo ist mein Bruder?«

Tobias seufzte. »In London, glaube ich. Er hätte es fast nicht mehr geschafft und ist erblindet, aber das kann nur vorübergehend sein. Die Frau kümmert sich um ihn.«

Maeves Erleichterung war so groß, daß sie ein wenig schwankte. »Was wird jetzt geschehen?«

Der andere Vampir zuckte die Schultern. »Nichts ist bisher entschieden. Einige Mitglieder der Bruderschaft stimmen für das Experiment, während andere der Ansicht sind, daß rebellische Vampire zerstört werden müßten, zu unser aller Schutz und als warnendes Beispiel für jene, die sich gegen unsere Gesetze auflehnen.«

»Ich verstehe«, wisperte Maeve. Es *gab* also einen Weg, sich in einen Menschen zurückzuverwandeln, und Aidan hatte ihn gefunden. Der Gedanke, was ihn bei dieser Transformation erwarten mochte, ließ sie erschauern.

»In beiden Fällen«, sagte Tobias sanft, »wird Ihnen nichts anderes übrigbleiben, als seine Wahl zu akzeptieren.«

»Und Lisette?«

Tobias seufzte. »Ich muß jetzt gehen und für ihn jagen«, sagte er und nickte in Valerians Richtung. »Was Lisette angeht, so weiß ich nicht, wo sie sich aufhält, aber ich bin sicher, daß sie sich in irgendein geheimes Versteck zurückgezogen hat. Sie wird für eine Weile nicht erscheinen.«

»Warum nicht?« fragte Maeve. Sie hatte noch nie einen anderen Vampir gefürchtet, war mit jeder nächtlichen Fütterung kräftiger geworden und hatte gelernt, ihre Macht ständig zu vergrößern. Aber sie wußte, daß Lisette eine äußerst gefährliche Widersacherin war.

»Sie will nichts mit der Bruderschaft zu tun haben«, antwortete Tobias. »Und nun *adieu*, Maeve.«

Damit war er fort, und Maeve blieb allein zurück mit den Spinnweben, den Ratten und Valerians leblosem Körper. Sie ging zu ihm, berührte seine versengte, verfärbte Haut und dachte an eine Zeit zurück, in der sie ihn geliebt hatte.

»Komm zurück«, sagte sie leise.

Eins seiner Augenlider zuckte leicht, aber er schaute Maeve weder an, noch sprach er.

Sie streichelte sein halbversengtes Haar, das einst so herrlich

250

dicht gewesen war. »Du darfst mich nicht verlassen. Valerian«, flüsterte sie. »Ich habe Aidan schon verloren — ich kann nicht auch noch auf dich verzichten.«

Der verwundete Vampir rührte sich nicht.

Maeve schaute ihn lange an und gab sich ihren Erinnerungen hin. Doch irgendwann machte sich ihr eigener Hunger bemerkbar, und sie verließ das Versteck, um auf die Jagd zu gehen.

Als es endlich Nacht wurde, kroch Neely unter dem Bett hervor und setzte sich im Schneidersitz auf den Teppich, knabberte an ihren Fingernägeln und wartete darauf, daß Aidan das Bewußtsein wiedererlangte. Sie wollte nicht darüber nachdenken, was sie tun würde, falls er tot war — waren Vampire nicht angeblich unsterblich? —, aber sie fragte sich, wie sie sein Bedürfnis nach Blut befriedigen konnte.

Sie dachte sogar daran, ihm etwas von ihrem eigenen anzubieten, obwohl sie hoffte, daß es nicht so weit kommen würde.

Als zehn Minuten vergangen waren und sich noch immer nichts unter den Decken rührte, hob Neely einen Zipfel an und spähte unter das Bett.

Aidan war verschwunden.

Neely stand erleichtert auf, denn das konnte nur bedeuten, daß er noch am Leben war, aber sie war auch leicht verärgert. Wäre sie nicht gewesen, wäre nichts als ein Häufchen Asche von Aidan zurückgeblieben, und wie hatte er ihr dafür gedankt? Indem er verschwunden war, ohne sich von ihr zu verabschieden oder auch nur ein Wort des Danks zu äußern!

Neely duschte, zog sich an und brachte das Bett in Ordnung. Dann ging sie hinaus, um frische Luft zu schnappen und etwas zu essen.

Es war eine dunkle, kalte Nacht. Aus einem Pub an einer Straßenecke rief Neely noch einmal Mrs. F. an, um sie über ihr Ausbleiben zu beruhigen.

Nach dem Essen und zwei Tassen faden Tees wagte Neely sich wieder auf den kalten Bürgersteig hinaus.

Sie kaufte sich eine Eintrittskarte zu einem Film und verbrachte zwei Stunden in dem dunklen Kino, ohne jedoch wirklich etwas von dem Film zu sehen. Ihre Gedanken waren zu sehr mit der Frage beschäftigt, wie es sein mochte, ein Vampir zu sein, nicht nur in bezug auf das Trinken menschlichen Bluts, sondern auch im Hinblick auf die Tatsache, daß diese Wesen kein Tageslicht ertrugen und dazu verdammt waren, in der Finsternis zu leben.

Tränen glitzerten in Neelys Augen. Sie war ein Tagmensch, falls sie je ihr Fleisch und Blut gegen Unsterblichkeit eintauschte, würde sie sich immer nach der Sonne sehnen, selbst wenn die Strahlen ihren Tod bedeuteten.

Sie dachte noch darüber nach, als plötzlich jemand den freien Platz neben ihr besetzte.

Eine wilde Hoffnung erwachte in Neelys Herz, aber dann sah sie, daß der Besucher nicht Aidan war, sondern Maeve. Die Vampirin war in ein weites Cape aus herrlichem blauem Samt gehüllt, ihr Haar unter der Kapuze verborgen, und die nervöse Spannung, die sie ausstrahlte, griff sofort auf Neely über.

»Wo ist Aidan?« fragte Maeve mit leiser Stimme.

»Ich weiß es nicht«, erwiderte Neely und berichtete Maeve dann flüsternd von Aidans plötzlichem Erscheinen in der Nacht zuvor, beschrieb ihr seinen Zustand und ihre eigenen ungeschickten Bemühungen, ihm zu helfen.

Maeve schwieg eine Zeitlang nachdenklich. »Ich verstehe«, sagte sie dann.

Die Bemerkung erschien Neely rätselhaft, sie war jedoch nicht dumm genug, es auszusprechen.

»Es war sehr klug von Ihnen, mein Haus zu verlassen, obwohl ich Ihnen nicht dazu geraten hätte«, erklärte Maeve schließlich. »Vielleicht sind Sie hier am sichersten, im Herzen von London und mitten unter all diesen vielen Menschen.«

Das Filmtheater war fast leer, aber wieder behielt Neely diesen Gedanken für sich. »Bin ich wirklich in so schrecklicher Gefahr?« fragte sie.

Maeve musterte sie einige Sekunden lang schweigend, dann nickte sie. »Ja«, bestätigte sie ernst, »das sind Sie. Nach allem, was geschehen ist, würde ich Ihnen empfehlen, im Hotel zu bleiben, zumindest nachts. Denn dies ist die Zeit, in der wir Vampire uns unsere Opfer suchen.«

Neely lief ein Schauer über den Rücken. Ihr war bewußt, daß Maeve Tremayne sich jeden Augenblick in ein wildes Biest verwandeln, sie angreifen und töten konnte. »Gibt es irgend etwas, was ich Aidan von Ihnen ausrichten kann, falls ich ihn vor Ihnen sehe?«

Das schöne Wesen erstarrte, ihr bleiches Gesicht schimmerte wie Alabaster.

Einen Herzschlag zu spät erkannte Neely ihren Irrtum.

Maeve beugte sich vor, so weit, daß Neely zusammenzuckte, und wisperte: »Aidan und ich waren im selben Schoß verwurzelt. Wir sind zusammen aufgewachsen, und unsere Herzen schlagen in perfektem Gleichklang. Niemand wird mich *jemals* in seinem Herzen ersetzen!«

»Ich will nicht seine Schwester sein«, entgegnete Neely kühl und wunderte sich über ihren Mut.

»Nein? Was könnten Sie denn schon für ihn sein, wenn Sie nicht bereit sind, ein Vampir zu werden?«

Neely wurde langsam ärgerlich. »Ich liebe Aidan. Er ist ein Teil meiner selbst, und ich bin ein Teil von ihm. Und falls es ihm gelingt, die Verwandlung herbeizuführen, werde ich seine Frau sein, seine Partnerin, in alle Ewigkeit, falls ich etwas dazu zu sagen habe — und ich werde ihm Kinder gebären.«

Maeve schwieg so lange, daß Neely ganz unbehaglich zumute wurde. »Sagen Sie Aidan, daß er nicht die weißen Rosen vergessen soll«, sagte die Vampirin schließlich betrübt und löste sich vor Neelys Augen in grauen Dunst auf.

Neely gab es auf, den Film weiterverfolgen zu wollen, und verließ das Kino. Selbst zu dieser späten Stunde herrschte noch starker Verkehr auf den Straßen der Innenstadt. Begleitet von wütenden Hupsignalen und lautstarken Verwünschungen, die einzelne Autofahrer untereinander austauschten, eilte Neely zu ihrem Hotel zurück.

Es war eine Enttäuschung, Aidan dort nicht vorzufinden, eine Erkenntnis, die Neely erst akzeptierte, als sie unter dem Bett und hinter dem Duschvorhang nachgeschaut hatte.

Sie war überzeugt, daß sie keinen Schlaf finden würde, und schlug ihren Roman auf.

Aidans Sehvermögen kehrte nur stufenweise zurück — die Gäste der *Last Ditch Tavern* waren nichts als Schatten für ihn — obwohl seine anderen Sinne sich recht schnell erholten. Während er sich langsam durch die Menge bewegte, nahm er hier einen Geruch wahr und schnappte dort einen Gesprächsfetzen auf.

In dieser Nacht war die Jagd eine reine Überlebensfrage für ihn.

Endlich fand er ein geeignetes Opfer, einen jungen Dieb namens Tommy Cook, der sich seinen Lebensunterhalt mit dem Raub von Handtaschen und gelegentlichen Überfällen in Supermärkten verdiente. Tommys Gehirn war ein schmutziger, unangenehmer Platz, aber Aidan pflanzte dort einen Gedanken, dessen Saat schon sehr bald aufging.

Cook schlenderte auf den düsteren Korridor hinaus, der zu den Waschräumen führte, blieb vor dem Zigarettenautomaten stehen und suchte in den Taschen seiner Jeans nach Münzen.

Aidan näherte sich ihm, raubte ihm durch eine Berührung im Nacken das Bewußtsein und fing ihn auf, bevor er in sich zusammensackte. Obwohl mehrere Leute vorbeigingen, als Aidan sich an dem Blut des jungen Diebs labte, schaute sich niemand nach ihm um, und es kam auch keiner auf die Idee, sich einzumischen.

Tommys Blut war schwer und berauschend wie süßer Wein, und obwohl Aidan den Prozeß der Blutaufnahme haßte, verspürte er eine schwindelerregende Euphorie, die völlig anders war als alles, was er je zuvor in dieser Richtung erlebt hatte. Einen Augenblick später jedoch, als er Tommy zu einem Stuhl an einem Ecktisch zog, um ihn dort zurückzulassen, war ihm plötzlich, als hätte ihm jemand mit einer Spritze helle Sonnenstrahlen injiziert. Er brannte lichterloh, doch diesmal geschah es innerlich und nicht auf seiner Haut.

Aidans Knie zitterten, es kostete ihn eine gewaltige Kraftanstrengung, sich auf den Beinen zu halten.

Tommy, der eben noch vollkommen reglos gewesen war, grinste triumphierend zu ihm auf. Aidans Sicht verschärfte sich, ließ nach und verschärfte sich von neuem, in übelerregend schneller Folge, und er mußte sich am Tisch festhalten, um nicht hinzufallen.

»Was hast du, Vampir?« erkundigte Tommy sich gedehnt. »Bist du krank?«

Ein Magier, dachte Aidan. Zu spät erinnerte er sich an Valerians Warnung vor den anderen übernatürlichen Wesen, die sich in der *Last Ditch Tavern* zu versammeln pflegten.

Tommy lachte. »Ja«, sagte er.

Der Schmerz stieg jetzt heiß wie kochender Wasserdampf in Aidan auf. Als er sich abwandte, stolperte er und fiel.

Das höhnische Gelächter des Magiers in den Ohren rappelte Aidan sich mühsam wieder auf. Hauptsächlich durch Tasten, weil er fast nichts sah, fand er den Weg zur Hintertür und stürzte in die kalte Nacht hinaus.

Dort, im frischgefallenen Schnee, sackte er bewußtlos in sich zusammen.

»Sieh mal!« sagte Canaan Havermail kichernd und deutete mit dem Zeigefinger auf Aidans reglose Gestalt. »Ein Schneemann!«

»Sei still!« zischte Benecia, während sie neben Aidan in die Knie ging und ihn auf den Rücken drehte. Es stimmte sie immer sehr ungeduldig, wenn Canaan sich so kindisch verhielt, denn immerhin lebte sie nun schon vier Jahrhunderte als Vampir. Benecia strich den Schnee von Aidans versengtem, aber immer noch sehr hübschem Gesicht und fühlte ein leises Sehnen in ihrem Herz erwachen, so verwittert und versteinert es auch sein mochte. Sie mochte Aidan, obwohl sie es noch nie jemandem eingestanden hatte, aber sie wußte, daß sie ihn niemals als Liebhaber gewinnen würde. In seinen Augen war sie keine erwachsene Frau mit ähnlicher oder sogar noch beträchtlicherer Macht als seiner eigenen, sondern nur ein kindliches Ungeheuer. »Wir müssen ihn zu Mutter oder Tante Maeve bringen! Ich glaube, er ist vergiftet.«

Canaan seufzte, verärgert über die Unterbrechung ihres nächtlichen Streifzuges, vor allem, weil es noch so früh am Abend war. »Ach, verdammt. Was glaubst du, was es war — ob ihn ein Magier erwischt hat?«

»Höchstwahrscheinlich«, erwiderte Benecia leise, während sie Aidans Oberkörper in ihre plumpen kleinen Arme zog. »Kommst du mit, oder muß ich es allein tun?«

Canaan tippte mit einem zierlichen Fuß auf den Boden und legte den Kopf schief. »Wenn ich dir helfe, können wir dann eine Teeparty veranstalten?« erkundigte sie sich lauernd.

»Von mir aus«, stimmte Benecia ergeben zu.

»Mit unseren Puppen?«

»Mit unseren Puppen!« Die ältere Schwester verwandelte sich und Aidan in wabernden grauen Nebel.

Schon Sekunden später tauchte das Trio in Havermail Castle auf, wo die Schwester jedoch feststellen mußte, daß sich Aubrey und Roxanne noch auf Jagd befanden.

Canaan hätte Aidan am liebsten ins Verlies befördert, um die versprochene Teeparty zu beginnen, aber Benecia dachte nicht daran, sich aus seiner Nähe zu entfernen. Und so kam es, daß die drei sich um das flache, quadratische Grabmal eines alten Vorfahren versammelten, in der Krypta im ältesten Teil des Schloßfriedhofs. Während Aidan auf einem Stuhl ruhte, noch immer ohne Bewußtsein, verteilte Canaan ihre Puppen auf winzige Stühle um den improvisierten Tisch. Dann legten sie Gedecke aus feinstem Porzellan und Silberlöffel auf.

»Nimm doch bitte noch etwas Tee, Benecia, Liebes«, drängte Canaan und setzte ein täuschend liebevolles Lächeln auf. »Glaubst du, daß dein Freund auch eine Tasse möchte?«

Benecia verdrehte die Augen. »Hast du etwa den Eindruck, daß er durstig ist?«

Canaan tat, als schenkte sie ein, dann reichte sie ihrer Schwester die winzige Tasse ohne Inhalt. »Sei doch nicht so langwei-

256

lig!« bemerkte sie spitz. »Ich bitte dich schließlich nicht um etwas Unanständiges.«

Ihre ältere Schwester tat, als ob sie an der Tasse nippte. Ihre Mutter, Roxanne, pflegte das gleiche alberne Spiel mit Tellern, Gläsern und Silberbesteck zu treiben, als ob sie noch Menschen wären und Nahrung und Getränke brauchten.

Aidan stöhnte und bewegte sich.

»Da, sieh mal!« rief Canaan. »Er will doch Tee haben!«

Benecia stellte klirrend ihre Tasse ab und eilte an Aidans Seite. »Du liebe Güte, Canaan, nimm dich zusammen! Er will keinen Tee — er stirbt!«

»Blödsinn«, entgegnete Canaan schroff. »Vampire sterben nicht.«

Bevor Benecia etwas erwidern konnte, wurden sie von dunklen Gestalten umringt. Sie und Canaan drängten sich dicht zusammen und begannen heftig zu zittern, weil sie die Wesen nicht erkannten.

»Sieh mal«, wisperte Canaan. »Wir haben Gäste für unsere Teeparty.«

»Wer sind Sie?« fragte Benecia eine der verhüllten Gestalten, in der Hoffnung, daß niemand ihr anmerkte, wie eingeschüchtert sie war. »Und was wollen Sie?«

Ein wild aussehender Vampir trat vor, mit Haaren und Bart so rot wie Feuer. Er ähnelte einem Wikinger mit seinen harten Gesichtszügen und seiner riesenhaften Gestalt.

Ohne Benecia einer Antwort zu würdigen, bückte er sich, hob Aidans leblosen Körper auf und legte ihn über seine Schulter.

»Warten Sie!« rief Benecia, stürzte auf den Vampir zu und zerrte aufgeregt an seinem Kuttenärmel. »Wo werden Sie ihn hinbringen?«

Auch diesmal antwortete der Wikinger nicht, sondern verschwand mit Aidan und den anderen düsteren Gestalten in der Dunkelheit.

Canaan ergriff Benecias Arm, als sie ihnen folgen wollte. »Laß sie gehen«, sagte sie ruhig. »Wir werden schon ein anderes Spielzeug finden.«

Benecia zitterte am ganzen Körper. »Ich wollte *ihn*!«

»Reg dich nicht auf«, entgegnete Canaan und drohte Benecia mit dem Zeigefinger. »Er ist fort, und von mir aus kann es auch so bleiben.« Mit einem triumphierenden Lächeln füllte sie Benecias Tasse mit Nichts, mit Leere, so daß ihr nichts anderes übrigblieb, als so zu tun, als ob sie tränke.

Lisette kauerte in einem Winkel ihres Verstecks tief in den Fundamenten ihrer Villa an der Küste Spaniens und wimmerte leise vor sich hin. Ihre Arme und Beine waren mit Brandmalen bedeckt, ihr Gesicht war verzerrt und sehr entstellt. Das einst so wundervolle Haar war strähnig und schütter, die Kopfhaut schwarz und brüchig wie versengtes Pergament.

Sie warf den Kopf von einer Seite auf die andere und heulte laut ihren Gram hinaus. Sie war solch eine Närrin gewesen, sich diese wenigen Minuten mit Aidan abzugeben, gefangen in ihrer alten Faszination für ihn und ohne irgendeine Verwundbarkeit gegenüber den Sonnenstrahlen zu bedenken! Nun war er ihrer Rache entkommen, genau wie dieser abscheuliche Valerian, und das war eine Erkenntnis, die Lisette als fast noch schmerzhafter empfand als ihre Verletzungen.

Zu erschüttert, um sich zu erheben, ließ Lisette sich auf eine Seite sinken und rollte sich zusammen.

Ihr Körper war ein unerträglicher Aufenthaltsort, und sie verließ ihn, um an glücklicheren Orten zu wandeln, weil sie wußte, daß sie irgendwann zurückkehren würde, stärker und schöner als je zuvor. Und dann würden Valerian und Aidan das ganze Ausmaß ihres Zorns zu spüren bekommen.

Neely erwachte mit einem jähen Schreck, das Buch entglitt ihren Händen und fiel klappernd auf den Boden. »Aidan?« wisperte sie, obwohl sie wußte, daß er nicht bei ihr im Hotelzimmer war. Und dennoch hatte sie das untrügliche Gefühl, daß er sich in großer Gefahr befand.

Sie eilte ans Fenster und zog den Vorhang zurück. Die Morgendämmerung war noch einige Stunden entfernt, aber es hatte aufgehört zu schneien, und Taxen und Busse bewegten sich über die verschneiten Straßen.

Neely packte rasch ihre wenigen Sachen ein, zog den Mantel an und nahm den Aufzug ins Foyer, um ihre Rechnung zu begleichen. Ein Taxi anzuhalten, nahm jedoch mehr Zeit in Anspruch, als sie gehofft hatte, und sie war halb erfroren, als endlich ein Wagen vor ihr hielt. Fröstelnd vor Kälte setzte sie sich auf den Rücksitz und gab dem Fahrer Maeves Adresse an.

Sie kamen nur sehr langsam voran, doch knappe fünfundvierzig Minuten später stand Neely wieder vor dem schmiedeeisernen Tor des alten Patrizierhauses. Das Taxi entfernte sich, und sie drückte energisch auf die Klinge, um Mrs. F. herbeizurufen.

Er dauerte eine Weile, bis die Haushälterin erschien, in Pantoffeln, Nachthemd und einem dicken Wollmantel. »Sie hätten anrufen sollen«, schalt sie, während sie das Tor aufschloß. »Dann hätten Sie wenigstens nicht wie eine verlorene Seele hier vor dem Tor zu stehen brauchen.«

»Es tut mir leid, daß ich Sie geweckt habe«, sagte Neely, die sich tatsächlich wie eine verlorene Seele fühlte. Mrs. F. öffnete, und Neely schlüpfte durch das Tor. »Ist Miss Tremayne zu Hause?«

»Ja, sie ist da«, erwiderte Mrs. F., während sie Neely über die kiesbestreute Einfahrt scheuchte und dann durch die offene Haustür. In der Eingangshalle begann sie den Schnee von Neelys Mantel abzubürsten. »Sie ist in ihrem Studio, oben im zweiten Stock, und webt. Sie arbeitet an diesem Wandteppich, als ob alles, was auf dieser Welt Bedeutung hat, von seiner Fertigstellung abhinge!«

Obwohl Valerians Körper praktisch zerstört war, lebte noch ein geringfügiger Teil seines Bewußtseins in ihm und verlieh seinem Verstand die Klarheit, in aller Vernunft zu überlegen.

Nach und nach fügte Valerian aus seinem Puzzle der Erinnerungen die Teile zusammen, aus denen er sich ein Bild dessen machen konnte, was ihm zugestoßen war. Es hatte alles mit seiner Liebe zu Aidan begonnen, ein Gefühl, das lange zuvor geboren worden war, in jener Nacht, in der sie sich in einem Landgasthof des achtzehnten Jahrhunderts begegnet waren. Aidan war damals noch neu unter den Bluttrinkern gewesen, ängstlich, verbittert und auf dem Weg zu seiner Schwester, um sich von ihr zu verabschieden, bevor er sich zerstörte... Er hatte tatsächlich geglaubt, daß Frieden und Vergessen so einfach zu finden waren.

Bald danach war Valerian der schönen Maeve begegnet, ein

menschliches Wesen damals noch, und war bis an den Rand seiner Beherrschung verlockt worden. Denn immerhin war Maeve so etwas wie eine weibliche Version von Aidan, und aus diesem Grund hatte Valerian sie angebetet. Als sie erfuhr, was ihrem geliebten Zwillingsbruder zugestoßen war – sie von der Wahrheit zu überzeugen, war keine leichte Aufgabe gewesen –, hatte Maeve auch für sich eine Verwandlung gefordert.

Sie und Aidan hatten eine hitzige Auseinandersetzung geführt, weil Aidan von Anfang an gehaßt hatte, was er war und nicht begreifen konnte, warum seine Schwester sich freiwillig für ein derartiges Schicksal entscheiden wollte. Maeve hatte für immer bei ihrem Bruder sein wollen, aber es gab auch noch andere Gründe, die bei ihrer Entscheidung mitspielten. Valerian hatte ein ungestümes Verlangen nach Unsterblichkeit in ihr erkannt und nach der einzigartigen Macht, die Aidan ihr so widerstrebend vor Augen führte, und vom ersten Augenblick an war Valerian Maeves wilde, abenteuerlustige Natur bewußt gewesen. Sie war lebenshungrig wie Valerian selbst und wollte ihre Sinne testen, jede nur mögliche Emotion erfahren.

Nach dem schlimmen Streit der beiden Geschwister, der im mondbeschienenen Obstgarten des Klosters stattgefunden hatte, in dem Maeve seit ihrem siebten Lebensjahr erzogen wurde, hatte Aidan sich zornig davongemacht. Einige Dinge änderten sich nie: Aidan handelte auch heute noch nach seinen Impulsen, um dann zu bereuen, was er getan hatte.

Maeve hatte sich an Valerian gewandt und ihn angefleht, sie in eine Unsterbliche zu verwandeln, und er – möge der Himmel ihm vergeben – hatte es getan. Er hatte ihr Blut genommen und es ihr dann verändert zurückgegeben.

Auch heute noch schmerzte die Erinnerung daran, wie sehr Aidan ihn dafür gehaßt hatte.

Eine Zeitlang waren Valerian und Maeve zusammen gereist. Er hatte sie gelehrt, zu jagen, die Anwesenheit von anderen Vampiren oder Feinden wie Engeln und Magiern wahrzunehmen und sich vor der Sonne zu verbergen. Sie waren auch ein Liebespaar gewesen, auf diese einzigartige, rein geistige Art, auf die Vampire sich verbinden können, und die um soviel

261

intensiver und tiefgreifender ist als die fieberhaften, recht unästhetischen Umarmungen der Menschenwesen.

Irgendwann jedoch hatte Maeve Valerian dabei ertappt, wie er ähnliche Spielchen mit einer jungen Vampirin namens Pamela trieb. Danach waren sie nie wieder richtig intim gewesen, obwohl sie schließlich einen zerbrechlichen Wafenstillstand geschlossen hatten. Die meiste Zeit waren Valerian und Maeve sich aus dem Weg gegangen, doch ihre gemeinsame Schwäche für Aidan hatte sie oft zusammengebracht.

Das schwache Glühen von Bewußtheit in Valerians zerstörter Hülle begann kräftiger zu werden, obwohl der Vorgang sich quälend langsam abspielte.

Valerians grenzenlose Faszination für Aidan Tremayne war nie wirklich verblaßt. Vielleicht, dachte er jetzt, hat Maeve es die ganze Zeit gewußt und den eigentlichen Grund für meine Zuneigung zu ihr erkannt.

Natürlich war Valerian nicht der einzige Vampir gewesen, der von Aidan besessen gewesen war; Lisette, Aidans Schöpferin, hatte den Jungen als ihr persönliches Spielzeug angesehen. Wäre die Königin der Vampire nicht so abgrundtief verletzt gewesen, als Aidan sie verließ, daß sie sich für Jahre in einen tiefen Schlaf zurückgezogen hatte, wäre mit Sicherheit ein offener Kampf zwischen Lisette und Valerian entbrannt.

Wie dumm von dir, dachte er jetzt, dich wie eine verwundete Ratte in diesem Mauerloch zu verkriechen und in Selbstmitleid zu ergehen! Durch diesen dummen Fehler hatte er fast seine gesamte Kraft eingebüßt, und wenn er ihn nicht begangen hätte, wäre er heute noch ein mächtiger Vampir gewesen.

Es kam ihm der Gedanke, daß er ja vielleicht — aber auch nur vielleicht — gar nicht in dieser Hülle gefangen war. Angenommen, er könnte sich an andere Orte und in andere Zeiten versetzen, wie er es in seinen Träumen schon so oft getan hatte?

Valerian sammelte seine Gedanken zu einem kleinen, wirbelnden Lichtschimmer und konzentrierte sich auf Aidans Namen. Falls es noch irgendein Band gab, das sie vereinte, wollte er daran entlangreisen. Schritt für Schritt, bis er Aidan fand.

Seinen Freund.

Freundschaft war alles, was je zwischen ihm und Aidan existieren würde, und Valerian fand plötzlich einen überraschenden Frieden darin, die bittersüße Wahrheit zu akzeptieren. Im nächsten Augenblick fühlte er sich ins Universum katapultiert und schwebte durch Raum und Zeit, um schließlich hart gegen irgendeinen Gegenstand zu prallen.

Der Gegenstand war die Steinmauer einer Krypta oder eines Kellers.

Im ersten Moment war Valerian verwirrt, aber dann sammelte er sich und wurde ruhiger. Vor ihm kauerte ein Wesen, das er nur mit Mühe zu erkennen vermochte.

Lisette hob den Kopf, denn sie spürte Valerians Anwesenheit, obwohl sie rein geistiger Natur war. Sie sah abscheulich aus, war verbrannt und beinahe völlig kahl, unfaßbar häßlich, und kreischend hob sie ihre verkrüppelten Hände, um sich vor Valerians Blicken zu verstecken.

Du hast versagt, gab er ihr zu verstehen. *Wie du siehst, gibt es mich noch.*

Falls du gekommen bist, um Rache zu üben, dann nimm sie dir! entgegnete Lisette gequält. *Ich bin nicht in der Stimmung für einen Kampf.*

Ich werde meine Rache haben, Lisette, darauf kannst du dich verlassen. Aber im Augenblick habe ich Wichtigeres zu erledigen.

Mit ihren Gedanken klammerte Lisette sich an Valerian? *Lebt er? Lebt Aidan noch? Sag es mir!*

Ich weiß es nicht, antwortete Valerian. *Aber hör mir gut zu, Königin der Vampire: Falls du ihm etwas angetan hast — und das schwöre ich dir bei allem, was unheilig ist —, wird deine Qual kein Ende haben!*

Lisette zischte und schlug mit ihrer schwarzen Klaue nach dem Bündel Licht, das Valerian war. Es war die Reaktion eines bösartigen Tiers, in die Ecke gedrängt und zum Äußersten getrieben. *Du wagst es, mir zu drohen? Du bist ein noch größerer Narr als Aidan!*

Valerian würdigte sie keiner Antwort, er war begierig, seine

Reise fortzusetzen, um den Vampir zu finden, den er eigentlich suchte. Es kümmerte ihn nicht, daß er sich an Aidans Seite gewünscht und statt dessen bei Lisette gelandet war. Das war vermutlich nichts anderes als ein kleiner geistiger Kurzschluß.

Zum zweitenmal innerhalb kürzester Zeit nahm Valerian seine ganze Energie zusammen und konzentrierte sich auf Aidan. Und dieses Mal hatte er Erfolg.

Aidan befand sich in einer Höhle tief im Schoß der Erde, einem feuchten Ort, an dem das Wasser von den Wänden tropfte. Vollkommen nackt, nur mit einem Lendenschurz bekleidet, ruhte er auf einem steinernen Tisch, umgeben von den mit Mönchskutten bekleideten Mitgliedern der geheimen Bruderschaft. Einige wenige Pechfackeln erhellten den Raum mit ihrem flackernden Schein.

Der rothaarige Wikinger wirbelte herum, weil er Valerians Anwesenheit spürte, und rief: »Wer ist da?«

Da es niemals möglich gewesen wäre, diesen ältesten und weisesten Vampiren auf Erden etwas vorzumachen, nannte Valerian ihnen seinen Namen.

»Verlassen Sie diesen Ort«, befahl einer der Ältesten mit einer ungeduldigen Handbewegung. »Wir sind im Begriff, ein wichtiges Ritual auszuführen.«

Ich will bleiben, erwiderte Valerian, im Geiste nur, weil er keinen Körper besaß und daher auch keine Stimme.

Einen kurzen Moment lang herrschte Schweigen, nur das leise Tropfen des Wassers war zu vernehmen.

»Was haben Sie hier zu suchen?« fragte einer der Ältesten. Sie waren bemerkenswert geduldig, aber darauf verließ Valerian sich nicht.

Die Wunden, die Aidan erlitt, hat er durch meine Schuld erlitten, sagte Valerian. *Ich war Lisettes Gefangener, sie hatte mich an die Erde gefesselt, um mich dem Sonnenlicht auszusetzen, und er versuchte, mir zu helfen.*

Mit einer fleischigen, behaarten Hand deutete der Wikinger auf Aidan. »Wollen Sie, daß wir hier herumstehen und mit Ihnen plaudern, während er stirbt? Auch er wurde durch die Sonne verwundet, aber das ist das geringste seiner Probleme.

Der Vampir Tremayne hat das Blut eines Magiers getrunken und steckt voller Gift.«

Valerian hätte geschworen, es sei unmöglich, noch größere Qualen zu empfinden, als er bereits erlitt, doch nun machte er die Erfahrung, daß sein Leiden bisher nicht einmal begonnen hatte. Bebend vor innerer Verzweiflung zog er sich in eine Ecke zurück, um die Vorgänge zu verfolgen. *Verdammt, Aidan*, rief er der leblosen Gestalt auf der Steinplatte zu, *ich hatte dich vor Magiern gewarnt! Du warst gewarnt!*

Da erschien Tobias, der Valerian jedoch keines Blickes würdigte, Aidans reglose Hand nahm und sich mit einer ernsten Frage an seine Gefährten wandte. »Sind wir bereit?«

Einer der anderen seufzte schwer. »Ja.«

Während Valerian hilflos zuschaute und sich verzweifelt nach der Gunst zurücksehnte, vom Himmel etwas erbitten zu dürfen, nahm die geheimnisvolle Zeremonie ihren Anfang. Ein goldener Kelch wurde aus einer blauen Samthülle entfernt, zusammen mit einem schimmernden Messer mit dünner Klinge.

Der Wikinger war der erste, der das Messer ergriff, tief damit in sein eigenes Handgelenk schnitt und etwas von dem Blut in den Kelch tropfen ließ. Danach folgten die anderen, wiederholten seine Geste einer nach dem anderen. Als der Kelch überzulaufen drohte mit dem roten Nektar, nahm Tobias eine Glasphiole mit destillierten Kräutern aus der Tasche seiner Tunika und goß ihren Inhalt in den Kelch.

Als dies geschehen war, hob er Aidans Kopf und hielt den Kelch an seine Lippen.

Zuerst geschah nichts, und Valerian war plötzlich sicher, daß Aidan bereits gestorben war. Doch dann begann Tobias aufmunternde Worte zu murmeln, und Aidan begann zu trinken, wenn auch auf Vampirart, indem er die Flüssigkeit durch seine Fänge aufsog, statt sie zu schlucken.

Valerian schlich näher und hielt sich dicht hinter Tobias' rechter Schulter. Aidan hatte den ganzen Kelch geleert, und Spuren roten Bluts schimmerten auf seinen Lippen. Vor Valerians Augen nahm seine Haut die blaugraue Färbung des Todes an.

Was wird nun mit ihm geschehen? fragte Valerian. Tobias war zwar nicht sein Freund, aber er hatte immerhin vor nicht allzu langer Zeit Valerians Leben gerettet. Es mußte also doch noch eine Spur von Mitleid oder Verständnis in dieser uralten Kreatur zu finden sein.

Tobias antwortete ihm. *Ich weiß es nicht — wir mußten rasch handeln, um dem Effekt des Magiergifts entgegenzuwirken. Doch selbst wenn unsere Bemühungen erfolgreich waren, wird Aidan noch andere Qualen und Prüfungen ertragen müssen, die sich keiner von uns auch nur vorzustellen vermag.*

Valerian hätte am liebsten auch den Wundertrunk zu sich genommen, um an Aidans Seite durch das Tor ins Schattental zu schreiten, aber das sagte er natürlich nicht, formte die Worte nicht einmal in seinen Gedanken.

Der weise Tobias, so täuschend jung in seinem Aussehen, erkannte das Gefühl und sagte: *Sei nicht albern, Valerian! Würdest du wirklich alles aufgeben, was du bist und was du hast — selbst jetzt noch —, um ein Mensch zu sein? Um eine lächerlich kurze Zeitspanne zu leben und dann zu sterben? Ich glaube, du bist weder so edel noch dumm genug, dir so etwas zu wünschen.*

Valerian erkannte die Wahrheit in Tobias' Worten und war beschämt. Er zog sich weiter in die Schatten zurück und nahm voller Sorge seine Wache wieder auf.

Aidan wanderte wie in einem Traum durch Zeiten und Bruchstücke seiner Erinnerungen. Er litt nicht, und doch schien er das fleischgewordene Leben selbst zu sein.

Er sah sich vor langer Zeit im Hinterzimmer des Totengräbers liegen, untot, aber zweifellos auch nicht lebendig. Er fühlte wieder das Entsetzen und die Hilflosigkeit und verfluchte Lisette aus dem tiefsten Zentrum seiner Seele.

Aidan erwartete nicht, noch weiter zurückzureisen: er hatte immer gehört, daß so etwas unmöglich war, mit Ausnahme vielleicht für die erfahrensten und furchtlosesten Vampire wie Valerian. Doch zu seiner Überraschung hörte er ein pfeifendes

Geräusch, schrill und laut, fühlte sich durch schimmerndes Mondlicht gleiten und Myriaden glitzernder Sterne.

Sein Anhalten war ein Zusammenstoß und keine Ankunft, und es dauerte einige Sekunden, bis er sein Gleichgewicht zurückgewann. Und da erkannte er, daß er sich in einem Loch befand, finster und kalt, das von den Schreien und Bewegungen unsichtbarer Wesen widerhallte.

Die Hölle — oder zumindest das Fegefeuer. Aidan unterdrückte einen Schrei, seine Verzweiflung war überwältigend, unerträglich, und — was das Schlimmste war — er war mit Sicherheit in alle Ewigkeit verdammt.

In seiner Verzweiflung tat er, was kein Vampir jemals gewagt hätte und schrie aus vollem Herzen: *O Herrgott — erbarme dich meiner! Ich bin auf Wunsch eines anderen verdammt worden — es war nicht meine eigene Wahl!*

Schweigen. Stille. Selbst das Stöhnen der verlorenen Seelen in der Finsternis war verstummt.

Aidan wartete.

Valerian blieb in der Höhle, solange er konnte, und hielt Wache, aber bald merkte er, daß sein geistiges Ich vom Körper getrennt nicht lange überleben würde. Er kehrte also zurück an jenen einsamen, verfallenen Ort, um zu warten. Und dort, fast gegen seinen eigenen Willen, begann er zu heilen.

Neely störte Maeve bei ihrem Weben nicht, nahm statt dessen ein Bad, zog eins ihrer neuen Nachthemden an und sank ins Bett. Sie schlief tief und traumlos und erwachte vom Klingeln eines Telefons.

Es verstummte kurz darauf, und jemand klopfte an ihrer Tür. »Für Sie, Miss«, rief Mrs. F. ihr zu. »Ihre Freundin Miss Browning, glaube ich.«

Neely richtete sich auf und nahm den Hörer von dem Apparat, der auf dem Nachttisch stand. »Ja?« murmelte sie und fühlte sich benebelt. Doch hinter diesem Nebel lauerte eine schreckliche Sehnsucht nach Aidan und die schleichende Furcht, ihm könnte etwas zugestoßen sein.

»Hi, Neely«, rief Wendy heiter. »Ich hoffe, du hast den Schneesturm genossen. Wir haben ihn dir zu Ehren aufgeführt.«

Neely lachte, obwohl es ein wenig rauh klang und in ihrer Kehle schmerzte. »Tausend Dank«, erwiderte sie. »Wie wäre es das nächste Mal mit einem Orkan?«

»Einverstanden«, stimmte Wendy lachend zu. »Hör zu, wir führen heute eine Art dramatisches Potpourri in der Akademie auf — Szenen aus verschiedenen klassischen Stücken —, und ich würde mich freuen, wenn du kämst. Ich lege eine herrlich bösartige Lady Macbeth auf die Bühne.«

»Gibt es eine andere?«

Wendys Lächeln war durch die Leitung zu spüren. »Schlauberger«, sagte sie. »Wirst du also kommen? Wir könnten später zusammen essen.«

Neely wäre lieber in ihrem Zimmer geblieben, um auf Aidan zu warten, aber sie zwang sich, die Einladung anzunehmen. Sie notierte sich die Adresse, stand auf und zog Hosen und einen warmen Pullover an.

Sie wußte, sie würde verrückt werden, wenn sie in diesem Zimmer blieb und in den Nebel draußen hinausstarrte. So ging sie in die Küche, wo Mrs. F. bereits ihr Frühstück zusammenstellte, und setzte sich zu ihr an den Tisch.

Sie plauderten eine Weile, aber Aidans Name wurde nicht erwähnt und Maeves auch nicht.

Nachdem sie ihr Geschirr abgeräumt hatte, ging Neely in die Gemäldegalerie im Erdgeschoß, weil sie sich von den Bildern dort wie magisch angezogen fühlte. Mrs. F., die anscheinend Gesellschaft suchte, beschloß, Neely zu begleiten, um Staub zu wischen.

Einige der Bilder waren Porträts — Maeves, Aidans, Valerians —, aber die meisten stellten Landschaften dar. Rein intuitiv wußte Neely, daß die sanften grünen Hügel, die steilen Klippen und das blaugraue Meer einen Teil von Irland darstellten. Sämtliche Gemälde, mit einer Ausnahme, mußten vom selben Künstler angefertigt worden sein.

268

Sie zog sich einen Stuhl heran und kletterte darauf, um sich eine Signatur anzusehen. »Tremayne«, murmelte sie und drehte sich fragend nach Mrs. F. um. »Hat Maeve die Bilder gemalt?«

Mrs. F. lachte. »O nein, Miss, sie sind zum größten Teil uralt. Wenn Sie sie genauer betrachten, werden Sie sehen, daß sie nicht auf Leinwand, sondern auf Holz gemalt sind. Sie sind sehr kostbar, diese Bilder, nicht nur, weil ein Vorfahre von Madam sie gemalt hat.«

Neely schluckte, seltsam bewegt, und berührte vorsichtig mit den Fingerspitzen eins der Bilder. Irgendwie glaubte sie die Wahrheit schon zu kennen, bevor Mrs. F. sie aufklärte.

»Der Name des Künstlers war Aidan Tremayne«, sagte die Haushälterin stolz. »Genau wie unser Aidan war er dunkelhaarig, attraktiv und sehr charmant, wenn man den Geschichten glauben darf.«

Genau wie unser Aidan, wiederholte Neely im stillen, dann lächelte sie. Sogar sehr wie unser Aidan, dachte sie. Sie hatte nicht gewußt, daß er malte, darüber stand in seinen Tagebüchern nichts, aber sie hätte es sich denken können nach der Zeichnung von sich und Maeve in der ersten Ausgabe seines Tagebuchs.

»Daher haben sie auch all das Geld«, vertraute Mrs. F. Neely flüsternd an. »Von Zeit zu Zeit haben sie ein Gemälde verkauft, und Mr. Tremayne kennt sich mit Geldanlagen sehr gut aus.«

Neely wandte sich ab, um ein Lächeln zu verbergen. »Faszinierende Leute«, sagte sie, ohne näher auf das Thema einzugehen.

Um nicht unhöflich zu sein, blieb sie noch eine Weile und ging erst, nachdem Mrs. F. sich mit einer Tasse Tee vor den Fernseher gesetzt hatte, um sich ihr bevorzugtes Morgenprogramm anzusehen. Neely wollte sich noch einmal den großen Raum im zweiten Stock ansehen, den gleichen Ort, den sie am Abend zuvor vermieden hatte, weil sie wußte, daß Maeve dort war. Es war ein Widerspruch in sich, aber Neelys Leben war voller Widersprüche seit Halloween. Das kommt davon, wenn man sich mit Vampiren abgibt, dachte sie mit einem schwachen Lächeln.

An der herrlich geschnitzten Tür blieb sie einen Moment stehen und klopfte, obwohl sie wußte, daß Maeve nicht in dem Raum sein konnte. Wie alle anderen Vampire verschlief sie den Tag mit Sicherheit in irgendeinem dunklen Versteck oder Gewölbe.

Neely öffnete die Tür und betrat den großen, luftigen Raum. Sie fragte sich, ob Maeve den Wandteppich aus dem Museum, der sie und Valerian darstellte, hier gewebt haben mochte. Das Haus war in etwa so alt wie der Teppich und die Gemälde unten in der Galerie, und der Webstuhl war es auch.

Sie näherte sich ihm vorsichtig, als könne er plötzlich zum Leben erwachen und sie strafen, dann berührte sie den hölzernen Rahmen. Wie schön er war in seiner rustikalen Schlichtheit.

Neely ging um das große Gerät herum und betrachtete noch einmal den angefangenen Teppich. Der Saum des hellen Kleides war zu erkennen, die Spitzen zweier schwarzer Schuhe, die Ahornblätter und die cremefarbene Rose mit ihren verwelkenden Blüten. Irgend etwas an dieser Szene machte Neely unendlich traurig, und sie mußte sich abwenden.

Sie trat ans Fenster, das sich vom Boden zur Decke erstreckte und dessen geschliffenes Glas mit Blei gefaßt war. Der Nebel hatte nachgelassen, aber nun sanken große dicke Schneeflocken herab, die sich auf den altmodischen Straßenlaternen niederließen und die Autos und alles andere, was an modernere Zeiten erinnerte, mit einem weißen Mantel zudeckten.

Es hätte auch 1894 sein können, dachte Neely, oder sogar 1794.

Sie wandte sich vom Fenster ab. Irgendwo würden Aidan und sie ein neues Leben beginnen. Er wird mich finden, dachte sie, als sie das Studio verließ. Aidan würde zu ihr kommen, sobald er konnte, und sie würde ihn mit ausgebreiteten Armen empfangen.

Eine Träne rollte über ihre Wange, als sie ins Erdgeschoß hinunterstieg, denn ihr war klar, daß ihr Glück nur durch einen harten Kampf gewonnen werden konnte.

In der Gästesuite suchte sie ihren Pass, öffnete ihn und wunderte sich über die Unschuld in dem Gesicht, das ihr von dem Foto entgegenblickte.

Nach der einsamen, wispernden Finsternis kam das Feuer. Aidan konnte die Hitze spüren, überall um sich herum, und blieb doch seltsam unberührt davon. Er war jetzt still, seine Gebete hatte er gesprochen, es blieb ihm nichts mehr zu sagen.

Dann, ganz plötzlich, entstand aus den Flammen eine lebendige Präsenz, nicht Gott persönlich, aber *Jemand*. Ganz ohne Zweifel ein Wesen, ein denkendes Wesen.

Vampir, dröhnte eine geistige Stimme. *Mit welchem Namen wirst du genannt?*

Aidan begann zu zittern. Nun würde es geschehen, nun würde er in die Tiefen der Hölle gestoßen werden, um in ihren Flammen zu verbrennen und doch nicht umzukommen. Dann sei es also so, beschloß er. Zumindest würde er kein bluttrinkendes Ungeheuer mehr sein, wenn er in die Welt der Toten einging . . .

Ich bin Aidan Tremayne, erwiderte er nach langem Schweigen, und dann veranlaßte ihn seine alte Arroganz zu fragen: *Und wer bist du?*

Ein donnerndes Lachen ertönte. *Ich bin Nemesis, der Racheengel*, erwiderte die Stimme. *Ist die klar, Vampir, daß du verdammt bist?*

Aidan blieb stumm. Ehrfurcht und ein Gefühl, das größer war als seine Angst und das er nicht zu beschreiben vermochte, beherrschten ihn. *Ja*, erwiderte er, als er sich wieder seiner Sprache entsann und imstande war, in Gedanken das Wort zu formen.

Du bittest um Vergebung, erwiderte Nemesis. *Welches Recht hast du − ein Vampir, ein Ungeheuer und ein Dämon −, die Gnade des Himmels zu erbitten?*

Nicht das geringste, antwortete Aidan. *Aber welches Recht auf Erlösung besitzen schon diese Menschenwesen, die dein Herr so liebt? Und doch ist die Wahl zwischen Himmel und Hölle für sie so etwas wie ein Geburtsrecht, nicht wahr?*

271

Nemesis schwieg und schien nachzudenken. *Du bist sehr dreist, Vampir,* sagte er schließlich.

Was bleibt mir in meiner Lage anderes übrig? war Aidans Antwort.

Wieder schien der Racheengel, das gefürchtetste Wesen der gesamten Schöpfung, belustigt zu sein. *Das stimmt. Was verlangst du also von mir?*

Es gab keinen anderen Weg, als es ganz offen und klar auszusprechen. *Keiner wird Seinen Händen entrissen werden,* zitierte Aidan. *So steht es in der Bibel. Aber ich bin eine Ausnahme, denn meine Seele ist mir gestohlen worden, ich habe sie nicht freiwillig aufgegeben.*

Eine weitere lange, gespannte Pause. *Ich werde darüber nachdenken,* erwiderte Nemesis schließlich.

Neely zog ihr schwarzes Abendkleid an, borgte sich mit Mrs. Fs Genehmigung ein Samtcape aus Maeves Schrank und nahm ein Taxi zu der Adresse, die Wendy ihr angegeben hatte.

Die Schauspielschule befand sich im Londoner Westend, eine lange Fahrt, und Neely traf genau fünf Minuten vor Beginn der Vorstellung ein, das Bouquet gelber Rosen, die sie zuvor gekauft hatte, in der Hand. Doch ihre Gedanken waren bei Aidan, wie stets, und die Sehnsucht nach ihm verzehrte sie.

Morgen oder übermorgen, sobald sie ein Flugticket bekam, würde Neely in die Vereinigten Staaten zurückkehren. Die Gefahr eines Racheakts des Drogenkartells war vorüber, und Neely war fest entschlossen, sich zu beschäftigen, während sie auf Aidans Rückkehr wartete.

Wenn er bereit war, würde er sie finden.

Sie ging ins Theater, nahm ihren reservierten Platz ein und verlor sich für eine Weile in den Darbietungen ihrer Freunde Wendy und Jason und ihrer talentierten Kollegen. Zwischen den einzelnen Szenen jedoch ließ Neely immer wieder Aidans Bild vor ihrem geistigen Auge auferstehen und klammerte sich daran fest.

Sie nahm an, daß sie eine Therapie brauchte, sobald dies

alles vorbei war, auf die eine oder andere Art, obwohl nur Gott wußte, wie sie ihre Besessenheit für Vampire erklären sollte. Jeder normale Psychiater würde es vermutlich als Neurose bezeichnen, ganz schlicht und einfach . . .

Sobald die Vorstellung beendet war, traf Neely Wendy und Jason im Foyer, in der Nähe der Garderobentüren. Sie überreichte Wendy die gelben Rosen, umarmte sie und gratulierte ihr und Jason zu der gelungenen Darbietung.

In einem eleganten Club mit gedämpfter Musik aßen sie zu Abend, und Neely war überrascht über ihren gesunden Appetit.

Als Jason für einen Moment den Tisch verließ, um mit Freunden zu sprechen, drückte Wendy Neelys Hand. »Was hast du, Neely? Ich habe dich noch nie so unglücklich erlebt.«

Neely wünschte, ihr die ganze Wahrheit gestehen zu können, aber das war natürlich völlig ausgeschlossen. Selbst die künstlerisch begabte Wendy mit ihrer blühenden Phantasie würde nicht imstande sein, das ganze Ausmaß ihrer Probleme zu begreifen.

»Ich glaube, ich bin nur müde. Ich habe in den letzten Monaten viel mitgemacht.«

Wendy nickte verständnisvoll. Es war gut, daß sie wenigstens über Neelys Erlebnisse mit dem Drogenkartell Bescheid wußte. »Das kann man wohl sagen«, stimmte sie zu. »Was du brauchst, ist Ruhe. Du solltest irgendwohin fahren, wo die Sonne scheint, und alles noch einmal in Ruhe überdenken.«

Neely seufzte zustimmend. »Ich weiß noch nicht, wo ich landen werde«, antwortete sie, »aber ich fühle mich bereit dazu, London zu verlassen und mir irgendwo ein neues Leben aufzubauen. Ich werde mich bei dir melden, sobald ich meinen Platz gefunden habe.«

Wendy drückte ihre Hand. »Du wirst es schaffen, Neely. Du bist der tapferste und zäheste Mensch, den ich kenne.«

»Danke«, sagte Neely, weil sie wußte, daß ihre Freundin es ehrlich meinte, aber sie selbst konnte noch nicht so recht daran glauben. Die Tage und Nächte, die vor ihr lagen, erschienen ihr grau und leer − denn so gern sie es auch ignoriert hätte, blieb die Möglichkeit bestehen, daß Aidan nie wieder zu ihr zurückkehren würde.

Sie weinte auf dem ganzen Heimweg im Taxi und verbrachte die halbe Nacht damit, einen Brief an Aidan zu verfassen. Sie schrieb, daß sie ihn liebte, ihn immer lieben und auf ihn warten würde, sogar im nächsten Leben noch, falls es nötig war.

Neely stellte den Brief am nächsten Morgen auf den Kaminsims in der Gemäldegalerie, unter eins von Aidans Bildern, verabschiedete sich von Mrs. F. und setzte sich in ein Taxi zum Flughafen.

Vier Tage und drei Nächte lang lag Aidan auf der steinernen Grabplatte, so reglos und bleich, als ob er tot wäre. Valerian suchte ihn im Geiste auf, um über ihn zu wachen, und blieb so lange bei ihm, wie es seine begrenzte Energie erlaubte, bevor er wieder in seinen zerstörten, unbehaglichen Körper zurückkehrte, um sich zu sammeln. Die Ältesten erschienen alle vierundzwanzig Stunden, stets bei Nacht, um den goldenen Kelch mit Blut aus ihren Handgelenken zu füllen, wie sie es schon bei jener ersten Gelegenheit getan hatten. Das einzige Lebenszeichen, das Aidan je von sich gab, war, wenn er seine Lippen öffnete, um aus dem Kelch zu trinken.

Jede Nacht, während Valerian seine hilflose Wache hielt, entstand ein neuer Riß in seinem Herzen. Er hätte gern des Geliebten Platz auf diesem kalten Bett aus Stein eingenommen, seine Schmerzen ertragen und seine Angelegenheit vertreten, in jener anderen, mystischen Welt, wo ein Teil von Aidan zu wandeln schien. Doch keine dieser Möglichkeiten stand Valerian offen; er konnte nichts anderes tun als warten.

Am Abend des vierten Sonnenuntergangs war Valerian schon in der Höhle, bevor die Ältesten erschienen. Er trat an Aidans Lager, aber eine kalte Wand schien seine reglose Gestalt zu umgeben, die jetzt so starr und bleich war wie eine Leiche. Valerian zog sich erneut zurück und verfluchte zum erstenmal seit seiner Erschaffung seine Vampirtalente. *Rauch und Spiegel*, dachte er wütend. *Was nützen mit schon meine Tricks und meine Geheimnisse, wenn ich Aidan damit nicht wieder zum Leben erwecken kann?*

Die anderen erschienen, einer nach dem anderen, ernst und würdevoll. Sie beschrieben einen Kreis um Aidan und hoben ihn dann gemeinsam auf.

Das riß Valerian aus seiner wütenden Träumerei; er eilte zu Aidan zurück und flimmerte über seiner nackten Taille wie eine Feuerfliege.

Warte, sagte er zu Tobias, als er keinen Kelch in den Händen der uralten Vampire sah. Etwas hatte sich geändert, das Ritual hatte eine neue Stufe erreicht. *Was macht ihr? Wohin bringt ihr ihn?*

Wir können nichts mehr für ihn tun, sagte Tobias lautlos. *Der Sonnenschein wird sein letzter Richter sein.*

Valerian war fassungslos. *Was?*

Wir werden ihn an einen Ort legen, der den Sterblichen einst heilig war. Wenn er den Sonnenaufgang überlebt, ist seine Transformation komplett. Falls er jedoch nicht verwandelt werden kann und unsere Bemühungen erfolglos waren, wird er zerstört werden.

Valerian wurde selbst zum Schrei, den er, körperlos, wie er war, nicht ausstoßen konnte. *Nein!*

Es wird so geschehen, erwiderte Tobias, und im nächsten Augenblick waren sie alle verschwunden – Tobias, die anderen Ältesten und Aidan.

Valerians Kraft ließ nach, sein Körper beanspruchte zuviel davon, weil er entschlossen war, sich zu erneuern. Aber Valerian gab nicht auf und bot seinen ganzen Willen auf, um den Ältesten und ihrer besinnungslosen Last zu folgen.

Die schaurige kleine Gesellschaft versammelte sich im Mittelpunkt eines Kreises aus uralten Pfeilern, nicht weit entfernt von Stonehenge. Mondschein erhellte das zerfallene Monument einer längstvergessenen Gottheit und verwandelte den Schnee in schillerndes Silber.

Aidan rührte sich nicht, als die Ältesten ihn ins exakte Zentrum jenes Rings aus gigantischen Steinpfeilern legten und zurücktraten, um dann langsam zu verblassen, bis sie verschwunden waren.

Valerian stieß einen stummen Schrei aus, erbebte vor Zorn und Angst. Er ertrug es nicht, Aidan dort liegen zu sehen, um den Sonnenaufgang zu erwarten und die schrecklichen Qualen zu erleiden, die jedem Vampir von der Sonne drohten. Aber es gab nichts, was er dagegen unternehmen konnte.

Er blieb, solange er dazu in der Lage war, und als er die erste Morgenröte am Horizont aufsteigen sah, versuchte er, sich in eine Art Schild zu verwandeln, um seinen Freund damit zu bedecken. Aber da er aus Nichts bestand, konnte er ihm keinen Schutz bieten.

Als das erste Licht die verschneiten Hügel berührte und den Kreis von Steinen erreichte, wo Aidan lag, kehrte Valerian in seinen eigenen, weit entfernten Körper zurück.

Neely saß still auf der winzigen Terrasse ihres Hotelzimmers in Phoenix, trank eisgekühlten Tee und starrte auf das türkisfarbene Wasser des Pools vor ihr. Die Sonne schien, und es war ziemlich warm.

Neely griff nach dem Eistee und trank einen weiteren Schluck davon. Sie kannte keine Menschenseele in Arizona, aber sie war froh, allein zu sein. Vor allem in jenen eigenartigen Momenten, wenn ihre Benommenheit wich und sie in höchstem Maße empfindlich war für Schmerzen, so sensibel, daß sie sogar einen Lufthauch als quälend empfand. Während dieser Perioden kam ihr selbst das leiseste Geräusch unerträglich laut vor und hämmerte gegen ihre Sinne, bis sie zitterte.

Sie mußte nachdenken. Das war es, was sie ihrem Bruder gesagt hatte, an jenem ersten Abend in den Vereinigten Staaten, als sie ihn angerufen hatte. Sie hatte Geld, denn seit die Drogenhändler sie nicht mehr verfolgten, kam sie wieder an ihre eigenen Konten heran. Sie würde in Ruhe abwarten und später, falls es nötig war, ungestört und in Frieden um Aidan trauern. Bevor sie jedoch anfangen konnte, ein neues Leben für sich aufzubauen, mußte sie zuerst die rauhen Stellen in ihrer Seele glätten.

Neely beabsichtigte, sich so schnell wie möglich wieder einen Job zu suchen, ein Apartment zu kaufen, ein Auto und sich einen neuen Freundeskreis zu schaffen. Sie hatte nicht vor, tatenlos herumzusitzen, während sie auf Aidan wartete, obwohl es keineswegs in ihrer Absicht lag, andere Männer kennenzulernen. Denn eins war Neely klar: Sie würde für den Rest ihres Lebens, und vielleicht sogar in alle Ewigkeit, keinen anderen lieben als Aidan Tremayne.

Neely schloß die Augen und lehnte sich in dem Liegestuhl zurück. Es erschreckte sie, daß sie manchmal dazu imstande schien, sich einzureden, daß sie sich all diese phantastischen Erfahrungen mit Aidan und seinen Gefährten nur eingebildet hatte. Und dabei waren sie doch so real, diese Erinnerungen, so bunt und schillernd, daß sie nie wieder aus ihrem Gedächtnis weichen würden.

Nein, sie wollte nicht vergessen.

Oft erwachte sie mitten in der Nacht und glaubte, Aidan neben sich zu spüren, und weinte, wenn sie merkte, daß sie allein war. Sie gab sich die größte Mühe, die Wirklichkeit zu akzeptieren: Aidan war ein Vampir, mit allem, was damit zusammenhing. Wenn er bei dem seltsamen Experiment, das er vorgehabt hatte, nicht umgekommen war, würde er sie finden.

Das erste, was Aidan zu Bewußtsein kam, war das Licht. Funkelndes, strahlendes, helles *Licht*. Er wartete darauf, daß die Helligkeit ihn verzehrte, doch statt dessen strich sie warm über seine Haut wie ein heilender Balsam. Langsam öffnete er die Augen, sah nichts außer diesem schimmernden Glühen und schloß sie wieder.

Seine nächste Empfindung war Kälte. Lieber Himmel, er lag im Schnee – nackt wie ein neugeborenes Kind!

Aidan versuchte, die Hände zu bewegen, aber sie ruhten schwer an seinen Seiten. Wo war er? In der Hölle? Nein, das wäre ein schlechter Scherz, dachte er, wenn dieser Ort sich als eisiges Loch herausstellen sollte!

»Um Himmels willen, Martha!« dröhnte eine Männerstimme irgendwo über ihm. »Er ist völlig nackt! Und bei diesem Wetter! Vielleicht ist er ein Druide oder irgend so etwas . . .«

Jemand hockte sich neben Aidan nieder. Er fühlte eine Frauenhand auf seiner Schulter, kräftig und angenehm warm. »Druide oder nicht – es geht ihm schlecht. Lauf und hol die Wolldecke aus dem Wagen, Walther! Und dann laß uns versuchen, den armen Mann zusammen aufzuheben.«

Aidan spürte die rauhe Decke an seiner Haut und fühlte, wie die beiden Menschen ihn aufrichteten. Er konnte weder sehen noch sprechen, doch während er zwischen seinen Rettern dahinstolperte, machte er eine ganz andere Erfahrung. Er *atmete!*

Aidans Seele machte einen noch freudigeren Sprung, als er seine Brust berührte und spürte, daß dort ein Herz schlug. »Neely«, wisperte er, und Tränen rannen über sein halberfrorenes Gesicht. »Neely.«

Als er das nächste Mal erwachte, befand er sich in einem Krankenhaus, und sein ganzer Körper schmerzte von den Frostbeulen, die er sich zugezogen hatte.

Aidan genoß diese Schmerzen jedoch, denn sie waren nur ein weiterer Beweis dafür, daß ihm eine zweite Chance zuteil geworden war.

Er war wieder ein Mensch.

Er hob eine Hand an den Mund, nicht ohne Anstrengung, und befühlte seine Zähne. Seine Fänge waren verschwunden, er ertastete nur ganz gewöhnliche Schneidezähne.

Als Aidan versuchte, sich aufzurichten, drückte ihn eine Hand sanft aufs Bett zurück.

»Sie müssen sich ausruhen«, sagte eine weibliche Stimme, die vermutlich einer Krankenschwester gehörte. »Sie sollten wissen, daß Sie dem Tod sehr nahe waren.«

Er fühlte Tränen in seinen Augen brennen, heiß und feucht. *Du kannst dir gar nicht vorstellen, wie nahe.* dachte er. Ihm war verziehen worden, schien es, oder zumindest hatte man ihm Gelegenheit gegeben, sich zu bessern. Und Aidan war fest entschlossen, das Beste aus der ihm verbleibenden Zeit zu machen.

»Danke«, flüsterte er, als der Schmerz wieder so unerträglich wurde, daß er sein Bewußtsein schwinden fühlte.

In den darauffolgenden Tagen verlor Aidan jegliches Zeitgefühl, da er aus einer Ohnmacht in die nächste glitt. Während der kurzen Momente jedoch, in denen er bei Bewußtsein war, erfreute er sich an dem regelmäßigen Schlagen seines Herzens, seinen rauhen, aber gleichmäßigen Atemzügen und dem Schmerz in seiner Hand, in der eine intravenöse Nadel steckte. Sogar das Bedürfnis, sich zu erleichtern, war für ihn ein Grund zum Feiern.

Als er zum erstenmal die Kraft aufbrachte, die Augen zu öffnen, erblickte er graugrüne Klinikwände, ein kleines Fernsehgerät in einer Zimmerecke und das monströse Eisenbett, in dem er lag.

Ein Moment verstrich, bevor Aidan merkte, daß es Nacht war und er klar sehen konnte. Die Erkenntnis erschreckte ihn, und für einen Augenblick lang glaubte er, nur geträumt zu haben, daß er wieder ein Mensch war.

Dann sah er den Vampir, der reglos und majestätisch am Fußende seines Betts stand. Aidan erkannte das Wesen nicht, was ihn noch mehr erschreckte. Unwillkürlich wich er ans Kopfende des Bettes zurück und hielt den Atem an.

Der Fremde hob würdevoll die Hand. Wie sein Gesicht glühte sie bleich in der Dunkelheit und hüllte ihn in ein Strahlen ein, als hätte er den Mond verschluckt. »Keine Angst, Sterblicher«, sagte das Wesen leicht gereizt. »Ich bin nicht gekommen, um Sie zu verwandeln, sondern um Ihnen eine Botschaft der Bruderschaft zu überbringen.«

Aidans Herz pochte heftig. Er hatte Angst, und doch erfüllte ihn die bloße Existenz des Pulsschlages mit einer wilden Freude. »Was haben Sie mir zu sagen?« fragte er, und so verwundbar er auch war, lag doch eine gewisse Herausforderung in seiner Stimme.

Der Vampir lachte leise. »Tobias hatte recht«, sagte er. »Sie sind wahrhaftig tapfer bis zur Idiotie, Aidan Tremayne!« Er nahm mehrere Gegenstände aus den Innentaschen seines Mantels, legte sie auf den Nachttisch und schaute Aidan dann lächelnd an. »Ich habe Ihnen einen Pass mitgebracht. Kreditkarten und Geld. Sie haben Ihre Eigenschaften als Vampir natürlich eingebüßt, und deshalb werden Sie sich jetzt in der Welt der Sterblichen einen Platz schaffen müssen.«

Aidan schaute auf das Päckchen auf seinem Nachttisch. Vorher hatte er keine Ausweispapiere und kein Geld benötigt, doch für einen Menschen war beides unerläßlich. »Hat Maeve Sie gebeten, mir zu helfen? Oder Valerian?«

»Weder noch«, erwiderte der Vampir und trat ans Fenster, um hinauszuschauen. »Niemand weiß, wohin die beiden verschwunden sind. Die Bruderschaft war nur der Ansicht, daß die Angelegenheit korrekt abgeschlossen werden sollte — Ihr menschliches Leben war Ihnen genommen worden, und jetzt ist es wiederhergestellt. In diesen modernen Zeiten ist es schwierig, ohne Pässe, Geld und so weiter auszukommen.«

Aidan schwieg und dachte über die Information nach, daß Maeve und Valerian verschwunden waren. Im ersten Moment bedauerte er die Grenzen, die ihm als Mensch gesetzt waren, weil er nichts tun konnte, um seiner Schwester oder seinem Freund zu helfen. Aber dann fand er sich auch mit dieser Realität ab.

»Wie lange habe ich noch zu leben?« fragte er. »Einen Tag — ein Jahrzehnt? Ein halbes Jahrhundert?«

Der Vampir lächelte und hob die Schultern. »Wie lange hätten Sie vorher gelebt, wenn Ihr Leben nicht unterbrochen worden wäre? Nur jene, die sich hinter dem Schleier des Mysteriums befinden, besitzen dieses Wissen.« Er zupfte an den Ärmeln seines eleganten Mantels und näherte sich dem Bett.

»Ich muß bald gehen und mich auf die Jagd begeben«, sagte er und legte eine seiner alabasterfarbenen Hände auf Aidans Stirn. »Sie werden mit der Zeit vergessen, was Sie waren, und eines Tages werden Sie sogar jene auslachen, die an Wesen wie Vampire und Magier glauben.«

Aidan ergriff die leichenähnliche Hand mit seinen eigenen, warmen Fingern und bemühte sich vergeblich, sie fortzuschieben. »Warten Sie — da ist eine Frau — ich muß sie finden . . .«

»Sie werden immer Aidan Tremayne sein«, entgegnete das Ungeheuer. »Obwohl Ihr Hirn das Bild der Frau bald aus Ihrem Bewußtsein verbannen wird, wird es in Ihrem Herzen weiterleben.«

»Aber . . .«

»Es ist geschehen«, erklärte der Vampir ruhig, dann war er fort, und Aidan versank in einen tiefen Schlaf.

Am nächsten Morgen nahm er zum erstenmal seit zwei Jahrhunderten feste Nahrung zu sich und fragte sich, was ihn so begeistern mochte an Milch und fadem schwarzem Tee. Wilde, makabre Bilder jagten sich in seinem Hirn; er erzählte der hübschen Krankenschwester, er hätte in der Nacht zuvor von einem Vampir geträumt, der ihn in seinem Zimmer aufgesucht hatte, und sie schüttelte den Kopf und sagte, das menschliche Gehirn sei wirklich ein recht merkwürdiges Organ.

Aidan mußte ihr zustimmen, zumindest insgeheim, aber er bewahrte auch noch ein anderes Bild in seinem Gedächtnis auf, das Bild einer schönen Frau mit kurzem Haar und großen schönen Augen. Er wußte, daß sie Neely hieß, aber das war auch alles, woran er sich erinnerte. Ein wahres Wunder, wenn er bedachte, daß er seine eigene Identität dem Päckchen Ausweispapiere hatte entnehmen müssen, das eines Nachts, während er schlief, auf seinem Nachttisch aufgetaucht war.

Er wurde zunehmend kräftiger in den darauffolgenden Tagen, und sein Verstand fabrizierte eine recht komplizierte, aber glaubwürdige Geschichte für ihn. Bald glaubte Aidan alles, was sein Gehirn ihm vorspiegelte, ja, er war sich sogar sicher, sich genauestens an die entsprechenden Erfahrungen zu erinnern.

Er war allein auf der Welt, der einzige Sohn irischer Eltern, die schon vor langer Zeit verstorben waren. Er besaß Geld, eine prächtige Villa außerhalb von Bright River in Connecticut, und er war ein berühmter Künstler.

Gewisse Geheimnisse blieben jedoch. Aidan wußte noch immer nicht, wo er gewesen war, bevor er in jenem Kreis uralter Steine, mitten im Schnee nackt wie ein Neugeborenes, gefunden worden war. Die Polizei war genauso ahnungslos wie er, aber nach einer Weile gaben sie es auf, ins Krankenhaus zu kommen und ihn zu befragen. Zweifellos hatten sie ihn als psychisch Kranken abgeschrieben, und Aidan mußte zugeben, daß es genügend Gründe dafür gab.

Er verließ die Klinik in geborgten Sachen, kaufte sich Kleidung, Koffer und Toilettenartikel. Nachdem er eine Nacht in einem Londoner Hotel verbracht hatte, nahm er ein Taxi zum Flughafen und kehrte in die Vereinigten Staaten zurück.

In New York mietete er einen Wagen und fuhr nach Bright River.

Gleich nach seiner Ankunft dort begab er sich zu seinem großen Haus am Stadtrand. Ich hatte es nicht so düster in Erinnerung, dachte er, als er von Raum zu Raum ging und die schweren Samtportieren zurückzog, um den Sonnenschein hereinzulassen.

Der Schnee schmolz bereits, der Frühling war nicht mehr weit. Aidan öffnete die Fenster, um frische Luft einzulassen.

Leise vor sich hinsummend ging er in die Küche. Nach seinem kargen Frühstück auf dem Londoner Flughafen war er jetzt sehr hungrig.

Er öffnete einen Schrank nach dem anderen und stellte verwundert fest, daß in allen gähnende Leere herrschte. Keine Konservendosen, kein Geschirr, kein Besteck — nicht einmal einen Salzstreuer entdeckte er.

Verwirrt hob er die Schultern, nahm eine Lederjacke aus einem der Schlafzimmerschränke und verließ das Haus. Etwas weiter unten an der Straße befand sich eine Raststätte; Aidan glaubte, sich erinnern zu können, daß er bereits einige Male dort gegessen hatte.

283

Er ging zu Fuß, die Hände in den Jackentaschen, und versuchte, sich Mut zu machen. Denn obwohl die Ärzte in London behauptet hatten, daß seine Erinnerungslücken sich irgendwann wieder schließen würden, war Aidan noch immer sehr beunruhigt.

Zum einen gab es da einen Namen, der ihn beständig verfolgte, der Name und das reizende Gesicht, das zu ihm gehörte. *Neely.* Wer war sie? Sie mußte einmal eine Rolle in seinem Leben gespielt haben, dessen war er sicher, aber er konnte sich nicht erinnern, wo und wann.

Tief in seinem Unterbewußtsein jedoch quälte ihn das drängende Verlangen, die mysteriöse Frau zu finden.

Er betrat die Raststätte, ein lärmendes, fröhliches Lokal, wo viel zu laut eine Musikbox spielte, aber irgendwie fühlte Aidan sich besser unter all diesen Menschen. Er setzte sich an einen Tisch in einer Ecke und griff nach der Karte.

Eine freundliche Kellnerin, deren Namensschild sie als »Doris« auswies, nahm seine Bestellung auf. Während Aidan seinen Kaffee trank, stürmte ein kleiner Junge herein und schwenkte strahlend ein Blatt Papier. Er mußte ungefähr sieben sein, schätzte Aidan, er hatte Sommersprossen, und zwei Zähne fehlten ihm.

»Sieh mal, Doris!« schrie das Kind und kletterte auf einen der Stühle neben Aidan. Der Junge lächelte ihn an, als würde er ihn kennen, nickte grüßend und richtete seine Aufmerksamkeit wieder auf Doris. »Ein Brief von Tante Neely!«

Aidans Herzschlag setzte einen Moment lang aus bei der Erwähnung des vertrauten Namens. Da er recht ungewöhnlich war, mußte er diese Frau also hier in Bright River getroffen haben!

»Was schreibt sie, Danny?« fragte Doris lächelnd, während sie einen Teller mit gegrilltem Huhn, Kartoffelpüree und grünen Bohnen vor Aidan auf den Tisch stellte.

Danny hielt den Brief noch immer in der Hand, und Aidan mußte sich sehr zusammennehmen, um ihm das Blatt nicht aus der Hand zu reißen. »Sie ist nicht mehr in Phoenix, sie ist in Colorado«, erklärte der Junge mit wichtiger Miene. »Sie hat eine Zeitlang in einem Büro gearbeitet, aber jetzt hat sie einen Job in einem Steakhouse. Tante Neely war es zu langweilig, am Schreibtisch zu sitzen.«

Aidan wurde ganz warm ums Herz, und er war belustigt, aber beides waren Gefühle, für die er keinerlei Erklärung fand. Er nahm einen Bissen von seinem Essen, aber sein Appetit war verflogen.

»Und sieh dir diese tolle Briefmarke an!« sagte Danny und legte einen pinkfarbenen Umschlag auf die Theke.

Aidan renkte sich fast den Hals aus, um den Absender zu sehen: 1320 Tamarack Road, Pine Hill, Colorado. »Ich habe früher Briefmarken gesammelt, als ich jünger war«, bemerkte er beiläufig.

Danny strahlte ihn an. »Ich habe bestimmt schon über tausend! Tante Neely schickt sie mir. Ich habe einen ganzen Karton aus England.«

England. Das Wort löste eine weitere Erinnerung aus, aber es war mehr ein Gefühl statt eines Bildes. Er war so sicher gewesen, daß er der geheimnisvollen Neely in Bright River begegnet war . . .

1320 Tamarack Road, Pine Hill, Colorado, prägte er sich in Gedanken ein.

»Deine Tante Neely muß eine interessante Person sein«, bemerkte Aidan, als Doris Danny eine Tasse heiße Schokolade gegeben hatte und zu einem anderen Tisch weitergeeilt war.

Dannys Augen leuchteten auf. »Das ist sie. Sie hat für einen richtigen Senator gearbeitet. Aber er war ein Verbrecher, und sie wäre fast umgebracht worden, weil sie dem FBI erzählte, was er getan hat. Aber jetzt ist sie wieder sicher.«

Aidan runzelte die Stirn, denn die Worte des Kindes weckten eine weitere Erinnerung in ihm, die er nicht definieren konnte.

Er beendete seine Mahlzeit und kehrte in sein riesiges, stilles Haus zurück, um dort ruhelos von einem Raum zum anderen zu wandern.

Am Morgen rief Aidan die Autovermietung an und bat sie, den Wagen mit dem er aus New York gekommen war, abzuholen. Dann ging er in die Garage hinaus, wo sein weißer Triumph Spitfire stand.

Er lächelte, als der Motor beim ersten Versuch ansprang, und lenkte den Wagen auf die Straße nach Bright River. Als erstes kaufte er Lebensmittel und andere Vorräte ein, und als er an einem Blumengeschäft vorbeikam, fiel ihm ein riesiger Strauß weißer Rosen auf, der im Fenster ausgestellt war.

Die Rosen zogen seinen Blick wie magisch an, und wieder verspürte Aidan ein seltsames Drängen in seinem Unterbewußtsein. Die Blumen besaßen irgendeine Bedeutung, dessen war er sicher, aber er konnte sich nicht erklären, welche.

Langsam ging er zu seinem Wagen weiter und verstaute seine Einkäufe auf dem Beifahrersitz. Dann kehrte er zum Schaufenster des Blumengeschäfts zurück und blieb dort lange stehen, um die Rosen zu betrachten und zu verstehen, warum ihr Anblick ihn so beunruhigte.

Er schluckte plötzlich und unterdrückte ein unerklärliches Bedürfnis, zu weinen.

Eine grauhaarige Frau streckte den Kopf aus der Tür und rief ihm lächelnd zu: »Hallo, Mr. Tremayne! Sind es nicht die schönsten Rosen, die Sie je gesehen haben? Ich kaufte sie von einem Nachbarn, er zieht sie selbst in seinem Wintergarten. Sie riechen ganz herrlich, anders als die armen Dinger, die im Supermarkt verkauft werden.«

Obwohl die Frau seinen Namen wußte und ihn also kennen mußte, konnte er sich nicht an sie erinnern. Er lächelte und betrat den Laden, getrieben von einer merkwürdigen Kraft, die von seinem Unterbewußtsein ausging.

Der Duft der Rosen war sehr zart, aber er schien den ganzen Raum zu erfüllen und war stärker als der Duft all der anderen Blumen, die im Laden ausgestellt waren.

Aidan suchte acht der weißen Rosen aus, die noch nicht voll erblüht waren, und legte Geld auf die Theke.

»Auf Wiedersehen, Mrs. Crider«, hörte er sich sagen, als er den Laden verließ. Er kannte den Namen der Frau *also doch*, obwohl er sich nicht entsinnen konnte, ihr je begegnet zu sein.

Wie eigenartig, dachte er.

286

Zuhause fand Aidan eine Vase in einem Dielenschrank und stellte die Rosen auf die Marmorplatte des antiken runden Tisches in der Eingangshalle. Dann blieb er lange Zeit mit verschränkten Armen davor stehen und fragte sich, wie der Anblick der Blumen ihm eine derartige Befriedigung verschaffen konnte, obwohl er ihm gleichzeitig das Gefühl eines überwältigenden Verlusts einflößte.

Wahrscheinlich war er ganz einfach ein bißchen verrückt, was ja auch nicht erstaunlich war angesichts der Tatsache, daß er mitten in einem englischen Schneesturm splitternackt in einem Kreis uralter Steine aufgefunden worden war!

Du wirst es mit der Zeit schon überwinden, sagte er sich und ging hinaus, um die Einkaufstüten aus dem Wagen zu holen. Und doch verfolgte ihn der Duft der Rosen auch weiterhin, und er kehrte immer wieder zu ihnen zurück, um sie zu betrachten.

Etwas anderes ließ ihm ebenfalls keine Ruhe, beschäftigte ihn sogar noch mehr als die Rosen. Es war der Name Neely und das neuerworbene Wissen, daß sie an einem Ort namens Pine Hill lebte, im fernen Colorado.

Nach einem Steak, das er mit Appetit verzehrte, zog Aidan sich in sein Arbeitszimmer zurück. Es quoll über von Büchern, von denen er einige gelesen hatte, andere nicht. Die Bilder an den Wänden waren ihm nur schwach vertraut, obwohl er wußte, daß er sie selbst gemalt hatte.

Er nahm einen Atlas aus dem Regal und schlug die Seite mit der Karte der Vereinigten Staaten auf. Verwirrt, fasziniert und *wie besessen* suchte und fand er Colorado und bemühte sich, die Entfernung zwischen diesem Staat und Connecticut abzuschätzen.

Wieder flüsterte er den Namen seines geheimen Gespenstes: »Neely.« Wieder graste er sein Unterbewußtsein nach irgend etwas anderem als diesem verblassenden Bild von ihr ab, aber es war zwecklos. Er erinnerte sich an nichts, empfand nur eine bittersüße Trauer und eine Sehnsucht, die ihm die Tränen in die Augen trieb.

Plötzlich wurde Aidan von der bedrückenden Sorge erfaßt, daß er das Gesicht vergessen könnte, vielleicht sogar den

Namen, wie er so viele andere Einzelheiten aus seiner Vergangenheit vergessen hatte.

Er suchte rasch Papier und Stifte, setzte sich an seinen Schreibtisch und begann mit hastigen, fieberhaften Bewegungen das Bild zu zeichnen, das sein Unterbewußtsein ihm diktierte. Als die Zeichnung der schönen jungen Frau mit den großen, wachen Augen fertig war, schrieb er »Neely« darunter und atmete erleichtert auf. Jetzt konnte ihr Bild in seinem Bewußtsein verblassen; er würde nie wieder vergessen, wie sie aussah.

Aidan starrte die Zeichnung lange an, prägte sich jeden einzelnen ihrer Gesichtszüge, jede Linie und Kurve ihres Körpers ein.

In einem großen Ledersessel saß Neely ihrer Psychotherapeutin gegenüber und ermahnte sich im stillen, daß sie niemals die Ereignisse der vergangenen Monate begreifen würde, wenn sie nicht endlich ganz offen mit jemandem darüber redete. Und dennoch fiel es ihr unendlich schwer, den Anfang zu machen.

»Sie arbeiten im Steak-and-Saddle Restaurant, nicht wahr?« fragte Dr. Jane Fredricks freundlich, während sie Neelys Karteikarte betrachtete.

Neely nickte, dankbar für den sanften Anstoß. »Ja, ich kellnere dort. Ich will beschäftigt sein, weil ich dann nicht soviel denke, und da ich abends arbeite, bin ich immer mit anderen Leuten zusammen, wenn es dunkel ist.«

»Fürchten Sie sich vor der Dunkelheit?« fragte die Ärztin.

Neely biß sich auf die Lippen. »Nein, das ist es eigentlich nicht«, sagte sie zögernd. »Ich habe Angst vor . . . Vampiren. Mit Ausnahme von einem allerdings, und er . . . ach, verdammt!« Sie biß sich auf ihren rechten Daumennagel.

Dr. Fredricks griff weder zum Telefon, noch schrie sie um Hilfe. »Vampire«, wiederholte sie nur und notierte etwas.

Neelys Stimme zitterte. »Ja.«

»Fahren Sie fort«, sagte die Ärztin freundlich.

Neely schwieg einen Moment. »Ich nehme an, daß Sie nicht

an Vampire glauben«, sagte sie dann leise. »Aber sie existieren wirklich, so verrückt es klingen mag.«

»Das stelle ich nicht in Frage«, entgegnete die Ärztin ruhig. »Sie brauchen mich von nichts zu überzeugen, Neely — Sie stehen nicht vor Gericht. Sie sollen nur reden.«

Tränen stiegen in Neelys Augen auf. »Ich bin meinem ersten Vampir in der Nacht zu Halloween begegnet«, begann sie leise. »Ungemein passend, nicht? Aber natürlich *wußte* ich da noch nicht, daß Aidan ein Vampir war — ich dachte nur, daß er . . . nun ja, daß er ein bißchen anders war . . .«

Dr. Fredricks nickte ihr aufmunternd zu.

Neely erzählte ihr die ganze Geschichte in den nächsten fünfundvierzig Minuten, und obwohl sich dadurch nichts geändert hatte, war sie froh, sich endlich einem anderen Menschen anvertraut zu haben.

»Werden Sie mich jetzt in eine Gummizelle sperren?« fragte sie, als sie ihre Geschichte beendet hatte.

Die Ärztin lachte. »Nein, natürlich nicht.«

Neely beugte sich gespannt vor. »Sie glauben doch nicht etwa, daß es wirklich Vampire gibt?«

»Was ich glaube, ist nicht wichtig. Wir sind hier, um über Sie zu sprechen. Hätten Sie am nächsten Dienstag Zeit, wieder herzukommen?«

19

Neely wollte gerade die Eingangstür des Steakhauses öffnen, als sie durch die Glasscheiben innen im Lokal das Chaos ausbrechen sah. Der Feueralarm und die Sprenkleranlage setzten sich in Bewegung, Gäste und Angestellte liefen schreiend in alle Richtungen davon.

Neely konnte gerade noch rechtzeitig zurücktreten, um nicht niedergetrampelt zu werden, und selbst so wurde sie fast in ein Blumenbeet gestoßen.

Duke Fuller, der Besitzer des Restaurants, kam aus dem Lokal und schüttelte lachend das Wasser von seinem eleganten Anzug.

»Sie können wieder gehen, Neely, nehmen Sie sich den Abend frei«, rief er ihr munter zu. »Ich glaube, Trainer Rileys Jungs stecken hinter dieser Sache – sie fühlen sich wohl stark, weil sie das Basketballmatch gewonnen haben. Ich werde dafür sorgen, daß sie hier wieder Ordnung schaffen.«

Einige der Gäste blieben, um zu helfen, aber Neely fühle sich wie ausgelaugt nach ihrer Sitzung mit Dr. Fredricks, stieg in den gebrauchten Mustang, den sie sich in Denver gekauft hatte, und fuhr nach Hause.

1320 Tamarack Road war nur ein kleiner Bungalow mit einem einzigen Schlafzimmer und Linoleumböden, aber Neely fühlte sich wohl dort. Außerdem war sie nur selten zu Hause, weil sie die ganze Nacht arbeitete und sich tagsüber — da sie in letzter Zeit unter Schlaflosigkeit litt — meistens in der städtischen Bibliothek aufhielt.

Sie hoffte jedoch, jetzt schlafen zu können, nachdem sie der Psychotherapeutin all jene Geheimnisse erzählt hatte, die sie noch nie zuvor in Worte gefaßt hatte. Die Auswirkungen ihrer Probleme machten sich allmählich auch äußerlich bemerkbar; Neely hatte dunkle Schatten unter den Augen, war viel zu dünn und brach so häufig in Tränen aus, daß es schon beschämend war.

Jeden Tag, jede Nacht sagte sie sich, daß Aidan zu ihr zurückkehren würde, und doch noch immer keine Spur von ihm, kein Wort, kein nichts. War er gestorben bei seinem Versuch, wieder ein Mensch zu werden? Oder hatte er schlicht das Interesse an ihr verloren?

Noch immer in ihrer Kellnerinnenuniform, ließ sie sich mit einem Teller Hüttenkäse auf der Couch vor dem Fernsehgerät nieder und beschloß, sich einen Film anzusehen. Als ein Graf Dracula auf der Bildfläche erschien, prächtig anzusehen in seinem schillernden schwarzen Umhang, gab Neely ein Geräusch von sich, das sowohl ein Schluchzen wie auch ein Lachen hätte sein können. Der Graf hatte sehr bleiche Haut und dunkles, aus der Stirn gekämmtes Haar, aber natürlich waren es seine überlangen und extrem spitzen Reißzähne, die ihn als den gefürchteten Vampir auswiesen.

Neely nahm die Fernbedienung, um den Kanal zu wechseln. Aber irgendwie konnte sie die Bewegung nicht ganz zu Ende führen. Sie war für einen Moment wie erstarrt, erfüllt von einer seltsamen Mischung aus Gefühlen — Panik, Freude, Faszination und dem fieberhaften Wunsch, sich selbst gegenüber abzustreiten, daß eine solche Kreatur jemals existiert haben könnte.

Als die eigenartige Starre nachließ, ging sie ins Schlafzimmer und tauschte ihre Uniform gegen einen warmen Pyjama aus. Danach würde sie einen anderen Kanal wählen.

Doch sie ließ sich auf der Couch nieder und starrte wieder wie hypnotisiert auf den Bildschirm. Sie wußte, sie hätte aufstehen sollen, um ins Bett zu gehen oder ein Buch zu lesen, anstatt nur einfach dazusitzen und sich einen Film anzusehen, den sie gar nicht sehen wollte, aber sie fand einfach nicht die Kraft dazu. Ihr Blick glitt zum Telefon auf der anderen Seite des Raums; sie fragte sich, ob sie unter der Anspannung allmählich zusammenbrach. Vielleicht sollte sie Dr. Fredricks anrufen . . .

Um ihr was zu sagen . . .? *Tut mir leid, daß ich Sie störe, aber es läuft gerade ein Vampirfilm, und ich finde nicht die Kraft, ihn abzustellen* . . .

Neely nahm ihren rechten Daumen in den Mund und biß kräftig zu. Der Film lief weiter, es wurde draußen langsam dunkel, und sie saß noch immer da, wie gebannt, und schaute zu.

Ein plötzlicher Lichtstrahl ließ Neely zusammenzucken und aufschreien.

Valerian persönlich stand vor der Couch, hager und irgendwie gealtert, aber prächtig und beeindruckend wie eh und je. Statt seiner üblichen eleganten Abendkleidung trug er mittelalterliche Beinkleider, weiche Lederschuhe und eine Tunika aus grobem braunem Wollstoff. Ein langes Schwert hing in einer Scheide an seiner Hüfte.

Als er die Filmversion von Graf Dracula sah, lachte er.

Neelys Erstarrung ließ nach; sie stand auf und schaute sich nach einer Waffe um, aber alles, was sie fand, war der Hüttenkäse.

Valerian lächelte spöttisch. »Wollen Sie mir den Teelöffel ins Herz bohren?«

Neelys eigenes Herz schlug so heftig, daß sie kaum Luft bekam. Valerian war freundlich genug gewesen, in der Vergangenheit, aber sie hatte sich nie die Illusion gestattet, daß er ihr Freund war.

»Was wollen Sie?« fragte sie.

Valerian seufzte. »Ihnen das zu erklären würde mehr Zeit in Anspruch nehmen, als ich besitze, Mylady«, sagte er traurig.

Neely ließ sich auf einen Sessel fallen. Nachdem ihre erste Angst verflogen war, wollte sie etwas über Aidan erfahren. Gleichzeitig jedoch fürchtete sie Valerians Antwort — was war, wenn das Experiment mißlungen war und Aidan nicht mehr lebte? Oder falls Valerian ihr sagte, daß sein Freund zwar lebte, aber beschlossen hatte, doch nicht den mühevollen Weg zu beschreiten und eine menschliche Frau zu lieben?

»Er liebt Sie noch«, sagte Valerian, der — natürlich — Gedanken lesen konnte wie jeder andere Vampir.

Neely hob eine Hand an ihre Kehle. »Dann hat er überlebt?«

Valerians breite Schultern schienen herabzusacken; er stellte plötzlich ein Bild der Trauer dar. »In gewisser Weise ja. Er ist jetzt ein ganz normaler Mensch — attraktiv, aber eigentlich nichts Besonderes im Vergleich zu dem, was er einmal war. Ich werde nie begreifen, warum er bereit war, ein derartiges Opfer zu bringen.«

Neely wollte vor Freude aufschreien, aber sie beherrschte sich, weil sie jemandem wie Valerian nicht ihre geheimsten Gefühle verraten wollte. Aber sie besaß auch noch einen anderen Grund für ihre Zurückhaltung. Aidan war wieder ein Mensch geworden, wie er es sich sehnlichst gewünscht hatte, doch anscheinend hatte er keinerlei Versuche unternommen, sie zu finden.

Selbst ohne seine übernatürlichen Eigenschaften wäre es nicht schwer für ihn gewesen, sie zu finden. Obwohl sie auf der Post in Bright River keine Adresse hinterlassen hatte, wußte ihr Bruder Ben, wo sie sich aufhielt.

Ben war ein sturer, eigensinniger Mensch, der Aidan zwar vielleicht nicht verraten hätte, wo seine Schwester sich befand, aber sich bestimmt als Vermittler zwischen ihr und Aidan angeboten hätte.

»Aidan erinnert sich nicht an Sie«, sagte Valerian, der wieder ihre Gedanken gelesen hatte. »Nicht richtig jedenfalls. Ihm sind nur Bruchstücke seiner Erinnerung geblieben, die mit der Zeit ebenfalls verblassen werden. Die Bruderschaft hält es für besser, wenn er bestimmte Dinge aus seiner Vergangenheit vergißt.«

Zorn und Erleichterung stiegen in Neely auf. Zorn, weil jemand sich zwischen sie und Aidan gestellt hatte, Erleichterung, weil er sich an sie erinnern *wollte*.

Sie richtete sich auf. »Sind Sie deshalb hergekommen? Um mir zu sagen, daß es zwischen mir und Aidan vorbei ist? Das akzeptiere ich nicht. Valerian — ich glaube es nicht eher, bis ich es von ihm persönlich höre.«

Er kam ihr sehr unglücklich vor, obwohl das vielleicht nur Schau war. Valerian hatte Aidan geliebt, liebte ihn vermutlich immer noch, und es war sehr unwahrscheinlich, daß Neelys Interessen ihm am Herzen lagen. Oder die irgendeines anderen Menschen.

»Wie auch immer«, entgegnete er ruhig, »es muß enden. Kein Sterblicher darf das Wissen um die geheiligten Dinge mit sich herumtragen. Es ist gefährlich.«

»Geheiligt?« schnappte Neely ärgerlich. »Was für ein unpassendes Wort in Verbindung mit Kreaturen, die Blut trinken, um sich am Leben zu erhalten!«

Valerians schöne Züge verdüsterten sich. »Ich werde nicht mit einem Sterblichen über die Wortbedeutungslehre diskutieren!« brüllte er wütend.

»Kein Problem«, versicherte Neely ihm hastig.

Der Vampir brauchte einige Sekunden, um sich zusammenzunehmen, dann verkündete er pompös: »All jenen zuliebe, die in der Nacht wandeln und sich von Blut ernähren, muß dieser Unsinn ein für allemal ein Ende finden.« Er brach ab, rieb sich das Kinn und musterte Neely sinnend. »Es wäre mein gutes Recht, mich an Ihrem Blut zu laben. Aber ich habe beschlossen, daß mein letzter Tribut an Aidan sein wird, Sie zu verschonen.«

Neely atmete tief aus, merkte erst jetzt, daß sie den Atem angehalten hatte. Im nächsten Augenblick stand Valerian dicht bei ihr, obwohl sie keine Bewegung an ihm wahrgenommen hatte.

Er hob eine Hand und legte sie auf ihre Stirn, wie ein Priester, der seinen Segen austeilt.

294

»Keine Vampire«, wisperte er. »Es gibt keine Vampire, und es hat nie welche gegeben. Du wirst vergessen, und jeder Sterbliche, der von deiner Liebe zu Aidan weiß, wird ebenfalls vergessen . . .«

Neely wehrte sich, so lange sie konnte, gegen die Barriere, die er in ihren Gedanken errichtete, aber Valerian war um soviel stärker als sie, und bald breitete sich tiefste Finsternis in ihrem Bewußtsein aus.

Am darauffolgenden Dienstag erschien Neely pünktlich in Dr. Fredricks' Praxis, setzte sich in den Sessel und wartete.

»Ich glaube, letzte Woche sprachen wir über Vampire«, sagte die Psychologin freundlich.

Neely lachte. »Über Vampire? Soll das ein Scherz sein?«

Die Ärztin runzelte die Stirn. »Ein Scherz?«

Neely dachte an die letzte Sitzung zurück und erinnerte sich nur, Dr. Fredricks von Senator Hargrove und ihren Problemen mit dem Drogenkartell erzählt zu haben. »Ich . . . ich habe von Vampiren gesprochen?« fragte sie zögernd und spürte, wie sie erblaßte.

Dr. Fredricks lächelte beruhigend, öffnete die Akte auf ihrem Schreibtisch und las Neely die verrückte Geschichte vor, die diese ihr in der Woche zuvor angeblich erzählt hatte.

Neely schüttelte den Kopf und wiederholte, was sie der Ärztin bereits über Senator Hargrove und seine kriminellen Aktivitäten erzählt zu haben glaubte.

Die Psychologin hörte in respektvollem Schweigen zu, dann sagte sie freundlich: »Sie scheinen im letzten Jahr unter sehr starkem psychischem Streß gestanden zu haben, Neely. Ist es da ein Wunder, wenn Ihr Unterbewußtsein sich eine Reihe von Vampiren ausgedacht hat, um Sie von Ihren wirklichen Problemen abzulenken?«

Das klang vernünftig, aber Neely konnte sich noch immer nicht entsinnen, etwas von Vampiren gesagt zu haben. »Nun ja, das wird es wohl gewesen sein«, erwiderte sie verwirrt.

»Es ist nichts Ungewöhnliches«, sagte die Ärztin, »daß das

menschliche Gehirn persönliche Mythen erzeugt, um mit irgendwelchen Belastungen des Unterbewußtseins fertig zu werden. Im allgemeinen spielen diese kleinen Dramen sich in unseren Träumen ab, aber manchmal fühlen wir uns auch versucht, zu beeindruckenderen Mitteln zu greifen.«

Nach allem, was sie aus der Karteikarte vorgelesen hat, dachte Neely voller Unbehagen, muß die Besetzung meines Stückes mindestens tausend Schauspieler beinhaltet haben. Sie hatte sogar Namen erwähnt, wenn man der Psychologin glauben durfte – *Maeve*, *Valerian*, *Tobias*.

Am ganzen Körper zitternd, ließ sie sich in ihren Sessel zurücksinken. »Könnte ich ein Glas Wasser haben, bitte?«

Nach einer Woche Fahrt nach Westen, in deren Verlauf Aidan langsam zu der Überzeugung kam, nicht nur die Erinnerung, sondern auch den Verstand verloren zu haben, überquerte er die Grenze nach Colorado. An jenem Abend hielt er in einem Motel an und schlief wie ein Stein.

Am nächsten Morgen kaufte er eine Straßenkarte, suchte Pine Hill und lenkte seinen Spitfire in diese Richtung. Er hatte keine Ahnung, was ihn in der kleinen Gebirgsstadt erwarten mochte, außer, daß er dort die geheimnisvolle Neely finden würde. Und dann, wenn er in ihre großen Augen schaute, würde er sich vielleicht wieder entsinnen, was zwischen ihnen vorgefallen war und würde die Faszination begreifen, die ihn so sehr quälte.

Er erreichte Pine Hill an einem sonnigen, spätwinterlichen Nachmittag. Es war eine ganz gewöhnliche Stadt, wie so viele andere im Westen, aber die Umgebung war spektakulär. Die Berge waren schneebedeckt und gingen in blaugrüne Bäume über, die sich über die Landschaft erstreckten, soweit das Auge schauen konnte.

Aidan bog in eine Tankstelle ein, nahm die Zeichnung von Neely aus seiner Jackentasche und betrachtete sie zum hundertsten Mal auf dieser Reise.

Als er sie wieder einsteckte, lächelte er, als stellte sie di

Landkarte zu einem unvergleichlichen verborgenen Schatz dar.

Doch als er den Wagen wieder auf den Highway lenkte, runzelte er die Stirn. Es war durchaus möglich, daß er sich zum Narren machte. Denn falls wirklich etwas Bedeutendes zwischen ihm und dieser Frau gewesen war, warum waren sie dann nicht zusammen? Warum hatte er alles, was ihn an sie erinnerte, aus seinem Gedächtnis verbannt, mit Ausnahme ihres Gesichts und ihres Namens?

Als er an einer Baustelle vorbeikam, erregte ein Schild seine Aufmerksamkeit. »Arbeiter gesucht«, stand dort, und das war es, was Aidan anhalten ließ. Er besaß Geld genug, um für den Rest seines Lebens untätig zu bleiben, aber die Vorstellung harter körperlicher Arbeit reizte ihn plötzlich ungemein.

Um sein Erscheinen in 1320 Tamarack Road noch ein wenig hinauszuzögern und die Aussicht darauf noch etwas zu genießen, suchte Aidan das Büro der Baufirma auf. Eine Stunde später war er als Tagelöhner eingestellt und sollte schon am nächsten Morgen erscheinen und sein eigenes Werkzeug mitbringen. Aidan hatte plötzlich das Gefühl, einen wichtigen Teil von sich selbst wiedergefunden zu haben, den er schon lange vermißte.

Er nahm sich ein Motelzimmer, kaufte die Werkzeuge ein, die er brauchen würde, und besorgte sich Arbeitskleidung. Dann ging er zum Essen in eins jener Schnellrestaurants, für die er in letzter Zeit eine seltsame Vorliebe zu entwickeln schien, und setzte seine Suche nach der geheimnisvollen Neely fort.

Neely bediente gerade einen der Tische im Steak-and-Saddle, als sie einen weißen Sportwagen auf dem Parkplatz halten sah.

Ganz unbewußt umklammerte sie noch fester den Griff der Kaffeekanne, die sie in der Hand hielt, und fragte sich, wie der Anblick eines bloßen Autos sie dermaßen erschüttern konnte. Zuerst erzählte sie ihrer Ärztin eine verrückte Geschichte über Vampire, und nun erschreckte sie sich über ein simples Auto!

Es wurde Zeit, daß sie sich zusammennahm.

Neely schenkte ihren Gästen Kaffee ein und brachte die Kanne zur Theke zurück, ohne einen Blick zur Tür zu werfen, obwohl sie den kühlen Lufthauch spürte, als sie sich öffnete. Sie war auf dem Weg zu Tisch vier, als sie den dunkelhaarigen Mann erblickte. Er war ein Fremder, und doch spürte Neely eine Verbindung zu ihm, fühlte sich auf unwiderstehliche Weise zu ihm hingezogen. Aber das war nichts Neues, diese Dinge ereigneten sich seit Anbeginn der Zeiten zwischen Mann und Frau.

Er lächelte, neigte leicht den Kopf und sagte: »Hallo, Neely.«

Der Teller mit dem Zitronenkuchen, den sie in der Hand hielt, fiel klappernd auf den Boden. Neely kannte den Mann nicht, und doch war er ihr vertraut. Sie wußte alles über ihn und wußte doch nicht das Geringste. Sie glaubte, eine vage Erinnerung an eine leidenschaftliche Umarmung mit ihm zu verspüren, was natürlich völlig ausgeschlossen war, da sie sich schließlich noch nie zuvor begegnet waren.

Sie eilte in die Küche, um ein feuchtes Tuch zu holen, und als sie zurückkam, hockte der neue Gast auf dem Boden und sammelte die Scherben des zerbrochenen Tellers auf. Er nahm ihr den Lappen ab und wischte über die Kacheln.

»Kenne ich Sie?« flüsterte Neely errötend, denn sie war sich der Tatsache, daß alle anderen Gäste sie neugierig anstarrten, auf peinlichste Weise bewußt. Das Gesicht des Fremden erschien ihr so vertraut wie ihr eigenes, es war also möglich, daß sie ihn nur vergessen hatte, wie sie vergessen hatte, daß sie Dr. Fredricks von diesen verdammten Vampiren erzählt hatte.

Er zuckte die Schultern, als er sich mit einer anmutigen Bewegung erhob. »Möglich. Mein Name ist Aidan Tremayne.«

Neely erbebte innerlich, und wieder begriff sie nicht, warum. »Neely Wallace«, erwiderte sie. »Woher kennen Sie meinen Vornamen?«

Tremayne betrachtete sie schweigend, dann deutete er auf die Porzellanscherben und das Tuch in ihrer Hand. »Lassen Sie sich nicht von Ihrer Arbeit aufhalten, Miss Wallace. Ich möchte nicht der Anlaß für Ihre Kündigung sein.«

Neely wandte sich wortlos ab, brachte die Scherben in die Küche und schnitt zwei neue Stücke Kuchen auf, um ihn den Gästen von Tisch vier zu bringen. Diesmal gelang es ihr, und alle klatschten Beifall.

Neelys Wangen waren feuerrot, als sie hinter die Theke zurückkehrte, wo Aidan Tremayne saß. »Was hätten Sie gern?« fragte sie.

»Die Spezialität des Hauses«, erwiderte er lächelnd.

Neely maß ihn aus schmalen Augen. »Bevor ich Ihnen das Essen bringe, möchte ich wissen, woher Sie meinen Namen kennen.«

Er beugte sich zu ihr vor. »Ich bin Hellseher«, flüsterte er.

Danach füllte sich das Restaurant mit neuen Gästen, und Neely war zu beschäftigt, um sich um Aidan *Soundso* zu kümmern.

Tremayne, flüstere eine Stimme in ihrem Herzen.

Am nächsten Tag erschien er wieder im Restaurant, in Begleitung eines halben Dutzends Bauarbeiter. Daß er ihr keine Beachtung schenkte, als sie ihn bediente, verärgerte sie ein wenig.

»Wer ist das?« fragte Angie, die zweite Kellnerin.

Neely warf ihr einen gereizten Blick zu. »Ein Bauarbeiter«, entgegnete sie unwirsch.

Angie lächelte. »Hm«, murmelte sie anerkennend. »Ich glaube, ich könnte einen Umbau brauchen.«

Neely entfernte sich wortlos.

Sie sah Aidan nicht wieder bis zum Sonntag, ihrem freien Tag. Sie war im Supermarkt gewesen und schleppte gerade ihre Einkäufe ins Haus, als der weiße Sportwagen hinter ihrem Mustang parkte.

Sie schaute sich nicht um, als sie das Haus betrat, verspürte jedoch eine unerklärliche innere Erregung, als sie wieder hinausging, um den Rest der Tüten hereinzuholen. Aidan war noch da, lehnte mit verschränkten Armen an seinem Triumph.

»Ich bin einen weiten Weg gekommen, um Sie zu finden, Neely«, sagte er ruhig. »Und ich werde mich nicht abweisen lassen.«

Sie hatte plötzlich das Gefühl, von einer riesigen Ozeanwelle erfaßt zu werden. Vielleicht hätte sie die Tüten fallen lassen, wenn Aidan sie ihr nicht rechtzeitig abgenommen hätte.

»Woher kennen Sie meinen Namen?«

»Ich habe ein Haus in Bright River, Connecticut«, sagte er. »Ich muß Sie dort gesehen haben.«

Die Verwirrung, die Neely in seinen dunkelblauen Augen sah, dämpfte ihren Ärger. »Mein Bruder führt eine Raststätte außerhalb von Bright River«, sagte sie. »Ich habe eine Zeitlang für ihn gearbeitet, im Café und im Motel.«

Die Erleichterung, die sie in Aidans Augen sah, war zu auffällig, um gespielt zu sein. Irgend etwas Seltsames ging hier vor.

»Ich nehme an, daß wir uns dort begegnet sind«, sagte er, trug die Einkaufstüten ins Haus und stellte sie auf den Küchenschrank. »Sie halten mich hoffentlich nicht für einen Perversen«, sagte er schmunzelnd, als er sich zu Neely umwandte. »Ich bin ein Gentleman, Neely. Sie haben nichts von mir zu befürchten. Warum entspannen Sie sich nicht und hören auf, wie ein gehetztes Reh zu blicken?«

Sie lächelte. »Woher kommen Sie? Sie reden wie ein Engländer.«

»Um Himmels willen!« entgegnete er mit gespieltem Entsetzen. »Ich bin Ire, obwohl ich den größten Teil meines Lebens in den Vereinigten Staaten verbracht habe.«

Neely wollte plötzlich alles erfahren, was es über Aidan Tremayne zu wissen gab, und bevor sie wußte, wie ihr geschah, blieb er zum Abendessen.

Als er sie später zu einer Fahrt in seinem schnellen Sportwagen einlud, im hellen Mondschein und mit herabgelassenem Verdeck, konnte sie nicht widerstehen.

Auf einer Anhöhe über Pine Hill parkte er den Wagen, beugte sich zu Neely vor und küßte sie. Seine Lippen waren sehr sanft zunächst, zurückhaltend, und doch löste sein Kuß Empfindungen in Neely aus, die sie vage wiederzuerkennen glaubte.

»Ich habe dich nie gekannt«, sagte Aidan heiser, als er sich von ihr löste. »Und doch ist mir, als hätte ich dich *immer schon* gekannt. Kannst du mir das erklären, Neely?«

Sie dachte nach, so gut sie konnte, angesichts ihrer verwirrenden Emotionen. »Vielleicht waren wir in einem vergangenen Leben zusammen«, erwiderte sie schließlich.

Aidan lächelte. »Das ist möglich«, stimmte er ohne große Überzeugung zu und küßte sie wieder.

»Ich möchte dich wiedersehen«, erklärte er kurz darauf.

Neely vermochte nur zustimmend zu nicken.

Danach verbrachten sie und Aidan fast ihre gesamte freie Zeit zusammen. Er mietete ein Apartment, und sie half ihm, es einzurichten. Bei der Auswahl der Möbel bewies er einen exzellenten Geschmack, und Neely fragte sich, womit er sich seinen Lebensunterhalt verdient haben mochte, bevor er als Bauarbeiter arbeitete.

»Ich war Maler«, sagte er, als sie endlich den Mut fand, ihn danach zu fragen. Sie hatten bei ihr gesessen, und er hatte ihr geholfen, die häßlichen Vorhänge durch weiße Jalousien zu ersetzen.

»Und dann?« fragte sie fast furchtsam. »Was ist geschehen?«

Aidan musterte sie nachdenklich und zog eine Augenbraue hoch. »Wie meinst du das, ›was ist geschehen‹?«

Neely zuckte die Schultern. »Du bist heute Bauarbeiter«, erwiderte sie schlicht, als ob das alles erklärte.

Er lächelte. »Ach das. Die Malerei begann mich zu langweilen, ich glaube, ich bin ein sehr sinnlicher Mensch« sagte er. »Ich liebe das Gefühl von Sonne auf meiner Haut und benutze gern meine Muskeln.« Sein Blick, mit dem er sie musterte, wurde so intensiv wie ein Streicheln. »Ich genieße es, ein Mann zu sein.«

Neely wandte rasch den Blick ab. Seit jenem ersten Mal, als Aidan sie geküßt hatte, kochte ihr Blut wie Öl auf einer zu heißen Flamme. Und ihr Instinkt sagte ihr, daß Aidan die Macht besaß, sie wie kein anderer Mann zu verletzen.

Wenn sie nur lange genug wartete, würde er sich vielleicht wieder aus ihrem Leben zurückziehen.

20

Die Abenddämmerung sammelte sich hinter den Bergen und tauchte die Wälder in zartes, aprikosenfarbenes Licht. Neely und Aidan beobachteten das Schauspiel von ihrem Platz im Wohnzimmer aus, wo sie am Tisch saßen und einander an den Händen hielten. Der Sonnenuntergang war so beeindruckend, daß Neely die Tränen kamen. Doch als sie aufstand, um sich zu entfernen, hielt Aidan sie zurück.

»Neely«, sagte er ruhig. »Lauf nicht fort. Es wird Zeit, daß wir reden.«

Sie hätte es gern vermieden, ihn anzusehen, aber sein ernster Blick hielt ihren fest. »Worüber?«

»Du weißt, worüber«, erwiderte er seufzend.

Neely biß sich auf die Lippen. »Du wirst fortgehen«, sagte sie leise. »Du bist seit sechs Wochen in Pine Hill, dein Vertrag mit der Baufirma ist bald beendet, und...«

»Ja«, bestätigte Aidan. »Ich werde fortgehen.«

Neely straffte die Schultern. »Na schön. Auf Wiedersehen.« Sie versuchte wieder aufzustehen, aber Aidan gab ihre Hand nicht frei. »Was willst du?« fragte sie heftig.

Er sagte nichts, schaute sie nur an.

Nervös fuhr Neely sich mit der Hand durchs Haar. »Ich weiß, daß wir nicht zusammen geschlafen haben, aber – nun ja, ich dachte, es würde sich etwas zwischen uns entwickeln. Daß wir uns sehr stark zueinander hingezogen fühlten. Und jetzt gehst du fort.«

»Es gibt sehr viel, was du nicht über mich weißt, Neely«, erwiderte Aidan traurig. »Und einiges, was ich selbst nicht von mir weiß.«

Mit der freien Hand – die andere hielt Aidan – wischte sie über ihre feuchten Augen. »Ich weiß, daß du Künstler bist, Ire, ein Haus in Connecticut besitzt und . . .«

Mit einem unendlich zärtlichen Blick brachte er sie zum Schweigen. »All das ist wahr«, sagte er und strich sanft über ihre Fingerknöchel. »Zumindest *scheint* es wahr zu sein. Aber es gibt erhebliche Lücken in meinem Erinnerungsvermögen, ich habe dir von meinen Erlebnissen in England erzählt – wie ich im Krankenhaus erwachte, nachdem man mich splitternackt in einem Kreis uralter Steine gefunden hatte. Was habe ich dort gemacht, Neely? Wie bin ich in diese Situation geraten? Bin ich psychisch krank? Was mag ich *sonst noch* getan und vergessen haben?«

Neely schwieg und setzte sich auf Aidans Schoß. Vom ersten Augenblick ihrer Begegnung an hatte sie ihn begehrt, aber er hatte sich auf seltsam altmodische Weise zurückhaltend gezeigt. »Ich weiß es nicht«, entgegnete sie leise. »Ich habe auch einige höchst private Gespenster in meinem Leben – all dieses Gerede über Vampire zum Beispiel.« Er lächelte, aber er unterbrach sie nicht, und sie fuhr fort: »Dieses Leben enthält sehr viele Mysterien, Aidan Tremayne, aber es gibt zwei Dinge, von denen ich absolut überzeugt bin: Daß du ein wunderbarer, sanfter und guter Mensch bist und daß ich dich liebe.«

303

Aidan berührte ihre Unterlippe mit der Spitze seines Zeige-fingers. »Und wenn du dich irrst?« Seine quälende Unsicherheit war deutlich aus seiner Stimme herauszuhören. »Wenn ich nun irgendein Verrückter bin?«

Sie legte ihre Stirn an seine.

»Dieses Risiko gehe ich gern ein.« Sie holte tief Atem und schaute ihm in die Augen. »Hast du deshalb nicht versucht, mit mir zu schlafen, Aidan? Weil du dachtest, du wärst ein moder-ner *Jack The Ripper*?«

Er lachte, aber es klang völlig humorlos. »Nein, das ist es nicht – ich weiß, daß ich dir niemals etwas zuleide tun könnte.« Aidan wirkte plötzlich schüchtern, verlegen, und sie hätte schwören mögen, daß er unter seiner gebräunten Haut errötete. »Aber irgendwie scheine ich ein bißchen altmodisch zu sein in bezug auf Sex. Ich habe das Gefühl, daß ich dich schon tausend Jahre suche, und wenn wir uns lieben, soll es ein geheiligter Anlaß sein.«

Neelys Herz schmolz dahin. »Nun ja«, sagte sie rasch und mit einer Spur von Spott, »dann ist es wohl verständlich, daß du fortgehen willst.«

Aidan küßte sie flüchtig auf die Lippen, und wie immer, wenn er das tat, begann sie sich nach mehr zu sehnen.

»Das ist es«, bestätigte er einen kurzen, quälenden Moment später. »Vorausgesetzt natürlich, du begleitest mich – als meine Frau.«

Es war, als ob der Boden unter ihren Füßen erbebte, und Neely klammerte sich haltsuchend an Aidans Schultern fest. »Du willst mich heiraten?«

Aidan grinste, sehr irisch und unglaublich männlich. »Und ob!«

Neely war zutiefst schockiert. Ihr ganzes Leben lang hatte sie auf einen Mann wie Aidan gewartet und war mehr als einmal enttäuscht worden. Was er ihr vorschlug, erschien ihr zu schön, um wahr zu sein. »Du hast mir bisher nicht einmal gesagt, daß du mich liebst«, entgegnete sie.

Er küßte sie zärtlich. »Nein?« flüsterte er dann. »Komisch, genau das meinte ich aber, als ich dir sagte, daß ich dich schon seit tausend Jahren suchte. Natürlich liebe ich dich, Neely.«

Sie barg ihr Gesicht an seinem Nacken und hielt ihn lange umfaßt, überwältigt von Glück und fassungslos vor Freude.

Irgendwann stand er auf, zog Neely an sich und schaute ihr in die Augen. »Weißt du was?« fragte er fast schroff. »Ich glaube, ich bringe dich am besten heim, bevor ich meine eigene Regel breche und vorher mit dir ins Bett gehe.«

Es gab keinen Ort, an dem Neely lieber gewesen wäre als mit Aidan im Bett, denn ihre Sinne prickelten vor Erwartung, seit sie ihn vor einigen Wochen kennengelernt hatte. »Du weißt ja, wie das mit den Regeln ist — und mit ihren Ausnahmen«, sagte sie scheu.

Aidan strich mit dem Daumen über ihre feuchte Unterlippe. »Ja, aber diese werde ich nicht brechen«, erwiderte er und zog sie noch ein wenig fester an sich. »Es ist ein Zigeunerleben, was ich dir anbiete, Neely. Es wird dir nie an etwas fehlen, aber ich habe keine Ahnung, wann oder wo wir uns niederlassen werden. Ich möchte alles sehen, überall sein — auf Berggipfeln tanzen und dich an sternenübersäten Stränden lieben . . .«

Sie küßte ihn zart auf die Lippen. »Wie romantisch«, sagte sie mit einem glücklichen Seufzen. »Aber sag mir — was ist mit deinem prächtigen Haus in Connecticut?«

»Dort gibt es nichts mehr, was mich interessiert, Neely«, erwiderte er. »Es kommt mir so vor, als hätte das Haus einem anderen Menschen und nicht mir gehört. Ich glaube, ich werde es einer Universität stiften oder irgendeiner anderen wohltätigen Organisation.« Er runzelte nachdenklich die Stirn. »Hättest du etwas dagegen?«

Neely schüttelte den Kopf. »Es ist eine großartige Idee«, sagte sie. Im Moment war Aidan alles, was sie sich wünschte oder brauchte. »Laß uns heiraten, Mr. Tremayne.«

Er lachte und zog sie an sich. »Es wird Zeit, daß du ins Bett kommst«, sagte er, als sie wieder auf dem Beifahrersitz saß und er hinter dem Steuer.

Neely errötete. »Hör auf, mich daran zu erinnern, daß ich dort allein sein werde.«

305

Aidan lächelte und startete den Motor. »Wir werden bald zusammen sein«, versicherte er ihr. »Hab Geduld.«

Am nächsten Tag kündigte Neely ihren Job und war erfreut, als Duke, der Besitzer des Restaurants, so großzügig war, sie schon vor der vereinbarten Kündigungsfrist gehen zu lassen. Am gleichen Morgen noch bestellten sie und Aidan das Aufgebot und kauften die Ausstattung für ihr neues Heim, ein geräumiges Wohnmobil, das mit Küche, Bad und allen Annehmlichkeiten ausgestattet war, die man sich nur wünschen konnte.

Aidan schien kein Bedauern zu empfinden, als er seinen schnellen Sportwagen dagegen eintauschte; er nahm einen Gegenstand aus dem Handschuhfach und steckte ihn in seine Jackentasche, klopfte einmal leicht auf die schimmernde Motorhaube des Wagens und wandte sich ab. Als er und Neely in ihrem neuerworbenen Caravan auf dem Heimweg waren, überreichte er ihr ein kleines Kästchen.

»Es gab nur zwei Dinge in meinem Haus in Connecticut, die ich behalten wollte«, sagte er. »Hier.«

Neelys Hände zitterten, als sie die wunderschöne alte Spieldose annahm, und ein freudiges Erröten überzog ihre Wangen, als sie den Ring sah, der in der Samtverkleidung des Deckels steckte.

Aidan hatte den Wagen am Straßenrand geparkt und schaute sie forschend an.

»Meinen noch sehr unvollkommenen Erinnerungen zufolge befindet sich dieser Ring schon seit über einem Jahrhundert in Besitz der Familie Tremayne.«

Es war ein schlichter Goldring mit einem großen Diamanten.

»Er ist wunderschön«, wisperte Neely, als sie den Ring über ihren Finger streifte.

»Nicht halb so schön wie du«, entgegnete Aidan galant.

An jenem Abend fiel es Neely schwerer als je zuvor, sich von Aidan zu verabschieden. Sie hätte ihn so gern geliebt, aber da war längst nicht alles, noch viel mehr sehnte sie sich danach, in seinen Armen einzuschlafen.

Am nächsten Tag kaufte sie in einem Antiquitätengeschä

ein traumhaft schönes Kleid aus elfenbeinfarbener Seide und alter Spitze, das noch aus den zwanziger Jahren stammte, und eine silberne, mit Rheinkieseln besetzte Brosche.

Sie hängte das Kleid in ihrem Schlafzimmer auf und betrachtete es im Mondschein, der durch das Fenster fiel und ihm eine magische Ausstrahlung zu verleihen schien.

Noch während sie die winzigen Perlenknöpfe bewunderte und die exquisite, handgefertigte Spitze, schlief sie ein.

Aidan schlief, so friedlich, wie es nur ein Sterblicher vermochte, und Valerian betrachtete ihn still. Er rührte sich nicht, obwohl er versucht war, Aidan zu berühren und ihm die Erinnerung an all das, was er einst gewesen war, zurückzugeben.

Tränen, die für einen Vampir sehr selten waren, glitzerten in seinen Augen. *Wir hätten uns die Sterne zu eigen machen können*, teilte er dem Schlafenden in Gedanken mit.

Aidan rollte sich auf die Seite und murmelte ein einziges Wort, mit dem er Valerian das Herz brach.

»Neely«, sagte er.

Ein gleißendes Licht erfüllte plötzlich den Raum. Valerian hob die Augen und wurde von einem Entsetzen erfaßt, wie er es noch nie zuvor empfunden hatte, denn Lisette stand am Fußende des Betts, majestätisch und böse, und ganz offensichtlich wieder im vollen Besitz ihrer Macht. Ihre einst vernarbte Haut war makellos glatt, ihr kastanienbraunes Haar so dicht und glänzend wie zuvor, ihre blaugrünen Augen funkelnd vor Triumph, Zorn und Wahnsinn.

Nachdem sie eine Weile auf den schlafenden Aidan herabgeschaut hatte, als wollte sie ihn mit jeder Faser seines Seins verschlingen, erhob sie den Blick zu Valerian.

Sie lachte leise, und Aidan bewegte sich, ganz unbewußt der Tatsache, daß seine Seele im Begriff war, zum zweitenmal geraubt zu werden.

»Glaubtest du wirklich, Valerian, daß ich ihn so leicht gehen lassen würde?« Ihr Gesicht wurde hart und häßlich für einen

Moment; zweifellos dachte sie an die Ereignisse der letzten Monate zurück. »Aidan gehört mir — er ist meine Schöpfung, mein Werk. Ich werde ihn nicht aufgeben.«

Endlich fand Valerian seine Stimme wieder. »Du mußt es«, sagte er beschwörend. »Wenn du auch nur eine Spur von Anstand besitzt . . .«

Wieder lachte sie, aber nur im Geiste, und Aidan hörte es nicht.

Anstand, hm? Wie amüsant, Valerian. Was soll ich, die Königin der Vampire, mit Anstand anfangen?

Valerian schloß kurz die Augen, um in seiner Seele nach einer Lösung zu suchen, aber er fand keine.

Bedenk, was Aidan durchgemacht hat, bat er Lisette stumm. *Wie kannst du ihm wieder nehmen wollen, was er sich so hart erkämpfte? Beim großen Zeus, Lisette — wenn du ein Spielzeug brauchst, dann nimm mich!*

Lisette maß ihn mit einem ärgerlichen Blick. *Dich?* entgegnete sie verächtlich. *Hältst du mich wirklich für so dumm, Valerian? Sobald ich dir den Rücken zudrehte, würdest du dich einem anderen Vampir zuwenden. Nein, ich will dich nicht — du bist mir viel zu anstrengend.*

Langsam begann Valerian um das Bett herumzugehen und zwang sich, zwischen Lisette und dem schlafenden Aidan stehenzubleiben.

Geh! befahl er lautlos. *Du wirst Aidan nicht haben.*

Lisette schien unbeeindruckt. Sie richtete sich auf, und Valerian spürte, wie sie ihre Kraft auf seine Körpermitte konzentrierte. Und dann wurde er über Aidans Bett zurückgeschleudert und landete krachend an der gegenüberliegenden Wand.

Er erholte sich jedoch schnell und stand auf, aber Lisette schlug ihn mit einem weiteren geistigen Fausthieb nieder, und er war wie gelähmt, nicht nur körperlich, sondern auch geistig. Hilflos schaute er zu, wie Lisette sich wieder dem Bett näherte, niederkniete und beinahe ehrfürchtig über Aidans Haar strich.

Ich werde dich lieben, sagte die Vampirkönigin zu Aidan. *I werde dir die Sterne zeigen, und wir werden uns nie wieder trennen. Keine Macht auf Erden – oder im Himmel – wird uns je wieder trennen!*

Innerlich schrie Valerian protestierend auf, und seine Hilflosigkeit in diesem Moment war die schwerste Bürde, die er je ertragen hatte, als Vampir und als Mensch.

Keine Macht... schwor Lisette von neuem, als sie sich mit entblößten Fängen vorbeugte, um Aidan den tödlichen Kuß zu geben, den Kuß, der ihn zum zweitenmal und in alle Ewigkeit verdammen würde.

Aidan gab einen leisen, schläfrigen Ton von sich, wie ein unschuldiges Kind im Traum, und Valerian war unfähig, ihm beizustehen. Die einzige Reaktion, zu der er fähig war, waren die Tränen, die in seine Augen traten.

Bitte! flehte er stumm. *Im Namen der Gerechtigkeit – es darf nicht geschehen!*

Doch es schien keine Hoffnung zu bestehen, denn während Lisettes Zungenspitze über Aidans Nacken glitt, schaute sie triumphierend zu Valerian auf. Sie genoß seine Qualen, diese Hexe, und er schwor ihr, sich dafür zu rächen, und wenn es ihn seine eigene Existenz kosten sollte.

Lisettes lange Vampirzähne glitzerten hell im Mondschein, und sie setzte zur letzten, endgültigen Bewegung an, um ihre Fänge tief in Aidans warmes Fleisch zu graben.

Valerian schloß stöhnend die Augen, und jetzt, im Augenblick seiner größten Verzweiflung, formte sich plötzlich ein Name in seinem Bewußtsein, der so flehend klang, daß er durch das gesamte Universum zu hallen schien.

Maeve.

Im nächsten Augenblick schien der Raum von einem blendenden, silbrigen Licht erfüllt.

Valerians Herz machte einen freudigen Sprung, obwohl er wußte, daß dies weder Maeve noch Tobias sein konnte, sondern nur ein geheiligtes Wesen, vom Himmel selbst geschickt.

Das helle Licht schien die Wände des Raums auszudehnen, bis er zu explodieren drohte, und dann erkannte Valerian, wer die Erscheinung war – ein Engel, von männlicher Gestalt, der erstaunlicherweise wie ein spartanischer Krieger gekleidet war.

Lisette hatte sich entsetzt aufgerichtet. *Nemesis*, flüsterte sie furchtsam.

Die Erscheinung lachte. *Niemand so Bedeutendes, Vampir. Ich bin Jafar und ein recht gewöhnliches Wesen — was die Sterblichen als Schutzengel bezeichnen.* Er warf einen liebevollen Blick auf Aidan, der sich unruhig auf seinem Bett herumdrehte. *Dieser Mensch hier ist mein Schützling, und ich habe geschworen, seine Seele mit allen Mächten des Himmels zu verteidigen.*

Jafar hatte Valerian bisher keines Blickes gewürdigt, während der Vampir ihn fasziniert betrachtete. In seiner ganzen Existenz hatte er niemals ein so schönes Wesen erblickt.

Wie mußte dann erst Nemesis sein, einer der mächtigsten Engel der Schöpfung?

Lisette war mit angstvoll geweiteten Augen an die Wand des Raums zurückgewichen.

Geh, forderte Jafar sie auf. *Und nähere dich meinem Schützling nie wieder, denn sonst werde ich dich zerstören.*

Lisette stieß ein leises, klagendes Geräusch aus und löste sich in grauen Rauch auf.

Der Engel beugte sich mit herzbewegender Zärtlichkeit über Aidan und zog behutsam seine Decken zurecht.

Gleichzeitig mit Valerians zurückkehrenden Kräften kam die Furcht, daß der Engel ihn bemerken und zerstören würde.

Das herrliche Wesen wußte, daß er da war, das war klar aber der Blick, den er schließlich auf Valerian richtete, war unendlich sanft. *Du hast einen sehr ungewöhnlichen Mut bewiesen, indem du mich an die Seite dieses Menschen riefst. Aber nun mußt du gehen.*

Valerian nickte, obwohl er nicht sicher war, den Befehl ausführen zu können. Aber dann merkte er, daß er sich bewegen konnte und stand langsam auf.

Ich hoffe, daß du in Zukunft besser aufpaßt, sagte er zu dem Engel und hörte ihn lachen, als er verschwand.

Am Samstag morgen wurden Neely und Aidan getraut. Als der Priester die bedeutsamen Worte gesprochen hatte, wurde Neely von einer solch überwältigenden Freude erfaßt, daß sie einen Moment lang fast befürchtete, das Bewußtsein zu verlieren.

Nach einem Empfang, den Duke, der Besitzer des Restaurants, für sie ausgerichtet hatte, gingen Neely und Aidan Hand in Hand zu ihrem Wohnmobil, bereit, ihr neues Leben im Zigeunerstil zu beginnen.

Im Wagen legte Aidan rasch Krawatte und Jackett ab und seufzte erleichtert. »Verzeih mir, wenn es banal klingt, Mrs. Tremayne«, sagte er lächelnd, »aber heute ist der erste Tag des Rests unseres Lebens.«

Auch Neely zog ihr elfenbeinfarbenes Spitzenkleid aus und tauschte es gegen Jeans und T-Shirt aus. »Wie wahr«, erwiderte sie bewußt gelassen, obwohl sie vor freudiger Erwartung zitterte und sich fragte, wann ihre Hochzeitsnacht beginnen würde.

»Was machst du da hinten?«

Neely setzte sich neben ihren Mann auf den Beifahrersitz des Wohnmobils und warf ihm einen vielsagenden Blick zu, als sie ihren Sicherheitsgurt befestigte. »Was glaubst du?« entgegnete sie spöttisch. »Ich habe das Bett mit Parfum besprüht, was sonst?«

Aidan errötete sanft und lächelte verhalten. »Das würde mich bei dir nicht überraschen, du kleine Hexe«, sagte er. »Du warst von Anfang an hinter meiner Unschuld her.«

Auch Neely errötete nun. »Worauf wartest du jetzt noch?« murmelte sie. »Auf unsere goldene Hochzeit?«

Aidan lachte, tief und männlich, was Neelys Verlangen fast ins Unerträgliche steigerte. »Entweder darauf oder auf den nächsten Parkplatz«, scherzte er. »Dachtest du vielleicht, ich würde dich gleich auf dem Parkplatz des Steakhauses ins Bett zerren, Frau?«

Diesmal lachte auch Neely; aber ihr Erröten vertiefte sich, und sie versetzte ihrem Mann einen spielerischen Klaps auf den Arm. »Sind wir bald da?« fragte sie dann.

...unde später hielt Aidan am Rand einer ausgedehnten Wiese, stieg aus und kam zu Neelys Seite, um ihr die Tür zu öffnen.

Sie hatte sich darauf gefreut, endlich mit ihrem Mann allein zu sein, aber jetzt, wo der Augenblick gekommen war, wurde sie von einer leisen Scheu erfaßt. »Hier?« wisperte sie.

Aidan küßte sie auf die Lippen, sanft und viel zu flüchtig. »Hier«, bestätigte er. »Kannst du dir einen schöneren Ort vorstellen?«

»Nein. Es ist wunderschön hier.«

Aidan holte Decken aus dem Wohnmobil, eine Flasche eisgekühlten, sehr guten Champagner und zwei Kristallkelche. Dann schlang er seinen Arm um Neelys Taille und führte sie zu einer Gruppe von Bäumen, die die Wiese säumten.

Er stellte den Champagner und die Gläser beiseite, um eine Decke auszubreiten, dann winkte er Neely heran. »Komm her, Mrs. Tremayne.«

Sie ging freudig zu ihm, er nahm sie in die Arme und küßte sie, intensiv wie schon so oft zuvor, doch diesmal, das spürte sie, sollte nichts ihrer Phantasie überlassen bleiben.

Nach einer Weile, als Neely schon ganz schwindlig wurde vor Verlangen, begann Aidan sie auszuziehen. Entnervend langsam streifte er ihr das T-Shirt ab, streichelte und betrachtete sie bewundernd, bevor er ihren BH öffnete und auch ihn entfernte.

Ihre Brustspitzen richteten sich in der kühlen Brise und unter seinen begehrlichen Blicken auf, und als Aidan den Kopf senkte und eine der zarten Knospen mit seinen Lippen umschloß, stieß Neely einen lustvollen kleinen Schrei aus und schlang ihre Arme um Aidans Schultern.

Gemeinsam sanken sie zu Boden, und Aidan hörte nicht auf Neelys Brüste zu liebkosen. Sie streifte ihre Turnschuhe ab und zog am Reißverschluß seiner Jeans, und Aidan lachte leise, hielt ihre Hand fest und ließ sie warten.

Endlich jedoch waren sie beide nackt.

Aidan strich sanft über Neelys Schenkel und beschrieb sinnliche Kreise auf ihrem flachen Bauch.

»Komm, Aidan«, flüsterte sie bittend. »Ich habe schon viel zu
lange gewartet, ich ertrage es nicht mehr . . .«

»Ich auch nicht«, erwiderte er und küßte sie von neuem.
Aidan rollte sich auf Neely und drängte mit dem Knie sanft ihre
Beine auseinander.

Sie stöhnte auf und warf den Kopf zurück, als er in sie eindrang und dann einen Moment innehielt, um ihrem Körper Zeit
zu geben, sich an ihn anzupassen.

»Meine kleine Hexe«, scherzte er mit heiserer Stimme, und sie
wand und krümmte sich einladend unter ihm, aber er rührte
sich nicht.

»Aidan . . .«, murmelte Neely flehend. »Laß mich nicht länger warten, bitte . . . sonst geschieht es von allein . . .«

Aidan erhob sich auf die Ellbogen und drang mit einer ungestümen Bewegung noch tiefer in sie ein. Und da geschah es.
Neelys Körper hungerte so sehr nach Aidans Eroberung, daß
ein einziger Stoß die Erfüllung brachte. Mit geschlossenen
Augen überließ sie sich hilflos ihrer Ekstase.

Aidan hielt Neely in den Armen und murmelte sanfte, sinnlose Worte an ihrem Ohr, bis sie sich beruhigt hatte, und dann
ging ein Zittern durch seine Glieder, er versteifte sich und ent-
lud seine Leidenschaft in ihr.

Für lange Zeit blieben sie so liegen, auf innigste Weise miteinander verbunden, und als Neely endlich wieder sprechen
konnte, sagte sie: »Es tut mir leid.«

Aidan hob den Kopf und schaute sie verwundert an. »Warum
sagst du das?«

»Weil ich so . . . eifrig war. Es ist so schnell geschehen.« Tränen traten in ihre Augen, weil sie glaubte, Aidan enttäuscht zu
haben.

Er küßte zärtlich ihre Lider und weckte ihre Erregung damit
von neuem. »Nein, mein Liebling«, flüsterte er, »es war eine
ganze Ewigkeit.« Er glitt tiefer, ließ seine Lippen über ihre Kehle
gleiten und über die sanfte Wölbung ihrer Brüste. »Und das
Beste daran ist«, fügte er leise hinzu, »daß es erst der Anfang
ist.«

Neely legte ihre Hände auf Aidans muskulösen Rücken, und

313

Seufzer entrang sich ihr, der jedoch keine Trauer, sondern Triumph ausdrückte. Ihre Seelen verständigten sich in einer stummen, ganz privaten Sprache, und ihre Körper bedurften keiner Worte, um sich zu verstehen.

Nach einer weiteren leidenschaftlichen, ungemein befriedigenden Umarmung tranken sie den Champagner und begannen sich widerstrebend gegenseitig anzuziehen. Doch es wurde sehr rasch ein erotisches Spiel daraus, und bevor sie völlig angekleidet waren, sanken die Kleidungsstücke wieder auf den Boden.

»Wir werden uns eine Lungenentzündung holen«, meinte Aidan einige Zeit später.

»Ja, du hast recht.« Neely richtete sich auf und begann sich anzuziehen. Sie war überglücklich und summte ganz unbewußt vor sich hin. »Ich bin froh, daß wir nicht bis zu unserer goldenen Hochzeit gewartet haben.«

Aidan, der sich schneller angezogen hatte, zog Neely auf die Beine und küßte sie. »Ich hätte es nicht einmal bis zur silbernen ausgehalten«, neckte er sie.

Sobald sie die Decken, die Gläser und den Champagner fortgeräumt hatten, setzte Aidan sich ans Steuer und startete den Motor. »Und nun, Mrs. Tremayne?« erkundigte er sich lächelnd. »In welche Richtung soll es gehen? Nach Mexico oder in Richtung Norden nach Kanada?«

Neely überlegte, während sie ihr hoffnungslos zerknittertes T-Shirt glattstrich. »Überrasch mich«, sagte sie schließlich.

Später in jener Nacht bog Aidan auf einen vom Mondschein erleuchteten Campingplatz ein. Dort grillten sie Hamburger auf ihrem winzigen Herd, duschten gemeinsam und zogen sich schließlich zu einer leidenschaftlichen Nacht ins Bett zurück.

Aidan schlief ein, als der Sturm abebbte, aber Neely lag hell wach an seiner Seite und betrachtete die Sterne durch das Fenster in der Wagendecke. Wenn mir irgend jemand gesagt hätte, daß ich je so glücklich sein könnte, dachte sie, hätte ich ihn für verrückt erklärt.

Aidan, der bereits fest schlief, streckte die Hand nach ihr au und murmelte etwas, und Neely küßte ihn lächelnd auf den Puls an seiner Kehle, was ihr für einen flüchtigen Moment die Erinnerung an einen gutaussehenden, eleganten Vampir brachte, der sie einmal in ihren Träumen aufgesucht hatte.

Komisch, dachte sie, bevor sie in einen entspannten Schlaf versank, daß ich ausgerechnet jetzt daran denke.

ENDE

Band 18 123
Linda Lael Miller
**Goldene Sonne,
die dich verbrennt**

Wie oft hatte Charlotte davon geträumt, endlich einmal ein aufregendes Abenteuer zu erleben! Doch seit man sie auf jener kleinen Insel vor der afrikanischen Küste einfach entführt hatte, ist sie von ihrer Abenteuerlust gründlich kuriert!
Nicht nur, daß sie von Piraten geraubt, als Einsatz beim Glücksspiel gesetzt und verloren, danach einem rauhen, wilden Kapitän zum Geschenk gemacht wurde – um seine schlechte Laune aufzubessern! –, nun ist sie auch noch in einem Harem gefangen und weiß nicht, welches Schicksal sie noch erwartet . . .

Sie erhalten diesen Band im Buchhandel, bei Ihrem Zeitschriftenhändler sowie im Bahnhofsbuchhandel.

Band 18 119
Linda Lael Miller
**Verzaubert
von deinen Augen**
Deutsche
Erstveröffentlichung

Die Bilanz, die Lydia McQire an diesem Abend zog, war zum Verzweifeln: Sie hatte kein Geld mehr, kein Unterkommen, keine Freunde in dieser Stadt.
Was also sollte sie tun?
Wovon sollte sie leben?
Da mußte ihr diese Anzeige doch wie ein Geschenk Gottes erscheinen: *Junger, reicher, ordentlicher Mann sucht eine Ehefrau!* Und was konnte ihr schon passieren, wenn sie sich bei diesem Devon Quade meldete? Einen Versuch war es jedenfalls wert, fand Lydia – und wenn sie bei diesem Vorstellungsgespräch nur eine Tasse Kaffee und eine Kleinigkeit zu essen bekam, um ihren schlimmsten Hunger zu stillen . . .

**Sie erhalten diesen Band
im Buchhandel, bei Ihrem
Zeitschriftenhändler sowie
im Bahnhofsbuchhandel.**

Band 18 125
Sandra Brown
**Manche mögen's
immer wieder**

Als es an der Tür klingelt, atmet die hübsche Tina Cassidy erleichtert auf. Der Barkeeper, den sie für ihre Party engagiert hat, ist also doch noch rechtzeitig gekommen.
Aber dann setzt ihr Herzschlag fast aus, denn vor ihr steht Riley, ihr Mann, von dem sie sich vor sieben Monaten getrennt hat, und er behauptet, daß er sich nach ihr verzehren würde.
So eine Unverschämtheit! Wenn das stimmt, warum hat er dann nicht früher reagiert? Warum hat er sich in all der Zeit nicht einmal bei ihr gemeldet?
Und warum taucht er gerade jetzt wieder auf?

Sie erhalten diesen Band
im Buchhandel, bei Ihrem
Zeitschriftenhändler sowie
im Bahnhofsbuchhandel.

Band 18 122
Sandra Brown
Seinen Ex-Mann küßt man nicht

»Du schuldest mir eine Hochzeitsnacht, Angela!« Als sie diese Worte aus Ralphs Mund hörte, wird die Erinnerung wieder lebendig.
So süß war Angela damals gewesen, süß, blutjung und unschuldig, als sie mit ihrem Klassenkameraden durchbrannte und seine Frau wurde. Doch unmittelbar nach der Trauung ließen ihre Eltern ihn verhaften und die Ehe annullieren. Angela war verzweifelt – doch was konnte sie gegen ihre Eltern schon unternehmen? In ihrem Kummer machte sie dann etwas ganz Dummes...

Sie erhalten diesen Band im Buchhandel, bei Ihrem Zeitschriftenhändler sowie im Bahnhofsbuchhandel.

Band 18 126
Lori Copeland

Gefangen von deiner Liebe
Deutsche
Erstveröffentlichung

»So, lieber Gott, jetzt kannst nur noch du mir helfen – ich bin nämlich mit meiner Weisheit am Ende!«
Daß der liebe Gott tatsächlich ihr Gebet erhört hat, dessen war Charity sich ganz sicher, als sie am nächsten Tag den Fremden fand. Mochte er auch noch so verdreckt sein und halb tot – er war ein Mann!
Und einen Mann brauchte Charity ganz dringend, um hier in der Wildnis von Kansas zu überleben, um ihr Land nicht zu verlieren – und um endlich wieder ein bißchen Liebe in ihrem harten, mühseligen Leben zu spüren.
Nun mußte sie diesen Fremden nur wieder gesund pflegen – und ihn dann dazu bringen, sie zu heiraten.

Sie erhalten diesen Band
im Buchhandel, bei Ihrem
Zeitschriftenhändler sowie
im Bahnhofsbuchhandel.